U0905645

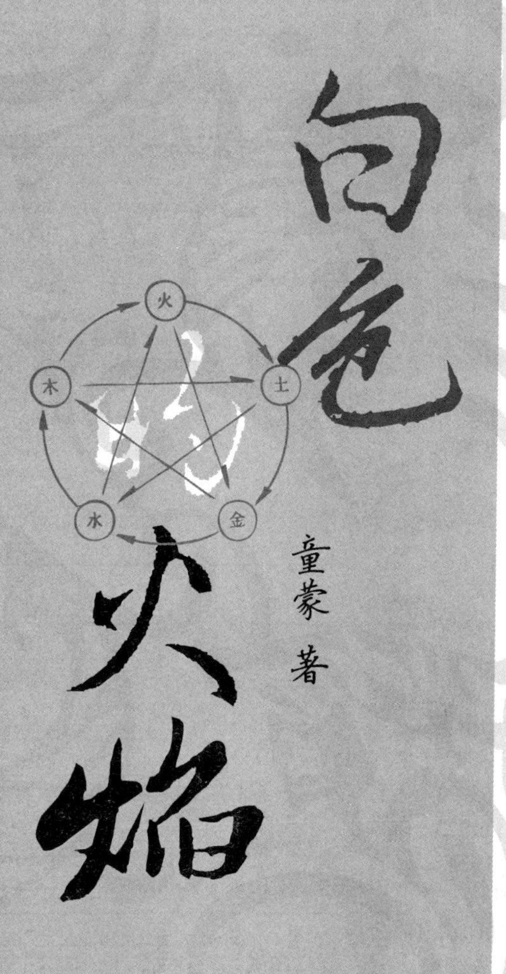

白色火焰

童蒙 著

见证新中国一个特殊的历史年代
唤起共和国整整一代人的悲情记忆

世界知识出版社

图书在版编目（CIP）数据

白色的火焰/童蒙著．—北京：世界知识出版社，2014.1
ISBN 978-7-5012-4600-7

Ⅰ.①白… Ⅱ.①童… Ⅲ.①长篇小说—中国—当代 Ⅳ.①I247.5

中国版本图书馆 CIP 数据核字（2014）第 002967 号

书　　名　白色的火焰

作　　者　童　蒙

责任编辑　王瑞晴　蔡金娣
责任出版　刘　喆

出版发行　世界知识出版社
地址邮编　北京市东城区干面胡同51号（100010）
电　　话　010-65265923（发行）
　　　　　　010-85119023（邮购）
网　　址　www.wap1934.com
经　　销　新华书店
印　　刷　北京新华印刷有限公司
开本印张　710×1000毫米　1/16　22½印张
字　　数　345千字
版次印次　2014年1月第一版　2014年1月第一次印刷
标准书号　ISBN 978-7-5012-4600-7
定　　价　36.00元

上世纪七十年代初，一个北京女孩随父亲搬迁到“三线”后，热病缠身。从那片黄土地上，她开始了一段独特的生命历程。

不一样的人生阅历，不一样的成长故事。

关于疾病的语录

疾病透露出患者本人或许都没有意识到的那些欲望。这些隐蔽的欲望现在被看作是疾病的诱发因素。

——苏珊·桑塔格

疾病在为我说话，因为我请求它这么做。

——卡夫卡

天地之气运，数百年一更易，而国家之气运亦应之。上古无论，即以近代言，如宋之末造，中原失陷，主弱臣驰。张洁古、李东垣辈立方，皆以补中宫、健脾胃，用刚燥扶阳之药为主；局方亦然。至于明季，主暗臣专，膏泽不下于民，故丹溪以下诸医，皆以补阴益下为主。至我本朝，运当极隆之会，圣圣相承，大权独揽，朝纲整肃，惠泽旁流，此阳盛于上之明徵也；又冠缨朱饰，口燔烟草，五行唯火独旺。故其为病，皆属盛阳上越之症……故古人云：不知天、地、人者，不可以为医。

——（清）徐大椿

序 Preface | 贺绍俊

童蒙的《白色的火焰》是写一个女孩在她青春成长期患上了一种莫名的疾病，她在反复地治疗疾病的过程中逐渐长大成熟。这是一个很特别的故事，也是一个让人深思的故事。它的特别之处就在于它是一个关于疾病的故事，它的让人深思之处也是因为它从一个病人的视角去观察世界。女孩洪婉霞生活在文革年代，她随从事科研的父亲迁移到了西北，却在这里患上疾病。她总是发烧，医生查不出来她的病因，她不得不一再住院治疗，在医院遇到了各色人等，也长了不少见识。随着文革的结束，洪婉霞发烧的病症似乎也得到缓解，她参加了高考，考上的北京大学，工作也很顺利，成为了某个部门的负责人，但有一天她让十岁的儿子去体检，体检的结果让她大吃一惊，儿子这么小年纪竟被查出种种不正常，而这种不正常只有成年人才会出现的，这让她再次想起了自己的患病经历，莫非自己的身体内还潜藏着热病的因子？这时候我们便发现，疾病在小说中获得了某种隐喻，一个始终也查不出缘由的“中国热病”对应着一段被称之为浩劫的文革历史，的确让人深思。

我不得不承认，疾病在作家们的笔下，常常成为了隐喻的对象。童蒙在扉页上引用了一段苏珊·桑塔格的话，正是这位美国作家，写过一本非常著名的书叫《疾病的隐喻》，她在这本书中表达了一个重要观点，即认为在现实中，疾病已经被赋予了越来越多的隐喻，而这种隐喻妨碍了患者及早地治疗。所以她强烈反对疾病的隐喻，要求人们把疾病纯粹当成疾病对待。桑塔格本人就是一名病患者，一生都在与疾病斗争，显然她的观点直接来自她自己的切身体验，她一定亲身感受到了社会对病人的歧视。但她从不为疾病而感到羞愧，而是坦然接受治疗。她最初诊断出患有乳腺癌，她不仅做了乳房切除手术，而且就是在治疗过程中写出了《疾病的隐喻》一书。桑塔格最终死于癌症，但她为病人的尊严而发出的呼喊仍然在警醒着人们，让人们懂得应该公正地对待疾病和病人。然而即使如此，疾病的隐喻恐怕永远也无法消失。因为从一定程度上说，隐喻是人类认识世界的一种方式，隐喻无处不在。美国语言学家纳可夫和约翰逊在《我们赖以生活的隐喻》中指出："隐喻在日常生活中是无所不在的，不仅存在于语言中，而且存在于思想和行为中，我们赖以生存和思考的一般概念系统，从本质上说都是隐喻性的。"将语言学家的观点与桑塔格的观点结合起来，相互补充，就应该这样表述：我们并不一概拒绝疾病的隐喻，而是反对疾病隐喻中的妖魔化倾向，反对疾病隐喻而导致的对疾病的社会歧视。童蒙的《白色的火焰》仿佛是在做这样一种结合性的工作，一方面他呼应了桑塔格的观点，写出了一个女孩在治疗过程中是如何遭遇到疾病隐喻所带来的难堪、委屈和困惑。另一方面，他也意识到了隐喻的力量，因此在写疾病的同时也在写社会，他把写一个连医生都无法诊断的"中国热病"与写至今让人难以回首的文革历史交织在一起，以隐喻的方式表达了他对文革历史的反思和质疑。我在阅读中就试图解开童蒙赋予"中国热病"的隐喻，我发现这个隐喻藏得很深。为此他还把笔触伸到了历史的纵深处，专门写了一段发生在汉代的疾病史。作者将野史、传说混杂在一起，自然不是要人们当成信史来读，然而他强调"中国不仅有辉煌灿烂的文明史，也有狂躁荒谬的热病史"，其隐喻性便昭然若揭。我以为，童蒙写作这部小说所作出的最大功绩就是他创造了"中国热病"这个词语。童蒙追溯到两千多年前，一场大火蔓延到了一位十二岁的公孙姑娘的体内，从此热病就成为了她的生命体征之一。这大概也就是"白色的火焰”这个小说标题的含义所在吧。这种热病就像是一种白色的火焰，它不像一般的火焰那么炽烈，红彤彤的，给人刺激，让人兴奋，也让人感到危险。白色的火焰不会让人感到兴奋、危险和恐惧，但它仍在那里燃烧，仍在那里吞噬我们的身体和灵魂。也许，我们都该警惕这种白色的火焰，检查一下它是不是正在我们的体内燃烧。

自古以来，文学就与疾病关系密切。德国评论家维拉·波兰特专门写过一篇《文学与疾病》，他甚至认为“一件艺术品的诞生，是否因为艺术家由于自己的疾病而产生一种扩大的、不寻常的感受能力，这种能力非显露不可。”有人还做过统计，世界上最著名的作家、艺术家中，拥有完全健康身心的只有百分之十左右，大部分不同程度地患有各种身心疾病。而许多文学经典也与作家的疾病有密切关系，如陀思妥耶夫斯基因为犯有癫痫病，他写了《白痴》，主人公梅什金公爵就有他自己的影子。普鲁斯特一生都被疾病缠绕，他的《追忆似水年华》就是在疾病状态下完成的。疾病的体验也许对一个人来说尤其刻骨铭心，因为这是一种关乎生命的体验。我没有询问过作者童蒙，他在少年时期是否也得过不易治愈的热病，但我想这部小说中一定融入了他的亲身体验，因此才会显得那样真切生动。鲁迅先生也是一位对疾病有着深刻体验的作家，他的很多精彩思想就是由疾病引发出来的。最后我想引用一段鲁迅先生关于疾病的话作为这篇序言的结尾，因为我感觉童蒙的这部小说就是在履行着鲁迅先生的这段话。鲁迅先生说：

凡是愚弱的国民，即使体格如何健全，如何茁壮，也只能做毫无意义的示众的材料和看客，病死多少是不必以为不幸的。所以我们的第一要著，是在改变他们的精神。

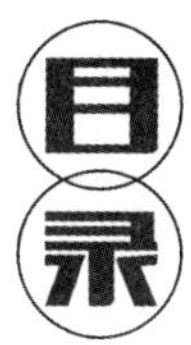

目录

第一章 土

第二章 金

第三章 水

第四章 木

第五章 火

第六章

第一章

土爱稼穑。土是大地化育万物的温床。一方水土养一方人。

人有病，天知否

一大群司局长跟在部长后面，亦步亦趋。他们是那么从容、那么得体！半年之后，当洪婉霞再次步入九鼎度假村时，眼前出现的便是这幅场景。所有的人都极具涵养、极具耐心，只有她例外，结果出了点洋相。不过，她知道自己“不可救药”，因此听之任之。

那是某部工作会议期间的花絮。早餐后，大家从餐厅直接去会堂，人手一个会议专用的公文包。部长在最前面，边走边与身边的人谈话。他步履缓慢，有时停下来，扭头看着旁边的某位下属，似乎对此人反映的情况表示震惊或怀疑。

部长人高马大，乌黑油亮的头发分外显眼。众人紧盯着他。他静止时，大家也停下来，屏声静气。待黑发在白墙和暖色的射灯之间缓缓移动时，大家才重新齐步走。

数十人小心翼翼地跟在领导后面，似乎前面有深渊，有雷池。宽敞明亮的走廊变得拥挤不堪，色调也暗了许多。洪婉霞困在人群当中。尽管她平时走路并不快，可这样走走停停的实在是别扭。她觉得大家过虑了，走到部长前面又怎么啦？现在又不是在主席台上，还讲究个先后次序。她按照惯常的速度行走，正好在走廊拐弯处赶上了部长。

部长看了她一眼，没吱声。洪婉霞想与部长打招呼，可不知说什么好，觉得有些尴尬。于是乎，她干脆什么也不说，加快步伐，率先进入会场。她的“僭越”成了饭后茶余的热点话题。同僚们或感叹其幼稚，或羡慕其率真，更有人爆料说她曾经反客为主，坦然地坐在部长宝座上。

对于人们的褒贬，洪婉霞均不理会，唯一想澄清的是所谓“鸠占鹊巢”事件。那是她第一次走进部长的办公室。部长不在，她四处打量了一番，发现办公桌的两边都有皮转椅，其中一把椅子的背后有三组书柜，按常规，这是主人的宝座。洪婉霞走到办公桌右边，在客椅上坐了下来。椅子很宽，她身体往后挪了挪，贴在靠背上。靠背就像按照脊柱和颈椎的曲线定制的一样，特别服帖、舒服，她不由得伸手摸了摸。

这时，部长走了进来。看到客人坐在自己的位置上，部长愣了一下，指指对面的椅子说，“请你坐在那儿。”洪婉霞异常窘迫，不仅涌到嘴边的客套话倏然消失，而且花费数小时准备的工作汇报腹稿也坠入忘川。

此事成为一则经典笑话，在干部食堂的饭桌上广为流传。一位同事觉得她不该犯如此简单的错误，“怎么能看书柜呢，应该看电脑，电脑屏幕朝哪边，哪边就是主人的位置。”

“部长桌上有电脑吗？我没印象，一进门就看到那排书柜。”

“没电脑可以看书籍、文件呀。从客人的座位看过去，文字都倒过来才对。”

“是啊，当时我怎么没想到呢？”洪婉霞再次感叹自己脑袋不够用，一根筋。后来，她从秘书那里知道，部长喜欢书柜正对着他，以便抬头就能看见一大溜书。他的藏书都是精装的，坚硬结实的外壳比书本身还有分量。

时隔六个月，洪婉霞再次来到九鼎度假村，不过这回不是来开会，而是写稿子。“非典”前，部长出席一个国际会议，要求洪婉霞准备一份相关的调研报告。本来，此任务由另一个部门承担，但部长看完初稿后不满意，决定另起炉灶。开始时，洪婉霞写得很顺手，最后写到“对策建议”时卡住了。为赶进度，洪婉霞专门成立了一个写作班子，熬了无数个通宵，可两次送上去的稿子都被退了回来。眼看会期一天天临近，可报告还压在手里。洪婉霞决定把自己关在度假村，专心写作。在那里，不用洗衣做饭，甚至可以不管作息时间，没白天没黑夜，更重要的是，不会被人打扰。当然，如果搁在几年前，洪婉霞不可能这样大手大脚。有现成的办公室不用，跑到宾馆起草文件，太铺张了！

星期五下午四点钟，洪婉霞乘坐一辆商务车向西南郊出发。因为先生在国外长驻，家里没人，洪婉霞把儿子也带上了。汽车走走停停的，弄得她有些不安，对能否抵达目的地产生了怀疑。如果此时接到单位的什么电话，说不定她就得打道回府。

她一贯如此，人们认为铁板钉钉的事，她往往心存疑虑。如果做一项心理测试，洪婉霞一定会被心理学家判定为最缺乏自信的人。婚后，就连自己是否具备生育能力，她都没有把握，虽然没有任何一项医学检查表明她患有不孕症。

当医生说她怀孕时，洪婉霞半信半疑。她没有任何不适的感觉，吃什么还那么香，干什么还那么麻利。对她而言，“害喜”仅仅是影视剧中的某个情节，和她一点不沾边。在静谧的夜晚，她曾摸着隆起的肚皮，怀疑里面是否真的有一个安睡的小家伙。直到胎儿在自己的身体里手舞足蹈时，她才确信不疑。十个月后，重达七斤三两的儿子顺利出生。听着儿子嘹亮的啼哭，洪婉霞喜出望外之余，又闪出怀疑的念头。“这是真的吗？我养了这么棒的一个儿子！”她仔细地端详着他，抚摩着他。儿子的屁股上有一颗红痣，洪婉霞发现后不禁笑出声来，“真逗，我脸上的东西，怎么遗传到他屁股上了？”她鼻翼旁有一颗红痣。儿子似乎知道妈妈的疑虑，在她的眼皮底下茁壮成长，一天一个样；同时，也在她眼皮底下制造各种麻烦和烦恼。因此，他的小名叫闹闹。

当他们抵达九鼎度假村时，已经夕阳西下。望着度假村高大的门柱，洪婉霞自言自语道，“我还真来啦。”

度假村娱乐项目非常多，儿子玩了个痛快。而洪婉霞白天黑夜都坐在电脑前，不停地敲击键盘。她将调研报告重写了一遍。大功告成后，她带闹闹在度假村转悠。在体检大楼门外，她看里面人不多，提议去做体检。闹闹摇头，“我这种身体还用体检吗？要做您自己做吧。”

洪婉霞劝他，“做吧，正好没什么人，平时去医院还要花很长的时间排队。”

“我好好的做什么体检？”

“不一定非得病了才检查。”看到儿子仍然站着不动，洪婉霞把客房钥匙递给他，“我去检查检查，你回房间吧。”

“行！”闹闹接过钥匙，“后面有个亭子，我先到那儿玩玩。”

洪婉霞从旋转门进入体检大楼，登记后，在白衣少女的引导下，朝体检室走去。走道两侧放着一溜电子秤。她看到后，赶紧跑出去找儿子，“闹闹，闹闹，这里可以量身高。你还是来吧，家里量的不准。”

这回闹闹动心了。他向来对身高很在意，每隔半年就量一次，量好后用铅笔在门框上划一道横线，标明日期。看到门框上的黑线节节升高，他心花怒放。

闹闹跟随母亲，走进了洁白的体检室。

三十天后，一个炎热的夏日，洪婉霞一行十五人随部长登上了飞机。机舱门关闭了好久，飞机仍未进入跑道，舱内异常闷热。嚷嚷声像潮水一样，一波一波地拍打着机舱。天渐渐暗下来，从舷窗射进来一道道阳光。洪婉霞闭上眼睛，想好好休息一下。眼睛刚合上，儿子的体检报告单就浮现在她眼前。

出国的前一天，洪婉霞从厚厚的一叠未读文件中，抽出闹闹的体检报告单。儿子的检查结果令洪婉霞惊讶不已。她从椅子上站起来，站在窗前反复阅读：

1. 尿酸（UA）增高；
2. 磷酸肌酸激酶（CK）增高。

心肌或骨骼肌受损时，此项指标会增高，建议复查。

洪婉霞双手捏着报告单，几次调整它的倾角，有时嫌光线不够，有时又嫌太晃眼。她不敢相信自己的眼睛，看完后颓然回到桌前，双肘撑在桌子上，张开两手捂着脑袋。过了好一会儿，她才睁开眼睛，按动键盘，在网上搜寻有关的医学常识。尿酸增高可能导致痛风，临床上把痛风划为嘌呤代谢紊乱范畴。肌酸激酶偏高，只有两种可能，要么是心脏受损，要么是骨骼受损（风湿病）。这两种病都不容易治愈。

洪婉霞一直以儿子的聪慧健壮而自豪。谁知道儿子的身体竟隐藏着这么大的危机。怎么可能呢？怎么可能呢？他才 10 岁，怎么会有那么多大人的毛病？该不会弄错了吧？应该弄错了吧？

平时，洪婉霞最不能容忍的缺点是粗心大意。但这次，她希望医生张冠李戴。虽然理智告诉她，这种错误的概率极小，但她依然抱有这种幻想。

不知过了多久，波音 767 终于腾空而起。由于连续几周没休息好，洪婉霞略感头晕。在涡轮发动机巨大的轰鸣声中，她昏昏沉沉的，多年的往事开始在脑海中翻腾。飞机似乎朝着几十年前的岁月呼啸而去。

满街红绿走旌旗

上世纪七十年代初，在建设“三线”的热潮中，洪工程师所在的设计院从北京迁往陕西茂陵。去茂陵之前，女儿和儿子被送往上海亲戚家，而妻子顾瑾在河南“五七”干校劳动，一家四口人分散在三个地方。

单位正式搬迁的那天，洪工特意从东北的一个项目现场赶回北京，参加庄严的誓师大会，向党表明自己投身“三线”建设的决心。动身之前，洪工一口气干了十三个小时，打算在火车上好好补一觉。可就在掏钱买票时，他犹豫了一下，最终买了一张硬座票，这样可以得到一元钱的补助。

火车于下午三点半抵达北京，晚点四十多分钟。车还没进站，洪工就急急忙忙地挤到车厢门口。走出车站时，他感到头顶凉酥酥的，摸摸脑袋，才想起帽子丢在车上了。他看看表，誓师大会快开始了，来不及到车厢去找。算了吧，他安慰自己，只当没有补贴。

三月中旬，树木露出了一丝绿意，但远远望去，大部分枝丫依然黑压压的，使天空显得更加阴沉。这段时间，北京的气温变化之大超乎人们的想象。刚停暖气的那几天，气温高达 20 多度，不少人穿上了衬衣，甚至短袖衫。可三天之后气温骤降，人们白天要穿薄棉衣，夜里睡觉得盖两床被子。

誓师大会在某部院内的广场上举行。广场四周挂着大幅的红色标语：“备战备荒为人民”、“建设三线，无比光荣”、“深挖洞、广积粮、不称霸”。

办公大楼正门前，摆了一排桌子，上面铺着深绿色的桌布，算是主席台。主席台中间坐着军代表，他右边的位置空着，新任命的院长不知何故没来。主席台后面，立着一根根旗杆，因为没有风，旗帜不仅垂着，而且怕冷似的紧缩着。会场四周的树上，挂着四个大喇叭，每个喇叭上还系着一朵大红花。可是喇叭里没有慷慨激昂的发言，只有偶然的锣鼓声和吱吱的电流声。

又过了半小时，看样子新院长无论如何赶不过来了，军代表才宣布大会开始。按大会的议程，最后一个发言的是职工代表杨师傅。可是轮到他上台时，杨师傅内急，离开了会场。听到广播喇叭叫自己的名字，杨师傅急忙从厕所跑了出来。登上主席台后，他连头也不敢抬，觉得脚底下黑压压一大片尽是人。他喘息着，从上衣口袋里掏出发言稿。

几天前，领导决定让杨师傅代表全院职工宣誓，他一个劲地摇头。“这回别叫我上台啦，换一个知识分子，叫他们表决心多好！”

“你是工人阶级，你最有资格代表全院职工向毛主席和林副主席表决心。稿子不用你写，你照着念就行。”

与以往一样，杨师傅终于被说服了。为了给工人阶级长脸，他把政工部写的稿子揣在兜里，一有空就拿出来念，稿纸被他揉得皱巴巴的。这天上午，他还在家对着镜子演练了一遍，请老婆提意见。老婆知道丈夫的毛病，也明白说服不了他，由着他去吧。她只是纳闷，那帮领导不知咋整的，为什么总要一个大老粗抛头露面呢？

在家时，杨师傅几乎可以倒背如流，可到了台上，他不仅什么都忘了，而且目光涣散，看不清稿纸上的内容。他站在那里，额头渗出一粒粒汗珠。

军代表见状，轻轻地对他说，“别慌，慢慢念。”

杨师傅感到一丝宽慰。他使劲咽了口吐沫，开始宣读誓词。宣读完毕后，又是一阵喧天的锣鼓和热烈的掌声。刚刚飞临的一群鸽子受到惊吓，突然改变方向，拖着长长的鸽哨朝办公楼后面飞去。

旗帜还是低垂着。

誓师大会的最后一项内容是奔赴茂陵的职工接受领导的检阅。他们四人一组，排着队绕场一周，走在前面的是二十人的红旗手和二十人的锣鼓队，其他人跟在后面，拎着随身携带的包裹、网兜等。前面的队伍较整齐，到了后面就稀稀拉拉的没个样子。

他们绕过主席台，穿过部大门口，然后登上停在路边的一辆辆军车。

在断续的鸽哨声中，十几辆军车浩浩荡荡地从西城出发，朝北京站驶去。那里，威严的军列等候着他们。他们抵达车站时，飘起了浓雾，夜晚提前降临。一团团橘色灯光在浓雾中穿梭着、飘荡着。大人们进入列车车厢前，忍不住频频回首，想再看一眼他们生活了多年的城市。不少人流下了眼泪，但没人哭出声来。而孩子们看到浓雾中的军列，感到很神秘、很新鲜，在列车旁追逐打闹，一会儿出现在灯火下，一会儿钻入黑暗中。

“不许闹，快进车厢！”突然，从看不见的地方传来军人严厉的声音。他们撇了撇嘴，失望地登上列车。

一声哨响后，火车拉着汽笛，徐徐离开北京。光晕在黑暗中翻卷得更厉害了，好像黑白两个巨人正在扭打着，发出惊天动地的吼叫。

军列纪律严明，中途停站加水时，车门都没开，一路上谁也不许下车。

洪工送走战友后，马上乘火车返回东北。刚进办公室，他便看到妻子的来信。顾瑾说，农场领导承诺，再过一段时间，就可以放她走。洪工看到后，并不兴奋。半年前，妻子就递交了申请，要求调到丈夫的单位。农场领导找不到正当的理由拒绝，于是采取拖延战术。

洪工把妻子的信放到抽屉里后，又拿了出来。他琢磨着，万一这回农场领导说话算话呢？经反复考虑，洪工决定利用出差的机会，把儿女从上海接到茂陵。

一个月后，他们从上海启程。火车驶入陕西境内时，广播喇叭开始播放《东方红》。洪婉霞跟着哼哼，进而情不自禁地手舞足蹈。列车巨大的车轮咣当咣当地给她打着节拍。

洪工把卧铺让给儿女，自己在硬座车厢坐了一夜。早晨八点以后，他回到卧铺车厢，想补睡一小觉。

洪工对面的下铺是一个军人模样的老人。他个子不高，鬓角和军帽后面露出的头发均已花白，但嗓音洪亮，显得精力充沛。他的军服已经褪色，没有领章帽徽。

弟弟从小是个解放军迷，他问老人，“您的军帽是真的吗？”

"当然是真的！"老人摸摸弟弟的小脑袋。"我戴了十几年了。"

和老人一起出行的还有三个中年人，其中两人也穿着军装。弟弟看看老人，又看看他们，有些疑惑，"您的帽子上怎么没有五角星？"

老人愣了一下，不知如何解答。旁边的军人打岔道，"他年龄大了，可以不戴。"

弟弟端详着军人头上的军帽。过了好一会儿，他实在忍不住，请求解放军叔叔把军帽借给他戴一戴。

军人笑了，"我可不是解放军叔叔，你得叫我解放军爷爷。"

"解放军爷爷？"弟弟困惑了。在他的脑袋里，解放军一直都是叔叔呀。从来没听说过解放军爷爷。

"怎么，还舍不得叫？我最小的儿子比你高一个脑袋呢。"

弟弟甜甜地叫了声解放军爷爷。为了戴那顶帽子，叫什么都成。他的脑袋太小，军帽扣到鼻梁上，把他的半个脑袋都遮住了，引得众人一阵大笑。

洪婉霞平生第一次这么近距离地与解放军接触，这么长时间地交谈。以前，解放军对她来讲非常抽象，不是在书本里就是在银幕上。她鼓起勇气告诉大家，长大了想当解放军。

"我也要当解放军！"弟弟抢过话头。

"好呀，非常欢迎你们，未来的解放军战士！"

弟弟听了，脸上露出美滋滋的表情，好像已经穿上军装似的。而洪婉霞却为难起来，"怎样才能当兵呢？"

"好好学习毛主席著作，好好锻炼身体。总之，一颗红心，一个强健的体魄。你会唱会跳，还可以当文艺兵，不用等到十八岁就可以参军啦。"

"真的吗？"洪婉霞一听兴奋极了，用不着等那么久！她对自己非常有信心。忠于党忠于毛主席，没得说；身体嘛，也没问题。她比同龄人长得高，有力气。至于老人说的唱唱跳跳，更是她的强项。看来当兵是十拿九稳了！洪婉霞迫不及待地拍打睡着的爸爸。洪工睁开眼睛，白了女儿一眼，接着又睡过去。洪婉霞俯身在爸爸的耳边，轻轻把刚才的谈话告诉他。洪工听完后，虽然眼睛依然没有睁开，但露出了赞许的笑容。

洪婉霞感激地看着老人，突然觉得他有些面熟，似乎在哪儿见过。在哪儿呢？咣当，咣当，在火车有节奏的摇晃中，她使劲回忆。北京二里沟、闪亮的铁轨……她终于想起北京动物园的那场批斗会。难道真的是他？

1966 年，一个闷热的夏天。洪婉霞站在灶台前的一个小板凳上，手持火钳，把炉子上的小铁盖移开，然后身体前倾，眯缝着眼睛把蜂窝煤的孔洞对齐。暗红色的炉膛逐渐鲜亮起来，飘动着红蓝双色火苗。一粒粒汗珠从她额头上滚落，发出噗噗的声音。

炉子烧好后，洪婉霞从小板凳上下来，在水池旁淘米，然后端着饭锅走到炉子跟前。她又踩在凳子上，小心翼翼地把锅架好。爸爸反复叮嘱过她，锅打翻了可不是闹着玩的。架好后，她还弓腰查看了一番，嗯，不错，正好放在炉子的当中。

洪婉霞从小板凳上下来时，爸爸正好进屋。他看了看小板凳，问道，“怎么，刚开始做饭？”

洪婉霞点点头，用手背擦了擦头上的汗珠。洪工走进厨房，皱起了眉头，“怎么菜也没有洗。是不是下午又出去了？”

洪婉霞看看父亲，低下脑袋。

“跟你说了多少遍，现在外面很乱，不安全，你怎么就不听！”

“没跑远，就去了一趟动物园。”

从二里沟步行到动物园，需要十几分钟。洪工认为，这段距离对于小孩而言已经够远的啦。可是，洪婉霞觉得很近，尤其是今天，一下子就走到了。

午觉时她睡不着，起来到楼下溜达。院子里一个小朋友都没有，她颇感失望。就在她想回家时，突然发现马路边人头攒动。她快步走了过去，看到人人都兴高采烈的，肯定有什么大喜事。在人群中，她边走边听，原来今天下午要在动物园召开批斗会。被批的走资派是个老反革命分子。前天，红卫兵费了九牛二虎之力，把他从外地押回北京。洪婉霞很早就想参加批斗会，走资派到底长得啥样，她还没见过呢。动物园的批斗会，应该更有意思。她像一片树叶，在滚滚人流中漂浮，没怎么费劲就到了动物园。

批斗会在猴山前举行，数百群众将一个老人围在土坡上，老人背上插了一张木牌，上面写着“反革命修正主义分子某某某”，他的名字上有三个大红叉。两个红卫兵扭着老人的胳膊，会议主持者不时按他的脑袋，要他认罪。老人很倔强，有机会就把头扬起来，声明自己从来没反对毛主席。所有人都被他的态度激怒了，洪婉霞身边的一个男子大声吼道，“王八蛋，五八年你就参加了彭德怀的反党集团，还说没反对毛主席？”

其他人也纷纷嚷道，“不老实，砸烂他的狗头！”

“坦白从宽，抗拒从严！”

突然，人群中冲出一个戴着“工人纠察队”袖标的人，把一大瓶墨汁浇到老人头上，墨汁顺着乱蓬蓬的头发淌下来，像无数条爬虫在他痉挛的脸上蠕动。老人想用手擦脸，但是红卫兵把他的手扭在背后。挣扎中，老人上衣的扣子掉了，露出胸口上一大块伤疤。洪婉霞看 了有些害怕，便离开人群，朝狮虎山走去。

老人厚实的、微微外翻的嘴唇不停地在她眼前颤抖。

阳光格外灼热，浓稠的白色光团在天地间涌动。与动物园比邻的北京展览馆屋顶上的五角星隐隐闪烁着，似乎正在慢慢融化。狮虎躲在洞里，或躺在某个阴凉处睡觉，如果不是肚皮一起一伏的，洪婉霞真会以为它们是标本。她耐心地围着狮虎山转了一圈又一圈，虽然不敢奢望狮虎会一跃而起、发出惊天动地的吼声，但期盼它们起码应该站起来，在自己的领地四处巡视，露出王者般的霸气。然而，她失望了。

等她回到批斗会场时，老人已经被放进猴山，群众里三层外三层地围在栏杆边，振臂高呼，“咬他！”“撕他！”“扒了他的皮！”洪婉霞觉得大人们很傻，他们叫得越凶，猴子们越害怕，躲得远远的，连看都不敢看一眼，更不用说接近那个头发湿漉漉、满身污渍的怪物。她暗自说了一句，“你们应该安静一点，猴子才敢过去。”情绪激昂的人群似乎听见了她的话，突然静下来，只听见老人的喘息和咣当咣当的声音。又一列火车经过二里沟，朝西驶去。

过了几分钟，猴王恢复了神智，轻灵地从山顶蹦下来，落在离老人两三米远的地方，小心翼翼地注视着他。尽管老人瘫软在地，半天没有动弹，它还是不敢靠近。突然，老人咳嗽了一下，猴王猛地跳到更远的一块石头上。又过了几分钟，它看侵略者依然没有动静，于是一跃而起，跳到老人肩上。猴群见状，纷纷涌过来，在老人身上又抓又挠的。墨汁、汗水和血水在老人脸上氤氲、流淌。很快，老人瘫软在地上，像一堆破烂的衣物，一摊泥。

洪婉霞看了，心里一阵发麻。不过她马上纠正自己，“活该！谁叫他反对毛主席，哼！”

突然，老人大叫一声，一口血喷到猴王身上。猴王像遭到电击似的，身体弹出数米，撞到一块凸起的山石上，血流如注。猴子们见状，纷纷消隐在山洞里，再也不敢出来。

洪婉霞无法将眼前的老人与那个被批斗的走资派联系在一起，可他们分明是同一个人！她想把自己的发现告诉父亲，可是又害怕别人听见，于是弯腰对着父亲的耳朵叽叽咕咕地说了一通。洪工什么也听不清，不耐烦地摆摆手，闭上了眼睛。

洪婉霞失望地坐在床边，倾听大人和弟弟的谈话。

老人的话，她憧憬了一辈子，叹息了一辈子。如果不是因为发烧，她肯定能当上文艺兵。洪婉霞对任何事情都悲观，唯独对此非常自信。

从山野小调到庄严的国歌，历史就这么简单；从京沪大都市到黄土高原，命运也很简单。活过了那段岁月，洪婉霞对“命运”有了自己的理解。它不是用“迷信”两个字简简单单就能否定的。

火车到了西安站后，父子三人没出站，拎着行李直接到候车室，等候去茂陵的火车。他们的行李很简单，两个大尼龙网兜，一个军绿色书包，一个浅蓝色的人造革旅行袋。旅行袋的一边印着解放军站岗放哨的剪影，另一边则是毛主席语录：一不怕苦，二不怕死。在那节车厢里，这副行头算是最体面的了。其他旅客携带的大都是布兜、柳条筐、篮。车内扁担很多，进车厢后，他们把扁担横下来，当坐垫用。

从上海出发时，他们在玻璃瓶和饭盒里塞满了肉末炒雪里蕻、腐乳以及米饭，鼓鼓囊囊一大堆。吃的时候用开水把米饭泡热。到西安后，带的食品吃得精光，只剩下两三个空的玻璃瓶，洪工还舍不得扔，所以他们的行李并未减少。

弟弟在候车室里憋了三四个小时，原以为上了火车后可以找到另一番天地，起码像刚才一样，碰到一个解放军，要他讲讲打仗的故事。上车后，弟弟发现这是辆闷罐子车，弥漫着一股怪味。他刚进去时，喘不过气来，恨不能跳下车去。可他真想跳的话，还没地方让他跳呢。车门一关，就剩下一个比书本大不了多少的窗户，他的小脑袋都钻不出去。刀片似的光线从窗口斜着切进来，并且随着车厢而晃动着。列车开动后，那扇小小的窗户也被关上了，车内一片漆黑，坐在对面的人都看不见。人们一下子安静下来，只听见车轮和铁轨撞击的哐啷声。

曾几何时，茂陵又沦为一个穷乡僻壤。那里，就是他们此行的目的地。

茂密的陵墓

江南才子山东将，陕西到处埋皇上。

在渭河北岸，有一片广袤的平原，叫咸阳原。其地势西北高、东南低，东西长 32 公里，南北宽 10 公里。这里是汉唐著名的墓葬区。西汉十一个皇帝中有九个葬于此。所以，这里也称为五陵原。

初来乍到的人，印象最深的就是这些拔地而起的陵墓。远远看去，它们像一个个巨大无比的馒头，被随便丢弃在原野上。

茂陵火车站始建于民国 25 年，候车室和售票处加在一起，不过 40 平方米，室内涂着白石灰，刷着深绿色的墙裙，两条长椅也是深绿色的。东面的墙上开了个售票窗口，和算盘差不多大小。北面是进站口，直接对着站台。

离火车站一百多米的地方，有一所学校，名叫茂陵小学。因为距离太近，火车站成了学生们的游乐场。男同学在那里拣拾香烟纸，女同学则拣拾糖纸。更多的时候，同学们什么也不干，静静地站在那里，等待火车呼啸而来。身穿蓝色制服的铁路职工见到学生便板起面孔，轰他们走。学生们退到麦地里，与车站保持一定的距离。

当火车进站时，才冲上站台，把自己隐没在白色的雾气当中，体验那种惊心动魄的震颤和嘶鸣。

七十年代初的一个春天，洪婉霞跟随父亲和弟弟从这个小小的火车站走出来。她看到的一幕，可以用惊心动魄来形容。

天，居然能烧成这个样子。她被眼前的景色所震慑。司空见惯的云彩完全变成了一种另类的东西，充满神秘骇人的力量。她第一次看见这样的晚霞，惊愕不已，呆呆地站在火车站门外，昂首眺望。

一场大火正在那里蔓延，一场失控的天火，或者是终于喷发的火山岩浆，沿着地平线滚过来，原野霎时被烫得通红通红。天火滚过来时热量非但没有减弱，反而愈来愈高涨，连风也被烤热了，带着一股灼人的力量撞击在她身上，发出萧萧之声。

这声音悠长深邃，仿佛从千里万里之外传来，从千年万年之前传来。

原野上的树，全被染红了，犹如燃烧的火炬。在枝丫横斜的槐树的顶端，依稀可见几只离群的白领凤鹛。它们受到莫名的惊吓，脖颈上的白毛一根根朝外奓开。远远看去，它们的身上似乎布满了伤口。

一张幼稚的、因惊愕而发烫的脸，映在红彤彤的大地上。后来，洪婉霞染上热病，体温时高时低，绵延了将近六年。每当高烧、神志不清时，洪婉霞眼前都出现这幅图景；或者，梦见这幅景色后的第二天，她的体温准会攀升。两者互相交错、重叠、纠缠。

直至成年，她仍不明白当初为什么会害怕。古今中外，无论哪个作家、无论哪本书，有关云霞的文字都无比柔美。有人把它描写成金色的鱼鳞，有人说它是仙女舞动的红绸，还有人将其形容为鲜花簇拥着的少女的脸颊。它唤起的应该是舒畅、兴奋、甜蜜等积极的情感。从来没有人将彩霞与惊惧这种感觉联系在一起。

按照陕西的谚语，早烧（红云）不出门，晚烧行千里。十一岁的女孩不知道，明天是个大晴天，不知道这就是所谓的“火烧云”，不知道落霞竟然如此惊心动魄。如果不是弟弟回来叫她，洪婉霞大约会这样一直站在火车站门外，一直站到天黑。

“姐，你怎么不走啦？累了吗？”弟弟比她小两岁，但个子矮，看起来像小了许多。

洪婉霞没听见，还站在那里发愣。弟弟上前拍了她一下，“姐，你发什么呆呀？”

“啊，什么事？”她从惊愕中醒过来。

“再不跟上来，你会弄丢的。”弟弟拉着她的手说，“快走吧，爸爸说，晚了食堂就关门了。你肚子不饿吗？我饿得肚子直叫唤，你听听。”

不用凑到弟弟的肚子旁边，她也听到了咕咕的声音，空阔而清晰，似乎什么东西掉进了峡谷。

姐弟俩手牵着手跟在父亲后面。农村没有人行道，他们小心翼翼地在路边行走，瘦小的身影投射在土墙上，一蹿一蹿的，被放大了好多倍。

东方红设计院分为东院和西院，两者相隔数百米。连接东西院的土路，也弯弯曲曲地连接着咸阳和汉武帝的陵寝。这条土路有一个半车道宽，路面上尽是大大小小的石子，汽车和拖拉机在上面颠簸时，扬起厚厚的尘土。没有尘土时，则是飞溅的泥浆。路的南边有大片的农田。农田当中有一条南北向的马路。路西是拖拉机配件厂和茂陵小学，路的尽头便是茂陵火车站。

与火车站比起来，设计院气派多了，占地面积近百亩。西院全部是家属区，而东院则分为两个区域，前院办公，后院住宿。院门口矗立着毛主席的雕像，雕像的后面有一个篮球场。不过，很少有人在那儿打球，球架上常常晒着被子和衣服。球场的北边是食堂，西边是车库、卫生所和幼儿园，再往里走，就是塬上了，那里挖了不少窑洞。住宿区在毛主席雕像的右边，一栋栋宿舍楼从塬下逐渐延升到塬腰，看起来一栋比一栋高。

洪婉霞家住在西院，二楼的一套两居室。与以前相比，住房条件大为改观，但家具还是那么简单，都是公家配给的：两张床、一个三屉桌、两把椅子、一个煤炉和一节烟筒。洪工从北京托运过来的两个箱子和一个五斗柜还没有到货。

因为家具少，新家显得宽敞明亮。弟弟一进屋就兴奋地到处张望，每个房间走了个遍。洪工催他，赶快洗洗手去吃饭。

第二天，洪工去锅炉房借三轮车。杨师傅看他细皮嫩肉的样子，问道，“你能行吗？要不等我干完活去火车站帮你拉回来？”

“不用，”洪工说，“我自己行。”他跨上三轮车，慢慢朝火车站骑去。

离开北京前，洪工买了一个五斗柜。五斗柜40多元钱，可当时他手头仅剩下20多元，这笔钱还要供一家人吃喝。怎么办？他几次跑到商场，在五斗柜前转来转去，一会儿说服自己放弃，没有五斗柜一样过日子；一会儿又说服自己买，即使借债也要买。这一去不知哪年哪月才能回来。

售货员是个非常漂亮的姑娘，她在柜台一出现，便引来不少二流子的注目。他们有事没事都要跟她搭话。因此，她成了商场保卫部门重点保护的对象。这天，洪工程师又来到商场，把五斗柜上上下下摸了个遍，吞吞吐吐地问售货员能不能便宜点。

售货员吃惊地看着他，看他长得斯斯文文的，不像坏人。可他说的话太不靠谱了。

洪工并不指望她回答自己的问题，所以依然低着头查看五斗柜。这时，保卫处的人已经走到他跟前，“你到底要干什么？如果不买东西，请赶紧离开！”

“我？”洪工抬头看了看他，站直了身体，“我是来买东西的，看看不行吗？”

“买东西的？”保卫人员打量着他，“你是来买东西的吗？国营商场哪有讨价还价的！”

洪工知道自己来的次数太多，引起了误会，于是他把自己的情况解释了一通，说去“三线”前非常想买一个五斗柜，可价格实在太贵，买不起。

保卫人员同情地点点头，“我说呢，看你也不像小流氓。不过，公家的东西都有定价，哪能随便降价。”

“你能不能跟领导说说，把它作为处理品卖给我？”

“处理品？东西坏了才能当处理品卖。这好好的柜子，怎么处理呢？”

洪工程师一听有希望，就拉着他走到五斗柜前，指出了它的缺陷。“你看，滑道很涩，抽斗不容易拉出来；后面这块板也有点擦痕。”

“你这个同志真会动脑子！”保卫人员拍拍他的肩膀，“好吧，看在你去建设‘三线’的分上，我们跟领导请示请示！”

领导痛快地答应了，但五斗柜没什么大毛病，只能降到35元。洪工程师听了，赶紧掏出身上所有的钱，交给售货员，请她把五斗柜给他留着，明天他一定来补交余款。

洪工四处求人，终于凑齐了这笔款子。缴完款后，他把五斗柜绑在自行车后架上，左手扶着车把，右手扶着柜子，慢慢推着往家走。一路上，他喜滋滋的，仿佛一张蓝图刚刚获得终审，一个伟大的工程刚刚通过验收。在建设部外的人行道上，他觉得路边的每一簇迎春花上，都跳荡着他的喜悦、他的笑容。尽管春寒料峭，他的额头上已经渗出了汗珠。

当他把五斗柜拖进家时，才感到浑身的气力都耗尽了。他蹲在五斗柜前，久久地凝视着它、抚摩着它，一阵莫名的悲凉突然袭上心头，眼泪慢慢滑落在鼻翼两旁。唉，工作了好多年，竟然连一个五斗柜都买不起！

那一晚，洪工没吃饭。

茂陵火车站太小，没有专门的货场。他家的五斗柜、碗橱、木箱等物品都堆放在车站东头的办公室里。工作人员看了看运单，要他自己进去拿。洪工程师把五斗柜装好后，再搬运木箱和碗橱等小件行李，并把它们捆扎好。

三轮车装满东西后和空着时不一样，洪工骑上去后，身体发飘，两手把不住方向，歪歪扭扭地行进着，像个醉汉。他累得满头大汗，眼看西院越来越近，过了一条横马路就到了。这时，前面的路上出现了一个坑，洪工程师想绕开它，可三轮车不听使唤，偏偏直奔着路坑而去。咣当一声，三轮车上的东西全翻下来，他自己也重重地摔在地上。

洪工顾不得伤痛，赶紧去看家具摔坏了没有。谢天谢地，五斗柜损伤不重，只是抽屉上的两个把手摔断了。洪工把它们拣起来，放在衣袋里。

杨师傅急急忙忙干完活，出来迎洪工。他刚走到西院大门口，便看见了这一幕，赶紧跑了过来。“哎呀，洪工，我说帮你，你客气。摔坏了没有？”

“还好，还好。”

杨师傅帮他把东西搬上车，熟练地跨了上去。

虽然茂陵的霞光令她害怕，伙食难以下咽，但洪婉霞到达茂陵后一个突出的感觉是熟悉，似乎以前在这里生活过。睡梦里，她看见一位穿着白色袍服的女孩从屋顶一跃而下，又轻又稳地落在床边，像老朋友似的跟她打招呼。洪婉霞发现女孩鼻翼旁有一颗红痣，似曾相识，可是又想不起来在哪里见过。女孩说话的声音像泉水“咕咚咕咚”地从黑暗的深处冒出来，亮晶晶的水泡清晰可见。然而，她的口音和用词都很古怪，说的内容洪婉霞根本听不懂，仅记住了“连枝草”这三个字，并且看见大片紫色的花朵在一束束阳光中摇曳。风起时，它们在原野上发出萧萧之声。

正是神都有事时

“三线”的组织工作非常出色，洪婉霞到茂陵的第二天，就坐在了四年级一班的教室里。在她的印象中，入学可没这么简单。

1966年，她去动物园看批斗会的那天，父亲在餐桌上再次提醒女儿注意安全，不要到处跑。顾瑾附和道，“现在外面确实很危险，想玩就在院子里玩，尽量不要出去。”

洪婉霞嘟囔道，“总在院子里玩，多没劲啊，像关在笼子里的鸟一样。”

“那也没办法，”洪工说，“让你出门已经很开通了。现在住宅区也不保险。”此话不假。昨天，楼上的一个男孩就死在院子里。他的伙伴不知从哪里搞到一支枪，开玩笑地指着他，要他举手投降，否则死啦死啦的。他看到黑洞洞的枪口非常害怕，求伙伴别对准他，否则走火就没命了。伙伴笑他胆小，“枪膛里没子弹，走什么火？不信我试给你看。”楼上的男孩听罢，更加惶恐，“别！”边嚷边伸手夺枪。就在这时，枪响了。他的脑袋被打开了花。

饭后，洪工程师半躺半靠在床上，把《参考消息》卷成一个筒，在手里握着，没心思看。他不时叹气。因文革爆发，学校停止招生，女儿不上学，变成了野丫头。在他看来，这比吃不上饭还要严重。

顾瑾劝他，又不是小霞一个人上不了学。大家都这样，以后别人怎么过，她就怎么过。

“话是这样说，”洪工又叹了口气，“唉。”

那天，他久久不能入睡。

为了拴住女儿，父母又给她布置了一项任务，每天去幼儿园接弟弟回家。洪婉霞愉快地接受了。弟弟的眼睛抠抠的，像外国人，人见人爱。洪婉霞领着他，既感到自豪，又感到责任重大，过马路时紧紧抓住弟弟的手，生怕他挣脱了。弟弟常常向妈妈抱怨，“姐姐今天又把我的手捏疼了。”

顾瑾俯身朝他的手上吹气，安抚道，“姐姐也是为你好。”

家务做完后，洪婉霞便和小玉玩跳绳、扔沙包。小玉是北楼邻居的女儿，长着一双乌亮乌亮的眼睛，翘翘辫上系着红头绳，非常神气。不仅如此，她反应灵敏，眼疾手快，所有小朋友当中，只有她是洪婉霞的对手。

玩了几天，小玉觉得枯燥，建议到附近溜达溜达，二里沟有条铁路，可以到那里捡拾糖纸。洪婉霞很为难，“我妈不让我走远。”

“铁路有多远？反正你父母不知道。”

洪婉霞经不住诱惑，跟着小玉去了一趟之后，便一发不可收拾。

铁路线确实离她们家不远，步行五分钟就到了。那里常常出现死人。但她俩不怕，听说死人了还特意跑去看。

第一次，洪婉霞看到的是一个和爸爸年龄相仿的人，也是一个孩子的父亲吧。他的儿女呢，他的亲人呢？洪婉霞同情地望着他。

围观的人站了一圈，人们看耍猴时也是如此这般，秩序井然。死者安安静静地躺在铁轨旁，好像睡着了，恬静安详，眼镜甩在一边。看不见血迹，也看不见创伤。让人捉磨不透，他是被什么弄死的，他是如何把自己弄死的？站了一会儿，洪婉霞觉得冷，催小玉回家。北风呼呼地在人群中穿行、在树枝间嘶鸣。

第二回，洪婉霞没看到死者，只看到地上一大摊血，夹杂着白乎乎的东西。“真惨，脑浆都出来了。”如果没人议论，她不会知道看到的究竟是什么。这一次，洪婉霞害怕了，恶心了。死亡的后果比死亡本身更可怖。不过，她对这一幕很快就淡忘了，和小玉重新超然地说起死亡，哪儿哪儿又死人了，如同三十年后大家谈起哪儿又开了一家餐厅或者精品店。小朋友们还总结出规律。冬天卧轨、跳楼自杀的多，而夏天投湖自杀的多。可能湖泊在冬天结了一层厚厚的冰，跳不进去；而夏天天气炎热，湖水比较清凉。

看到脑浆的第二天，洪婉霞的身体被什么东西点燃，热烘烘的，耳垂等部位还火辣辣的痛。她不知是梦到了还是想起了另一处血腥的场景，更加惊心动魄，更加令人窒息。那次死的人更多，脑浆鲜血熊熊的大火，另外还有战马的铁蹄声、男女老少撕心裂肺的哭喊声、亮晃晃的铁制兵器的碰击声。在场的所有人员都穿着奇怪的衣服，宽袍大袖，发髻高耸。洪婉霞觉得自己也在那里面，也穿着奇装异服，满脑袋花花绿绿的头饰，累赘得很，跑也跑不动，喊也喊不出。另一位同样披金挂玉的少妇大声呼喊着，叫人把她抬走。而少妇自己则转身冲入厅堂，那里早已是一片火海。她还没来得及喊一声妈妈，便昏死过去。

这一奇怪的幻觉，洪婉霞没有告诉小玉或家长。它是那么不可思议，但又那么逼真。她看到的怎么都是古人呢？

除了死人，她们还喜欢看游街。用“喜欢”这个词不甚准确，因为它那种轰轰烈烈、热闹非凡的样子不由得你不看，至于喜欢与否，实在说不清道不明。万人空巷，游街的目的也就达到了。如果竟然有人若无其事地待在家里，对外面尖利的口号声喇叭声充耳不闻，那就糟了，起码汽油白费了，吐沫白费了，嗓子白哑了。

洪婉霞觉得，游街的队伍当中最辛苦的不是罪犯，而是播音员。播音员都是女的，声音高亢激昂，但她们太义愤填膺了，不停地宣读审判词、呼喊口号，声量一次比一次高，以至最终像竹子一样劈了，像破锣一样哑了。每次听到她们的声音，洪婉霞都感到有一把刀子在玻璃上艰难地划动。

她们喊的口号大同小异，“打退阶级敌人的猖狂进攻”，“打倒现行反革命分子某某某”。那些反革命分子被五花大绑，后背插了一个长条形的牌子，上书“现行反革命分子某某某”，或者“五·一六分子某某某”。他们的双手被反扭在背后，头耷拉着。洪婉霞以为除去对死亡恐惧的因素，这样被绑着也不算太难受，起码比播音员好些。多年以后，她才知道，他们不单单双臂被捆绑着，有的连舌头都被割了。两相权衡，还是播音员好受些。小孩子的感受到底当不得真。

被枪毙的人赴黄泉前都要这么热闹一回，洪婉霞们跟着沾了点光，长大后回忆往事时，怎么也不好意思说自己的童年如何苍白乏味。那样讲真是太没良心了！

游街看多了，她俩自然有不少心得体会。如果谁的后背上插着一个写着名字的牌子，名字上划了个又大又红的叉叉，那说明此人是死刑犯；如果名字上没有红叉叉，意味着他只是陪刑的，接受一次深刻的革命教育，以便悬崖勒马，重新做人。

兴许是太年幼的缘故，洪婉霞看得不够细、记得不够准，不知道枪毙人选不选日子，或避不避开某些日子。按照民间的说法，农历正月一日为鸡，二日为狗，三日为羊，四日为猪，五日为牛，六日为马，七日为人，所以一日不杀鸡，二日不杀狗，三日不杀羊，四日不杀猪，五日不杀牛，六日不杀马。直至成年，她还没有听到七日不杀人的说法。中国人对畜生都那么周到，对人应该更加仁慈。几千年的礼仪之邦啊。“七日不杀人”的古谚肯定有，只不过小女孩孤陋寡闻罢了。

游街，血腥和暴力，洪婉霞把它们当成电影观看，以为与己无关。她万万没想到，当暴力失去控制时，谁也不能幸免。

一天夜里，洪工被一阵急促的敲门声惊醒。“谁呀？”他的声音有些颤抖。敲门声粗暴而凌乱，来者不善啊。可是，即便是抄家，也轮不到他。他既不是走资派，也不是反动学术权威。

“少废话，再不开就砸门！”

“来啦，来啦。”洪工趿拉着拖鞋，赶紧把门打开。五六个红卫兵小将冲进来，手里抄着铁棍或武装带。洪工看着他们，不知如何应付。

为首的一个红卫兵是个初中生，嘴唇上的茸毛还没长出来。他指着主人的鼻子说，“听说你们家藏了不少‘四旧’，赶快交出来，不然……”说着，他抖了抖手上的武装带。

“我们家哪有‘四旧’？”

另一个红卫兵说，“老实点，不然我们搜出来，后悔都来不及。”

“真的没有，不信你们搜。”

“是吗？”领头的红卫兵露出怀疑的神情，“你老婆专门研究死人的东西，怎么会没有呢？”

这时，顾瑾穿好衬衣走了过来，“我研究的文物是国家的宝贵财富，都在博物馆里，哪能拿回家。”

“好，既然你们不老实，就别怪我们不客气！”

“随便搜吧，”顾瑾很坦然，“不过，请你们不要把小孩吵醒了。”

他们的家具少得可怜，仅用了十多分钟，红卫兵就把里里外外翻了个遍，没有发现他们要的东西。不过，为了给自己一个台阶，领头的红卫兵从木箱里抽出一本《唐诗选》，厉声问道，“这不是‘四旧’是什么？”

洪工一经逼问，额头上直冒汗，窘得说不出话来。顾瑾回答道，“唐诗不能算‘四旧’。毛主席写的诗词，比如《七律·长征》用的就是唐诗的格律。”

红卫兵们哑口无言，气急败坏地把桌椅掀翻，然后扬长而去。到了一楼门洞，领头的红卫兵回头心有不甘，仰头喊道，“算你们会狡辩，今天饶了你们。下回我们还会来的。”

看着他们的背影，洪工喘了口气，“总算走了”。不过，他知道，今晚肯定有人遭殃。果然，半小时后，院子里冒出一团大火。几个红卫兵不停地往火堆里扔东西。一个男子试图抢回被焚物品，被踢倒在地，几个人围上去抽打他，手臂和棍棒在火光中上下起伏。被打的男子发出野兽般的嚎叫。

洪工惊出一身冷汗。这时，两个小儿女醒了，弟弟大声哭起来，洪婉霞露出莫名的惊恐。顾瑾安慰他们说，“爸爸妈妈在，不怕，不怕。”

一直到1967年年底，大人们斗累了，停下来喘口气的时候，这才想起了孩子们。于是学校匆忙恢复招生，于是，洪婉霞八岁生日过后，终于成为小学一年级学生。

小学入学的招生工作虽然匆忙，但程序还是要走一走的，到底是礼仪之邦，凡事都有个讲究。这个招生的程序现在称之为“面试”。当时不知叫什么，反正不是简单地报名登记，因为还有一些问题要他们回答。

“你最喜欢的人是谁？”

“毛主席！”洪婉霞毫不犹豫地答道。

“最恨的人呢？”

“刘少奇！”

老师露出满意的笑容。别看题目简单，起码一半以上的小朋友答错了，最喜欢的人一会儿是奶奶，一会儿是妈妈；最恨的人大都是男性，外公啦，爷爷啦，弄得老师哭笑不得。孩子到底是孩子，广播喇叭报纸传单以至人造卫星都动用了，天天灌输，还是灌不进他们的脑子。

那天，居委会门前人头攒动，热闹非凡。屋内的铁炉上坐着一壶水，吱吱的响声被人声淹没。从蒙着一层水汽的窗玻璃看出去，屋外的雪花影影绰绰，更加妩媚。地表温度较高，雪花着地后便化了。尽管如此，洪婉霞还是滑了一跤，在一个很平坦的地方，在一个不可能摔跤不应该摔跤的地方摔了一个大屁墩。兴奋得过头了，得意忘形了。每次兴奋之后都会摔跤，每个幸福后面都躲藏着灾祸，或大或小，鲜有例外。历史的经验值得注意，但大人们总不注意，更何况一个小孩，何况每次摔得并不厉害，摔得还很乐。

父母忙着他们的事，洪婉霞独自完成了报名任务。她对自己的表现非常满意，双脚刚跨进家门，就嚷嚷着把详情告诉了爸爸，包括老师与那些傻孩子的问答。

洪工听后，乐了。他帮女儿把脏衣服脱下来，蘸着清水刷了刷。如果在平时，他一定会责备几句。

大猫吃小猫

由于 1966 年停止招生，1967 年的一年级学生年龄参差不齐，有七岁的，也有八岁多的。人小的时候，几个月的差别挺大的，身高智力都不一样。另外，大家都挤在一年级，人数也太多了。所以 1968 年年中，年岁大的孩子，包括洪婉霞和小玉，统统升到二年级，不论成绩好歹。

校园内的生活单调得很。单调往往意味着轻松，不过学生们也有苦恼的时候，比如语文课写大批判稿，就够难为他们的。批评的对象大家知道，肯定是那个倒霉的大鼻子刘少奇。可怎么批呢？七八岁的儿童，对叛徒似懂非懂，可内奸、工贼是怎么回事，就糊涂了，解释也白搭。你可以一层层地解释，他会一步步地往前推问。譬如人的起源，你如果说人是由猴子变来的，那他一定会问，猴子是什么变来的呢，海洋里的动物是哪里来的呢？甚至细菌由哪里来，水由哪里来？

老师没那么耐心，洪婉霞就回家问家长。洪工经不住女儿剥笋似的考问，干脆口述，洪婉霞记录。洪工口述的批评稿有相当的水准。洪婉霞举一反三，很快便脱颖而出，成为优秀的批评稿选手，纵横捭阖，所向披靡。

除了上学，洪婉霞还要带弟弟、做晚饭，没时间和小玉一起玩耍，因此她免不了在父母面前嘟囔。洪工开玩笑道，她与铁锅有缘，所以要烧火做饭。看着女儿疑惑的表情，洪工讲述了“大跃进”的往事。

那年，中国大地一片沸腾，超英赶美，大炼钢铁，更确切的说法应该是大肆搜罗钢铁，挨家挨户地搜。顾瑾环视着小小的居室，家里的钳子、钉子、锁等金属物品早已捐出去，实在没有什么废钢铁，她非常沮丧。不过，当她看见厨房里的铁锅时，眼睛一亮，毫不犹豫地端起来，朝居委会走去，毫不犹豫！幸亏洪工及时赶回家，半道上把铁锅追了回来。那天，洪工本来不打算回家，他已给妻子打过电话，说要到吉林出差，直接从办公室走。后来，领导派另一个同事去了。洪工及时赶了回来，似乎专为铁锅赶了回来。

黑黑的铁锅，生来就为了火烤油煎。洪婉霞和铁锅一脉相承，与火结下了不解之缘。铁锅回归不到一年，洪婉霞便来到这个世界。

听到这个故事后，洪婉霞问父亲，如果铁锅真的没了，还会不会有她？洪工不知如何回答。当年，他仅想到一个问题，没有铁锅，晚饭怎么办？而妻子一心只想为大炼钢铁做一点贡献，根本没想过吃饭的事。

女儿出生的那天，云霞特别绚烂，把病房的墙都映红了。洪工平时对花呀云的很少关注，这时突然发现自然界的景物竟然如此美丽动人，便对妻子说，“孩子就叫晚霞吧。”顾瑾考古工作出身，对文字敏感得多。这个名字虽然不够理想，但又没什么毛病，于是她折中了一下，将“晚”换成了“婉”。

六十年代初，父母给她添了个弟弟。弟弟孕育于三年“自然灾害”时期，在娘肚子里就打上了饥饿的烙印，一如好些人在娘胎里就打下了剥削阶级的烙印。他对饥饿特别敏感，有着一般人无法体会无法言传的感受。与此相应，他对食物有着特殊的痴迷和狂热。遇到食品，甚至仅仅想到食品时，弟弟的眼睛与狼眼一模一样。父母下班回家，或者出差归来，他不看父母的脸，两只眼睛径直朝父母的包裹射过去。每次洪婉霞都担心那个蓝色的布包会被他的目光戳烂。

顾瑾买回来的零食，一般给姐弟俩一人一份，给儿子的那一份还多些。但他转眼工夫就把它们塞进肚子里，一块蛋糕、五六颗糖或者两三根香蕉。五六颗糖也就罢了，香蕉可是两三毛一斤，差不多是家里两天的菜钱，看见他几分钟就消灭掉，顾瑾有些心疼。

他的东西吃完了，自然就盯上了姐姐的那份。从幼儿园回家后，弟弟一进门就嚷嚷饿了。其实，他是想把姐姐的萨其马弄到手。顾瑾摸着儿子的脑袋，要他忍一忍，饭马上就好了。

“每次你都说马上、马上。我都快饿扁了。”说着，他摸摸自已的肚皮，似乎它已经塌陷。

洪婉霞知道弟弟的心思，扭头对他说道，“我还有一块萨其马，你先垫垫肚子吧。”弟弟听罢，双手朝姐姐的抽屉伸过去。

顾瑾批评儿子，“没羞，总是占姐姐的便宜。”弟弟只当没听见，低着脑袋，美滋滋地咀嚼着。

后来，顾瑾买了零食，仅拿出一小部分，另一部分先藏起来。可是，无论妈妈把食品藏得多么隐蔽，弟弟凭着对食品的特殊嗅觉，每次都能在半小时之内稳准狠地把它们消灭掉。对于儿子的这种本领，顾瑾哭笑不得，而洪工则每每教训他，“你要是把这种劲头拿来……就好了。”他本想说“念书”，可临到嘴边吞了回去。这年头似乎不兴念书了。可是除了学文化，他一时想不出孩子的这种劲头该用在哪方面。

洪家总共才巴掌大个地方，家具少得可怜，三张床、一个五屉柜、两个箱子、几把椅子、一张饭桌。而且，他们住着楼房，没有自己的院子，否则，顾瑾兴许会学老地主，把食物装在一个坛子里，埋在地下，然后在上面撒几把土，踩平。但洪婉霞坚信，即使妈妈真的采用了地主的伎俩，也会被弟弟翻出来。

随着姐弟俩的长大，洪家的开销日益增加，生活更加艰苦。因此，弟弟搜寻零食的力度随之增大，更猛更狠，终于把自己弄伤了。

弟弟搜索食品时是否想起伟大领袖的教导“一不怕苦，二不怕死”，洪婉霞不得而知，仅知道他确实拿出了那股劲头，撅屁股、仰脑袋，仰卧起坐，什么动作都不吝惜；搭凳子、攀门框，上蹿下跳，根本不考虑危险与否。姐姐多次提醒他，当心摔下来，但他充耳不闻。他站在摇摇晃晃的凳子上时，根本不知道毛主席还有另外一句教导，“要奋斗就会有牺牲。”

一个初冬的下午，寒风阵阵，天过早地昏暗下来。弟弟寻找食物时，从凳子上摔下来，头破血流。当时，他已经把放在五屉柜上面的箱子打开，闻到了萨其马浓郁的香甜味。唾手可得的胜利冲昏了他的头脑，他居然松开了一直紧紧抓住五屉柜尖角的左手，随着脚底下两个凳子的晃动，他仿佛被什么猛击了一下，栽倒在地。

当时，洪婉霞正在厨房淘米，听到外面咚的一声闷响，赶紧跑出来，手上的米粒稀稀拉拉地从厨房顺着狭窄的过厅一直撒到父母居住的大房间。那里一片狼藉，两条凳子歪在床边，木箱子从五屉柜上翻倒下来，里面的衣服撒了出来。弟弟蜷缩在一堆夏季的衣服底下，如果不是他额上不断往外流淌的鲜血，洪婉霞会以为这是一场恶作剧。弟弟似乎依然沉浸在发现食品的喜悦和随后的惊愕中，用手摸着脑袋，躺在地上发呆。

洪婉霞看到那么多血，生怕弟弟会死掉。她死了没什么，但弟弟千万不能出事。洪婉霞一边哭一边冲到楼下叫喊，“快来人啊，我弟弟脑袋摔破了，我弟弟的头摔破了。”她不知道该怎么办，该找谁帮忙，只是一个劲地哭喊，对着大马路喊，对着阴冷的天空喊。她的喊叫很有些姜太公钓鱼，愿者上钩的意思。洪婉霞的声音可能很恐怖，刚才还有些许光亮的天空一下子黑下来，寒风从看不见的高处呼呼地刮过来，把她的声音撕成一个个碎片，缠在光秃秃的树枝上。她连棉袄也没穿就跑出来了，但并没有觉得冷。

哭声引来不少人，一位叔叔过来问怎么回事。洪婉霞没回答，边哭边拉着他往家里走。还没进家门她就听见了弟弟的哭声。弟弟大概感觉到疼痛了。那位叔叔进去后，马上把弟弟抱起来，用手帕捂着他的额头。手帕很快就被血水浸透了，像一朵耀眼的花朵突然从洁白的背景中探出来。洪婉霞跟在叔叔后面，一路小跑把弟弟送到卫生所。卫生所的人刚走到门口，正准备锁门。幸亏救治及时，弟弟虽然流了那么多血，但没有大碍，只是额头上缝了三针，留下了一个明显的疤痕。

随着时间的流逝，伤疤不仅没有消失，反而历久弥新，日益发展壮大。更独特的是，它有着月亮的禀赋，反光性能特好，什么光线都不让他白白跑掉，太阳、月亮、日光灯、白炽灯、车灯、马灯、炉火、炭火等所有天然和人造的光源，都要在他的额上逗留徜徉氤氲发扬光大。日后长大成人，他曾四处游荡，真正尝到了饥饿的滋味，面带菜色。但奇怪的是，他的脸色愈憔悴伤疤却愈光亮，虽黑灯瞎火而不掩其光。他因此赢得了“探照灯”的雅号。

弟弟摔伤后，受到了特殊的优待，除了喝鸡汤吃排骨，每天还能得到一些零食，蛋糕、糖果等，持续一星期之久，真是“破”得其所。虽然洪婉霞没有他那么馋，但当弟弟津津有味地咀嚼时，她还是直咽口水。不过，弟弟这回很大方，主动拿出他的食物与姐姐分享。感动之余，洪婉霞也有点小小的诧异，怎么弟弟一下子“豁然开朗”了？不会有什么问题吧？她虽然年幼，可还有点“破伤风”之类的概念。孩子们都知道破伤风的杀伤力，比后来的癌症还恐怖百倍。如果说癌症是死缓，那么破伤风则是立即执行的死刑。

小小的伤病对洪家的计划经济造成极大的冲击：离发工资还有八天，父母兜里加起来只剩下五元六角钱。更要命的是，其中五元钱叫小偷给偷走了。那天，顾瑾揣着五元钱的大票，乘电车到东四买带鱼。带鱼一毛多钱一斤，而且不要票证。当顾瑾把带鱼装到篮子里，准备付钱时，却怎么也找不到钱包。糟糕！她的脑袋轰的一声炸开了，钱包在车上被偷！她记得下车时被人撞了一下，那人满脸麻子，挺客气的，连声说对不起。钱没了，接下来的八天怎么过啊，顾瑾立刻到附近的派出所报案。所长亲自接待了她，告诉她近来偷窃时有发生，而且大都是一个麻子所为。他经验丰富，几次从警方的口袋边溜走。当所长得知顾瑾身无分文后，他开了辆带斗的摩托车把她送到家。

晚上，夫妇俩坐在床沿上唉声叹气。唯独弟弟兴奋不已。他一会儿摇妈妈的胳膊，一会儿扳她的脑袋，追问摩托车有多快，坐在上面是什么感觉，他想象着国民党军官坐在摩托车上的情景：他们头戴大盖帽，从一排排荷枪实弹的士兵中呼啸而过。顾瑾心事重重，没理他。洪工烦了，想教训他，可又舍不得真打，紧攥的拳头扬得高高的，结果把头顶上的电灯泡碰得粉碎，手也划破了，地上尽是玻璃的碎片和斑斑血滴。

弟弟虽然没挨耳刮子，但看到爸爸受伤也吓坏了。随着喷薄而出的哭声，他的好奇心和兴奋劲黯然消失在无边的夜色中。

此后，洪家过了八天紧巴巴的日子。无论以何时的标准看，他们平常的日子就够紧的，被盗以后，更是紧上加紧，不仅零食断了，连蔬菜也见不着，天天以几分钱的咸菜度日。本来洪工想借钱买点好东西，给儿子补充营养，可顾瑾不愿求人。

弟弟伤愈后，洪婉霞才知道带姐弟俩去卫生所的叔叔是小玉的爸爸。

尽管两人关系密切，但洪婉霞从来没去过小玉家。每次想到小玉家玩，均被拒绝。洪婉霞颇感委屈，“为什么呀，你到我家多少回了？”

小玉红着脸，不知如何答对。有一次，她被逼无奈，吐露了实情，“爸爸叮嘱过，不让带陌生人到家里。”

洪婉霞说，“我是你的好朋友，不是陌生人啊。”

“那也不行。”

不去就拉倒，尽管洪婉霞觉得不公平，她照旧与小玉一起玩耍，换了别人，玩起来没劲。有天放学时，洪婉霞看见一个男孩头发卷卷的，红扑扑的脸上有两个小酒窝，像电影里的阿尔巴尼亚小孩，可爱极了。她悄悄告诉小玉，长大了她想和这个男孩结婚。谁知小玉竟然把此话传了出去。那个男孩三天两头堵在洪婉霞家门口，骂她女流氓。顾瑾知道后，不解地问女儿，“你这么小，怎么会想到结婚呢？”

洪婉霞满脸通红，恨不能找个防空洞钻进去。一气之下，她不理睬小玉，看都不看一眼。小玉几次搭讪未果，不得不把她父亲搬出来，放学后堵在洪婉霞家楼梯口。

洪婉霞装着没看见，想低头钻过去。小玉父亲伸手拦住她，“怎么啦，小霞，不理我们家小玉啦。”

洪婉霞扭着脖子，不吱声。小玉嘤嘤地哭起来，“你干吗这样？人家有……有缺点错误，你指出来，我改嘛。毛……毛主席不是说过，不怕犯错误，就怕不改正，改……改了就是好同志。”

既然毛主席发话了，那就原谅她吧。不过，洪婉霞心有不甘，仍然低头不语。小玉还在抽泣着。

小玉父亲提议两人拉拉手。洪婉霞碍于大人的面子，极不情愿地伸出右手指。

小玉知道，这种和好很勉强。为了弥补两人的关系，她主动邀请洪婉霞去她家玩。洪婉霞听了很高兴，可是嘴里冒出的话却是，“你家有什么好玩的？”

小玉看看周围，然后悄声告诉洪婉霞，她家有副特别的扑克牌，是她爸爸亲手做的，大猫是毛主席，小猫是林副统帅。这年头，谁家还有扑克牌？小玉家不仅有，还这么特别。洪婉霞的眼睛亮了起来。

中午放学后，小玉带着她急急忙忙赶回家。尽管大人不在，她俩还是像贼一样蹑手蹑脚的。小玉家住在四楼，楼道又窄又黑，水泥石阶被岁月啃得尽是缺口，恰如小学生的豁牙。她俩行走在楼道里，一前一后，咚咚的脚步声和心跳声清晰可闻，可能心跳的声响更大些。走到二楼时，一只老鼠突然从门缝里钻出来，把她们吓得尖叫起来。而老鼠同时也受了惊吓，噌噌地往楼上跳，鬼魂一般。如非亲眼所见，他们很难想象老鼠会上楼，而且比人利索。小玉开门时，手有些不听使唤。对了几次才把钥匙插进孔内。

进门后，小玉直奔五斗柜，从最底下的抽斗里拿出一个蓝布包，展开后，出现了那副神秘的扑克牌。显然，这副牌是拼凑起来的，背面的色彩都不同，有几张，如方块五、草花十等是用硬纸自制的。大猫小猫也是自制的，不过做得更精心。一张牌的中心是伟大领袖的头像，被当作大猫，另一张牌的中心是副统帅的头像，当然是小猫了。领袖的画像应该是从书刊上剪下来的。

既然拿出来了，就玩一会儿吧。怎么玩法，两个女孩不得而知，只好随意抽出一张比大小。如果谁抽到大猫，定会高兴得蹦起来，哟嗬！而抽到小猫，只能心中窃喜，使劲把嘴角往里收，不让对方察觉。万一人家是大猫呢。有大猫小猫之分，就有大猫吃小猫的事件发生。蹊跷的是，每次都是洪婉霞的小猫被吃了。她那个心疼哟！

两个小朋友忘了吃饭，足足玩了一个小时，结果下午上课迟到二十多分钟。

这件事居然会向老师坦白，洪婉霞自己都弄不明白为什么。老师的耐心启发教育？自己急于辩解迟到的原因？还是自己急于回家？她记得放学后在班主任的办公室待了一个多小时。平时，洪婉霞都是下午四点半准时回家，从来没让家长操心。这回看样子回不去了。怎么办呢？她急得直掉眼泪。可班主任丝毫不为所动，拿出不说实话就别回家的架势。

天擦黑的时候，洪婉霞崩溃了，边哭边说出实情。老师听完后陡然变色，“拿毛主席的头像当扑克，甩来甩去的，真是反动透顶！“结果小玉的父亲遭了殃。有人说他死了，有人则说他命大，被抢救过来，发配到锅炉房劳动改造。

父亲出事后，小玉便从学校消失了，像一阵风，一片大雾，说没有就没有了。

几个星期之后，洪婉霞光荣加入了红小兵。同学们给她的评语是“会宣传毛泽东思想”，因为她擅长跳舞；而老师的评价则是“立场坚定，敢于揭发坏人坏事。”

蓝图是晒出来的还是烤出来的

在西院自家的窗前，洪婉霞可以居高临下，看到村民的土坯房，看见路边的大槐树。槐树非常粗，几个小孩伸开胳膊才能把它围住，盘曲的树根露在外面，树干的中间是空的，不知道它为什么没枯死。在树的顶端，挂着一个大喇叭。树底下有一片空地，那里既是村民开会学习的地方，也是他们举办种种怪异的仪式和活动的场所。洪婉霞不明了它们的含义，不知道他们到底在干什么。但有一点她十分清楚，迷信，“封资修”的那一套。在她眼皮底下发生的一切，既令她惊奇，也使她义愤填膺。

茂陵和大都市最大的区别是辽阔静谧，一眼能望好远，即使在深夜也如此。一连好几个晚上，洪婉霞睡觉前都站在窗前，抬头远望。天空像一块深蓝色的绒布，上面缀满了闪亮的星星。当她眯缝着眼睛的时候，星星便伸展出细长的手指，触摸她的睫毛。一旦她睁开眼睛，星星的手指便往后缩，最终消失在无边的黑暗中。洪婉霞在遗憾的同时，又有了新的发现。天气晴朗的时候，密密麻麻的星星像河流一样在夜幕中蜿蜒、缓缓流淌。“银河！”她不禁叫了起来。原来天上真的有这么一条河。

这种新鲜感，暂时抵消了茂陵在物质生活上的粗糙和匮乏。

由于妈妈在外地，爸爸工作忙，洪婉霞承担了大部分的家务，每天放学后，把书包往桌上一扔，便拎起两个热水瓶，急急忙忙到东院去打开水。热水瓶和邻居家的差不多，铁皮外壳上绿色的油漆已经有些斑驳，只有楼上新娘家的热水瓶亮闪闪的，瓶盖上镶有一层铝箔，外壳上喷着万吨巨轮的彩色图案，轮船下面是波涛汹涌的大海，上面写着一行字：大海航行靠舵手。而洪家的热水瓶盖光秃秃的，朝下的一面浸泡在热水里，天长日久，不仅腐烂不堪，而且短了一截。

在打开水的路上，洪婉霞发现火车上邂逅的老人就住在东院，见到他的人都恭恭敬敬地喊他院长。他依然穿着那身旧军装。洪婉霞多看了一眼，想把听到的传闻和眼前的这个人联系起来。据说，院长到任前，院里特意给他家装了抽水马桶。没想到他坐马桶不自在，好半天拉不出屎，最后只好把好端端的抽水马桶砸掉，重新换成蹲坑。按规定，院长出差可以坐软卧，可他习惯睡硬板床，所以每次出差都买硬卧。洪婉霞暗自赞叹，他真是铁打的！硬邦邦的身体，不怕疼。

开始时，打水是弟弟的差事。对这项西院人家最讨厌的活计，弟弟偏偏喜欢。从家里出发时，他边走边把热水瓶前后甩起来，发出吱嘎刺耳的声音。洪工看到后喝住他，并且再三提醒道，热水瓶灌满后千万不能这样，烫伤了可不是闹着玩的。“知道！”弟弟不屑地说。在接下来的几天里，洪工每天都惦记着儿子的安全，查看他的胳膊和腿是否有烫伤。这种疑神疑鬼的习惯把他弄得筋疲力尽。不到三天，他便收回成命，让女儿去打开水。为此，弟弟老大的不高兴。不过，他很快就淡忘了，找到了新的兴奋点——到食堂买馒头。买好后，他可以先吃几口。

开水打回家后，洪婉霞就开始做晚餐。每逢此时，弟弟都不会闲着。他守在灶台边，监督姐姐倒油。油还没有流到瓶口，他便喊起来，“慢点，慢点！”晚上，一家三口就餐时，弟弟开始向父亲表功，说姐姐油倒多了，多亏了他提醒。洪婉霞看了看他，不做声。洪工瞟了一眼菜碗，知道儿子很夸张，于是换了个话题，要他吃饭时尽量少说话。弟弟不高兴了，“你刚才怎么和姐姐说话？”

洪婉霞抢着回答道，“我们刚才口里没嚼东西。”说完，她露出得意的笑容。打嘴仗，弟弟永远处于下风，但他从来不甘拜下风。他像往常那样，有些气急败坏，“讨厌，你总是有理，干什么都有理。”

设计院每个月的第一个星期天卖猪肉，洪婉霞一次要买回全家一个月的定量，够潇洒的吧！每逢肉铺开张的那一天，弟弟早早就去排队，去晚了，买到手的只能是别人不要的囊肉。不过，弟弟每次都不会规规矩矩地站在那里，而是把篮子放下，到旁边玩耍。洪婉霞做好早饭后，去接替弟弟。走近肉铺，她眼前出现的是一大溜林林总总的篮子、筐子、篓子，无论是草编的、柳编的，还是竹编的，一律歪歪扭扭地排列在店铺前。主人们在一旁盯着，如临大敌，因为总有人妄图加塞，一如总有人妄想复辟资本主义，让他们吃二遍苦，受二茬罪。

肉买回家后最重要的事不是清洗、储藏，而是检验。拿菜刀随意划几道深口，看有没有米粒样的东西。弟弟知道，姐姐是在查“米猪肉”，听说人吃进去后，身体里也会长出一粒一粒的“米”。如果发现了“米猪肉”，得赶紧去换。不过这样的事很少发生，弟弟非常失望，以致有一次真的发现了米猪肉时，他兴奋地跳起来，“爸爸，快来看！米猪肉，米猪肉。”他想象着米粒般的虫子在体内蠕动的样子，乐不可支。

洪婉霞把米猪肉重新倒进篮里，准备出门，可是弟弟拉着她的胳膊，不让她走。他想再看看那些“米粒”到底会不会动。洪婉霞有些着急，“别淘气，再晚了肉铺就关门了……”

全家人的定量是二斤肉，买回家后，一斤红烧，一斤炒成肉丝，每天吃一点。洪婉霞从大人那里了解到，要想把炒熟的肉保存四天，可不能傻放着，每天晚饭后，要将肉丝重新回回锅，然后盛在碗里盖好，不能翻动。这样反复煎炒的肉，到了第四天，已然是肉干了，但姐弟俩一样吃得津津有味，吃完了眼睛还盯着碗里，筷子还停留在空中。如果在夏季，猪肉会发出异味，有时还会长毛。洪工把毛撇掉，加热后照样吃，照样香喷喷。

除了肉，每周他们还可以买一次豆腐。买豆腐也要早起排队。这回不用筐呀篮的，不用那么大动干戈，一个小饭碗足矣。形形色色的碗，委于坑坑洼洼的地上，颜色、质地、新旧和文字各不相同。这时，如果来一个电影镜头该多么富有张力，多么有历史感。给它们一个特写，慢慢的，把碗上的文字全拍下来：五好战士，九大纪念，某某食堂，吃水不忘挖井人，学习毛泽东思想积极分子等。而后，镜头慢慢摇，在拿碗的手指上定格。看看这是些怎样的手，老或嫩，白或黑，有无皱纹，有无疤痕，有无老茧，是否被烟熏黄了……每只碗里都盛满故事，精彩绝伦。

洪婉霞家的房子离村庄很近，仅一墙之隔。有时，他们把面和好，出去看电影，回来后发现窗户被人砸碎，玻璃渣掉入面团之中。于是，晚饭又得从头开始准备。这种事，肯定是农村孩子干的，原因说不清楚，不仅仅是因为不让他们到院里来看电影。他们一开始就对城里人有敌意，没有电影时即如此。一种根深蒂固的戒备和敌意，从他们脚下的黄土里面冒出来。

就像塬上的那股泉水。

面对西院生活的种种不便，洪婉霞免不了像大人那样发牢骚。不知谁长了猪脑袋，把好端端的一个设计院分成两部分。当头的为什么不住在西院?

洪工听了，责怪女儿不该瞎说，当领导有领导的难处。为搞好“三线”建设，国家出台了一系列优惠政策，可以解决“三线”工作人员配偶的农转非和工作问题;“三线”单位招工时，优先安排职工子女。东方红设计院提供的条件更加优惠，如果职工本人没有就业年龄的子女，设计院可以优先招收其直系亲属的子女。不到一年工夫，老婆跟随丈夫，外甥投奔舅舅，人们从五湖四海朝茂陵涌过来。设计院的人口迅速膨胀。

“有些情况当初无法预料。如果你妈妈调来，这里不是又多了一个人了吗？还有，来这里之前，谁会想到过冬离不开菜窖呢？菜窖不能挖在走道边，更不能在办公区。一家一个菜窖，你想想要占用多少土地？”

洪婉霞点点头，爸爸说得有道理。她想起上周末父亲挖菜窖的情景，依然有些心酸。挖菜窖比挖防空洞容易得多，但同样有讲究，不能直不棱登地往深处挖，开口以后，要斜挖下去，这样洞口小，里头的面积大。当然，这样挖也更费劲。父亲的两只胳膊白兮兮软绵绵的，远不如铁镐的木柄粗壮结实。它们上下挥动时，洪婉霞直担心，会不会折了？父亲抡镐时，举不起三尺高。就这样，他还是累得汗流浃背，时不时把衣服掀起来，露出身上的“排骨”。弟弟此时挺乖巧，一会儿递毛巾，一会儿递水缸。而洪婉霞则负责把土运到附近的围墙边。

洪工的菜窖挖得不怎么样，但是他的盖子做得最精巧最结实，以竹子为框架，当中衬着旧衣服和油毛毡。做这项工作时，他同样显示出罕见的耐心，坐在小板凳上，慢慢地画线、剪、钉，累了直一会儿腰。完工后，他把盖子盖在菜窖上，严丝合缝。

冬季过后，洪家就搬到了东院。那时，北京下达了战备任务，院里开始抓生产，要完成这种生产任务还得靠白面书生一张张地画出来，计算机辅助设计多年以后才出现。洪工几乎天天加班，有时为了节省时间，他不得不睡在办公室。院长知道后，给他在东院找了一处住房。

搬到东院后，洪婉霞感到最方便的不是打开水，而是到父亲的办公室溜达。在北京时，她就喜欢到父亲的办公室玩，可是那里离家太远，机会难得。而在茂陵，它近在咫尺，洪婉霞每天路过，放学时还常常拐进去，问父亲晚餐做什么、怎么做。办公室在二楼，比教室还大，可是二十来号人挤在里面，看起来并不宽敞。另外，它白天也亮着灯，把绘图板的阴影纵横交错地投在地上，更增添了紧张、忙碌的气氛。

有时，洪工忙得不能回家，洪婉霞得给他送饭。有天晚上，她拎着饭盒在办公楼的走廊上与院长迎面相遇。院长很高兴，陪她一起到洪工的办公室，夸她聪明、能干。院长边说边摸她的脑袋。他的手又宽又厚，洪婉霞觉得头上顶了个大锅盖。分手时，院长自言自语道，“我女儿像她这样就好了，我女儿像她这样就好了……”

洪婉霞想象不出他女儿长得什么模样，他希望女儿哪些方面像她，会做饭还是会照顾父亲?

蓝图蓝图，洪婉霞到爸爸办公室去的次数多了，便对这个词有了深刻的印象。她知道蓝图是晒出来的，但不知道“晒”的具体方法，因为她从没看到人们像晒被子那样晒图纸，仅看到图纸被架在灯光下烘烤。

她始终弄不明白，蓝图到底是晒出来的还是烤出来的。不知为什么，她一直将这个问题埋藏在心底，从来没有问过父亲。

差强“狗”意的屁股

茂陵学校的老师也令洪婉霞感到新鲜感到意外，无论在北京或上海都不可能碰到这样的园丁。在她脑海里，老师都有一定的长相，就像特务、匪兵有一定的长相一样。赖老师原是拖拉机厂的工人，后来随工宣队进驻学校。同学们无论如何也无法将赖老师和工人阶级联系起来，私下里都喊他“赖猴子”。他一上课，确切地说是往讲台上一站，教室里便嗡嗡作响，如蚊蝇聚首，蛙蟾相逢。赖猴子开始还跺脚扯嗓子，想吓唬吓唬他们。无奈革命小将不吃这一套。他没有办法，看到大家调皮捣蛋，则改为唉声叹气，恨铁之不成钢，木之不成材。

“你们呀你们，真是生在福中不知福！要是在旧社会，你们哪里能坐在这儿读书，早放牛去了，当学徒去了。”

绰号叫“马桶盖”的高个子男生接茬道，“放牛多好，可以在野地里撒了欢地跑。”

“美得你！还撒了欢地跑呢，走都走不动。那时，我们吃不饱，饿得前胸贴后背，哪有力气跑啊。”

吃不饱，穿不暖，挨打受骂。这是他常挂在嘴边的一句话。同学们都听腻了。

接下来的一段，他们七嘴八舌地代赖猴子讲了出来。这下赖猴子成了听众，呆立在台上。他自认为苦大仇深的故事，却像没放油盐的泡馍，寡淡无味，丝毫没引起学生们对地主资本家的仇恨，反而觉得可乐，笑容满面。

他每每气急败坏地说，“你们还笑得出来？你们的阶级立场到哪里去了？”

其实，同学们之所以笑他，正因为大家都有爱憎分明的阶级立场。要怪，只能怪他的长相，他一看就不像好人。不信，换个人试试看。教语文的皇甫老师朗读西藏农奴巴桑的故事，不到五分钟，就把同学们的无产阶级感情调动起来。一个女生开始嘤嘤而泣，犹如小提琴在低音部拉开了序曲，紧接着整个班级的痛哭开始渐进渐强，形成多声部的合奏，绕梁三日而不绝。

洪婉霞先入为主地讨厌赖猴子，主要是受了电影的影响。她看过的电影不多，但知道好人是什么样，坏人是什么样，无一例外。大凡工人阶级、解放军和贫下中农都是浓眉大眼，身材高大，嗓音洪亮。可赖猴子偏偏反其道而“长”之，贼眉鼠眼，干瘦矮小，声音晦涩，外加脸色灰暗，活像一个暗藏毒计的反革命分子。

毛主席教导我们说，人贵有自知之明。下意识里，赖老师一定是个非常自卑的人，在讲台下趾高气扬的他，一上讲台便很紧张，瘦脸上的皮都绷紧了，使他更加难看。每当这时，洪婉霞的厌恶之心便退居二线，让位于一种滑稽感。她自己都没意识到，恶作剧的念头在心底蠢蠢欲动，一触即发。

赖猴子讲课很简单，念一段毛主席语录，骂一通刘少奇和其他资产阶级的孝子贤孙。这方面他的知识还算宽广，他可以说出一大串同学们闻所未闻的名字，洪婉霞注意到其他老师也目瞪口呆，傻子似的望着他。赖猴子的眼光直勾勾地看着讲台对面的黑板，似乎从那儿打开了时光隧道，回忆的闸门。当他的思路遇到阻碍，隧道的弯太急的时候，他便收回自己的目光，低头念毛主席语录。他每次上课都拿着那本又大又厚的《毛泽东选集》（第几集不得而知），而不是像一般人那样只拿着小小的红宝书，似乎大书能增加他说话的分量。

和任何站在讲台上的人一样，赖猴子也知道讲课的内容要翻新，形式要多样化。不知是他自己“生而知之”，还是革命群众传授的，这还真是个谜。总之，有一天他说要结合自己的苦难身世来忆苦思甜。赖猴子讲，他家祖祖辈辈都是农民，老家就在王村。他们家是避难来的外姓人。王村也算不上好地方，土地荒凉，气候干燥，穷得叮当响。有一年大旱，土地龟裂，一条条裂缝大得能把脚丫伸进去。好不容易种下的庄稼都死了。他被迫出去要饭。赖猴子说到这儿，解释说，“我这么瘦，都是小时候没吃的，饿的。”他一副受了多大委屈的样子，同学们看了直乐。洪婉霞甚至笑出声来。

“真的，”他以为同学们不信。“你们啊，生在新中国，长在红旗下，身在福中不知福啊。”

刚开始活跃起来的课堂气氛叫他这么几句套话给压了下去，大家继续忍受他的啰嗦。这时，洪婉霞开了会儿小差，偷偷地干起了刺绣。这时，女孩们时兴绣桌布、枕巾什么的，洪婉霞看了几遍就学会了。可妈妈不相信，怕她糟蹋布料，给了她一小块白布，和报纸一般大。这块布能干什么呢？洪婉霞想来想去，决定绣一个收音机的罩子。收音机是她家撑门面的东西，摆在五屉柜的上面，一进门就能看见。如果绣一枝腊梅罩在上面，肯定更显眼。

洪婉霞低头绣着，不知什么时候，听到赖猴子说被狗咬了一口。同学们想象他被狗咬的样子一定非常滑稽，所以唧唧喳喳地议论开了，马桶盖毫不掩饰地咧开嘴大笑。赖猴子没料到会产生这种效果。以他的逻辑，同学们应该表情凄凉，甚至发出嘤嘤的啜泣。他一下子不知所措。课堂里突然安静了那么几秒钟。

“你们，你们不相信？”赖猴子有些结巴了。

同学们都抬起头，望着赖猴子，不知所云。他把同学们的这种表情当成首肯，于是做出刀山火海也敢闯的样子。“不信就让你们看看，活生生的阶级斗争的教材！”赖猴子边说边脱掉外裤，露出一个发黄的白裤衩。他背对着学生，使劲地扭过身体，开始他想从裤口处往上卷，可短裤卷不了那么高。赖猴子只好从上往下拉，露出碗口大的伤疤。

由于这块伤疤，他的屁股不成其为屁股了。别人的屁股都往外突，他的则跟火山口似的内陷。那条狗也够狠的，肯定对无产阶级怀有深仇大恨，大概斗地主时它受过连累，所以跟着还乡团回来进行反攻倒算；从另一方面来分析，那条狗也无比奸猾狡诈，它一眼就看出赖猴子浑身都是骨头，咬也咬不出肉来，只有屁股那儿差强“狗”意，所以它毕其功于一口。就那么一下，敬爱的赖老师的半边屁股就没了。

“没有屁股。好像谁曾经这么骂过人，没想到还真有人没屁股！”马桶盖越说越乐，洪婉霞情不自禁地跟着哈哈大笑起来。

所有同学都随之哄堂大笑。教室的屋顶几乎被笑声掀翻。

“你，你们……”赖猴子一下子脸色煞白。他可能终于明白了自己的失态，一时说不出话来。裤子还没穿好，他就跑出了教室。

从此以后，洪婉霞开始喜欢上赖猴子的课，因为他的课堂气氛异常活跃。他念他的语录经，学生们讲话做小动作，无所不可。“上课说话，做小动作”是他们写自我鉴定时常给自己戴的帽子。这顶帽子不大不小，既说明认识到了自己的缺点，又没有太大的危害。同学们知道，鉴定是要进档案的，而档案要跟着自己一辈子，所以不能把自己写太坏了，否则终生抬不起头来。实际上，他们做的其实已经不是小动作了，有人跑出了座位，只差溜出教室。洪婉霞在上海规矩惯了，猛然经历如此轻松愉悦的课堂环境，忘乎所以。有一次竟然说着说着屁股就挪到桌子上了。她真是到了那种物我两忘的境界，毫无挑战老师的意思。但赖猴子的脸挂不住了。

他“啪”地猛拍桌子，“你干啥呢？给我站起来！”

洪婉霞谈兴正浓，陡然被人泼了一盆凉水，虽然马上意识到自己不对，但又不甘认错，憋屈得浑身难受。赖猴子见她不动弹，也没坚持要她站起来。

而洪婉霞却不依不饶。下课铃刚响，她就迫不及待地冲着赖猴子嘟哝了一句：“不要脸。”“不要脸”是姑娘家的口头禅，如同现在“他妈的”，并非真与你妈过不去，当真不得。

可赖猴子很认真，“谁不要脸呢？谁不要脸呢？”一连问了好几声。他问得急赤白脸，好像有一个宝藏，别人都知道了，唯独把他蒙在鼓里，所以他一个劲地问。洪婉霞赶紧溜出教室。

这事自然躲不过去。洪工当天就知道了。他逼着女儿写检讨，一遍又一遍地修改，极其认真。他做什么都这样，画设计图，擦玻璃，清洗毛蟹的夹子，烤馒头。他曾正儿八经地在煤油炉上烤馒头。自认为很香，很干净。妻子数落他，“亏你还是学化学的，吃的东西能直接放在煤油炉上烤吗？”

在全班作检讨，这在洪婉霞是开天辟地头一回。它彻底打消了她的气焰，弄得她成天灰头土脸的，很久以后才抬起头来。

麻利的杀手

洪婉霞第一次在茂陵火车站露面时，被当地女孩葛兰萍看见了。那时，葛兰萍刚从田里冲到站台上，钻入浓密的蒸汽和巨大的撕裂声中。蒸汽消散后，她看到手拎行李的父子三人走出车厢，其中一个女孩皮肤白净，身材高挑。这是从哪里钻出来的娇滴滴的女娃？看样子，他们是东方红设计院的人。葛兰萍为了证实自己的判断，尾随他们走出了火车站。她发现，高个女娃在车站门口站了好一会儿，仰头看天上的彩霞。真是个城里娃，连火烧云都觉着稀罕。

第二天，那个高个女娃走进了葛兰萍的教室。这回，葛兰萍打量得更仔细些，没错，一副娇滴滴的样子。你看看她的手指，又细又长，干点家务活还不给掰折了？

洪婉霞一来，就得罪了不少人，因为她一下子就把所有人比下去了，且不说学习成绩，连个头都比同学们高一大截。所以，当数学老师预言，洪婉霞肯定能当“三好生”时，葛兰萍带头反对。没几天工夫，她就拼凑了由十来个同学组成的“反洪联盟”，其成员甚至包括她的对头马桶盖。 马桶盖长得人高马大的。同学们猜测他留过级，仅仅是猜测，因为无从证实。他对自己的过去讳莫如深，连到茂陵前在哪儿生活，大家都不清楚。

葛兰萍反对洪婉霞的理由很简单，“三好生，三好生，光学习好怎么能叫三好呢？洪婉霞来的时间这么短，看不出她思想好在哪里。至于体育嘛，也不怎么样。”

马桶盖歪着脑袋，翻了翻白眼。“人家跑步、跳远的成绩都是数一数二的，你这不是睁着眼睛说瞎话吗？”

葛兰萍不服气，“那么长的腿，跑得快一秒算什么？如果把她的腿锯短，和我的腿一般齐，她还能跑赢，那才叫真本事！而且，你看她的手指又细又长。这样的手能干啥呢？娇骄二气！”

马桶盖“嗤”了一声，脑袋歪得更厉害了，“把腿锯短？亏你想得出来。”

葛兰萍讨厌他那副阴阳怪气的表情，“别尽说风凉话，你有什么好招？”

“当——然。”马桶盖拉长了音调说，“她学习和体育确实比我们强，别在这方面动脑筋了，白费劲。”

“那怎么办？”葛兰萍着急地打断他。

“急什么，我还没说完呢！”马桶盖故意停顿了一会儿。“你不是也注意到了吗？洪婉霞在北京长大，肯定很娇气。我们就在这方面动脑筋。”

动什么脑筋呢？葛兰萍还是不得要领，可是她不好意思继续追问。

“让她在劳动中出洋相。”马桶盖声音很轻，似乎在自言自语，不过葛兰萍听明白了。“如果双抢时，可以组织同学们参加学农劳动。可现在这个季节，没什么活。”

“没活也要找点活干！”当天，马桶盖就去找赖老师。开始，赖老师满脸狐疑，不知这个捣蛋鬼又要什么花花肠子。马桶盖看到老师不安的表情，微微一笑，直接说出了自己的想法，“个别同学一直在大城市，过着资产阶级娇小姐的生活，需要用劳动的汗水洗刷她的灵魂”。赖老师知道他指的是谁，会心地一笑。

在学校的南边，曾经有一汪泉水，叫“马刨泉”，到了冬天它会冒出热气。因为泉水的缘故，旁边有一块水田。后来泉水干涸了，但水田还在。星期五一大早，赖老师便率领全班同学到水田浇肥、除草。这也是马桶盖的主意。在马桶盖看来，别说赤脚站在浇了粪便的泥水里，光是闻闻那味道，洪婉霞就受不了。他想象着她弯腰呕吐的样子，忍不住笑出声来。

按事先的谋划，马桶盖到了田头就大声喊道，“洪婉霞同学给大家做个榜样，怎么样？”他边喊边抢开粪勺，朝田里浇粪便。葛兰萍赶忙拽住勺柄，“你怎么这么坏？

等会儿再施肥。”

马桶盖笑眯眯地停顿了几秒钟，但很快就变脸道，“我坏？你现在装什么好人？”说着，他把粪勺拽了回去。

葛兰萍怕洪婉霞看见，瞪了他一眼，没跟他较劲。

洪婉霞本来没把这堂劳动课当回事。马桶盖的举动使她愣了一下。此人自视甚高，总是斜靠在墙角，对同学们的一言一行露出不屑的神情。有时，他也会笑一笑，不过那笑容像是从鼻孔里哼出来似的，短促而酸腐。洪婉霞对他敬而远之。他俩不仅座位相距较远，而且从来没说过一句话。她不明白何时得罪了这位大爷。对于他得意非凡的鬼点子，洪婉霞并没觉得有多么高明。她从小就给弟弟洗裤子，对屎尿有足够的耐受力。

洪婉霞看了看马桶盖，卷起裤腿，若无其事地跳进水田，大步朝当中走去。刚才马桶盖仅浇了田埂边的一小块地，当中应该很干净。伴随着哗啦啦的声响，温暖而细腻的泥土滑溜溜地从脚指头缝里往上翻，舒服极了。她往回走了几步，兴奋地招呼其他女生，“快下来呀，田里的泥巴又软和又细腻，真舒服！”

马桶盖听罢，一屁股蹲在田头。看洪婉霞眉飞色舞的样子，绝不是装的。同学们听了，纷纷跳入田中，叉开脚丫使劲往里踩，踩到底后一脚站稳，另一只脚高高抬起……马桶盖万万没料到是这种结果！不到一节课的时间，学农劳动草草收场。

大队人马走后，洪婉霞意犹未尽，从家中取了铁叉和竹篮赶回来，继续在水田里转悠。葛兰萍远远地看见了，好奇地返回来问道，“喂，你在做啥咧？”

洪婉霞摆摆手，示意葛兰萍别弄出声音。她发现了一只大青蛙，墨绿色的身体背对着她，一半隐没在水里，一半露在外面。洪婉霞悄悄走近了几步，高高扬起叉子，对准青蛙猛扎下去。三根钢丝穿透了青蛙的身体。它叫起来，肚子鼓得老大。洪婉霞把叉子收到跟前，右手熟练地把青蛙从铁叉上取下来，放进竹篮里，然后用草帽盖上。她的动作极其麻利，毫不拖泥带水。

葛兰萍不敢相信自己的眼睛。“你咋那么狠呢？我以为你娇滴滴的啥都做不了。你还真够狠的！”别看葛兰萍平时大大咧咧的，却不敢用手抓青蛙，觉得它软绵绵、黏糊糊的，令人起鸡皮疙瘩。

洪婉霞笑而不答，继续巡视着。

“你抓青蛙做甚？”

“吃啊，”洪婉霞回答道，“可好吃啦。你没吃过吗？”

葛兰萍摇摇头。洪婉霞说，“赶明儿到我家尝尝。”

葛兰萍与马桶盖叽叽咕咕的样子没逃过洪婉霞的目光。不过，她并不在意。农村的孩子，有些嫉妒心理也可以理解。大家都是同学，没有什么了不得的矛盾，而且，葛兰萍周身散发出的蛮劲和豪侠气息，对洪婉霞产生了不小的引力。而手持铁叉的洪婉霞给葛兰萍留下全新的印象，她竟然和农民一样，光着脚在水田里走路。从此，洪婉霞的修长和白皙，都不再是缺点了。葛兰萍对她的态度来了个180度的大转弯。

在洪家尝了一次青蛙肉后，葛兰萍连说好吃。但她还是不敢用手去碰它。每次抓青蛙时，她只负责在田里寻找目标，由洪婉霞动手。洪工烧好后，让葛兰萍带一小碗回家。

这么好吃的东西，乡亲们居然一直不知道。葛兰萍不由得暗暗佩服城里人。人家就是聪明，能吃会耍。她开始有意识地请洪婉霞介绍大城市，上海是什么样子？有六层那么高的楼吗？在葛兰萍眼里，三层已经是高楼了。五六层以上，不可想象。除了田鸡（她第一次知道青蛙还有这么好听的名字），上海人还吃什么？

洪婉霞像说广播剧一样，详细地讲述那个花花绿绿的世界：西郊动物园的海狮，外滩的外白渡桥，最有意思的是大世界的哈哈镜，一会儿把人变成大胖子，一会儿又把人变成瘦猴，逗得你直不起腰。吃的东西就更多了，排骨年糕、刨冰、生煎馒头，一咬一包汤。

除了吃喝玩乐，洪婉霞还介绍了她在上海的亲戚，能干的四表哥和大名鼎鼎的姑妈。姑妈可是了不起的人物，曾被评为全国劳动模范，受到毛主席的接见。

“真的，你姑妈见过毛主席？她有什么英雄事迹？”

“姑妈白手起家，创办了铁饭碗厂，可了不起啦。”

葛兰萍听了这番介绍，一再啧啧称赞。洪婉霞说的那些食品，她闻所未闻，根本不知道是啥东西，只有铁饭碗听懂了。在茂陵，她知道有陶盆瓷碗，还真没见过铁饭碗。洪家出了那样有头有脸的人物，和毛主席握过手！她对洪婉霞更加高看一眼。

末了，她迟疑了一会儿，问道："她是你亲姑妈吗？"因为洪婉霞刚才说她姑妈姓卫。

"当然！"洪婉霞解释道，"爷爷去世后，家里生活困难，把她送给姓卫的人家，所以后来改姓卫。"

同学的恭维，也让洪婉霞兴奋不已。第二天，她郑重地送给葛兰萍一只从上海带来的搪瓷碗，作为她们之间友谊的见证。葛兰萍回赠了野枣、柿子等，还琢磨着把茂陵的宝贝展现给自己的好朋友。

茂陵本来是汉武帝的陵墓，不过现在大家更普遍地拿它当一个地名用。东方红设计院虽然离茂陵不太远，但很少有人萌生去那里参观的念头。就那么光秃秃的一个山包，有什么好看的？不过，在葛兰萍的劝说下，洪婉霞随她去了一趟。

一天下午，葛兰萍从队长家借来一辆自行车，驮着洪婉霞朝茂陵博物馆奔去。通往茂陵的路不宽，顶多并行两辆拖拉机，而且路面上尽是石子，坑坑洼洼的，屁股颠得火辣辣的疼。笔直的土路，伸展在无边的麦田里。路上没有行人，车辆也少。但偶尔路过的拖拉机扬起阵阵尘土，弄得她俩满口沙子。

茂陵在塬上，它的地势并非陡然升高，而是一层层阶梯似的升上去。塬上塬下看起来差不多高，可气温不一样，塬上的树枝光秃秃的，而塬下则桃花盛开，染红了一片天地。麦子对气温没那么敏感，塬上塬下的一般高，都是四五寸的样子。远望过去，感觉天地很平，中间是大片绿油油的麦地，天的尽头则是土黄色的窑洞和村庄。它们构成了一道道绿色的藩篱。

下午三点多钟时，她们抵达茂陵墓区。此时天阴下来，气温明显下降，风带着浓浓的凉意掠过侧柏和桃树的枝梢，天地呈现出一种昏黄色。巨大的坟冢凝重厚实，沉沉地压在地上。

尽管是第一次来，洪婉霞却觉得似曾相识，就连脚下的荠菜和泥土都那么熟悉。

她蹬下来，闻到一股久违的气息。青草的略带苦味的气味叫她想入非非。“我来过这里，”洪婉霞轻轻地告诉自己。“什么时候呢？和谁呢？”

可怜天下大公鸡

随着两人之间友谊的升温，葛兰萍总想给洪婉霞更多一些帮助。还能为她做什么呢？葛兰萍思索了很久，想到了鸡。她知道设计院的人都想买鸡，但没有胆量，摸不着门。

“买鸡？”洪婉霞既兴奋又迟疑，“能买吗？”

院长明确规定，不准设计院的职工去集市，以免助长了资本主义的尾巴。而且，逛集市容易和阶级兄妹发生矛盾。不能因小失大。

饿死事小，工农联盟事大。说不去就不去。大家觉悟都很高。尽管每人每月只有二两油，半斤肉，也不去。

“咋不能买？”葛兰萍知道院里的禁令。“我带你到农民家里买，谁人知晓？”

这倒是个好主意。洪婉霞动心了。每当她看到父亲背着一大袋食物出差回来时，心中又高兴又内疚，期盼什么时候能帮他一把，减轻他的压力。

因事关重大，洪婉霞必须请示爸爸。洪工一听到“鸡”，眼睛便发亮。对鸡的渴望，他更甚于儿女。为何不去？小孩到同学家串门，有何不可。但须小心行事。细致是他的特长。洪工给女儿准备了一个米袋，里面装了几张《参考消息》。把鸡装在米袋里，盖几张报纸，把口袋扎紧。谁也想不到里面有鸡。

“如果别人问呢？”洪婉霞心虚得很。

“进了院门，你就低着头走路，别和人家打招呼，自然也就不会有人问你。实在躲不过去，你就说里面是土豆。”

“土豆？”洪婉霞说不出口。这辈子她还没有撒过谎。难道为了一只鸡去破例！

“我是说万一，”洪工安慰道。“不会有人问的。顶多你装着没听见。”

这还差不多。装聋作哑比撒谎强。事实证明，他们太多虑了。谁也没问洪婉霞。她做贼心虚，绕道走回家，这是电影里中共地下工作者的计谋，绕来绕去把尾巴甩掉。走到自家的楼前，洪婉霞已是满头大汗。洪工站在楼门口，活像电影中鬼鬼祟祟的特务。他接过鼓鼓囊囊的口袋，以前所未有的速度，上楼梯、开门、关门。平时，他走路、干活都没有这么麻利。

洪婉霞的手心里尽是汗，心怦怦乱跳，久久平静不下来。她感到自己实实在在地当了一回地下工作者。从此，洪婉霞对地下党人更加敬佩了。他们每天要在敌人鼻子底下周旋，在龙潭虎穴里进进出出，需要承受多大的精神压力。而她，只当了几十分钟的地下党员，就受不了了。

当洪家那扇木门啪的一声关上后，洪工长长地舒了口气，倏然间从特务变为饕餮鬼，把一束贪婪的目光扎进布袋里。弟弟比谁都兴奋，跳起来嚷道，“喔，喔，吃鸡呐，吃鸡呐。”他跳着嚷着，想亲手去摸摸它。洪工赶紧制止，“小心鸡飞出来了。”

洪婉霞也劝弟弟耐心地等一下，万一鸡飞出来，他们家的杯子碗碟都要遭殃。

洪工先松开一个小口，把右手伸进布袋。他的眉头微微皱了一下，怎么没有动静？他把手再往里伸了伸，里面还是安安静静的，鸡既没动一下，也没哼一声。他蹲下来，将布口袋放在地上，打开一看，鸡脖子软软地耷拉着，鲜红的鸡冠已经变紫，眼睛半睁半闭，似乎死不瞑目。

洪工叹了口气，“哎，你把口袋扎得太紧了。”

洪婉霞后悔不已。在往后的日子里，那只公鸡不时突兀在她眼前，枣红色的羽毛油光发亮，尾部的几根羽毛翘到最高点后，向下弯下来，威武中显出几分儒雅。高昂的鸡冠雄峙在蓝天白云之中，不仅颜色鲜艳如火，形状也像火焰，呼呼啦啦的火苗向后飘着，使它的主人永远保持着奋发向上勇往直前的造型。洪婉霞从看见它的那一刻起，便萌生了饲养它的念头，没想到未进家门，它便命丧黄泉。无意之中，洪婉霞扼杀了一个蓬勃的生命。公鸡虽然不会找她索命追魂，但常常不分白天黑夜地骚扰她，蛮不讲理地出现在她的目光和想象所及的任何地方，比如医院雪白的墙壁上、一望无际的原野或天边。当她看到飘扬的红旗时，很容易产生幻觉，仿佛猎猎抖动的是公鸡鲜红的鸡冠。

也许，那只被她扼杀的公鸡偷得孙猴子的一点技巧，把自己变成红旗，然后不断地复制自己。洪婉霞活多久，它就复制多长时间。因此不管在什么年代，什么场合，她眼前时常飘扬着鲜红的旗帜。红旗的河流，红旗的海洋。红旗和时间串通一气，融为一体。时间流到哪里，红旗就飘到哪里。

可怜天下大公鸡！从古至今，鸡始终保持着它的五德，深受士大夫阶层的赞美：头戴冠者，文也；足搏距者，武也；敌在前敢斗者，勇也；得食相告者，仁也；守夜不失时者，信也。到了社会主义时期，鸡更上层楼，引起马列主义毛泽东思想理论权威的高度重视。经过多次探讨、计算、磋商、研究，他们找出了养鸡下蛋和资本主义的相关系数，可名之曰“鸡论”。其核心内容是：根据经济文化发展程度的不同，全国各地农民的养鸡数量规定在每家三只到八只之间，超过这个数额就是资本主义，要坚决铲除，毫不手软。

设计院搬到茂陵的那一年，马刨泉公社规定，每家只能养四只鸡。为确定这个上限，公社领导费了不少脑筋。定得太高，怕上面说右倾；如果卡在最下限，他们怕社员同志们骂娘。社员骂娘的时候不仅仅骂娘，连娘的娘一并骂，祖宗八百代都跟着倒霉。尽管公社干部是彻底的唯物主义者，无神论者，但娘的娘是不好随便叫人骂的，能不让人骂娘尽量不让人骂。非到万不得已的时候，决不轻言牺牲老娘。

一年之后，省委下达了一项光荣的政治任务。为了让西安市的工人叔叔过好“十一”、元旦等节日，茂陵的农民伯伯每人要上交两斤鸡蛋。鸡群刚刚被绞杀，哪里还有那么多的鸡蛋呢？没办法，葛兰萍受父母委派，到镇上的黑市买鸡蛋，七分钱一只买来，五分钱一只上交给政府。没钱？卖了口粮也要买。这可是政治任务啊。公社及大队的领导都做好了思想准备，这回要集体牺牲爹娘以及爹娘的爹娘了。

要想人不知，除非己莫为。老祖宗的话经过几千年的验证，颠扑不破。洪婉霞自以为天知地知的事终于被揭发出来。葛兰萍，口无遮拦，并没将买鸡当一回事。她自己说出来了，当作一种谈资、一种荣光渲染出来。她忘了一直在旁边舔着伤口的马桶盖，时刻都在伺机反击。买鸡的事他知道后，直接告诉了院长老爹，告诉了校长。他希望学校严厉处分葛兰萍和洪婉霞。

院长将洪工叫到办公室，也不让座，劈头就问，“知道我为什么找你吗？”

洪工一看那架势就明白了。但院长为什么发那么大的火，他始终没弄明白。一只鸡，何至于此。而院长也百思不解。“为何非要去吃鸡嘛。在战争年代，我们常常连一口饭也吃不上，不照样过来了。此事虽然没造成多坏的影响，但性质是严重的，必须在大会上作深刻检查，以警示大家。”有人提醒院长，目前大家还不知道这件事，如果让洪工检讨，岂不等于教大家犯错误吗？效果反而不好。

“有什么不好？”院长坚持已见，“给其他人敲敲警钟嘛。”话虽这样说，他还是作了妥协，让他作书面检查。

洪工第一次写检讨，写下“检讨书”三个字后，他不知怎样继续下去。一只鸡还能吃出资本主义，有那么严重吗？洪工羞羞答答，就鸡论鸡，两篇检讨均被退回。

写批判稿，父亲是老师，而这回，轮到女儿给他启蒙了。检讨，归根到底，要把天下最丑恶的念头、最下作的行为往自己身上栽，否则过不了关。在女儿的启发下，洪工写到，“我辜负了党多年的培养教育，沾染了资产阶级好吃懒做的坏习气，为了一只鸡，竟然将党的方针政策置之脑后，干出偷偷摸摸、鬼鬼祟祟的勾当。这不仅仅是一只鸡的问题，它关系到上哪趟车、走哪条路的问题，关系到社会主义能否牢牢占领农村这块阵地的问题。”这一稿认识深刻，表明了本人的悔改之意，院党委予以通过。

检讨书交上去的当天晚上，洪工没吃饭就睡了。他第二天喉咙肿痛得说不出话来，体温达三十八度四。尽管如此，他还得照常上班，听听大家的意见。以往评价一份检讨，大家围绕着“是否深刻”这方面展开讨论，最后忘不了提醒检讨人进一步提高认识云云。这一次不同。这一次大家往回掰，不同意洪工好吃懒做的说法。他的勤勉有目共睹，忙起来不吃饭不睡觉是家常便饭，如何谈得上懒；好吃还沾点边，南方人嘛，会吃。这也不能说是资产阶级。革命的目的不就是让大家过好日子吗？讨论会成了经验交流会。大家非常关心洪工的女儿买鸡的细节。

接下来的第一个星期天，东院宿舍里陆陆续续飘出鸡肉的香味。开始是一两处，后来迅速蔓延，西院也开始飘出浓郁的鸡汤味。

肚子的力量是无穷的。任何主义和决议均无法与肚子抗衡。东院大门口，出现了声援洪工程师的大字报，作者署名农友。他认为买鸡并非破坏工农联盟之举，相反，它增进了农民和设计院职工的相互了解和友谊。大家知道，农民的零花钱主要靠鸡屁股。可光有鸡屁股还不够。鸡屁股只是矛盾的一个方面，而矛盾只有在一定条件下才能转化。鸡屁股本身不能变成人民币。他们买鸡蛋后，鸡屁股才具备了创造财富的功能。买鸡蛋实际上是对农民兄弟的支持和帮助。同理，买鸡亦如此。

这篇大字报不仅是活学活用毛主席矛盾论实践论的典范，还道出了广大职工的心声。买鸡运动逐渐由地下转入地上。开始，人们到村庄去买，后来，农民跑到院里来卖。一到星期天，东院西院鸡飞狗跳，东方红设计院成了名符其实的杀鸡院。

起初，农民卖鸡只论个数不论斤两，即使论斤两算下来的价钱高也不干。他们怕上当。这事被精于数字的工程师们当成笑料。可是，当他们轻松愉快地在旅途中谈论这个笑料的同时，那些不识字的农民正在笑话他们。在茂陵，公鸡贵，母鸡贱。但是这些工程师们买一只母鸡给出一块七毛钱的价，比公鸡还高，让农民偷偷乐了好多晚上。

他们提前十几年开始了社会主义精神文明建设，并不自觉地为之做出了巨大的贡献。

失血的黄土地

院长是延安时期的老革命，建国后跻身中央领导层，“庐山会议”后被罢黜。经过一段时间的学习改造，他被重新启用。在茂陵，院长以军人特有的号召力，把全院职工及其家属都动员起来，建游泳池、种菜、演革命样板戏，热热闹闹，轰轰烈烈，仿佛他们就是为了这些节目，不远万里来到陕西。

别看大部分同志是学工科的，演起样板戏来依然人才济济。八个样板戏已掌握了两个。全场演下来，不简单啦。如果假设计院以时日，定能将八个样板戏全部演下来。对此，谁都不会怀疑。但是，这段日子像个短命鬼，蹦着跳着，便倒地气绝，害得好多同志终身失去一展才华的机会。

院长非常重视教育，亲自挂帅筹建子弟学校。教室不够，他便发扬抗大精神，发动大家挖窑洞。

那是一个火红的年代，黄土满天，云霄满天，不独东方红设计院，全国人民都在挖地球，备战备荒。帝国主义者亡我之心不死，战争是迟早的事。伟大领袖有一句名言，深挖洞，广积粮，不称霸。后来，在大学同班大哥的指点下，洪婉霞知道了领袖这段语录的出处。“高筑墙，广积粮，缓称王”是明朝开国皇帝的方略。中国历史沉淀之深厚，可窥一斑。随手一拈，便是一个治国的锦囊妙计。

挖窑洞很累，院长没让小学生参加。洪婉霞他们仅做了一些善后工作，在窑洞大致成形后，抹泥皮，把窑洞弄得光滑些，漂亮些。泥皮抹好了，再刷上白石灰，窑洞里便亮堂堂的。窑洞乃居家之地，摆上书桌总不是那么回事，而她后来生病，似乎也与窑洞不无关系。中医认为，窑洞内湿气重，外邪内浸，容易引发湿热。不过，西医宣称，窑洞保温隔热，冬暖夏凉，且将大气层中对人体有害的放射性物质阻隔在外，于身于心皆有百益而无一害。尽管西医的解释更科学，但洪婉霞后来不幸大病了一场，使科学颜面扫地。

子弟学校建成后，院长不仅指示要招收农民的孩子入学，还要招收他们的子女进入毛泽东思想宣传队。这一英明决定把洪婉霞坑苦了。她觉得，自己后来连续几年的发烧，和这种近乎自虐性的劳作有关系。搬运砖头、修窑洞，还有跳舞，这三者中，跳舞最叫人痛苦不堪。她得起早贪黑到咸阳去学习，第二天现学现卖，将所学的《草原英雄小姐妹》、《洗衣舞》等舞蹈教给同学。像葛兰萍那样身材的人在上海根本不可能进宣传队，可是在茂陵，她进来了，因为她的出身。洪婉霞觉得，葛兰萍是作为舞蹈的对立面，作为她的对立面而生的，腿里似乎灌了铅，打了钢筋，直不棱登的。

洪婉霞做一遍动作，然后看同学们做一遍，“不对，是这样，胸挺起来，头向上，手臂慢慢伸展。”

“还是不对！”洪婉霞又得示范一遍，完了还得动手去掰她们的手脚。她们嘴上唯唯诺诺，可是手脚、以至全身的骨骼肌肉都跟她作对。洪婉霞不得不如此反复，以至无穷。

那个累哟。

葛兰萍知道自己给洪婉霞同学增添了额外的负担，愧疚不已，每次学跳舞时，都给她准备两个柿子。陕西的柿子好吃，不涩嘴，而且像红灯笼一样好看。排练时，洪婉霞左右裤兜各揣一个柿子，跳一下，左手伸进裤兜，拿出柿子来咬一口；接着，再跳一下，右手摸出一个柿子，又咬一口。极度的疲乏由此得到某种补偿。

为了讨好洪婉霞，葛兰萍还特意带她去王村玩。王村原是汉武帝的母亲王美人的家乡。从陵寝往东好几里地上，稀稀拉拉散落着三个村落，分别叫王一村，王二村，王三村。但大部分人不加区别，笼而统之地叫王村。它的最东头比邻西院。

洪婉霞晚饭后出发，刚进村口，狗就狂吠起来，吓得她不敢动。如果不是葛兰萍紧拉着她的手，洪婉霞肯定会瘫在那里，连落荒而逃的力气都没有。

“滚开！”葛兰萍左手攥拳，朝近处的狗挥动。狗们显然怕她，声音低沉了许多，但还是不甘心地吠着，蹬在自家的门口，前腿竖立，后腿弯曲，随时一跃而起的样子。

在一个高门大户跟前，洪婉霞停了下来，因为她看到门内的福照壁上画着伟大领袖的画像。葛兰萍要她进去看看，“没关系，是王二柱的家。”王二柱是队长的儿子，洪婉霞的同班同学。

设计院修游泳池的时候，队长家的土建工程也开始了，泥土加麦草夯成的土坯墙被推倒，取而代之的是砖砌的福照壁。壁的两面敷以石灰，雪白雪白的，正面用红漆勾画出伟大领袖毛主席挥手的巨幅画像，与真人一般大。

队长家的门柱上还挂着对联，红纸已退色，但字迹依然清晰。“竖柱不忘共产党，上梁感谢毛主席”。竖柱和上梁是建房的关键步骤，也是农民一辈子的大事之一。

农民文化的巨大包容性便在这里。它可以将任何东西变成代数，把自己选择的内容填进去，得到他们想要的结果。

别看队长在村里吆五喝六的，他的儿子却收敛得很，进了设计院的子弟学校后更是如此。同学们看不出，这个三棍子打不出屁来的少年竟然是队长的儿子。在同学们的印象中，葛兰萍才像干部子弟，起码是公社一级的干部。事实上，能进设计院子弟学校的都有些来头，唯有葛兰萍是例外。她能进来，完全是沾队长儿子的光。队长很欣赏葛兰萍的泼辣，相信她能帮衬自己的儿子。

葛兰萍没有辜负队长的期望，进子弟学校的第二天便一掌把那个高个子男生推出八丈远。他竟敢点名道姓地嘲笑王二柱的发型，进而嘲笑所有农村人的头发像马桶盖。葛兰萍二话没说，上去就是一掌。“你骂谁咧，你大的头发才是马桶盖。”

高个子男生的笑容尚未完全开放，便僵在脸上，威风扫地。打斗结束后，葛兰萍才知道挨揍的是院长公子。知道他的身份后，葛兰萍不仅不息事宁人，反而故意人前人后地叫他“马桶盖”，硬是把这个绰号叫开了。受辱后，“马桶盖”不恨眼前的假小子，反倒恨起老爹来。要不是老爹心血来潮，学校里怎么会出现这些乡巴佬呢?

可在葛兰萍看来，城里人有啥，城里人也是个人，两只手爪一张嘴巴；城里人也要吃喝拉撒。他们拉的同样是粪蛋蛋，也拉不出个金娃娃。

在洪婉霞眼中，城乡差别是有的；城里人对乡巴佬的歧视也是存在的，但没有那么大。洪婉霞做梦也不敢奢望拉出金蛋蛋，拉出平平常常的一堆屎就很满足了。能拉屎说明机体还在正常运行。当然，拉屎的重要性是她日后在医院悟出来的。

葛兰萍和洪婉霞越走越近，“马桶盖”发现后非常不快。葛兰萍他奈何不了，但对付洪婉霞却绰绰有余。在他的教唆和胁迫下，东、西两院的一帮小男孩常常聚在洪婉霞家楼下，什么难听骂什么。透过玻璃窗，洪婉霞看到弟弟站在那群男孩的后边，若即若离。他额上的伤疤，像他的眼神一样透着忧郁的光。洪婉霞理解弟弟的处境。他如果不这样，就会受到孤立。

男孩们的叫骂越来越嚣张。洪婉霞常常被堵在家里，不敢出门。她只能通过窗口，观望外面的世界。

正对着洪家窗口的塬上，有一眼清泉，终年汩汩流淌。对她而言，这个泉眼也非常神奇、非常调皮。它从一片干燥的黄土中突然冒出来，对准洪家的窗口，戏谑地看着她，发出她既听不懂也听不见的声音。每当洪婉霞走到窗前，就会不由自主地看到它。洪婉霞看不清那孔细小的“眼”，只看见它周围润湿的一片黄土，看见它的下方一汪浅浅的水凼。水凼里铺了几块石板。太阳归山前，每每把它照得金光闪射。

泉水旁常有农妇淘米汲水。由于水量不大，洪婉霞很少看见她们在此洗衣。淘米是偷懒的说法。事实上她们淘的不是米，而是红薯苞米土豆小米之类的杂粮。在泉水旁，她们很有耐心，没有城里人停水后排队接水时的烦躁和张皇。泠泠流水，在她们眼中，宛如婴孩，宛如韶乐，中看亦中听。泉水化解了她们或起之于邻里，或郁结自夫君的怨气和怒气。一来这里，什么都随风消散、随水流逝了。洪婉霞从未看到她们在泉边争吵。而在村头，在开裂的土墙边，他们的叫嚣偶有所闻，夹杂着几声犬吠，抑或羊的咩咩，胆怯而无可奈何。

但是到了夏天，农妇们失去了往常的从容与安详。远隔数十米，洪婉霞也能感觉到她们的焦躁。说笑声没有了，停留的时间长了，队也排起来了。以前他们是不排队的。大家围在一起，说说笑笑，谁先来谁后到，心知肚明。排队做甚呀，只有城里人才那样咧。

这一年，天下大旱。泉水一天天变小变细，后来竟枯竭了。它消失得很正常。谁能相信，那个地方有泉水呢？它毫无蕴藏着泉水的样子，光秃秃的没什么植被，高度也不够，连山都称不上，只配叫塬。

泉水没了，村民不能无动于衷。他们起先围着泉眼，咿咿啊啊。唱词她听不懂，但声调还是很清楚的。若论直线距离，洪婉霞离他们也就几十米吧。他们每天清晨便唱起来，弄得她睡不好觉。

开始，洪婉霞不知他们在干什么，看了几次，便明白了，求老天爷下雨！如果说秦腔充满了悔恨和绝望，那么祈雨调则无比虔诚、无比悲凉。农民们所有的希冀，甚至他们的身家性命都维系在时而高亢时而低缓的旋律和吟唱中。

然而，旱情毫无缓解之迹象。泉水依然枯竭如故。村民们急了。这下他们要正儿八经地祈祷。以前的那些动作有些扭扭捏捏，拉不开架势。

祈雨在七月流火的夏季进行。天空白茫茫尽是阳光，地上黄兮兮满是焦土，不少田地已经裂开了一条条缝，形如龟壳。天地间这两种色彩混杂着，令人焦躁不安。大旱的时候，似乎没有白云，云彩早被蒸发光了。洪婉霞不记得有过蓝格英英的天。天被烤得褪了色，一片惨白。洪婉霞在烈日下行走时，感到空气在微微地颤抖。

被大旱逼得走投无路的队干部决定，择良辰吉日在泉眼旁设坛求雨。队长本来不敢参加，可经不住老人的劝说。如果他不参加，而偏偏雨又没求来，村民们不把他的祖坟给挖了？

上百人的队伍在村干部的带领下，从祈雨坛出发，边走边吹唢呐打锣鼓。那唢呐的调子和出殡时差不多，甚至更加凄惶。他们一律穿着白衣服和草鞋，只有队长和几个持幡及麻鞭的人例外。求雨的队伍稀稀拉拉排成了长蛇阵，前面的人已经到了大路上，后面的还在坛周围兜圈子。

一个小时后，队伍又逶迤着回来了。这时，大家寂静无声。他们在坛前跪下，光着赤裸裸的头在太阳下暴晒，没有人戴斗笠，更没有人撑伞。在队长的号令下，近百人齐刷刷地连叩三个响头。最后，由辈分高的属龙的长者代表大家念《请雨咒》：皇皇上天，照临下土，集地之灵，神降甘雨，庶物群生，咸得其所。

第二章

金曰从革。它既是事物变化的象征，也是变化的产物——犹如高超的道法一样，经千年历练而成。真金不怕火炼。

关 煞

祈雨灵不灵，洪婉霞没有印象，她仅记得第二年“五一”节期间，各种荣誉如雨露甘霖，纷纷落到自己头上，马桶盖挡也挡不住。然而，一个小学生不懂福祸相倚的道理，对悄然降临的灾祸毫无警觉。

“五一”的头一天晚上，洪婉霞沉浸在对明天演出的憧憬之中，完全没有留意饭菜的好坏，甚至连自己吃的是什么都不清楚。她一边胡乱往嘴里塞着什么，一边兴奋地告诉父亲，明天她要上台演出，还要上台领奖。为了这一天，洪婉霞期待了好久，准备了好久，洒下的汗水可以用脸盆装。

“不容易，确实不容易，”洪工赞许道。他提醒女儿别骄傲自满。毛主席说，“虚心使人进步，骄傲使人落后。”

洪婉霞自豪地回答道，“您就放一百个心吧，爸爸。我永远不会落后！”

五月一日上午，红旗飘扬，锣鼓喧天。同学们列队来到东方红设计院的食堂，举行庆祝活动。食堂的东边是礼堂，大型活动都在这里举行。洪婉霞是领誓员，在前排就座。除了领读誓词，她还要上台接受三好学生的奖状，还要领舞。

短短两个小时之内，洪婉霞三次登上主席台，太风光了，太出风头了。“亢龙有悔，盈不可久也。”老祖宗的话真厉害。不过，老祖宗的话你只有吃亏以后才想起它，磨难之后才理解它。而当时，洪婉霞完全没意识到自己是条龙，而且是条亢龙。大祸临头而毫无觉察。回想起来，那天确实是她生命中最辉煌的时候，春风得意，出尽风头，出完了就一蹶不振，一病不起。

跳洗衣舞时，洪婉霞的额头滚出豆大的汗珠，不是因为热，也不是兴奋，而是疼，钻心的疼！这个舞蹈似乎是专为疼痛设计的，专为关节设计的，不停地跳跃踢腿，不停地弓步。每个动作都最大限度地引发疼痛。跳完了她就不行了。亢龙不行了。高潮过后，洪婉霞被同学搀扶着回家。

当天她就开始发烧。发烧以后，关节不疼了。病魔聪明得很，轮流上阵，打一枪换一个地方，破袭战，还不想置她于死地。爸爸把她带到医务室。经检查，她的血沉偏高，而且体温居高不下，显然体内有炎症。医生的初步诊断是风湿性关节炎。

午觉后，洪婉霞透过卧室的玻璃窗看到了她初抵茂陵时那样的晚霞。所不同的是，这回云霞的中间一片惨白，恍惚有一个女孩，穿着一件宽大的白袍在天上飘舞着。洪婉霞感到自己的身躯一下子轻飘飘的，似乎魂灵升空，仅留下一个空壳。

晚上，疼痛减轻了不少，但她毫无胃口，一点东西也没吃，便拿着小板凳，缓缓走下楼看电视。东院的电视机放在篮球场，14 寸的，荧光屏闪烁得很厉害，大家不愿意离得太近。洪婉霞走到球场时，电视机前已经挤满了人，她只好坐在最前面，仰着头看“五一”电视新闻。

沉沉夜幕下的天安门广场，最引人注目的是那些巨大的霓虹灯标语：“战无不胜的毛泽东思想万岁！”“全世界各民族大团结万岁！”“大团结”那几个字格外明亮，对着天安门城楼不停地闪烁。毛泽东头戴灰色帽子，身穿灰色中山装，坐在城楼上。他身边依次是西哈努克亲王和董必武。最西侧林彪的位置则空着。

不知什么时候，林彪终于到了天安门城楼，坐在伟大领袖的身边。看样子林彪老大不情愿，皱着眉头，干黄的脸上毫无表情。而且，他始终紧闭着嘴唇，不与毛泽东说话。而毛泽东呢，一只胳膊搭在椅子的扶手上，微微向右倾斜着身子，专心致志地抽烟，和国际友人聊天，连余光也不朝林彪乜过去。

洪婉霞注意到，都五月份了，林副统帅还穿着军大衣，想必体质很糟糕。看着看着，洪婉霞突然觉得他身上带着浓浓的药味。不，不是觉得，而是分明闻到了，一股浓浓的药味，在天安门上空经久不散。

火焰做成的花朵在祖国心脏的上空不停地盛开，又凋谢。在它们熄灭的瞬间，大地漆黑一片。毛泽东看着天安门广场攒动的人头，看着夜空中翻飞的礼花，露出惯常的笑容。随着焰火的爆响和消失，城楼上众人的脸庞时明时暗。紧张压抑的内心与舒展开阔的夜空形成鲜明的对照。

几分钟后，在噼噼啪啪的声响中，林彪悄然离开，仍然没和伟大领袖打声招呼。林彪走后，那个缺口又打开了，黑洞洞的阴森森的，无论多么灿烂的礼花多么巨大的轰鸣都不能把它填满。

毛泽东依然没有朝那个空着的位置看一眼。

林副统帅肯定病得不轻！洪婉霞回家后，把自己的感觉告诉父亲。洪工刚从办公室回来，正蹲在煤油炉边烤馒头，屋里混杂着煤油的气味和淡淡的麦香。听了女儿的描述，洪工哆嗦了一下，馒头掉在地上。他边嘶嘶地朝手指头吹气，边告诫女儿，“这种话千万不能瞎讲，要坐牢的！”

“有这么严重吗？”洪婉霞嘀咕道。她又没有造谣。

洪工拾起馒头，又拍打了一番。他知道女儿没听进去，于是进一步警告她，“电视里怎么可能闻到药味？造谣是要枪毙的，要掉脑袋的！”

洪婉霞还是不以为然。她认定林副统帅得了重症，不然五月份了怎么还穿着军大衣？

医务室给她开的各种退烧药均无疗效，医生建议到正规医院去检查。医院距东方红设计院约三十里，交通不便。洪工听罢，赶紧与院办联系。院长规定，凡是重病号去大医院看病，医务室有权要求院办派车。如果院里的车都出去了，可以动用他本人的车。规定是规定，执行起来没这么顺利，因为人多车少，司机班看人下菜，常常以“没车了”搪塞。这次也不例外。洪工急得如热锅上的蚂蚁，人家还坚持说没车。杨师傅知道后，跑到司机班为他说情。因为一次过分的玩笑，一次打赌，司机班的人觉得欠杨师傅的人情，没等他说完就答应派车。

一路上，洪婉霞晕晕乎乎的，闭目休息。没多大工夫，就听司机说，“到了，下车吧。”她动了动腿，发现平时灵巧的身体此时硬邦邦的。在父亲的搀扶下，她艰难地从车里钻出来。

首先吸引她视线的是医院的名字，“长征医院”四个魏碑字体遒劲有力，给人以信赖感。可是，洪婉霞看到后却冒出了一个奇怪的念头，是长征中诞生的医院还是医院里的长征？

几年前，长征医院从上海搬迁到咸阳，坐落在上林苑遗址内，里面有不少古代的遗址，如方丘和池塘等。医院依方丘造了个露天广场，而干涸的池塘则重新注水，周围栽花种树，成了医院职工家属纳凉散步的场所。

医院大门的左侧是血液中心，右侧是行政大楼。楼边的空地上，种着玉兰、冬青和雪松。门诊大楼正对着医院大门，楼前有个停车场。楼的北边是礼堂和露天广场。广场的西边，有一座消毒供应中心和一个锅炉房。

门诊大楼分新旧两部分，两幢楼都呈回字形，在一层和四层有通道相连，其他楼层不通。别说病人，就是医生护士初来乍到，也常常迷失在两幢迷宫式的楼房之中。

他们早晨七点启程，但还是来晚了，大厅里尽是人。洪工给女儿找了一个座位，他自己去排队挂号。

连续烧了十几天，洪婉霞特别虚弱，坐不住，身体往下滑。她旁边坐着的尽是些农民模样的人，破衣烂衫，有补丁不说，布的颜色都不一样，脏得说不出何种色泽，灰噗噗的，只有头上的羊肚毛巾呈白色。洪婉霞恍惚走进了电影院。这些人怎么一下子从银幕中跑出来了？在她的印象中，旧社会的难民才有这副模样。

挂号窗口的人都走光了，洪工还在那里说着什么。

“今天的号完了，明天再来吧。”

“明天怎么行，我们老远赶来的。”洪工耐心地解释，“我们响应毛主席的号召，从北京来的，支援你们搞革命。我以前也是你们部队的，团级转业干部，请照顾照顾。”他胡乱诌了一通，还真管用。挂号的医生终于同意加一个号。

在内科候诊时，洪婉霞双脚顶在地上，试图延缓 80 多斤的身体的下滑速度。她坐的力气都快耗尽了。等了好久，她终于走进了 4 号诊室。

诊室不大，门边有一张床，床里面摆了两张桌子。一张桌前无人，靠窗的那张桌前坐着一位年轻的医生。他个子适中，身材匀称，头发紧贴在脑袋上，很光滑，也很薄，像假的一样，虽然洪婉霞不知道世界上还真有假发。

几个中年男女站在室内，有的拿着病历和片子，有的抱着孩子不停地转悠。

年轻的医生看上去挺文静的，说话却很凶，像个国民党，问病人的口气一点也不比审问江姐的国民党特务好多少。

“多大了？”他头也不抬。

“十二岁。”

“听听心肺，把衣服撩起来。”

真流氓！周围还有好几个人呢。洪婉霞拖拖拉拉的，极不情愿。就在十二岁的胸脯即将暴露时，一位女医生走进来。她见状，马上驱赶屋里的闲杂人员，“出去，你们都到外边等候。”

几个男人出门前，目光还在洪婉霞的胸脯上流连。

女医生批评自己的同事，“跟你说了多少次，对女病人周到点，怎么能在大庭广众之下检查呢？”

年轻的医生嘀咕道，“她还是个黄毛丫头嘛。”

听了这话，女医生更来气了，“黄毛丫头怎么啦，黄毛丫头不是人啊，脑子里装的什么呢你！”

女医生过来，仔细听了听洪婉霞的心肺，有微弱的杂音。她诊断是风湿性心肌炎，和设计院医务室的判断大同小异。从处方上，洪婉霞知道这位女医生姓唐。

回去的路上，洪婉霞想起那个头发光亮的医生，想起在她胸脯上挠爬的贪婪的目光，几次想吐都没有吐出来。

洪工以为她晕车，把她让到驾驶室的副座上，让司机开慢些。路上，他脑袋里全是化验的数据。怎么回事呢，两张化验单都有问题？不可能！无论如何，他要催妻子早点调过来，女儿病了，没妈妈在身边可不行。

陕西人认为，小孩到了十二岁或十四岁不等，有各种难关要过，即所谓关煞。洪婉霞没能逃过这一关。她恰巧在这个年龄病倒了。

第二天，洪工挂了长途，把女儿生病的事告诉妻子，要她向农场请假，回趟家。

顾瑾不以为然，吃五谷杂粮的人，谁不生病呢，而且是发烧这样的常见病。以这个理由请假，她说不出口，眼下农场正忙，人人都想好好表现一番。

洪工非常生气，“女儿烧了一个多星期，怎么就不能请假呢？难道非要病危了才能回来？”

“你不要说得这么难听好不好？发烧和病危有什么联系……”

两人争执了好半天，越扯越远。

他俩可以说是青梅竹马，从小学到高中都是同学。不过，最开始向顾瑾求爱的是另一位同学。高中未毕业，他被团市委选中，当了专职团干部。离开学校前，他向顾瑾表达了爱慕之情。顾瑾回绝了他，说自己有心上人。团干部知道她指的是洪工，不屑地问，“他有什么好？照现在的发展速度，我三十岁左右就能当上团市委书记。”

顾瑾回答得很简洁，“他学习拔尖，实在。”

团干部走后，他们确立了恋爱关系。洪工曾开玩笑说，情敌就是他的媒人。婚后，两人琴瑟和谐，从来没红过脸，直到文革爆发。

文革初期，洪工是逍遥派，而顾瑾属于保皇派。她虽然对官僚作风深恶痛绝，但不赞成一棍子把人家打死。对于丈夫落伍的表现，顾瑾经常敲打他，“修了”、“有剥削阶级思想的残余”、“四体不勤、五谷不分”等。

这些时髦的政治术语，洪工在单位已经听够了，没料到回家还要重温，因此非常恼火，忍不住发脾气。

这回，他知道光发脾气只会使妻子躲得更远。于是，他决定破费，给顾瑾发了一份长长的电报，详细叙述了女儿生病前后的情况及检查结果。看完整整三页电报稿，顾瑾这才慌了神，匆匆赶往茂陵。第二天，她便带着女儿往医院赶。

进了医院后，顾瑾让她坐在椅子上，看好大网兜，里面装着住院所需的脸盆、口杯和饭碗等物品。

生活用品和人们的思想一样，简单极了。

洪婉霞坐在医院走廊上，似睡似醒。顾瑾楼上楼下来回跑，好不容易办完了住院手续，却被告知没有床位！有人未办任何手续已经躺在了本来属于洪婉霞的病床上。开住院单的医生也不知道。

顾瑾急得直抹眼泪。女儿发烧一个多月，骨销形损，体重只剩六十多斤。她从河南赶过来，专门送女儿住院治疗。来一趟不容易，而且，女儿已经没有回去的力气了。这些，跟谁说都没用，顾瑾只剩下一条路，跟自己的心诉说。她无力地靠在柱子上，向白墙诉说，把眼泪一滴一滴地洒在走廊上。

这时，唐医生路过这里，看到顾瑾哭得很伤心，便停下来询问原因。听完顾瑾的诉说，她说："这两天床位确实紧张，这样吧，你们母女俩先住在我的宿舍，等有了床位再搬到病房。"

"这？"顾瑾疑惑地看着唐医生，不敢相信自己的耳朵。"这样行吗？"

"有什么不行的？"唐医生爽快地说，"我那里不宽敞，你们先挤挤。"

顾瑾怔怔地看着她，感动得说不出话来。

"快走吧，"唐医生催她，"你女儿呢？"

顾瑾指指斜倚在椅子上的女儿，然后搀扶着她朝门外走去。

职工宿舍位于住院部的东边，是一幢四层的红砖楼房，楼边有一个花坛。花坛里没有花，看上去更像一个装满泥土和杂草的大罐子。唐医生住在一层，房间的陈设很简单，进门是一个双人床，占据了房间的很大一部分；对着门有两扇窗户，窗前有一个书桌；门边的角落里放着很窄的一个书架。书架上有书，也有饭碗等生活用品。洪婉霞进去后，不由自主地倒在床上。

顾瑾看着唐医生，为难地问道，"这里……挤得下吗？"

唐医生说，"这间房你们母女俩睡，我睡同事家里。"

"真不好意思！"这虽然是被人们说烂了的客套话，但它从顾瑾的嘴里说出来，显得格外真诚。

"没关系，谁都会有难处，"唐医生淡淡地说。说完，她脱掉白大褂，露出里面的军装。刹那间，这个和蔼的医生变成了英姿飒爽的军人。洪婉霞感到房间里一片豁亮，仿佛罩在眼前的什么帘幕被掀开。她忘记了病痛，凝视着身边这位身材匀称、皮肤细腻的军医。唐医生应该三十多岁吧，与妈妈的年龄相仿，周身同样散发出慈母的温暖气息。洪婉霞想到自己的军人梦，不由得黯然神伤，闭上了热乎乎的眼睛。

唐医生和其他职工一样，随医院迁移过来，但丈夫仍留在上海，他们过着牛郎织女的生活。这对于军人来讲，挺正常的。哪支部队不是到处流动？作为后勤单位，他们还相对稳定些。从看到洪婉霞的那一刻起，她就对这个女孩充满了怜爱，她和一般病人不一样，孱弱中有一种说不出的优雅。她说了几句安慰的话，然后去办公楼，帮母女俩订饭。

洪婉霞安安静静地躺着，眼前是大片的白墙、白屋顶，脑袋也是空空的一片白。随即，一朵朵花瓣从白色中凸现，它们跳荡着汇聚着扩散着，像火苗一样闪烁着，波澜壮阔，广袤如天空似海洋。她忽然感到发冷，催促妈妈快点把毯子拿出来。

安顿好女儿后，顾瑾惦记着农场的工作，匆匆返回河南。临走前，她叮嘱洪婉霞听医生的话。洪婉霞虽然有些依依不舍，但并不难过。三天后，在唐医生的帮助下，她顺利地住进病房，成为一名正式的住院病人。

起床，洗漱，早、中、晚三餐，外加午休，医院的生活和军营一样，很有规律。不同的是，医院每天多了查体温和大小便等几项内容。洪婉霞虽然头一次住院，却很快就适应了这里的生活。她发现，医院其实是个很热闹的地方，一点也不可怕。这里如同异国他乡的车站一样，冷不丁就会碰到一个熟人，带给你意外的惊喜。

穷骨头发烧

搬到病房的第二天，洪婉霞在水房洗漱时，碰到了杨师傅。“哎呀，你也在这儿呀，杨伯伯！”

杨师傅见到她也很高兴，“哟，是你呀。我还说查房后去找你呢。”

杨师傅四十多岁，虽然看起来比实际年龄大，但面色红润光亮，不像个病人。他闲不住，四肢受限制就不停地动嘴巴，什么事都说。洪婉霞闲得慌，几乎天天泡在他的病房听故事。

设计院的搬迁对杨师傅来讲，是个天大的喜讯，到茂陵去可以解决家属的农转非和就业问题。文件下达的当天，杨师傅就到政治部报名，要求支援“三线”建设。可领导表示，暂时只要技术人员，工人可以在当地招。

杨师傅一听急了，不得不四处求爷爷告奶奶。每天晚上，当他筋疲力尽、垂头丧气地回到家中，免不了被老婆奚落一番，“别瞎折腾了吧，我哪有那造化，能沾上你的光……”当杨师傅偶然得知新任院长的名字之后，拍手大叫，以命令的口吻要老婆给他炒两个菜，他要喝一盅，庆祝老婆参加革命工作。老婆半信半疑的，不过，为了讨个吉利，她照办了。事情正如杨师傅所预料的那样，很快就办妥了。原因很简单，他曾给院长当了多年的警卫。

当年院长倒台后，杨师傅也被隔离审查，后经院长老部下的鼎力相助，他转业到北京工作。活命的事算是解决了，可传宗接代的事毫无头绪。北京的姑娘心气多高啊，谁能看上他？

还是靠院长老部下的撮合，他认识了现在的老婆。婚后，杨师傅获准见到老首长，把自己的喜事一件件告诉他。首长身体硬朗、情绪高昂，一点不像受羁押之人。听完了杨师傅的介绍，老人连声叫好。杨师傅告辞时，院长笑道：“老子帮你留在城里，帮你找工作，现在又帮你讨了媳妇，可惜现在不能随便走动，否则老子还可以帮你生个大胖小子，哈哈哈！”

杨师傅低头嘿嘿了一声，“首长，那事就不用你帮忙啦，我自己行！”

看他认真的样子，院长更乐了，“你没生过怎么知道行？”

老婆家成分不好，曾被扫地出门。虽然她后来又回到北京，但没有户口，柴米油盐都成问题。她看杨师傅出身好，有北京户口，才嫁给他。老婆虽然是吃闲饭的，却很有权威，杨师傅见了她如同老鼠见了猫，小鸡见了黄鼠狼，甫志高见了徐鹏飞。

“你为什么怕老婆呢？她能吃了你？”工友们不止一次问他，但每次都不得要领。大家只能得出这一结论：前世孽缘，上辈子欠她的，这辈子该还账了。

杨师傅农民出身，保留了很多农村人的生活习性，因此常常被老婆数落。她用得最多的一句话是“穷骨头发烧”。这句话是跟她老爹学的。她老爹曾是一个不小的老板，专门生产各种煤油灯。遇到工人闹纠纷，老爹均一言以蔽之：“穷骨头发烧！”他的口气很平缓、低沉，似乎在评价一件与已无关的事。工人们听了之后，也没觉得被数落或谩骂，该干吗还干吗。

同样，对于老婆的口头禅，杨师傅也没计较。本来就是穷骨头嘛，解放前三代赤贫，解放后本来翻身解放了，没料到结婚生子后，又回到了解放前。老婆没有户口，孩子自然也没有。一家数口就吃他一个人。

天长日久的贫穷重新塑造了一个壮年男人。几年之后，人们突然发现杨师傅骨头缝里、眼睛里以至浑身上下无不散发着贪婪的气味，对食品的贪婪，那种精微深入的程度，赛过了蚂蚁，再细碎的馒头碎渣或粉末都不放过。这引起司机班一些工友的轻蔑。

“狗日的好像一辈子没有见过馒头一样。老子今天让你吃个够。”

“你狗日的如果能一顿吃八个馒头，老子白给你吃不算，还另外奖给你两个。”

杨师傅听了，眼睛一亮。他的这种眼神，只有在两种情况下出现，一是面对食物，一是面对炉火。八个馒头算什么，杨师傅觉得他能把一座山都吞进去，如果这是一座面包山的话。他从报纸上看到，国外有面包树，但面包山还未在屏幕上出现。也许哪天会冒出来。既然有面包树，为什么就不可能有面包山呢？

工友一听他这么积极应对，有些犹豫了。但他不好反悔，于是加码道，“说好了，是吃馒头，其他一概没有，水也不能喝！”

“水都不能喝？”杨师傅有些不悦。

“怎么样，不行吧？”

“不喝就不喝！”杨师傅把沾满煤渣的蓝色工装往地下一摔，拿来！工友真的买了八个馒头。在人们的围观下，杨师傅开始一个接一个地吞咽馒头。多少年了，他没有这么尽兴地吃过馒头，连粥都没有这么尽兴地喝过。眨眼的工夫，五个馒头就进去了。

工友心里咯噔一下，心想，没料到这家伙真是饿鬼脱胎，一口水也没喝，就把一斤干巴巴的馒头咽了进去。这回算是见了鬼，喂了狗。问题是回去怎么向老婆交代！他家一下子少了二斤粮票，也不是一个小数。

从第六个馒头开始，情况发生了微妙的变化。杨师傅吞咽的速度明显慢了下来，他的喉结上下滚动得不那么顺畅了，开始有些涩，似乎被什么东西粘住了。你感觉到他吞咽时，喉结微微蠕动着，需要积攒力量，犹如拉车上坡时需要停顿或稍稍往后退一下。这是一个转折点，围观的人停止了议论，专心致志地盯着他的脸。人们注意到，他的额头上开始渗出汗珠；后来，他不仅用喉结，也用眼睛帮助吞咽，每次下咽前，他的眼睛都往外翻，往外鼓；再后来，他的腰腹部、他的脚尖都在使劲。他把全身的丹田之气集中在喉咙，在舌根部位。无师自通地，杨师傅运用了祖国最宝贵最神奇的医学遗产，气功。如果不运气，他肯定不能把八个馒头全吞下去。须知当他吞咽最后两个馒头时，他的喉咙里已经开始冒烟了。他觉得有股热辣辣的东西往上翻。如果不运气，怎能把馒头压进去？

杨师傅另外一个克敌制胜的法宝是活学活用毛泽东思想。他在最困难的时候，也就是咽下第七个馒头之后，一边咀嚼吞咽一边默诵毛主席语录："下定决心，不怕牺牲，排除万难，去争取胜利。"每当念到"排除万难"的时候，他就做一个下咽的动作。那时的馒头，已经不是食品，而是带刺的干草、发烫的沙石。但是，在战无不胜的毛泽东思想的鼓舞下，杨师傅终于取得了最后的胜利。八个白花花的馒头全部进入他的皮囊。

杨师傅虽然是工人阶级，但并不魁伟。吃完八个馒头后，他的身体好像被擀面杖擀了一遍似的，挺挺的，直直的，一点也不能弯曲。他好像一下子高出了半厘米，连手臂都不能放下来，放下来会压着身子，压着肚皮。他双手举起，趴在墙上，一步一步挪回锅炉房。整整一个下午，他都这样举着双臂。

后勤主任知道后，将那位恶作剧的工友痛骂一顿，"你他妈的脑子灌尿啦，什么玩笑不能开？把他撑死了，孤儿寡母你养啊？"

工友这才意识到事情的严重性。真的，他如果撑死了……工友吓出了一身冷汗，赶紧跑到杨师傅身边，嘘寒问暖。

杨师傅长时间保持那种姿势，很累，但又不能窝在靠椅上歇一会。两小时后，他有些支撑不住了，于是双手搭在工友的背上站着，肉坨坨的背比冰冷的墙舒服，杨师傅感到稍微好受些。

又过了一小时，杨师傅可以这样搭在工友的背上慢慢蠕动着，像虫一样。这是洪工的建议，说有助于消化。平时杨师傅瞧不起臭老九，但他对洪工一直另眼相看，认为他实在。

俗话说，好了伤疤忘了痛，何况馒头没有给他留下任何伤疤。所以，一年之后，针对杨师傅的打赌又开始了。这次是赌喝酱油，液体撑不死人，不会有替他养老婆孩子之虞。这真是天才的火花，既能闪射出活泼的革命气氛，又充满了革命的人道主义精神。杨师傅如果赌赢了，可以得到两斤猪油，两斤啊！他们一家四口每月只有半斤油票。

面对如此诱惑，杨师傅自然积极应战。酱油不比馒头，开始就引不起一丝欲望。引诱他的纯粹是后面的赌注，白花花的猪油，香喷喷的猪油！平时，你要早晨三四点钟起床，排上好几个小时的队，还不一定能买到。

杨师傅接过酱油瓶，在灯下看了看标签。他这样做完全是下意识的，可能是拖延时间。毕竟酱油不是饮料，不是汤。没有盐，什么东西都不鲜，但尽是盐，那味道可想而知有多糟糕，正如真理再往前进一步就变成了谬误。

杨师傅看标签的神态，使周围一下子安静下来，气氛变得严肃认真，甚至有些神圣。大家没有打闹，也没有叫骂，只是静静地围在旁边，看着杨师傅。只见他先张开嘴巴，咕咕地喝了三大口。喝完，他抿了抿嘴，然后迅速张开，好像被烫着了一样。此时，有人给他出主意，“快喝，越慢越咸，嘴巴越难受。一口气喝下去，然后猛喝水。”

“不行，还和上次一样，不能喝水！”打赌的工友不干。

“人家一瓶酱油喝完了为什么不能喝水？喝完了干什么都可以，你狗日的别太毒了。”

那位工友无话可说。杨师傅上次的胜利，为他赢得了人心。在革命战友的热情鼓舞下，杨师傅仰着脖子，张开嘴巴，把一瓶酱油直接倒进喉咙，如同往机器里加油加水一样。这个过程没有上次难受，不到两分钟，一瓶酱油便进了肚皮。但接下来的感觉却比吃馒头糟糕多了。如果说那次是膨胀的话，这次则是紧缩，他觉得自己的身体仿佛被盐和酱油煨过的猪肉一样。他马上喝了一大碗水，但不管用，他的口腔依然干燥发热，犹如太阳烤了半天的石头，一瓢水浇上去，连影都没有。于是，他不停地喝水，二碗，三碗，直到肚子又像上次一样鼓起来，撑得圆圆的，他才停止。半小时后，杨师傅第一次进厕所。当他排尿时，觉得这是世界上最美妙的瞬间，他不由自主地长长地舒了口气，“哎——”

第二天，杨师傅没有上班。他嘴唇发紫，周身乏力。膀胱也胀痛不已，连走路都觉得晃动得痛。

作为工人阶级的代表，杨师傅时不时能在大会上发言。露脸的机会多了，杨师傅不再满足于照本宣科。站在灯火辉煌的主席台上，他萌发了脱稿自由发挥的强烈愿望。在贯彻落实毛主席最新指示的一次发言中，杨师傅用这句话来证明毛主席的伟大、光荣和深得人心：“连神经不正常的人、残疾人都知道喊毛主席万岁，打倒刘少奇，从来没有出错，没有搞颠倒。”听众中有人一下子没转过弯，问：“颠倒了是什么意思？”

“傻子！”杨师傅不由得骂出声来，“如果颠倒，那不成了‘刘少奇万岁’了？”话音刚落，他便意识到自己闯祸了，汗水浸透了衣服，紧紧贴在身上，似乎刚从水里爬出来。

因为根红苗正，杨师傅那天总算逃过了一劫。不过，第二天，他突然高烧近四十度，呈半昏迷状态，嘴里还哇啦哇啦地大叫不止。乱了方寸的老婆急忙叫人把他抬到医务室。因为是急症，开始用西药，天天打抗生素。体温逐渐降了下来，神志也清醒了。高烧消失后，低热困扰着杨师傅，总是三十七度二到三十八度之间晃荡。而且，他还多了一些毛病：胸中烦闷、干咳、头晕脑胀。不过杨师傅体质好，拖了几个月，也就抗过去了。

调到茂陵后，杨师傅努力工作，以报答党的恩情、院长的恩情。在锅炉房平凡的岗位上，他发扬主人翁精神，节省每一块煤、每一度电。他节约煤的方法很简单，朝煤场喷水，认为这样可以延长燃烧的时间。过了一段时间后，他想出了新点子，把好煤和烧过的煤渣掺和在一起使用。不管是什么方法，杨师傅当班时，煤烟格外呛人。住在东院的职工都骂他缺德，但他为祖国为人民甘愿挨骂。

没多久，他的老毛病复发，低烧胸闷。他认为是水土不服，过一阵就会好。而老婆却咬定是他自作自受，穷骨头发烧，好好的煤不用，偏要掺些渣滓，烟熏火燎的，不发烧才怪。

这次杨师傅没扛过去，极不情愿地住进了医院。

火炬，还是红辣椒

在杨师傅的病房，洪婉霞认识了三床的柳根。当初，他还不愿意住院，很内行地要唐医生开点消炎退热的药。唐医生撩起他的裤腿，发现膝盖已经肿大变形，脊椎骨弯曲受损，手臂和手指关节也明显肿胀着。唐医生非常惊讶。在十多年的行医生涯中，她很少碰到如此严重的症状。

柳根家住王一村，他说村里像他这样的病人多得很。他们的症状相同：小时候蹦跳时觉得腿疼，二十岁以后才发觉关节逐渐扭曲变形，并伴有持续性的低烧。其中一部分人到了十一二岁就不长个了，比侏儒高不了多少。村里人自己调侃道，他们的祖先一代接一代地为汉武帝守陵，长时间站立，把脊椎站弯了。

这么说，不是个别人，而是一个群体发生了病变。情况比她预想的还要严重。唐医生准备向院领导请示，会同有关单位的科研人员，实地调查。那里的生态环境肯定有问题。

柳根最后被唐医生说服，入院治疗，变成了“三床”。

三床身体壮硕，皮肤黝黑，尤其是那双眼睛，深井一般乌黑发亮。病友看不出他的年龄，更想不到他有一副好嗓门。为了节省饭费，三床只吃主食，馒头就开水。洪婉霞有了好吃的东西，要他尝尝，他均婉言谢绝。因关节肿胀，他不能像以往那样蹲着吃饭，只能站着吃。尽管贫穷，尽管每天喝白开水啃干馒头，三床依然展现了达观的天性。洪婉霞常常被他逗得哈哈大笑。这笑声把女病房的人都吸引过去了。

一天中饭后，洪婉霞随几个男病友到户外晒太阳。他们沿着行政大楼边的空地溜达，在一棵巨伞似的雪松旁坐下来。三床一抬头，看见了不远处大门上的雕塑，“嗬，医院门口咋竖着这么大的红辣椒？”

“那是火炬！”洪婉霞纠正道。她觉得三床太土了。

“怎么是火炬呢？你看直不棱登的，就是辣椒嘛。你们城里人肯定也喜欢吃油泼辣子面！”

洪婉霞看着他，不知所云。

杨师傅附和道，确实像辣椒。洪婉霞生气了，不理他们。在她看来，他们不仅有些落后，甚至可以说反动。她停下来，用脚尖在地上一横一竖地来回划着。

大门顶上的雕塑，确实不像普通的火炬。在设计雕塑方案时，艺术家们陷入了一个两难境地，火苗该飘向何方？如果向西，是方向性的错误，社会主义的医院，怎么能倒向西方呢？如果向东，则说明西风压倒了东风，同样反动。经过院革命委员会讨论，并报上级革委会批准，火苗既不向东，也不向西，而是笔直地冲向天空。受过教育的人一看，知道是火炬，因为它的下面还有把柄，有一双骨骼粗壮、厚实有力的劳动人民的手。但农民不知道。他们进来一看，“嗬，医院门口咋竖着这么大的红辣椒！”他们一下子就找到了知音。

杨师傅提议，“别说辣椒啦，小霞不高兴，我们换个话题吧。”

“好，”三床说，“我给你们讲一个笑话。近视眼，真麻烦（‘烦’读作‘达’）。墙上有一个苍蝇，他以为是钉子，去挂眼镜。啪，把眼镜摔碎了；墙上有一个钉子，他以为是苍蝇，用手一拍。哇，把手拍破了。”

他说的是浓重的陕西话，极具韵味，大家捧腹大笑不已。洪婉霞虽然也戴着眼镜，但丝毫没有受到挖苦的感觉，傻乎乎地跟着他们一起乐。

猜花灯，三床也是高手。“半边鲜，半边香；半边光，半边毛；半边水中游，半边地上走。打一字。”洪婉霞猜了几次后，便蒙对了：“鲜。”三床一个劲地夸她，“你是这个医院最聪明的病人。”

半小时后，他们返回病房。在楼道口，三床突然唱了起来，“蓝格英英的天啊红火火的朝天椒，齐刷刷的灶台啊白生生的面。”简单的唱词，却那么富有韵味，洪婉霞驻足倾听。这时，马护士从前面的拐弯处走来，歌声似乎被踩断了，戛然而止。

洪婉霞不解地看着三床，“怎么不唱了？”

三床嘿嘿一笑，“不唱了，午休时间了。”

洪婉霞慢慢注意到，三床跟谁都敢开玩笑，可是见到马护士却笨嘴笨舌的，很少搭话。他说马护士身上有股傲气。洪婉霞有同感，也许是因为她长得特别漂亮的缘故吧。在马护士面前，洪婉霞也有些拘谨。

几个星期很快过去了。三床的情绪突然低落下来，要他讲笑话他当没听见，或者心不在焉地摇摇头，“讲过了。”由于拖欠了不少住院费，三床开始酝酿逃跑的计划。

逃离医院前的日子里，三床整天低头不语，脸上的皱纹显得更深更黑了。看着他那愁苦的面容，马护士再也不忍心提住院费的事。“拖一天算一天吧。”她希望他家来一个人，搀着他一跑了之。舍此之外，难道还有更好的办法吗？出乎大伙意料之外的是，三床会独自逃跑，脸盆不拿，饭碗不要，拄着拐杖径直上了马路。他挣扎着想跑起来，可那条瘸腿仅仅使他身体起伏的幅度更大些，似乎地心的引力狠命地吸着他，绷住他，使他尚未伸直的腰身猛然又弯了下去。

病人真的逃了，马护士也不能不过问一下。她还未走到三床跟前，他就停住脚，嘴咧得大大的，像是要号啕大哭，却没有任何声音。他的头不住地摇晃，摇着摇着，便弯下腰，把头埋在胸前。

马护士连连摇头，“算了算了，你把拐杖还给我吧，还有押金呢。”押金是马护士替他交的。二十元，是她大半个月的工资。

这时，洪婉霞快步走过去，递给三床一根树干，有扫帚把那么粗。这根“拐杖”她早就为三床预备好了。如同她的眼泪，早就准备好了。这一时刻注定要来。洪婉霞那几步走得太快了，一下子几乎虚脱，气都喘不过来。她靠在一棵干枯了的榆树上，看着三床一瘸一瘸地远去。

北风呼号，二十世纪七十年代的冬季在她的眼前涣漫，坚硬的灰色马路、红砖房，以及干枯的树枝，都融汇在一起，曲曲弯弯伸向天际。

七十年代的冬季，犹如破损的毛玻璃，遮挡在洪婉霞的眼前。她眼中的世界一片模糊，无法看清三床是如何消失的，消失在何处。送走三床的第二天，她不知为何又来到医院门口，等候在医院门口，也许冥冥之中注定要和三床的歌声碰撞吧。

突然，灰蒙蒙的天空猛地裂开了一条缝，一条条缝。那是由声音劈开的，她从未听到的声音：

蓝格英英天上起白雾，
没钱才把人难住。

二缕缕麻绳捆铺盖，
什么人留下走口外？

三颗颗星星两颗颗明，
撂下村子撂不下人。

“信天游！”洪婉霞完全被它震住了。只有受尽苦难的灵魂才会发出这样的呐喊，只有黄土高原才能孕育这样的绝唱，仿佛太高亢了，裹挟起一粒粒高原的尘土，四处飞扬。

中国音乐是生命的呐喊，苍凉悲壮；西洋音乐是情感的倾诉，抒情浪漫。

“好！再来一首！”人群中发出一阵阵喝彩。是不是有人摘下自己的帽子，翻过来，逐一伸到听众跟前，帮他讨赏钱。这种事洪婉霞见过。耍猴的，耍刀剑的，拿绳子围成场地，就开始了。前边的事，内容可以相差十万八千里，但最后是一样的，最后都有人把帽子翻过来，伸到你面前，这时你往往不好意思溜走，只好乖乖地掏出几分钱。不过他们总在居民区，在僻静处，还没有人敢在马路边这样干。

洪婉霞停留在原地，无力再迈出一步。信天游如同从她胸中冲出一般，耗尽了她的气力。歌声停止后，洪婉霞还靠在医院大门口，她被什么东西击垮了，定住了。过路的人忍不住扭头看她一眼。不知道这个女孩孤零零地靠在医院门口做甚。

风依然刮着，洪婉霞的头发乱成一团，在前额上飘动。她不得不眯缝着眼睛。马路上不时开过一辆辆解放牌大卡车和拖拉机。它们发出的声音和风声绞在一起。

不知过了多久，洪婉霞才回到病房。

“干啥呢，这么长时间。你不知道你需要静养？”

一进屋，洪婉霞就被马护士训斥了一通。要在平时，她也许会解释。可那一次洪婉霞毫无反应，眼睛直直的，仍然沉浸在灼人的旋律之中。

当天，在睡梦中，三床的歌声又响起来。那歌声似云霞如火球，在洪婉霞体内、在她的天空中膨胀翻腾。洪婉霞被歌声托着，慢慢离开了地面，在白絮般的云层中漂浮。

不用说，她的体温又上去了，三十八度，比头一天高了一度。马护士直叹气，“唉，好不容易降下来，又上去了。”

而洪婉霞已经习以为常。

三床逃跑一周后，洪婉霞转入低烧。低烧对她来说，就算正常，可以到户外走动了。三床似乎未卜先知。就在这一天来到医院门口，通过传达室传话，把她叫出去。

洪婉霞挺纳闷，“谁呀，不进来看我，偏要在医院门口。”为防止着凉，她披上红格子外衣。走到大门口一看，原来是三床！他还拄着那根拐杖。

见到洪婉霞后，三床赶紧从棉袄里掏出一个纸包，递到她手中，“先帮我交了，余下的我以后再还。”

皱皱巴巴的纸币大多数是一毛的，还有不少分币和粮票。洪婉霞数了数，总共不到十三块钱。这些钱票证实了她那天的猜想。三床总算有了谋生的手段。尽管这手段当时为人所不齿。

“都交了住院费，你怎么办？”洪婉霞替他担忧。反正不够数，还不如不交。

“回去的路费留下了。”三床说，“回去以后，我一定把欠下的钱全还上。”

洪婉霞叫他等一等，他的一些用具放在护士室里，马护士没扔掉。“破烂值千金，”她说。“破烂不值钱，可你要是重新添置那些东西，要花不少钱呢。”

贫穷把三床击败了，但没有击垮他，因为他自己没有趴下。他挣扎着爬了起来，尽管爬起来后的样子很不优美，但是，有一种优美的东西从他心中洋溢出来，从他的周身散发出来，如同一棵树、一根不起眼的枝条散发出特有的清香。

阳痿的战士

病房如同客栈，流动性非常大，不过也有一些人常年住院。四十多岁的女人就属于这种人，一年到头总在医院耗着。医生不能确诊她到底得了什么病，她自己给自己下的结论是铅中毒，因为她是打字员，天天和铅字打交道。这种推论不无道理，失眠多梦、贫血、好动等铅中毒的症状她都有，但病理学上找不到证据。经化验证实，血液中的铅含量完全正常，比正常人还正常。护士们私下里议论，是花痴病。碰巧洪婉霞听到了。这句话她懂，在上海生活过的人都懂。

“你不要对别人乱讲啊。”马护士叮嘱道。她知道洪婉霞上海市井文化的功底。

“不会的。”洪婉霞有点不悦，怎么老拿她当小孩。

说她花痴也没有冤枉她。她在男子面前的娇态，十几岁的姑娘都很难做出来。住院部刚来了一个年轻的实习大夫，她便粘上了。“小张啊，我的心动过速又犯了，不信你摸。”说着，她就捏着张大夫的手往自己的胸脯上贴。她的声音很细，娇滴滴的，惹人怜爱。她常常主诉心动过速，可医生们没有听到过。医生的诊断是心动过缓。好动，也是她的主诉。这一点毋庸置疑。她的侄子来了以后，大家更相信她的说法。两个人都好动，都不老实。

她的侄子二十几岁，在警备区当连长，英俊魁伟，酷肖演员王心刚。“王心刚，”大家干脆这样叫他。他当然乐得，王心刚演的都是威震敌胆的英雄人物。

英俊归英俊，但侄儿长得一点也不像他姑妈。“是不是侄儿鬼知道！”三床小声与五床嘀咕着。洪婉霞听见了，她的耳朵成天竖着，任何人的悄声细语都能捕捉到。

让医生摸摸心脏，并不过分。但王心刚老来，几乎天天来，就有些出格了。哪有这么好的侄儿，比亲儿子还孝顺，还亲昵。他来了就给姑妈擦背，没事时，还把腿翘起来，伸进她的被单里。天黑下来后，他的手也会伸进去。被单在银色的月光下微微起伏翻动。洪婉霞看得很清楚，但她不知道他们在干啥。

有一天，他俩私自出去，彻夜不归。医院有医院的规矩，军医院更严格。他俩竟然明知故犯。马护士很生气。她找洪婉霞了解情况：他们几点离开的，早晨几点回来的，等等。

末了，马护士还问她，“他俩的关系是否不正常？”

这可把洪婉霞难住了。男女之事，她懵懂未开，半懂不懂的，正常不正常哪敢说。她只告诉马护士，他俩就像是一家子。亲如一家，亲密无间，这是最准确的说法。

从洪婉霞那儿摸清情况后，马护士走到一号病床旁边，厉声喝问，“昨天晚上怎么没回来？”

四十岁的女人回答说，“来了几个南京的老乡，聚会去了。”

“聚会？”马护士拉下脸训斥道，“你们干了什么事你自己心里清楚！”说完，她气哼哼地走了。

洪婉霞就坐在旁边的病床上。马护士的每一句话，都像铅弹击中她的要害，她羞愧难当，脑袋几乎垂到了胸口。没想到马护士这样毫不留情，四十岁的女病人迟早会知道是谁告的状。

扑克牌事件后，洪婉霞一直未从告密的噩梦中解脱出来。夜里，她梦见小玉的爸爸在锅炉房里忙碌的身影。他一锹接一锹地加煤，动作越来越快，越来越有力。随着他身体的俯仰，一个空旷的声音在天边弥散开来，“把火烧得越旺越好”。

这是哪部电影的台词，《火红的年代》还是《钢铁巨人》？阶级敌人利用新工人的无知，要他拼命添加燃料，企图造成高炉爆炸，酿成重大事故。“把火烧得越旺越好”从一句经典台词变成了日常用语，成为煽风点火、推波助澜的同义词，适用范围极广。比如李四与张三突然打了起来，引起好多人围观。有人劝架，但更多的人唯恐张三的砖头拍不到李四的脑瓜上。“打呀，砸呀，”人群喊道。更有好事者在人群中蹦起来高喊，“把火烧得越旺越好……”

随着小玉爸爸身体的一起一伏，炉膛里的火舌上下翻卷。而洪婉霞则空悬在炉膛上，灼热难忍，汗要出，却出不来，出不透。她被大火烤着，眼前水汽蒸腾，雾气弥漫。在浓密的水气中，她通红的皮肤时隐时现，像红绸子一样。皮肤上的妊娠纹与褶皱的绸子殊途同归，归于纹路，归于雾气中的隐约和蒸腾。绸子也是火苗。舞台上烧死洪常青的烈火，不就是绸子做的吗？红绸和风扇的巧妙配合，生成烈火。以此推之，洪婉霞的皮肤也是烈火，她成为火焰的一部分。

洪常青在烈火中得到永生，而她则在烈火中得到永远的痛、永远的懊恼。

唐医生后来知道了此事。她觉得马护士有些过分，哪能问小孩这些问题？她把洪婉霞拉到一边，劝她安心养病，不要管大人的事。

马护士不高兴，“我了解情况不应该吗？你怎么对他们也这么好，不会是同病相怜吧？”

“你……你怎么这样说话！”唐医生气得眼泪都快流下来了。她丈夫是高干，与多名女性有染。她忍无可忍，可是就在她准备提出离婚的前夜，丈夫被关进牛棚。这个突然的变故使唐医生茫然失措，无奈之下只能继续分居。

上述经历提高了洪婉霞的观察力和识别力。她的视力在住院后日渐减弱，而她的眼光，却正是在这段时期内练就的。她学会了静静地观察人，看他们的一举一动，一言一行。她这样做没有什么目的，大概是在病榻上待久了，闲得无聊。这个习惯她一直保持到参加工作以后，比如开会时谁谁眼圈发黑；谁谁不屑地乜斜了一下，然后恢复常态，堆起一撮笑容等，都逃不过她的眼睛。

洪婉霞特喜欢看马卫红。她是医院最美的护士。在单调的病房里，看她是一种享受。她会把某种色彩带给你，把某种气韵带给你。她身上似乎有音乐，有光芒。马护士的眼睛特别深、特别亮。但在她目光里，似乎沉淀着某种忧郁不安的东西。正是这种沉淀使她少言寡语，使她年轻的身躯略显凝重。

美人是非多，所以得冷一些。不知马护士是否深谙此律，反正她从来不苟言笑。在病房里她的话语干净利索，没有拖泥带水之累。“四床，查体温。”“六床，几次大便，几次小便？”或者更简单，“大便？小便？”她问话时不怎么看病人，边问边埋头记录。如果光线好的话，她长长的睫毛能在白皙的脸上投射出一道纤细的暗影。

马护士曾是解放军某文工团的演员。她那演员的身姿一看便知，即便是木头人也能感觉出来。听说，她曾是林彪儿媳妇的候选人之一，但第二轮就给刷下来了。有人说政审没通过，也有人说她人中短，不吉。洪婉霞不懂人中和吉祥的关系，她仔细观察过，看不出马护士的人中比别人的短。为此，洪婉霞很为她抱屈。

洪婉霞从心底里向着马护士，可马护士对她却不冷不热的。有一天，洪婉霞想找人聊天，刚走到护士室门口，便看到马护士坐在桌前聚精会神地看书。她有些踌躇，进不进去呢？不会打搅她吧？

马护士抬头看了洪婉霞一眼，冷冷地说，“进来吧。”说完，自顾自地接着看书。洪婉霞没事干，也不便马上离开，于是随手拿起一份病历。

医生的字迹很潦草，但洪婉霞能辨认出人名和病名。世界上竟然有那么多奇奇怪怪的病，出乎她意料之外。她觉得病和人类在一起进化，甚至在与人类赛跑。人越会折腾，越能折腾，病就越多。在所有的病中，洪婉霞觉得硬皮病最不可思议。隔壁病房六十多岁的老太太得了这种病，皮肤死硬死硬的，失去了排汗功能，引起一系列并发症，发热，心肌炎等。听医生讲，皮肤硬化到一定程度后，会扩散到内脏器官，那时全身的内脏将萎缩。老太太大概到了这个阶段。她是回民，死也要死在老家，所以坚决要求提前出院。出院时她处于弥留之际。家属没跟洪婉霞打招呼，就用她的行军床把老太太抬走。行军床还回来时，同屋的病友觉得躺过死人的东西，扔掉算了。可洪婉霞舍不得。

洪婉霞看了好一会儿病历，马护士依然埋头看书，没理她。洪婉霞有些尴尬，没话找话说，“我们家有很多书，我爸爸妈妈是知识分子，外公还是高级知识分子呢，解放前就是教授。”

“那有什么！”马护士不屑地说，头也没抬起来，“我爸爸还是老红军呢。”

洪婉霞一下噎住了。高知哪能和老红军比。高知弄不好是反动学术权威，属于被打倒之列，打倒之后还要踏上一只脚。而老红军，则是跟毛主席打江山的老革命，是掌握国家机器之人。从此，洪婉霞再也不在人前吹嘘什么了。任何事情都不值得炫耀，山外有山，天外有天。

从护士室出来后，洪婉霞四处打听马护士的父亲到底是什么官。原来她父亲就是设计院的院长！“我以为是多大的官呢。”

“你可别小瞧了，人家现在是院长，以前可是中央领导。”

“中央领导？”

“骗你做啥！”

“乖乖！”洪婉霞觉得奇怪，怎么以前没听父亲说起，而且她为什么和院长不是一个姓。

别看院长的官衔不大，可围绕着对他的任命，两股政治力量进行过激烈的较量。如果毛主席他老人家不发话，院长可能仍旧在某个农场监督劳动。马护士很小的时候，院长就与妻子离婚了。女儿站在妈妈一边，不能原谅父亲，对他日后的反党罪行更是义愤填膺，愤然与他断绝了父女关系。马护士的行为，曾是反对院长的政治力量的一颗重磅炸弹。

“我不该沾染资产阶级的坏思想。”这一句唱腔，以其无与伦比的力度，深深扎进洪婉霞的心中，成为心瓣的一部分，血液的一部分，一辈子挥之不去。同样一辈子挥之不去的，还有一段广播稿。无论什么时候，打开收音机，里面都会飘出同样的声音：“陕西人民广播电台，现在对农村人民公社社员广播。社员同志们，走资派还在活动。他们妄想让我们吃二遍苦，受二茬罪。我们一千个不答应，一万个不答应。我们要把他们打翻在地，踏上一只脚，叫他们永世不得翻身。”或简洁，或高亢，都往她心灵深处钻，不管她愿意还是不愿意。

洪婉霞不知道，手术室内，在手术意外中断了的一刻，那个解放军班长的心中是否响起这段旋律；他是否拼命压抑自己，才将那段秦腔堵在喉咙里。班长的故事就发生在洪婉霞的身边，可好多年以后她才明白了个大概。

“你不该沾染了资产阶级的坏思想。”当时，马护士确实是这样想的：“班长啊班长，你在革命大熔炉里锤炼了好几年，怎么还是沾染了资产阶级的坏思想？岂止是坏思想，简直是流氓。”

“流氓！”她嘟囔了一声。羞怯和气愤，使她满脸通红。做了这么多年护士，她第一次碰到这种情况。老革命碰到了新问题。

部队奉命修建一条战备公路，班长所在的连队负责开山采石。每人推着一辆独轮车运石头，由于石头太沉，爆胎声此起彼伏，炸鞭炮一样。连队不得不抽调十几个战士专门补轮胎。本来，班长可以干补轮胎等较轻的活。但他争挑重担，主动要求推车运石。还有几天，他就要复员了，在离开部队之前，他要好好地表现一番，即使不可能出现任何转机，也要争取在档案上留下精彩的一笔。

骄阳似火的夏天，本来热得喘不过气来，这样剧烈的劳作更使人汗水淋漓——浑身似乎冒出了无数泉眼，汗水直往外涌。每人的军装都能拧出水来。班长平均一天推车行走 20 多公里的山道，运送好几吨的石头，比其他人多一倍。纵使是铁打的汉子，也经不住如此超强的劳动。不到一周，他就病倒了，阑尾发炎。

马护士将班长从急诊室接过来，直接推进了手术室，给他备皮。本来这项准备工作可以在病房做。但马护士不愿意当着那么多人的面，在男人的私处刮刮蹭蹭。

“把裤子脱掉。”进了手术室，马护士就开始下命令，简洁而果断，不容有任何的迟疑。患者也以训练有素的军人的动作，迅速将裤子褪到小腿处，露出茂盛的阴毛和一节直棱棱的家伙。马护士心里微微一怔。以前，她看到的男性生殖器都是软绵绵的，像一条虫一样躺卧着。而这个黑家伙仿佛闻到动静的蛇一样，警觉起来，看起来还是躺着，但身子已离开了地面。随时准备一跃而起。她蹙了蹙眉头，用酒精棉将阴毛洗了洗。凉悠悠的酒精、安静的氛围使蛇稍微镇静了一些。它软下来，趴在葳蕤的草丛中。马护士心中异样的感觉消失了。这才是备皮的样子。她将毛刷沾满皂液，涂在阴毛上，然后开始备皮。她右手拿着刮胡刀，小心翼翼的，动作很轻。但今天这条蛇异常警觉，异常机敏。马护士刮了一下，它便恢复开始时的警觉状态，身体离开了草丛。待刮胡刀第二次下去时，它猛然高高地直立起来，又粗又长。

蛇摇身一变，成了冲天的大炮。

此时，手术室只有他们两个人。其他的医生护士还未进来。黑森森的炮口明白无误地对准马护士，距离她的脸大约一米远。因为她的腰微微弯着，还没来得及直起来。可那根家伙已经直立起来了，还散发出一股特殊的气味。马护士气愤极了，她的脸涨得通红。

“流氓！”她一边骂，一边用手术钳敲了一下炮塔。

这一敲真灵，炮塔很快回复成蛇，被打中了七寸的蛇，软塌塌地趴在草丛中。草丛刚才被匆忙地挖了一道沟，非常难看。

这么快就软下来啦，男人的这东西好像会变戏法似的。马护士微微一怔，一种不安的感觉在她心里蔓延开来，弄得她心神不宁。她目不斜视，死死地盯着那片草丛和那条蛇，生怕把它划伤了。但她越是担心，她拿刀片的手越是僵硬。而且，她忘记蘸肥皂水，刮胡刀在干燥的阴毛上发出嘎嘎的响声。

她真的刮破了一块皮，不过刀口很小，几乎看不出来。只有一滴血，从黑乎乎的阴毛中渗出来。

医生、麻醉师先后走进手术室，一切开始正常进行。无影灯移到病人上方，手术钳子和刀剪发出清脆的碰撞声。病人闭着眼睛，始终没有哼一声，也没有动一动。但马护士的心一直悬着。她虽然还是个大姑娘，却本能地觉得有什么不对劲，担心那条受委屈的蛇再也不能直立起来。

手术完后，她推班长回病房时，偷偷看了他一眼。班长的眼睛仍然紧闭着，似乎睡得很熟。不用猜，马护士知道他是假装的。阑尾炎手术是局部麻醉，不至于使他昏昏欲睡。

把班长抬到病床后，马护士依然神思恍惚。她慢慢地走出五号病房，鬼使神差地拐进了男厕所，差点与低头系扣子的病人碰了个满怀。

“对不起！”马护士匆忙道歉，退了出来。

护士长见她回来了，要她帮忙把点滴的支架拿到三号女病房。她走到药柜前，拿着一托盘的针剂，看着护士长。

护士长叹口气，“唉，你今天怎么啦？”

“没——没什么。我昨晚没睡好。”谎言脱口而出。

对自己这么流利的谎言，马护士感到吃惊。原来她一直认为自己没这个本事，不会撒谎。没想到撒谎这么容易，或者说自己的潜能这么大，出口成“谎”。

第一天没事。第二天、第三天也平安地过去了。洪婉霞对这两天的平安过渡立下了汗马功劳。

班长做手术的那两天，洪婉霞的体温不太高，仅仅烧得她些许的晕乎，正好睡觉，睡得特香，每天八九点钟才起床。当洪婉霞拿着洗漱用具，懒散地从护士室门口经过时，听到护士长在里面没好气地说：

“不行，不行，你自己去！这两天像谁欠你多少似的，没个好脸。”

“哎呀，大姐，跟你赔不是还不行？”

“不行！”

洪婉霞多事，不由自主地伸头朝里瞧了瞧。这一瞧不要紧，马护士如同见到救命稻草一样，马上把她喊住。

“哎，六床，”也许怕这个称呼不礼貌，她马上改口，“洪——婉霞，你陪我……去换药好吗？”

“行啊，”洪婉霞虽然不明白为什么换药要人陪着，但还是很高兴马护士能想到她。马护士没有叫别人陪伴，说明她对自己的印象不错。洪婉霞答应得特痛快，甚至忘了还没吃早饭。

马护士对洪婉霞表现出少有的热情，耐心地等她回病房，放好毛巾牙刷，然后走到斜对过的男病房。洪婉霞本来只想陪陪马护士，在那里傻站站就算了。可马护士换纱布时，洪婉霞忍不住看了一眼。她这一看不要紧，却哎呀叫出声来。伤口裂开了，像嘴唇一样张开着，令人揪心。

洪婉霞不由得问道，“怎么搞的，伤口没缝合吗？”

马护士告诉她，班长来得太晚，阑尾穿孔，脓液流到腹腔里，医生清洗了半天，还是没清洗干净，所以伤口感染了，只好剪开引流。

洪婉霞这才发现病人的下腹部还插着一根橡皮管子，管子的下端连着一个玻璃瓶，里面有一些黄色液体。

“疼吗？”洪婉霞问班长。

他笑笑，“不疼。”停了一会儿，班长问洪婉霞，“你得的什么病？”

洪婉霞答道，“不知道什么病，连医生也不知道，反正就是发烧。”

班长笑她回答得很奇怪，“发烧就是病呗。”

洪婉霞认真地纠正道，“这你就不懂啦。发烧是症状，但为什么发烧一直没弄清楚。”

这下轮到班长糊涂了。发烧只是症状？不是病？他以为发烧就是病。长这么大，他才从一个小姑娘口中知道，发烧仅仅是一种症状，一种现象。

马护士以为万事大吉，那颗悬着的心终于放回了心窝，脸上露出了笑容。她情绪特别好，以至于答应了与五官科大夫介绍的小伙子见面。以前遇到这种情况，她一概回绝，理由千篇一律，“没时间，忙。”

对班长来讲，手术后的情况越来越糟糕。虫蛇和大炮，男人本来可以随意加以控制和变换的东西，现在不听使唤了。手术后，班长的大炮再也没有竖起来，永远是虫，软塌塌的虫，连警觉的蛇也够不上。这下麻烦大了。唯有大炮才能发射繁衍后代的炮弹，虫怎么可以。没有后代怎么可以！他手术后就要复员回老家。没想到从部队医院带回去这个后遗症！

这种隐私，不是逼得走投无路，谁也不会说出去。班长是在怎样的情形下把此事抖搂出来的，大伙不得而知。但事情终于暴露了。几个星期后，班长的父亲、叔叔伯伯、七大姑八大姨都从王一村赶来，找医院索赔来了。只有受害者本人没有来。

长征医院是军医院，对这一起严重影响军民关系的事件非常重视。班长的亲友被安置在一间大病房里，伙食由医院负担。洪婉霞与他们仅隔一个病房。作为老病号，她第一次看到男男女女住在同一个病房里。其他病房也有男女混住的现象。但那是因为陪床的缘故。丈夫陪妻子，或儿子陪母亲。而他们，个个脸红脖子粗，看不出有什么病。唯一的缺陷是有些人个子不高，走路时一瘸一拐的，好像忍受着什么痛苦。

从人们的谈话中，从只言片语中，洪婉霞才明白他们是来闹事的。班长是他们村为数不多的健康男子之一，是给他们撑门面的人物，现在可好，命根子出了问题。

“她拿手术刀敲了一下小伙子的那根家伙。那家伙再也立不起来了。”三床和一床经常叽叽咕咕地议论着。洪婉霞听不懂，手术刀敲了哪个部位，什么家伙立不起来了。她不知道，人的什么东西还能立起来，除了人本身。

尽管她们的话语焉不详，遮遮掩掩，但洪婉霞听多了，还是有点感觉，猜出是关于男女方面的事，大人的事。但确切的内容，她不甚了了。

人体内究竟有几个“我”

病友们说话并非总是这样含蓄，好多话都是直截了当的。比如她们议论四床时，一点也不拐弯：“她擦洗身子时，对谁都不避讳，直挺挺地立在那儿，让儿子擦，下面有几根毛都看得清清爽爽。”她们津津乐道了好长时间，那口气说不清是指责还是羡慕。

四床是广东人，患胃溃疡和胸积水等好几种毛病，干瘦干瘦的。她儿子是北京钢铁学院的政治老师，四十来岁。这一阵，儿子专门从北京赶来伺候老母亲，天天用热水给她擦身子。这是老人最幸福的时刻。她像小学生一样听话，手臂一会儿平伸，一会儿直立，规规矩矩，一点不打折扣，活脱脱一个木偶。

后来，儿子把她接到北京。而此时，洪婉霞已经在病榻上躺了三个多月，忍受着高烧低烧的轮番攻击。对于她的病，医生们束手无策，只能给她吃激素，大剂量地吃，因为他们担心长期发烧会损毁心脏。

洪婉霞用自己的躯体包围了激素，激素在她周身游走，他们谁也没有背叛谁，谁也离不开谁。激素最大限度地打开了她的胃口。对洪婉霞来说，只要是食品就是美味，面条米饭咸菜都香甜可口。激素用量大的时候，她一天要吃六顿。医院有专门让病人煮饭的地方。在洪婉霞食欲最强烈的时候，西红柿鸡蛋面使她得到满足。

这一辈子，最令她销魂的是食物；体验得最强烈的情感是食欲，其他的欲望都被它掩盖了，压制了，以至她往往感觉不到它们的存在。西红柿鸡蛋面，洪婉霞一辈子也没吃腻。好多人认为吃西红柿鸡蛋面是凑合，和煮速冻饺子一样。根本不是那样！西红柿鸡蛋面，是洪婉霞度日的强大思想武器和有效的物质武器。

一天六顿饭，第一次住院，洪婉霞就是这样吃过来的。在三个月的时间内，她的体重由七八十斤增加到一百三十斤，只有骨头是原来的，其他全变了，变得别人认不出了。一个病友十七岁了，比她大，却叫她阿姨。那个女孩住院时，哭哭啼啼的，马护士指着洪婉霞说，“你看人家——”话未说完，小女孩反驳道，“她什么，她比我大。”

“人家比你小。”

“骗人！”

谁也不相信马护士说的是真话，以为她为了说服女孩，随随便便挑了一个病人。洪婉霞也认不出自己，只记得自己。洪婉霞的名字还在，骨头还在。其他的，都被人借用了，客串了一把。盥洗室里有一面斑驳的镜子。洗脸时她常常疑惑地看着镜中的大圆脸，“这就是我吗？这就是小霞吗？”她觉得自己的灵魂已经游走了，剩下了一个代号，比名字更管用的代号。六床，大家都知道是谁。而洪婉霞，没听说过。

人被毁了，但洪婉霞心态尚好，并没有异样的感受。悲哀还在身体的深处休眠。直到她收到一封信，悲哀才从她心中奔涌而出。葛兰萍是最不愿意提笔写字的人，没想到她居然会写信。情深意长的话语，叫洪婉霞铭记一辈子，受用一辈子。

“多少次我回头望去，你的座位还是空荡荡的。”“我的心也一下子掏空了。多么希望有朝一日我再回过头的时候，你还像以前那样坐在那里……”洪婉霞在长征医院的病床上读这封信时，激动不已。生病以来，她第一次流下了眼泪，为人间如此真挚的友情而流泪。

独抒性灵的东西，便是美文。在此之前，葛兰萍不知道，她最怕写作文。仿佛作文是世界上最折磨人的事。宁挑百担水，不作一篇文。

敦实、大大咧咧的葛兰萍，能说不能写。她不像其他农村孩子那样有着明显的自卑感，不敢和北京来的同学们交往。她想说便说，想问便问，不管你从哪里来，不管你操什么口音。

每逢写作文,她都像拉不出粪蛋蛋那样难受。“咋写咧,咋写咧,”她会不停地叫唤。洪婉霞多次向她传授同样的诀窍，“把你想说的话写出来就行了。”

“拿了题目我就不知说甚，我只会在下面瞎掰呲。”

有时，葛兰萍干脆把洪婉霞的作文拿回去，改头换面地抄一遍。这方面她很内行，她抄来的东西，老师觉得不对劲，但又说不出来。

病人的无助，常人难以体谅。在毫无睡意时，你不得不躺在床上，连站立的力气都没有，咀嚼的愿望都没有了，遑论什么自信，什么奋争？洪婉霞就那样躺着，时而像一张苍白单薄的床单，时而像鼓鼓的厚棉被。这种说法，你一定觉得怪异。用床单和棉被来形容一个人，从来没听说过。如果你看过洪婉霞那副尊容，你就能理解了。钻入她体内的病魔一定是个孩子，一定很顽皮。他似乎拿了一个打气筒，随意地鼓捣洪婉霞的身体，弄得她疑神疑鬼，怀疑自己是不是变成了另外一个人，原来的她和现在的她，两个人物、两个身体，在轮流使用同一个躯壳。病魔从中得到了巨大的快乐。因此，他乐此不疲。

还有另外一个原因，使她怀疑体内还有一个人。不知为什么，住进医院以后，一位装束古怪的人物时时在她眼前出现。洪婉霞烧得太厉害，精神快要崩溃时，那人便活跃在她的脑海里，抖落出一幅幅往日动人的快乐时光。对于洪婉霞来说，他不是个手握生杀大权的君王，而是一个很风趣的大朋友。洪婉霞本人在他眼里是什么样子，她不得而知。但有一点她很清楚，和她在一起，那人非常开心，常常发出那种爽朗的笑声。

1971 年 9 月 13 日，洪婉霞体温骤然升高，浑身热烘烘的，头部的温度尤其高，每个毛孔都成了散热器，呼呼直冒火。她眼前浮现出西院门外自东而西逐渐升高的土路，她的身体像迷雾一样扩散着，铺展在这条路上，成了它的一部分。在远处，土路与茂陵拥在一起，开始蒸腾、上升。洪婉霞有些害怕，死死地紧闭双眼，感到自己越来越轻，越来越稀薄，渐渐融化在通红的火焰中，融化在灿烂的云霞里。

突然，一片喊杀声从空濛中传来，夹杂着兵器的碰撞声和火焰的噼啪声。远远地，她看见一位古装妇女被大火吞噬，飘舞的裙裾变成火苗，在空中猎猎抖动。洪婉霞心如刀绞，一下子晕了过去。

火，越烧越旺。那火焰在她眼里燃烧成白色，正午的太阳般耀眼的光焰，在历史的天空盘亘，在她稚嫩的体内翻腾。她恍然大悟，原来红是白的表象，而白是红的宿命，是它所能达到的极致。无论彩霞还是火焰，它的中央都是白的。

她拖着虚弱的身体飘行在云蔚霞蒸的高空，四处观望。在神州北部，有一片沙漠像大海一样波澜起伏，无限辽阔。她在沙漠的边缘发现了一个飞机残骸和几具尸体，其中一具尸体散发出浓重的药味。这气味好特殊好熟悉。她使劲回忆着，终于想起来，她曾在一个居民区的球场上闻到过这种药味。

高烧持续了三天三夜。在洪婉霞昏迷期间，实习医生认为她没救了，打算下病危通知单。唐医生不同意这样草率的做法。除了昏睡，她的生命体征还正常，怎么能算病危呢？

“正常？都开始说胡话了，还正常？你知道吗？她说她妈妈被大火烧死了……哎，也难怪，四十多度的高烧，就是铁打的身体，也烧得差不多化了。”

类似的话不无道理。这样烧下去，肯定会损害内脏器官。唐医生觉得情况严重，亲自到邮局给病人家长拍了电报。

9 月 16 日，洪婉霞终于醒来，后来她终于知道了“九一三”事件。她不敢相信这件事真的发生过，这一天的时光曾经在她的生命中流淌。忠心耿耿的小猫，温顺的小猫，竟然是历史上最大的阴谋家，野心家，谁能料想得到？沙漠成了他最终的归属，茫茫的大漠，埋了多少忠与不忠的骨头。

“九一三”给全体中国人开了一个天大的玩笑，给伟大领袖开了一个地大的玩笑，天大地大，不如这次玩笑大；蛇毒蝎毒，不如小猫的心毒。

蘸满月光的桂圆

“九一三”事件过了好久，中央文件才下来。顾瑾听了传达，怎么也不敢相信自己的耳朵。是不是听错了，这怎么可能呢？林副主席可是毛主席最亲密的战友，是写进党章的接班人啊。他怎么会谋杀毛主席，怎么会叛变投敌？会后，她像祥林嫂一样，反复念叨，把自己对林彪事件的不理解暴露无遗。她甚至怀疑这是份伪文件，是阶级敌人的阴谋。如果林彪反对毛主席，这世界上就没有人忠于毛主席了。

她的言论被人汇报上去。本来，调令已经打印好，就等着盖章了。出了这事，组织上不得不暂缓实行。另一个原因是，农场领导也有自己的苦衷，她走了之后好多事没人接续。但设计院那边催得厉害，发来了公函。在院长亲自交涉之后，农场终于发出了调令。

深秋的中原大地，天高风冷，绿意全面溃退，荒凉成了主色调。一条狗懒散地卧在场部的门口，闭着眼睛。场长说话声音大的时候，它的眼睛才微微张开，露出一点眼白。

此时，顾瑾正在附近的厕所起粪，粪坑的表层已经硬化了，需要用镐先挖一遍，然后弓腰铲上满满一铁锹，身体直立起来的同时向左转身，把粪甩进旁边的桶里。她已经是熟练的壮劳力了，知道干活时要借力，尤其是借助身体摆动时“悠”出来的力量，否则铲几锹就会浑身酸胀。不多一会儿，她的裤腿上、鞋上都溅满了星星点点的粪便。

这段时间，顾瑾一直陷入沉重的自责中，埋怨自己为什么那么幼稚，那么顽固，因为轻信一个人、一个大阴谋家，连中央文件都怀疑上了。更可怕的是，她居然把这种思想深处的活动暴露出来，给自己和家人造成了不必要的伤害。出了这种事，不知哪年哪月才能和家人团聚。想到团聚，顾瑾更加伤感。她隐隐意识到，如果再这样分居下去，她和丈夫之间的裂缝将越来越大，以致不可弥合。想到这里，顾瑾悲从中来，泪水盈盈。她怕被人看见，赶紧用手背去擦，结果把自己弄成了花脸。

就在此时，她接到了朝思暮想的调令。顾瑾双手哆嗦着，看了一遍又一遍。为了女儿，为了这张纸，她不知盼望了多少天，流过多少泪。看完，她把调令塞进裤兜，继续挥动铁锹。

同事劝她别干了，快收拾收拾回家吧。可顾瑾坚持把粪筐装满、把锹镐放回农具棚后才回到自己的宿舍。她匆匆忙忙地洗脸、打背包，换了一身干净衣服后就上路了，临走前和领导、同事们依依惜别。

第二天，顾瑾背着背包、拎着网兜，下火车后直奔医院。在走廊上，她碰到了唐医生，热情地和她打招呼。唐医生礼貌地点了点头。顾瑾知道她没认出自己，强调了一句，"你不认识我了？我是洪婉霞的妈妈呀。"

"洪婉霞的妈妈！"唐医生吃惊地打量着这个又黑又瘦，像是从煤场出来的女人，"哎呀，你怎么变成这个样子了？"

顾瑾告诉唐医生，她已经正式调到茂陵，刚刚下火车，还没回家呢。

"看你背这么多东西，要不先放在我宿舍吧。"

"不啦，臭烘烘的东西，还是我自己背着吧。"

她把行李放在门口，走进洪婉霞的病房，迅速瞟了一眼，没看到女儿，便问门口的一个病友，"六号床的病人到哪里去了？"洪婉霞刚从盥洗室回来，听到妈妈的声音，她惊喜地大声叫道，"妈，我在这儿呢。"

这个自称是女儿的人，脸颊鼓得圆圆的，体态也像个产后的妇人。但仔细看看，还是她的洪婉霞，已经走了形的洪婉霞。顾瑾叫了一声"小霞"便哽咽得什么也说不下去了，扑在女儿身上失声痛哭。"妈妈对不起你，妈妈对不起你。"她反复在心中念叨着这句话。原来，顾瑾认为发烧不是大病，没想到几个月不见，女儿成了这副模样！难怪当初丈夫对她的态度极为不满。

洪婉霞搂着妈妈，也动了感情。"你怎么突然来了，也没写信告诉我们。"

顾瑾擦擦眼泪，告诉她调动的消息。洪婉霞听后破涕为笑，安慰妈妈道，"其实，我很好，不疼也不痒，就是胖点。"

病友们也宽慰顾瑾，“你女儿是因为吃激素变成这样的，其他都很好，体温也降下来了。”

聊了一会儿，洪婉霞要妈妈把行李拎进来，放在自己的床边。拿行李的时候，她突然觉得不对劲，“妈妈，怎么有股臭味？”

顾瑾不好意思地解释道，她接到调令后就出发了，来不及洗衣服。洪婉霞说，“那你歇歇吧，我去洗。”

顾瑾制止她，“哪能叫你累着，我自己来。”

“你不是刚下火车吗？”

“睡了一觉，不累。”顾瑾说。其实，她坐了一夜，只打了会儿盹。顾瑾把衣服洗好后，装在网兜里，下午赶回茂陵。

顾瑾的专业是考古，调到东方红设计院后，被安排在政工处专门负责“外调”。院长说，在一个设计院，这也算是最对口的工作了。洪婉霞姐弟俩小小年纪就知道外调意味着什么，所以从小就有很高的阶级斗争的觉悟，尤其是弟弟。每次妈妈出差回家时，他都非常兴奋，一边在妈妈的旅行袋里翻找食品，一边询问有没有挖到一个隐藏的阶级敌人。他对地主恶霸的兴趣不大，一心盼望着能抓个潜伏下来的国民党特务，上校衔的，有一部发报机和蒋介石的亲笔委任状。随着年龄的增大，弟弟对特务的痴迷远远超过了对食物的兴趣，使姐姐大为惊诧，也深受感动。洪婉霞曾在日记中写下了向弟弟学习、争当无产阶级先锋战士的豪言壮语。

有天夜里，弟弟已经睡着了，突然被爸爸叫醒，说妈妈回来了。以往妻子回来洪工是不会惊动小孩的。这回情况特殊，顾瑾从福建拎回整整一旅行袋的桂圆，到家后，一半已烂了，但也值，才一毛钱一斤啊。洪工担心桂圆放到第二天会坏，于是连夜把儿子叫醒。

弟弟懵懵懂懂的，以为妈妈真的抓了个特务，哪想到是叫他吃桂圆。半夜三更吃零食，这天真像过年一样。他敞开肚皮吃。月光透过窗户，在室内缓缓流动，黄中泛青的桂圆被月亮涂抹了一层清凉而甜蜜的光晕。

顾瑾忘记了疲劳，站在厨房门口看着儿子。他的眼眸格外明亮，神情格外专注，满嘴满手弄得湿乎乎的也不知道，或许知道了顾不上擦一擦。吃着，吃着，弟弟突然停下来。洪工问他，“吃够了？”弟弟摇摇头，说要把桂圆留给姐姐吃。顾瑾听罢，鼻子一酸。儿子长大啦！

弟弟这回算是吃够了。桂圆是他童年唯一吃够了的食物。除此之外，他什么都很馋，永远处于向往之中，永无餍足的时候。

弟弟埋头饕餮的时候，不知道母亲正注视着他，更不知道桂圆的来之不易，桂圆的惊心动魄！他无法想象，当时妈妈怀抱桂圆的情景。真的是抱着，紧紧地抱在怀里。仿佛那就是她的亲人，她的儿女。她要护着他们。

那天，顾瑾很早就出门，上车后，在剧烈的颠簸中昏昏入睡。突然，她觉得山摇地动，乾坤倒转，人们发出撕心裂肺的尖叫。怎么老做这种梦？她埋怨自己。然而，她醒来时才知道不是梦，她真真切切地抱着一旅行袋桂圆，随着长途汽车翻进了路边的沟里。谢天谢地，沟深不到数丈，且平缓松软。它仅仅是下面更深的沟壑的前奏和伏笔。两个沟之间有一个缓冲地带，有一些盘根错节的树根和石头。客车滚到这个缓冲地带就停了下来，懒得再滚。顾瑾没有死，只是胳膊受了点伤。桂圆救了她。大家都知道福建出桂圆，但不知福建也出车祸。没有桂圆她会摔得更惨，摔死也未可知。

确实如此。洪工从科学上加以认证。因为抱着桂圆，身体缩成一团，那是最安全的姿势。不然，很难解释为什么她伤得最轻。好多乘客在事故中命归黄泉。

这是顾瑾调入设计院后第一次出差，情况还不熟，如何回家都没弄清楚，她就出差了。工作中不讲条件，不打折扣，这是她一贯的作风。丈夫劝阻也没用。

大难不死的顾瑾回家费了很多周折。她没赶上到茂陵的火车，乘汽车到留印后，怎么也找不到家。“三线”建设本来就是保密的，稍远一点的村民谁能知道北京搬来的设计院呢？好在洪工心细，事先给妻子交代了备用方案，让她带着手电筒。万一找不到，就沿着铁轨走。走到火车站就好办了。天黑后，他见妻子迟迟不回来，便打着装有三节电池的手电筒，沿着铁路线寻找。

铁轨像闪着寒光的剑，刺向无边的原野。但夜色太浓太重，剑很快便弯曲了、消失了。手电筒的光柱取而代之，它随着狗叫声的高低而闪烁着。黑夜吞噬了一切，高大的陵寝、虬曲的树木甚至方位，只剩下时间，还在黑暗中顽强地流逝。

洪工焦急地在原野上徘徊了半天，正常情况下，妻子早该到家了，该不会出什么事吧？能出什么事呢？他正在设想种种可能出现的情形的时候，突然看见黑暗的深处晃动着一点微光。肯定是妻子！他激动地挥动手电，在空中划着圆圈。

顾瑾在深夜行走了多时，既害怕又疲惫，不知道家在何方，丈夫是否会出来迎自己。按他的脾性，丈夫应该来；可是，他一开始就反对顾瑾出差，俩人意见相左。在这种情况下，顾瑾无法预测丈夫的举动。

她一直顺着铁轨走，过了好长时间才发现方向不对，于是又折回来。当她感到绝望时，突然看到远处慢慢转动的光圈。是他，一定是他！她突然精神百倍，跌跌撞撞地沿铁轨跑起来。

经过两个多小时的探询和摸索，两道强烈的光柱终于在铁轨上交汇。看到妻子的身影后，洪工在枕木上跑起来。顾瑾见状，也加快了速度。就在两人即将拥抱在一起时，顾瑾一个趔趄摔倒在地，桂圆滚了一地。

两人弓着腰，在月光下把桂圆一个一个拣拾起来。蘸着泥土、和着露水的桂圆，增加了额外的分量。

猪与人：到底谁吃了谁

从 1971 年 5 月开始，到第二年暮春，洪婉霞在长征医院住了一年，才“获释”回家。回家的原因并非痊愈了，而是她需要调整调整。人太累了要调整，太闲适了、太放松了也需要调整。极度的闲适也令人疲乏。

与她同一天办理出院手续的还有她父亲。

洪家的团聚，不独在黄土高坡，也在医院。那是一种叫人心酸的团聚，在洁白然而令人不安的环境中，在不安的气氛中。

女儿生病后，洪工每周去医院探视。他乘坐的是那种闷罐子车，每节车厢只有两个小小的窗孔，而且车厢内没有座位，乘客们直接坐在厢体上，一般不垫什么东西，尤其不敢把报纸垫在屁股底下，因为报纸上即使没有伟大领袖的画像，也会有他的谆谆教导。

白白净净的工程师在医院颇引人注目，尤其是那些小护士们，免不了回头多看一眼。开始时，洪婉霞以为她们注意到爸爸身上某个部位的污渍，或者观察他身上哪个部位散发出了臭味。时间长了洪婉霞才知道，并非那么回事。个别护士甚至专门跑到病房问她，“那人是你爸？”她们的目光充满了惊喜、赞赏甚至爱慕。

与通常的说法相悖，洪工是个非常注重形象的知识分子。每次下火车后，他都要拍打身上的泥土和灰尘。他的服装并不比别人的好，但总是穿戴得比其他人干净挺括。他身上的衬衣即使有了补丁，依然是雪白的，因为他几乎每天下班后都要把脏衣服脱下来，放在搓板上使劲搓。妻子经常提醒他，肥皂是凭票供应的，这样用怎么行！但她的唠叨不起作用。洪工照样每天都要消耗一些肥皂。他不能忍受脏东西在家里过夜，煤灰、菜根等垃圾每天入睡前都要倒掉。否则，他睡不踏实。

细心与粗心，在洪工身上完美地结合着。儿女们干任何事情，包括串门、出去看露天电影等，他都要提出一个甚至多个备选方案，以防万一。万一主人不在家怎么办，万一下起雨来怎么办等。他说的“万一”还真发生过，洪婉霞和弟弟听从他的指点，少吃了不少苦头。春夜，在远离宿舍区的露天电影场，当暴雨突降、男女老少拿着板凳抱头鼠窜时，姐弟俩不慌不忙地撑开塑料伞，享受着大雨带来的湿润馨香的气息。

照理说，这么心细的人，是不会丢三落四的。可事实恰恰相反。一对极端矛盾的因素在他身上和平共处。他是院里有名的马大哈。几乎每次出差，洪工都要丢失一件东西，似乎非此就不能回家。他丢掉的最微不足道的东西是手帕，最要命的东西是他本人——好几次他坐过了车。等他想到该下车时，列车早已启动了。当与他一起出差的同事已经在家中酣睡时，洪工却离温馨的家越来越远。顾瑾想象得出，丈夫在摇晃的列车上着急的样子。“哎呀呀，怎么搞的？怎么搞的！”

洪工丢失最多的物件是帽子。从参加工作开始，他起码丢了十几顶，其中大部分是很贵的深蓝色的呢帽。有一次出差，同事怕他的帽子又丢了，车到终点站前特意把帽子递到他手上。可他不知什么时候鬼使神差地又把帽子挂在车厢的挂钩上。此事成为笑柄，也被演绎得具有了象征意义。经过无数次的政治运动，洪工仍然位于人民的行列，头上光秃秃的。而与他同时分到设计院工作的两个同事，都戴着右派的高帽子。

1972年春，洪婉霞的体温降到了三十七度三。对她而言，降到这个水平就谢天谢地，基本上算好了。医生再也没有其他的招数。唐医生合计着让她出院，回家调养。然而，这个时候，洪工来了，不是作为探视者，而是作为病人。他已经超过一个星期没来医院。洪婉霞以为他又出差了，谁料他居然成了自己的病友。

那天下午，洪婉霞午睡刚起来，正在整理被子时，一个男子来到病房门口。他满脸浮肿，头比常人大一圈，眼睛眯成了细逢。好熟悉的面孔，好陌生的面孔。正在洪婉霞疑惑时，来人叫了一声，“小霞！”这声音告诉了一切。

“爸爸！你怎么啦？”

洪工的嗓子咕哝了一下，没说话。

刚住院时，洪婉霞久烧不退，医生没折，尽给她吃激素。她的身体犹如充气球一样膨胀起来，胖得父亲认不出她。一年之后，父亲也变了形，让女儿认不出来。洪婉霞暗暗叫道，“天啊，我们家怎么啦？”

洪工住在皮肤科病房，与内科病房隔了两个楼层。由于他睁不开眼睛，与盲人差不多，基本上靠摸索着走路。洪婉霞把他搀回病房。

护士正在病房内外找洪工。见他进来，就埋怨道，“怎么一眨眼工夫就不见了？以后别乱跑，你看药液这么多，不抓紧时间，一天也输不完。而且，您眼神不好，摔坏了怎么办？”

洪工连忙道歉，说看女儿去了。

护士认识洪婉霞，态度好多了。“哦，她是您女儿？”

洪婉霞守在父亲身边，帮他调整药液的速度。洪工既虚弱又疲倦，很快便睡着了。

洪婉霞陪着父亲在医院多住了一星期，父女俩在同一天办了出院手续。洪工出院后，投入到轰轰烈烈的批林整风斗争中去；而洪婉霞，则继续躺在床上，家里的而不是医院的床上。

洪工生病，归罪于他体内的馋虫。接连好几个星期，家里断了荤腥。他胃亏肉，心里“剐”得慌。前一阵，同事们闲聊中提到，王一村能买到猪肉。洪工闻之怦然心动。到了星期天，他一大早就骑着自行车出发。几经周折，他买到了一个猪头。

当晚，洪工把猪头洗净，用酱油、盐和花椒等腌好，第二天到辽宁出差。从辽宁回家后，洪工做的第一件事是查看猪头腌得如何。他打开盖子后，一个酱红色的猪头呈现在他眼前，香气扑鼻。洪工深深地吸了一口气，然后烧了一大锅水，加上料酒和作料，开始卤猪头肉。卤好后，他揭开锅盖时，发现锅里飘满了一粒一粒的大白蛆！看得他头皮发麻，不由得叫出声来，“哎呀呀，怎么搞的？”

他腌猪头时，犯了一个简单的错误，没有劈开猪脑袋，把脑髓等东西取出来。所以，虽然外面腌得很好，可里面早已腐臭。洪工本来想扔了，可顾瑾说整整一扇猪头啊，扔掉太可惜了。盐蛆不就是蛋白质吗，没什么。

洪工听从妻子的建议，把汤倒掉，重新卤了一遍，卤好后的猪头肉味道真不错。但顾瑾接着出差了，弟弟听说是长过蛆的肉，连看都不愿看，更别说动筷子。于是，洪工天天吃猪头，上顿吃了下顿吃。弟弟虽然劝阻，却不管用。

最终，洪工吃出了毛病，脑袋肿得像猪头一样大。看到自己的尊容后，洪工吓得不轻。到底是人吃了猪还是猪吃了人，这还真是个问题！

激素带来的幸福生活

洪婉霞和父亲一起办好出院手续。出院前，她了却了一个重要的心愿。

和其他少男少女一样，洪婉霞一直梦想当一名解放军战士。即使当不上，拍张军人照也可以。绿军装，红领章，英姿飒爽，军帽后面露出乌黑的发辫。“中华儿女多奇志，不爱红装爱武装。”唐医生知道后，表示随时可以把自己的军装借给她。

一个春夏之交的下午，洪婉霞睡午觉起来，往窗外一看，啊，阳光似乎凝结在刺槐上，变成一串串小白花悬挂在绿叶丛中，而病房的西边，满树的石榴花盛开，灿如火焰。她赶紧到唐医生的办公室，先换好军裤、系好武装带，外面套上一件红格子春装。在病房，她不想把自己打扮得太惹眼，到了外面，她才露出军衣，在玫瑰花坛边、在洁白如玉的广玉兰前，匆匆留影。她知道自己穿上军装后，一定非常漂亮非常动人，毫无生病的痕迹。

这组照片记录了一段不寻常的青春岁月。穿着军装的洪婉霞喜气洋洋，仿佛对世界说，只要生命不息，就有青春；只要有青春，就必定有美好的记忆。

病号和军人，热病和寒流，洪婉霞把这两种对立的东西融合在一起，留在相纸上。她创造了一个奇迹，六十分之一秒的奇迹。在快门张开六十分之一秒的时候，在那一刹那，洪婉霞实现了自己的心愿。从照片上，你看不出她是个病人。舒心的笑容把病态掩饰了，她笑得很健康，很灿烂。

出院那天，洪婉霞也是绕道往家走，和当年揣着鸡回家的路线差不多，不同的是她的心情更加紧张不安。

她胖得不好意思出门，不敢去澡堂洗澡，因为身上尽是污垢，浊气清晰可闻。如果要形容她的外表，有两个很贴切的医学名词、很浪漫很漂亮的名词：满月脸和妊娠纹。前者好理解，面孔饱满滚圆，肥嘟嘟的，如新生儿满月之时；后者需要一些医学常识。当人的身体猛然发胖时，皮肤随之被撑开。随着身体回复到原来的状态，紧绷着的皮肤逐渐软塌下来，松松垮垮地附着在肉体上，形成一些褶皱，大腿和腹部的褶皱尤其显著。这种情况以孕妇最典型，故曰妊娠纹。

吃激素主要是为了保护心脏。外形的毁损换来了心脏的健康。谢谢激素，谢谢肾上腺素！洪婉霞的心脏至今运转良好，没有出乱子。没有激素，就没有她后来的幸福生活。激素万岁！万岁!! 万万岁!!!

听医生讲，这种药刚问世时，举世震惊，其轰动效应不亚于盘尼西林，其功效也和盘尼西林，不，和马列主义毛泽东思想一样，攻无不克，战无不胜，包治百病，什么心脏病、癌症、血液病、皮肤病、气喘、风湿病等，统统靠它去战胜。而且，它的药性凶猛，吃了它也像学毛泽东思想一样“立竿见影”，马上见效，绝不拖泥带水。不知是洪婉霞顽固还是她体内的病魔顽固，简直是反动透顶，连毛泽东思想一样的特效药都敢抵抗！

洪婉霞不想上学，也不敢去上学，整天待在家里，像一个真正的中年妇女那样，既不学习，也不看书，每天摘菜做饭，实在无聊了，就绣绣枕头套、钩钩台布打发时光。时光如此饱满如此富足，她怎么用也用不完。抬头望天，太阳在塬顶最高处的那兜草丛上。不知过了多久，抬头看去，太阳依然在塬顶最高处的那兜草丛上，草叶熠熠闪着耀眼的光芒。她甚至听到萧萧的风声从叶脉向四周弥散。那就是茂陵的连枝草吧，尽管她当时不知道它的名字。

太阳移到草丛的西边时，父母才下班回家。不过，他俩很少同时回家，总有一个人出差、开会或者加班。

回家后，洪婉霞面临的另一个困难是所有的衣服都小了，胳膊伸不进去，裤腰合不拢。顾瑾愁容满面。全家总共才剩下几尺布票，全部给她也不够啊。

虽然洪婉霞害怕见到外人，但同学们来了，她却没有任何别扭的感觉，似乎她们昨天还在一起读书、抓羊拐子。她们见洪婉霞胖得变了形，也没有大惊小怪、唉声叹气，而是觉得很好玩，围在床边，纷纷摸她手背上的肉窝窝。她们的情绪感染了洪婉霞，她把双腿从被窝里伸出来，给她们展示什么叫妊娠纹。洪婉霞讲解时，带着一股兴奋劲，似乎刚从哪个风景名胜区回来，向小伙伴炫耀珍贵的旅游纪念品。

接着，她给她们讲医院里的逸闻趣事，讲她从病友那里学来的歇后语，什么“阎王爷拉家常——尽是鬼话”，“跳蚤放屁——小气”等，引得她们哈哈大笑。最后，洪婉霞用陕西腔念了《高高山上一堆灰》这段民谣，把她们的肚子都笑破了。

这个民谣是柳根教的，他不仅会背，还会唱。看到同学们那么高兴，洪婉霞也来劲了，不知从哪里冒出来那么大的力气，麻利地翻身下床，站起来唱。歌词她背熟了，可调子她记不清，唱得怪里怪气的，没想到这样效果更好，同学们一个个笑得弯下腰，直不起来。有人甚至躺在地上打滚，一边滚一边上气不接下气地说，“求求你，别唱了！”但此时洪婉霞兴致盎然，把歌谣里面的“姐妹”换成了同班同学的名字，继续唱道：

高高山上一堆灰，
同学三人坐一堆。
春梅放了个吱噜屁，
溅了巧巧一脸灰，
多亏丽萍跑得快，
险乎吃了屁的亏……

那天葛兰萍没来。第二天，她单独探望了洪婉霞。进门后，她看到老同学躺在床上，心里咯噔一下。这是洪婉霞吗？瘫在床上简直是一堆肉！苗条的身体到哪里去了，修长的手指怎么不见了？那么漂亮的手，现在像个肉包子！葛兰萍的眼睛红红的，哽咽起来。

洪婉霞安慰她，“以后会变回来的！而且，你不是不喜欢细手指吗？”

“那是以前！我以为那样细的手只能当个摆设。如果细手也能干活，还是细的好看。”

洪婉霞看着自己的手，有些酸楚，不知说什么好。

她闲着没事时，经常趴在窗台上朝外观看。窗外没有新鲜景物，她便展开想象和回忆。每年正月十六的晚上，王村总是被一堆堆火光照亮。黑夜深处闪烁的篝火，把村民们黝黑的脸孔连同他们头顶的天空映得通红。在洪婉霞的脑海里，风大概也红了，醉了。它在火光中来回穿梭，发出噼啪的声音。还有狗，兴奋地狂吠，招引着远近村村寨寨的伙伴。

火苗蹿得最高的时候，人们从火堆上跳过去。首先是孩子。他们腿短，所以从火圈中一穿而过。这需要胆量。并非每个孩子都那么勇敢。个别孩子像跳高一样，后退，助跑，加速，可到了火堆旁却猛然打住，引起一阵哈哈大笑。

野火造就了一个大同的世界，尽管短暂而零乱。

为了这一刻，他们在太阳下山前就忙开了，各自在家门前的空场上用较粗的树枝搭好架子，然后在四周置以干燥易燃的杂草和细棍。这样，一旦燃起来后，可以持续一段时间。孩子们希望柴草放得越多越好，他们彼此都在暗中较劲，看谁家的火堆烧得旺。而家长则相反，他们心疼那些柴禾。

孩子们跳完之后，才轮到大人。大人们从容得多。他们慢慢腾腾地从火堆上跨过去，面带喜色。婆姨们除了自己要从火上跨过去外，还要把自家的被褥衣服等拿到火上燎一下，名曰熏虫。

跳火，亦称燎百病。他们相信，凡是跳过火堆的人，一年之内不会生毛病。篝火燃尽之后，各家的汉子还要用铁锹铲起灰烬，在自家屋里转一圈，然后走到户外，边走边撒一点灰烬。最后，把剩下的全倒掉。这个动作伴随着一声惊天动地的呐喊。在农村，在荒僻的黄土地上，也有如此喧闹不眠的夜晚。

不夜的旷野。

在跳火的间隙，村民们还进行一种特别的仪式，互相往脸上抹黑。弄得人人大笑，人人像鬼一样狰狞。白牙黑脸，张牙舞爪，煞是可怕。没多久，她就病倒了。住院时，她偶尔想到，“要是我也加入他们的行列，还会不会生病；是不是他们真的用这种办法把鬼怪驱赶到我的身体中来了？”

只是偶然想到，只是一闪念，要是试一下就好了！反正试一下没有坏处，反正他们不认识她。他们顶多会猜测，那是一个城里的姑娘，东方红设计院的孩子，或许是谁家的亲戚。仅此而已。对她加入红卫兵，毫无影响；对一天之内三次登上主席台的殊荣，也不会有影响。

1972 年冬，洪婉霞在家里，而不是在医院，过了一次生日。生日那天，妈妈烧了一整只鸡，一块豆腐，一盘大白菜。

洪婉霞出院以后，发现弟弟长高了，懂事了。这回他不仅没有和姐姐抢吃的，还主动把他的那只鸡腿让给姐姐吃。爸爸妈妈尽挑素菜吃，恨不得女儿把整只鸡都吃下去。她哪有那么大的胃口啊。在洪婉霞的记忆中，一家人一顿饭就把一整只鸡吃掉，这是第二次。第一次是那次葛兰萍帮他们买的“祸”鸡。以往，即使在过年时，他们也舍不得一顿就把鸡吃完，顶多吃半只，留半只第二天享用。

那天，也是洪工检讨以后第一次吃鸡。他在家人的再三劝说下，吃了一些鸡脖子和爪子，好的部位他舍不得吃，都留给儿女。饭还没吃完，爸爸突然一阵反胃，把吃的东西全部吐出来了。他觉得奇怪，好好的人，一点难受的感觉也没有，肚子里的东西怎么就翻出来了?

后来,弄不清多少个月之后,爸爸饭后又吐了,当时餐桌上有鸡肉,但他碰也没碰,仅仅闻到了鸡味。“闻鸡而吐”，洪工程师演绎了一个新的成语。可惜他没有掌握话语权，无法把这个成语向全国推广。其实，“闻鸡而吐”比“闻鸡起舞”深刻百倍，也诙谐百倍。

第三章

水曰润下。水，源远流长，万世不竭。水里面不仅仅有水。水，深不可测！水深，然后火热。

往日重现

有时，洪婉霞趴在窗台上，映入眼帘的是茂陵的旷野，是塬顶最高处的草丛，可是她脑海里翻腾的却是上海弄堂里的往事。

她随便吼了一嗓子，虽力竭，但嗓音依然清亮，泠泠如山泉，从天而降。

十岁的声音如此激越，它穿过暮霭，一层层向外弥散；十岁的声音如此深邃，它穿过历史、穿过岁月，在神州大地的上空久久回荡。和她的声音一起在空中回荡的是优美的《东方红》乐曲。

上海咸阳北路38号，一个夏日的傍晚，洪婉霞吃过晚饭便跨出家门。她没有像往常那样，在客堂间里且歌且舞。那时不兴“流行歌曲”这个词，可一首歌曲诞生后，其流行的广度和深度，超乎人们的想象，真正到了深入灵魂的地步，流行歌曲哪能望其项背！

不经过那段岁月，你无法理解“灵魂”这个字眼。正如不挨一耳光，不晓得父亲的权威；不祭满地的人头，不知君王的威仪。

天异常闷，没有一丝风。云层很低，黑黑地压在屋檐上。明明要下雨的样子，就是下不来。汽车不多，但马路上的声音连绵不断，顺着弄堂口流过来，和少女的叫喊汇合。

她随便喊了一嗓子，居然有了回应。

时过境迁，三十多年以后，洪婉霞依然听得见自己的声音。但她不知道自己当年为什么会那样放开嗓门大声呼喊。无聊 ？不像。生活其实比人们想象的要有滋有味得多。当然仅对小孩而言，成人有没有这种感受，洪婉霞不得而知。虽然没有丰富多彩的电视节目，没有各式各样的电动玩具，但人小鬼大的一群孩子朝夕相处，本身就多姿多彩。他们不像如今的独生子女，整天面对着荧光屏，过早地品尝了孤独。这或许是天地间最深刻的一个悖论，最残酷的一个玩笑。孩子们面临的好多问题，都与人口数量过于庞大有关，但是，人海茫茫，却难以寻到可以一起玩耍的伙伴。当年可不是这样，当年洪婉霞的堂兄弟姐妹、表兄弟姐妹凑在一起就可谓熙熙攘攘，不用呼朋唤友。

抑或是炫耀 ？意识中没有，潜意识里呢？也不会有吧。一切外国的东西都从生活中消失了，他们只知道中国的月亮比外国的圆，世界上有三分之二的穷人在受苦受难，等着他们去解放。国外的一切，都与剥削、压榨、血汗等贬义词相连。比如，多少台湾儿童流落街头，给美国兵擦皮鞋，可他们不仅得不到工钱，反而被大皮鞋踢倒在地，鼻青脸肿。而新中国的儿童，从小就沐浴在祖国灿烂的阳光下，多么幸福。

“沐浴”，这么文雅的词，她很早就会用了，正如她很早就学会了非常狠毒的词，比如“砸烂”（某某的脑袋）“抽”（某某的筋）“剥”（某某的皮）等。

她随便喊了一嗓子，用刚刚学会的英文，“Chairman Mao –”；“i–s”表姐接着喊道。下面又该轮到她了。可还没等洪婉霞张口，马上就有人接上了，“o–u–r ”。而且，这个声音居然是从隔壁弄堂里传来的，是那个男孩的声音，和她“一帮一”、“一对红”的男孩。

弄堂和弄堂挨得很近。如果你从非常高的地方往下看的话，屋顶像色彩各异的布头一样连缀在一起，没有缝隙。如果再近一些，则会看见每幢房子都有一个天井。凡是晴天，天井里必定挤满了湿漉漉的衣服，间或有人的脑袋在这些衣服之间飘来飘去。有脑袋的地方当然还有声音。张家短李家长、美国的白牛奶苏联的黑面包等各色新闻旧闻，于斯为盛。

Chairman Mao is our great leader. 这是洪婉霞在上海学到的第一句英文。不知谁发明了上述寓教于乐的方法，像击鼓传花一样，一人念一个词，完成一句话，“毛主席是我们伟大的领袖。”念来念去，只有这句话最适合学生们的咏唱，正如黄金最适合作货币，马最适合驰骋沙场。另外一些句子，如 Never forget class struggle（千万不要忘记阶级斗争），无论是发音还是调子，都有点别扭。几年后，自学广播英语时，洪婉霞才知道这句话是祈使句，应该干脆利落。祈使句如果拖得又臭又长，那效果和用娘娘腔对士兵发号施令一样滑稽。

毛主席是他们全部的精神生活、全部的业余生活。在咸阳北路 38 号，他们吃完晚饭，锅碗瓢盆都收拾好了，便陆续来到客堂间，坐好。七八岁的孩子们认真地演唱《东方红》，大人们，包括十多岁的哥哥姐姐们，也装成大人的样子，拿着一把芭蕉扇，一边摇晃一边观看，舒心极了，惬意极了。那种表情，那种笑容，真正地可掬！她一辈子都不会忘记那样的笑，因为人的一生中，真正舒心的笑容太难得了。洪婉霞感到笑容随着扇子的轻轻摇动而四处扩散，充盈了整个楼房，整个弄堂，甚至整个世界。

是的，整个世界！红旗要插遍全世界！《东方红》的旋律要响彻整个世界！这样的论断她从小不知听了多少回。而且，没过多长时间，1970 年 4 月 24 日，这个论断便实现了。从那天起，《东方红》开始在全球奏响，多亏了人造地球卫星。人造地球卫星是何物，洪婉霞不清楚，它似乎是专门为了播放《东方红》才飞上天的。多少个静静的夏夜，她守候在窗前，瞭望星空。听说人造地球卫星每天晚上九点十六分飞越祖国的上空。如果天气好，还可以听到《东方红》的乐曲声。可惜洪婉霞一次也没有看到，更没有听到。有时看到一颗流星划过天空，随即向下坠落，她认定那不是祖国的卫星，因为《东方红》是不会坠落的。夜深人静的时候，洪婉霞常常听到它的乐曲，从邻居家的收音机里传出来。

1968 年底，洪婉霞作为小学三年级的插班生，第一次来到上海，来到咸阳北路 38 号。38 号是典型的石库门建筑，共三层。这幢房子是姑父家的祖产。姑父的先考去世后，家境衰落，住不起这么大的房屋，于是亲戚们都搬了进去。

穿着厚厚大棉袄的北京女孩，在上海同学中是一种什么形象，她不得而知。教室是什么样的，天气是什么样的，她也毫无印象，只记得老师如何向全班同学介绍她，更确切地说，介绍她的母亲，“洪婉霞同学的妈妈响应毛主席的号召，到“五七”干校劳动锻炼，洒一身热汗，炼一颗红心……”

洪婉霞坐在靠墙的长凳上，低着头，眼泪吧嗒吧嗒地直往下掉。她不知道为什么会流泪，为什么此时此刻流泪，而且这么多。也许老师的表扬，勾起了她对妈妈的思念？妈妈走的时候，她都没有流泪。

上海的冬天又潮又冷，虽然气温远远高于北京，但没有暖气，室内比北京冷许多，冷得穿衣戴帽都不管用。更要命的是，上海的室内比室外冷。

老师表扬妈妈的时候，洪婉霞脸孔通红，身体发冷，眼泪滚烫。一辈子，洪婉霞听到过无数次的称赞，唯有这一次让她铭心刻骨。妈妈一辈子的牺牲、一辈子的血汗，就换来这么几句赞美。她再也没有从其他地方、其他人的口中，听到任何一句对此事的称道或评论。

数十年之后，洪婉霞还记得妈妈临走前一天的情景。那天，家里来了很多人，从记事起，她就没见过家里来过这么多人，满满一屋子，把小小的房间快挤破了。对每个来客妈妈都笑脸相迎，端茶倒水。她瘦小的身子在厨房和卧室之间出出进进。当妈妈又一次走进厨房时，洪婉霞跟了进去。令她大吃一惊的是，刚才还笑吟吟的妈妈一个人躲在厨房里哭。

这事只有洪婉霞一个人知道。或者说，只有她一个人在乎。

洪婉霞不记得爸爸在哪里，弟弟又在哪里，只记得家里尽是人，熟悉又陌生的面孔，在昏暗的灯光下晃来晃去。十五瓦的白炽灯，发出尘土般昏黄的光晕，人们的脸也是黄黄的。一幅幅过期的照片，在家中复活，动起来。一幅幅发黄的照片，永远永远占据了她的脑海。

同事们都是来送行的，一个挨一个，挤满了一屋子。洪婉霞没料到小小的屋子竟能容纳这么多人，正如她以前无法预料弟弟的小肚皮竟能装下那么多的食物。客人们满面笑容，如释重负。终于有人替他们去干校，终于躲避了抛家离子、面朝黄土背朝天的厄运。岂止是如释重负，简直是绝处逢生！怎么能没有笑容呢？怎么能不来送行呢？

她家的厅，其实就是一个窄窄的过道。大人们都站着，家里没有那么多凳子，即使有也没有地方摆。洪婉霞也这样站着，挤在人群的缝隙里，犹如置身于一根根树木之中。树上发出叽叽喳喳的声音，既熟悉又陌生，好多词语和句子都耳熟能详，收音机里不知播过多少遍，高音喇叭里不知响过多少遍。什么贫下中农啊，再教育啊，大学校啊，思想觉悟啊。而注意身体、保重等却很少听到。

长大后洪婉霞才明白，这些怨不得他们。是妈妈自己冲上去的，颇有“我不入地狱谁入地狱”的风范。顾瑾确实是这样说的，当然她用的是另一种语汇，革命者朴实的语汇。“总有人要去，我不去的话，别人就得去。”这句话是对丈夫说的。开始，洪工坚决不同意妻子去“五七”干校，这一去不知哪年哪月才能回来，两个年幼的孩子，没有妈妈照顾怎么生存?

顾瑾的回答是上面那句话。她还说，孩子的问题她考虑过了，可以把他们送到上海奶奶家，那里亲戚多，好照顾。

洪工怎么劝阻都没用，一气之下跑到大马路上，从二里沟走到甘家口，又从甘家口走到二里沟，两眼望天，双手击树，满腹心思不知何处诉说。作为一个未满四十的男人，长年累月与妻子分居，他还有另一种困难，只不过难以启齿。

爸爸不知何时才回家。洪婉霞半夜醒来，听到父母压低嗓门叽叽咕咕的，时而尖利，时而舒缓。她觉得父母一直说到了天明。也许是她做梦，梦见他们说到了天明。

造句或造人

在上海的第一节课，洪婉霞便遇到了一个难题，一个新名词——造句。语文老师出了大量的词，要求同学们造句。这可把她难住了。上海怎么搞的，不写批判文章了。她不知“造句”为何物，不知怎样搭配“摇篮”、“剥削”和“回荡”这些互不相关的词语。平生第一次，洪婉霞在课堂上手足无措，憋得满脸通红。老师肯定看出了她的窘迫，没有点名让她上台造句。

回家后，洪婉霞连书包都没放下，就迫不及待地向四表哥请教。四表哥解释的时候，连同答案也说了出来。“延安是革命的摇篮”；“毛主席洪亮的声音在天安门上空久久地回荡”；“资本家采取各种残酷的手段剥削工人，榨干了他们的血汗”。第二天，洪婉霞原封不动地引用了这三个句子，观点鲜明，用词准确，句子完整。老师欢喜得不得了，作为例句在班上大声宣读。

铁妹在旁边坐不住了，似乎老师对洪婉霞的肯定就是对她的否定。“那是我表哥写的。”她咕咕哝哝的，音量恰到好处，老师听得见。

“好，”老师依然说好，不知是指揭发得好还是表示听见了。

铁妹是洪婉霞的表姐，留级生。为了照顾洪婉霞，老师特意安排表姐和她坐在一条长凳上。

揭发，作为一种美德受到鼓励和提倡。其指向不仅对外，更重要的是针对自己人，亲爱者、老同学、老部下、顶头上司、兄弟姐妹、同事邻居等。太极推手，你来我往，人人共享，伤人，亦伤之于人。洪婉霞未能幸免，虽然她那时还不到十岁。

任何事物均有惯性，揭发亦如此。有其一必有其二。第二次接踵而来，令洪婉霞忿恨不已。从此，她学会了保护自己，即便在家里，也不可信口开河。俗话说隔墙有耳，岂止隔墙，神州无处不耳朵。有一天，洪婉霞眼见弟弟生病时受到特殊待遇，非常羡慕，随口说了一句，“我要是病了就好了，生病多好！”

这种触霉头的话不好乱讲，兑现率极高。祈福至艰至难，求祸易如反掌。第三天她就病了，流感之类的，上不了学。病愈返校后，男同学一见到她便怪声怪调的，“侬来做啥，侬不是欢喜生毛病吗？”可恶的表姐！肯定是她告的密。洪婉霞恨之入骨，却又无可奈何。

病号的待遇唯有健康者羡慕，真成了病号后，胃口全无，原以为可以饕餮的东西连看都不想多看一眼。早晨大家吃泡饭，油条切成一节一节的，长寸许，沾着酱油当菜吃。弟弟生病时，奶奶破例多给了他一节油条，一盅鸡蛋羹，把洪婉霞馋死了，故有乞病之言。待自己生病时，她毫无胃口，勉强喝了一点泡饭。谁也没想起多给她一节油条，连她的那一份也不知让谁给享用了。

在上海，洪婉霞发现了自己歌舞的天才，宣传毛泽东思想的天才。但后来跳舞竟引出绵绵无期的病痛，出乎她的意料之外。开始时，它带来的全是快乐。不仅对于舞蹈者本人，更重要的是对于他人，对于一大帮亲朋好友。

在咸阳北路38号，洪婉霞是领舞者。毛泽东思想文艺宣传队，不仅见之于厂矿机关街道学校，还见之于家庭，深入社会最基本的单元，社会的细胞，当然是大家庭，人口众多，现在的三口之家不行，全上阵也不够。由是观之，人口众多的好处不可枚举，对于八亿人民精神生活的丰富，意义深远。如果一家数口人，没有电视，没有夜生活，晚饭后大家大眼瞪小眼，全国非乱套不可，全国人民非烦死不可。

表兄弟姐妹组成了一个毛泽东思想文艺宣传队，每个周六的晚饭后定时演出。在洪婉霞的印象中，演出效果以夏天为最佳。晚饭后，奶奶伯伯姑妈们慢慢悠悠地、堂哥表姐们吵吵嚷嚷地走下楼。大家齐聚在客堂间，一边摇扇子，一边看小赤佬演出。

扇子质地色彩各式各样。老年人喜鹅毛扇，或黑或白，扇出的风柔和，不伤身体；小赤佬偏爱芭蕉扇，风力大，痛快，打闹时能成为武器；而到了一定年龄、半大不小的则喜欢手持一把纸制的折叠扇，边摇边下楼梯，身体随着手势微微晃动。在洪婉霞的印象中，四表哥常常就以这样的形象进入客堂间。他的扇子很特别，一面是毛主席诗词“暮色苍茫看劲松，乱云飞渡仍从容，天生一个仙人洞，无限风光在险峰”，另一面是伟大领袖的画像。老人家坐在山顶的一把藤椅上，身后苍山如黛，云飘雾绕。四表哥本来就聪明、卖相好，摇一把这样的扇子，发出刷刷的开合声，更增添了他的风采，谁见了他都不由得赞扬一声，“老卡拉的”。

四表哥收折叠扇，无需用手指，轻轻把它往怀里一甩，刷的一声就合上了。这个动作看似容易，其实不然。遇到挑战者，四表哥会把扇子递过去，“侬试试看。”他们收扇时不仅声音喑哑，而且不能一次全部合拢，往往剩下一两节。

每逢此时，四表哥像长者般大度，耐心地向他们传授诀窍，“甩的时候用腕力，同时大拇指向相反的方向顶，啪，一次到位。做啥事体都要动脑子，不动脑子不行的。”说着，他指指自己的太阳穴。

四表哥脑子活络，干什么都会用巧劲，不吃亏。大串联时，同学们在车厢里挤得龇牙咧嘴，他却蜷在行李架上养精蓄锐。一些旅客实在没位置站了，便占领厕所，于是大小便又成了最棘手的问题。有人因为长时间憋尿憋便，得了急性肾炎。四表哥可没那么死板，车上不能方便就下去，排空后再上下一趟车，反正都不用买票，活人哪能叫尿给憋死！他只有十三岁，就这样上上下下的，在身边积聚了几十个散兵游勇。那些十五、六岁的哥哥姐姐们心甘情愿地跟在他屁股后面颠簸、跋涉……

串联成了四表哥骄傲的资本，他常常以自得的口吻向兄弟姐妹讲述串联的经历，“牛皮不是吹的，阿拉一分洋钿冇花，走遍了大半个中国。”

小赤佬们表演时，大人们非常开心，眼角眉梢都是乐，绝对不是装出来的。堂哥表姐也高兴，他们是导演，有时还是编舞。上演的都是他们的作品，能不高兴吗？然而，他们不像大人那样专心，他们还要练习扇功，有精益求精者，也有锲而不舍者。弟弟妹妹们跳《东方红》时，客堂间刷刷声此起彼伏，形成非常有节奏感的背景音响。这种音响在表演解放军出操时非常合适。所以，除了导演、编舞，他们又有了音响师，舞台效果和演技一天天好起来。

同时，帝国主义一天天烂下去。

演员总是四个最小的孩子，包括洪婉霞。舞蹈动作不难。那时候的舞蹈语汇与生活语汇一样，革命化加程式化：

“四海翻腾云水怒，五洲震荡风雷激——找侬零钿，厕所在弄堂里。”

“凡是反动的东西，你不打，他就不倒——我买一刀草纸。”

“宜将剩勇追穷寇，不可沽名学霸王——再会。”

舞蹈语汇也一样：“东方红”，姐弟们唱这句歌词时，洪婉霞碎步趋前，弓箭步，一手臂弯曲，另一手臂拖后，与向外展开的那条腿平行。第二句，“太阳升”，第二个演员也碎步上前，两臂展开，向上伸展，同时抬头，满怀深情地望着屋顶。这时，演员的心中一定要有冉冉升起的一轮红日。否则容易砸锅，不是自己噗哧笑出声来，就是观众哄堂大笑。你不严肃，别人怎么严肃得起来？这种事情，在咸阳北路 38 号从未发生过。

洪婉霞无疑是这支家庭舞蹈队的主力，灵魂人物。四表哥点评道，“小霞有舞蹈的天分，无师自通地学会了新疆舞，会扭脖子，而其他人学得太糟糕，好像脖子扭了。”他边说边歪着脖子，做出龇牙咧嘴的样子。

洪婉霞在上海的好日子，随着父亲调往茂陵而结束。而她第二次到上海，则是一次桌边谈话的结果。

1972年，在洪婉霞生日那天，“闻鸡而吐”的洪工和妻子谈起送女儿到上海去的事。他们经常出差，女儿成天一个人待在家里，总不是个事。上海亲戚多，总有人闲下来，可以照料她。这个计划在第二年，也就是1973年洪工到上海出差时得以实现。没料到事与愿违，人算不如天算。洪婉霞抵达上海不到一周，便旧病复发，住进了上海立新中医院。亲友们还以为洪工是专程送女儿来上海治病的。

铁饭碗的诞生

两次到上海，洪婉霞都很少有机会和姑妈说话。姑妈回家很晚，回来后不是做饭，就是洗衣服晒衣服。厨房间靠近后门，共有四个灶台，一家一个。尽管姑妈很少和小霞聊天，但对她非常关心，有了好吃的总忘不了端一碟给她。

和新中国大多数妇女一样，五十年代初，卫巧娣没有职业，整天在家里洗衣烧饭，伺候丈夫和孩子。在共产党的教育下，卫妈妈意识到妇女不能过寄生虫似的生活。她和另外三个孩子妈妈一商量，决定办一个小修理厂，一方面可以自食其力，另一方面也可以为社会主义建设添砖加瓦。

一个初冬的傍晚，她们四人吃完晚饭后，一起聚集在街道办事处，向领导汇报自己的想法。尽管她们决心很大、计划周全，但在顶头上司面前还是非常拘谨，以至说话都有些结巴，前言不搭后语。

领导大为赞赏她们的革命行动，并把办事处后面那间房拨给她们。妈妈们喜出望外。车间有了，接下来就是设备。在草创阶段，她们所需的全部家当是两把铁刷子、两把铁锤、一座台钳和一个锡焊。这些东西都不贵。她们本着节约闹革命的精神，不当伸手派，全靠自己的双手一分一分地挣钱。怎么挣呢？唯一的方法是卖破烂，旧书旧报、牙膏皮、墨鱼骨头，甚至头发、指甲等，都可以变成钱。为了早日凑足资金，她们不仅全部剪成短发，连女儿、侄女、姐妹、邻居等的长头发也贡献出来，变成了她们的原始资金。

除了上述废旧物品，卫妈妈还别出心裁，收集了大量的猪骨牛骨。白骨累累地堆在晒台上，黑灯瞎火时发出幽幽的蓝光。隔壁人家有个三岁的小孩，偶尔看见，不知道是什么鬼怪，哇地大哭起来。当天夜里就高烧，哭闹不止。凌晨时，父母把他送到医院，折腾了几个小时，小孩安静下来，才把他抱回家。白天，家里相安无事。到了晚上，只要妈妈把他抱到朝向晒台的窗户附近，他就拼命大哭。他母亲探头一看，窗外蓝幽幽的一大堆白骨，令人毛骨悚然。她马上在那扇窗户上贴了一张《红灯记》的宣传画。孩子看不见白骨，逐渐痊愈了。

当时，卫妈妈不知道这个插曲。她只顾拉着平板车穿街走巷，收集骨头，白骨越多，她嘴角的笑容越灿烂、越甜蜜。对于路人的议论和惊讶的表情，她听不到也看不见。在江阴路拐弯处，一个穿军装的女孩远远地瞥了一眼，以为是尸骨，竟然晕了过去，引起一阵骚动。警察闻讯跑过来，截住了卫妈妈。他围着平板车转了一圈，满脸狐疑，不相信她的说法。没办法，卫妈妈只好将事情的来龙去脉详细介绍了一番。警察闻之，大为感动，主动帮她拉车。穿过南京路时，警察将此事告诉了好八连。好八连的战士听了无不热血沸腾。他们纷纷要求为铁饭碗厂出份力。可只有一个平板车，怎么办呢？大家临时动议，推举出三个魁梧的战士，一人在前面拉，二人在后面推，快步如飞。卫妈妈一路小跑，累得上气不接下气，还是跟不上趟。

从一开始，解放军就是铁饭碗厂的坚强后盾。

卫妈妈们夜以继日，忘我地工作着。几个星期下来，同事们发现她脸色蜡黄，劝她注意休息。那天，她们刚把一车废旧物品拉到回收站门外，卫妈妈突然一阵眩晕，站在马路边呕了一下，但什么也没吐出来。

“怎么啦，”同事们关切地过来扶住她。

“有关系，身体有点发虚。”

“侬最近太累了，注意点。你先在收购站里坐一会儿，阿拉去结账。”

在孕育街道工厂的同时，创始人也孕育了一个新生命。创业者们欢呼雀跃。有人建议，“等小孩生下来，就叫铁碗。”

“这个名字不好听，如果是个女孩就更不行。”旁边的人反对。

“有啥不好的，农村叫铁蛋的多的是，阿拉就不兴叫铁碗？铁碗，铁饭碗，一听就晓得是新中国成立后养的。”

“干脆就叫铁吧，单名，男女都适合。”

这个提议得到大家的首肯。卫巧娣没费一点心思，孩子的名字就取好了。不过，按上海的习惯，咸阳北路38号的亲戚们都叫她“铁妹”。

工厂开张时正值隆冬，白天的气温仅十度左右，阳光穿越了浩瀚的宇宙来到地球上，似乎有些倦怠，有些萎靡。居委会领导以及相邻的菜场、寿衣店和小卖部的干部职工均应邀参加了开工仪式。

卫妈妈等几个女流亲自爬上梯子，把巨大的厂牌挂在大门口。刷着白底漆的长木条上写着“神州铁饭碗厂”六个红色的楷体大字，每个字都有海碗那么大。厂牌树好后，车间前的空地上爆发出长时间的雷鸣般的掌声。

当初，卫妈妈不好意思取这么气派的名字，因为工厂还不具备生产铁饭碗的能力，只能修修补补，正确的名称应该是“神州铁饭碗修理厂”。但一位街道领导高瞻远瞩地指出，“干革命最重要的是要树立远大的理想。我们的最终目标是建成中国乃至世界上最大最现代化的铁饭碗厂，短期目标是先从修补各种金属饭碗开始，逐步积累资金和技术，为实现最终目标做好充分的物质准备和精神准备。”领导的话，为工厂的长远发展指明了方向。

牌子是挂出来了，可庆贺的人群走后，车间里异常冷清。几个中年妇女围在台钳边，面面相觑。怎么办呢？这么大的上海，啥人晓得一个突然冒出的小作坊，啥人会把家里的金属容器拿到这里来修理？她们站着开了个诸葛亮会。三个臭皮匠，顶个诸葛亮，何况她们有四个人！经过反复讨论，大家一致认为，不能在车间里等活，得主动出击。

她们不管三七二十一，先跑回家，把家里的金属饭碗饭盒拿来修补。破损的修复，旧了的翻新。可这活儿太少，精工细做，不到三天就干完了。接下来，她们到街道办事处去，动员大家把家里的金属玩意统统拿来修理。办事处领导不仅头一个响应，还建议她们走上街头，大张旗鼓地宣传自己。

四个妇女豁然开朗。每当她们遇到困难时，都是党为她们排除了障碍，指明了方向。说干就干！当天下午，卫妈妈派一人留守在车间，另外两人随自己出发。她亲自蹬三轮车。坐车的两位妈妈轮流用高音喇叭宣传刚刚成立的神州铁饭碗厂，呼吁人们节约闹革命，将破损的金属饭碗饭盒脸盆水壶送到她们工厂修理，修好后和新的一样，甚至比新的还好。除了南京路、淮海路等繁华地段以外，她们几乎跑遍了上海的大街小巷，平均每天蹬车三十公里。一星期下来，个个累得肌肉酸痛，喉咙发炎。

她们不仅要骑车，遇到听众多时，还要停下来详细介绍宣传。饿了，就把车停在路边，把饭盒里的米饭用开水泡一泡，就着一块腐乳送进肚子；渴了，则是一杯开水。她们随车带着热水瓶。后来就没带了，因为所到之处无不受到居委会的热情接待，热开水管够。上海的冬天潮湿阴冷，遇到雨天，寒气直往骨头缝里钻，双手僵硬得握不住车把。开水不仅解渴，还能暖暖身子。

到处都有人关心她们支持她们。生活在社会主义新中国，多幸福啊！卫妈妈的话和洪婉霞的造句一模一样。数年之后，洪婉霞还有另一个经典的造句练习：“在新中国的阳光下茁壮成长！”虽然长年病卧在床上，她仍然茁壮着，因为她只知道“茁壮”，不可能有其他的语句其他的概念。

任何付出都会有收获。卫妈妈们没有白辛苦，越来越多的市民，其中绝大多数和她们一样是母亲，把家里的金属家伙拿过来修补翻新。车间里堆满了各种金属用品，圆的方的扁的，铜的铝的不锈钢的，应有尽有。卫妈妈带领三个妇女修修补补，敲敲打打，把破旧悲惨的旧社会的饭碗水壶等修饰得铮亮发光，闪烁着社会主义的新光彩。

四个家庭妇女创业的佳话传遍了浦江两岸，受到了区领导的表扬，接着是市领导的表扬。随着知名度的提高，她们不用出门宣传，顾客自动涌上门来。她们不愁没有事干，只恨父母少给了她们一双手脚。一年以后，神州铁饭碗厂的设备逐步更新换代，职工队伍不断壮大，具备了生产金属饭碗的能力。形势的发展比书记预料得还要快。

1958 年大炼钢铁时，生产原料异常紧张，仅一墙之隔的兄弟街道的鸡窝炉眼看着就要停产了。卫巧娣，此时已经是全国著名的劳动模范，发扬大公无私、阶级友爱的革命精神，心里装着一盘棋。她接到兄弟厂的求救电话后，马上召开全厂职工大会，动员他们把家里的铁把手、铁锅、铁火钳等凡是带铁的都捐献出来，支援兄弟街道。但这些玩意显然喂不饱那几座熊熊燃烧的炉膛。没办法，卫厂长最后牙一咬，豁出去了，她下令把全厂的半成品统统捐给兄弟鸡窝。看着自己辛辛苦苦的劳动成果化成一个个铁疙瘩，工人们都流出了眼泪。那是百感交集的眼泪，其中有惋惜，也有自豪和神圣的光荣感。

铁饭碗变成铁疙瘩后，他们的名声更响了，成了大跃进中的一面红旗。在厂长办公桌后面的墙上，挂满了各个单位送来的锦旗，大小不一，形状各异，把整面墙都铺满了。到了六十年代末期，已经不是挂满的问题，而是铺了一层又一层，层层摞层层。锦旗上的赠言感人肺腑，饱含着无产阶级的深情厚义。其中最大、最深情的一副对联是：

共产党情深似海

铁饭碗永世长存

万有引力的病房

洪婉霞入住中医院，是姑妈的主意。

洪婉霞在家养病期间，洪工到处咨询，真正做到了不厌其烦，不耻下问。同事、邻居、旅伴，当然也包括医生，都成了他的顾问、恩师或救命稻草。最后，他接受了姐姐的建议。既然西医治不好，何不试试中医呢？中医对疑难杂症很有效。姐姐的话有分量不光因为她是劳模，更重要的是，她丈夫精通中医。

这世界上干什么都要有经验，讲资格。初次到立新中医院看病时，洪婉霞将自己的病情讲得清清楚楚，连在西安住院的情况也作了简明扼要地介绍，不用家长补充。作为一个老资格的病人，这并不稀罕。但那个额头发亮的季医生却像听故事一样面露喜色，听得津津有味。他一个劲地夸洪婉霞聪明。可她并不买账。“还笑呢，一点阶级感情都没有。”虽然他不必愁眉苦脸，但起码应该严肃一点。

立新医院是个区办医院，病人都没什么大毛病，死不了活得不带劲的那种。相比之下，她的病算是严重的。

这是洪婉霞的“二进宫”。

尽管洪婉霞知道姑父在医院上班，但不知道他在哪个医院，做什么工作。他回家后就待在二楼房间里，从来不到客堂间观看毛泽东思想文艺演出，也不和大家聊天。在所有亲戚中，洪婉霞和姑父最生分。当年，在家庭文艺宣传队的鼎盛时期，洪婉霞疯得很，将喜儿哭爹爹的戏到处演，不分时间不分场合，看到叔叔伯伯辈的人，她都要扑上去，要对方当杨白劳，装死，而她当喜儿，爹爹呀爹爹呀地喊叫，既不是哭，也不是笑，而是另外一种情绪。对于她的行为，大人不理解，都说她“疯”，“这丫头，又开始疯了！”亲戚中唯一幸免的是姑父。洪婉霞有些怕他，所以不敢把他哭死。

住进病房后，洪婉霞才知道姑父就在立新医院上班。他负责住院部盥洗室和厕所的清洁卫生。这活本来不重，可医院里拉稀的、呕吐的什么病人都有，有时刚打扫干净的地方，不一会儿便脏兮兮的，下不了脚。姑父又得重扫一遍。

他穿一身蓝色的工作服，干活很认真，完全可以用“一丝不苟”这个词。就拿擦窗台来说吧，其他清洁工只拿抹布在走廊的窗台上胡乱捣一下，病房里的窗台看都不看一眼。可姑父每次都把病房里的窗台擦得干干净净。擦一次后，还要洗洗抹布再来一遍。

姑父空闲的时候，偶尔到病房转转，问侄女需要什么帮助。跟他交往多了，洪婉霞发现姑父并非那么不容易接近。他的话匣子一旦打开，也挺健谈的。

姑父出生于杏林世家，据说他祖上从汉朝开始行医。成年后，姑父子承父业，也当了一名医生。1958年，他被打成右派，一下子老了许多。越来越多的人喊他老袁，或袁老头。十年之后，他因“黑米事件”，再次跌入政治深渊。

六十年代末，文革的风雷把五大洲震得摇摇晃晃。就在这一年，巴基斯坦外长侯赛因送给毛主席几个金色的芒果。他老人家舍不得吃，把其中一只转送给了北京纺织厂，也就是送给了中国工人阶级。结果八亿中国人，包括农民伯伯和解放军叔叔，全都感动得热泪盈眶。

和王母娘娘的蟠桃一样神圣的芒果！它的名字它的色彩如今加上它的来历，无不闪耀着神圣的光辉。王母娘娘的蟠桃是传说是画饼，而芒果却是真的。新闻纪录片把它带到了祖国的每一座城镇，每一个山村。

“主席送我大芒果，我向主席表忠心。”表忠心不能光停留在口头上，得有行动。举国上下都忙乱起来，有人送洁白的哈达，有人送碧绿的茶叶，有人送金光闪闪的饭碗。凡是象征着美好祝愿的东西都被人送到了北京。这叫立新医院的全体职工备受启发也倍感为难，他们应该送些什么呢？作为救死扶伤的单位，向伟大领袖献热血最为合适。问题是血液不能随便使用或食用，而且很难保存。如果名为给毛主席献血，而实际上把它全部储存在血库里，则有欺骗伟大领袖之嫌，万万使不得。讨论中，部分职工提出了不少切实可行的建议，如献石榴、大枣、水晶梨、柿子饼等，应有尽有。但反对者说，这些东西都不稀罕。

既然上述意见都不妥，袁老头提议敬献陕西特产黑米，其蛋白质含量比普通米高出百分之三十左右，脂肪含量高出两倍，富含多种氨基酸和维生素C，有滋阴壮阳，健脾胃，补肝肾，明目活血之功效，对治疗体弱多病，白发早衰等症状有显著效果。

他的话被传出去，医院上下议论纷纷。一些年纪较大，深切体会到滋阴壮阳之必要性和迫切性的同志们纷纷表示赞同。毛主席日夜为全世界劳苦大众操劳，需要健脾胃，补肝肾。然而，经过无产阶级文化大革命的洗礼，大多数员工的政策水平和阶级觉悟空前提高，一听“黑”字，就联想到“反动”、“敌人”等负面的词汇。兄弟省市送给毛主席的都是“洁白的”、“红色的”，我们怎么能把“黑色的”送给他老人家呢？

一位胖护士碰到他后，左手叉腰，右手臂挥动着，质问道，“姓袁的，你居心何在？为什么要送黑米给伟大领袖毛主席？为什么不送其他颜色的食品？”她的嗓音犹如锋利的刀刃，把走道上乱窜的噪音齐刷刷地割倒在地，四周立刻鸦雀无声。

“同志们，”胖护士继续说道，“我们伟大领袖毛主席精神焕发，神采奕奕。他为什么影射我们心中最红最红的红太阳体质虚弱，用心何其毒也！”

好在袁老头一贯老实勤勉，得罪人不多，在批判会上检讨后，总算又过了一关。

袁老头瘦瘦高高的，虽然瘦，可精神尚好。洪婉霞当时还没学会“精神矍铄”这个词，只看出他的眼睛炯炯有神，给人一种沉稳有力的感觉。袁老头饱读医书，多年来无处宣泄，和女人胀奶一样难受。他以前和洪工没什么交往，偶尔在家中厨房或楼梯口碰到了，也就点点头，难得说几句话。

女儿住院后，洪工和袁老头接触的机会多了。他的细心和勤奋好学使袁老头如同找到知音般愉悦。洪工去一躺上海不容易。但每次去，袁老头必定会给他上一堂热病学的课。无论隔多久，袁老头都记得上次讲到何处，这回应该从哪里讲起。而洪工每次都很认真地听，认真地记。但袁老头不让记，说听听就行了。

稍一琢磨，洪工便明白了为什么袁老头不让记录。他怕引起麻烦。

洪婉霞成了古今各种学派的试验田，各种方法都试过 ，各种药都吃过，包括生石膏、鳖血。有回洪工在出差的路上得到一个偏方，兴奋得很，当晚给上海打电话，说鳖血是性凉的，可降体温。

四表哥想方设法买到鳖，洗净后杀掉，把血积攒起来，步行几十分钟送到医院。而洪婉霞为了早日康复，也毫无顾忌，什么都敢吃敢喝。别说是鳖血，就是猪血人血大概也敢咽下去。

喝完鳖血后还真见效，体温果然下降了，但停止喝鳖血后，体温又回到原来的水平。这可怎么办，她也不可能天天喝鳖血呀。

也许为了鼓励侄女，也许是苦中求乐，袁老头偷偷地给她算命。他曾因此被批斗，但顽固不化的他一有机会便旧病复发。他告诉洪婉霞，病人眼有神者生，气脱者死；气正者生，悲嘀者死；人中润者生，干枯者死。洪婉霞的眼睛虽然因近视有些虚，但神采依然；而且，她心态超脱，无悲戚之状。而人中则非常润泽，是长寿之像。袁老头对她充满信心，说她终究会康复、长寿。一切都会好的。末了，他也学着电影《列宁在十月》里领袖人物的口气说，“面包会有的，牛奶也会有的。”

袁老头跟侄女讲这些，是为了帮她建立对立新医院的信任。治疗是相互的，医生病人应相互信任，才能收效。

姑父的话，确实对洪婉霞保持精神上的愉悦很有帮助。在立新医院住院的时间里，她过得相当愉快，好像待在疗养院似的。

是的，住院的日子里，也有理由笑一笑，高兴高兴。那么多的表兄表妹，堂弟堂姐，轮流到医院来看洪婉霞。开始时，大家去得很勉强，仅仅把它当成一种义务。但情况很快就发生变化，他们每次都盼望着探视的这一天。一进门，带给妹妹的东西都没放好，他们便会低下头，悄声问道，“侬昨天跟阿哥讲的是啥人”；或者，“你昨天和阿姐讲的是谁？追某某的是哪一个？”白天到医院看望她的人，晚上一定会将医院里听来的故事讲给全体 38 号的居民听。到了第二天，那些听众中一定有某个人来医院看洪婉霞，顺便亲眼见识昨晚故事的主人公。这种日子充满了悬念和戏剧性。

确实，医院里并非只有护士单调的询问声、手术器械的碰撞和病人的哭喊声，也有歌声和掌声。

在住院期间，洪婉霞保持了革命的乐观主义精神。心情舒畅，肠胃也跟着舒畅。她的酒精炉常在食堂停止供餐的时段燃烧着，下午三四点钟，或者晚上八九点。忽隐忽现的淡蓝色火苗，在动则“熊熊燃烧”的年代，太不般配。可对于她的“鸡蛋西红柿面条”来讲，这种火力足矣。酒精炉烧着后，散发出淡淡的酒精味。紧接着，小磨香油的味飘了出来，走廊上都能闻到，引得病友们忍不住驻足观望，“呵，好香啊，吃什么呢？”

她常常一口未吃，却先要说出好几遍“鸡蛋西红柿面条”。但洪婉霞不厌其烦。遇到农村来的病人，她还把他们引进自己的病房，让他们见识酒精炉是什么样子。大约农村人只知道酒精能做烧酒，没想到还真能“烧”。这个酒精炉是四表哥在上班时间做的，用的全是亮闪闪的 16 锰不锈钢，非常精致。

四表哥的哥哥姐姐都下放，按政策他可以留在父母身边。大凡这样留城的人都难以找到称心如意的工作，等待他们的不是环卫局就是街道小作坊。四表哥的运气不错，被分到了铁饭碗厂。

“心灵手巧”这个词，可以献给四表哥。以往，这个词似乎是女性的专用品，口红、乳罩一类的东西。其实，它是男女通用的雪花膏。比老婆、姐妹手巧的男人多的是。四表哥的手巧，已得到各种酒精炉的雄辩证明；心灵，则更是有口皆碑。

刚进厂时，四表哥仅仅是个普通工人，专门负责冲压成型。这工作虽然意义深远，但过程却非常单调，把一块金属料伸到机器底下，咔嚓一声就行了。成型后，它自动掉到地上一个大铁皮筐里。四表哥再伸进一块料，接着又是一声咔嚓。如此循环反复，以至永恒。但它不是简单的循环，每次运动都使它上升到一个新的高度，具有新的意义。因为世界上还有三分之二的劳动人民在受苦受难。多一个铁饭碗，世界上就少一个受苦难的阶级兄弟。

其他表哥表姐常为他打抱不平。以四表哥的聪明才智，怎么也应当去国营企业，看看仪表什么的，哪能屈居于一个街道工厂咔嚓咔嚓的。不管别人怎么说，四表哥都不做声，顶多一笑了之。他相信，只要是金子，都有发光的机会。

红灯照我去医院

在所有兄弟姐妹中，只有铁梅是个铁杆的探视者，从一开始就很热心，从来没有推诿。铁梅就是“铁妹”。看了《红灯记》后，铁妹给自己改名。在上海方言里，“妹”和“梅”差不多。遇到不太熟悉的人，铁梅会认真地告诉人家，她现在叫铁梅，不是铁妹。她一边说，一边用胖胖的手指头在人家手掌心里写“梅”，弄得人家痒痒的。

已经是少女的铁梅看起来不到十岁，但这并不妨碍她在其他方面的进步，比如，她学会了《红灯记》中铁梅的所有唱段。不仅如此，她还逛遍上海的大街小巷，在闵行的一个杂货店买到了一盏马灯，把它刷上红油漆，时常拎在手上到处晃荡。居住在人民广场附近的上海市民，都看见过这盏红灯，都晓得有这么个大头铁梅。

从她家到人民广场，慢慢走也就半个时辰。拎着红灯的铁梅喜欢绕道而行。自西而东，她不走威海路，而走江阴路。江阴路不宽，两边栽种着冬青和夹竹桃。沿路尽是狭窄的弄堂，深不可测的样子，使她的行踪有了中共地下党深入虎穴的味道。在江阴路的东头，快到黄陂北路的地段，它向南、紧接着向北弧形伸展开来，铁梅走到这里，有一种顺河漂流的感觉。

一路上不断有人停下来，打量她的红灯。如果把灯点燃，则欣赏的人更多，尤其是在人民广场，甚至造成过围观，影响了交通。家里人告诫她，要节约闹革命，不要随便点火。红灯就是红灯，不在于它是否燃烧。

铁梅非常善于听取别人的意见。（这项优点最终将改变她的命运。）从此，她不再点燃红灯，只让它在心中燃烧着。

红灯给了她无尽的光荣和自豪。她唯一感到遗憾的是没有铁梅那样粗的乌黑发亮的辫子，生气时可以学铁梅的样子把它抓在手上，绷成一个直角。有一张铁梅的剧照就是这个样子，她穿着大红袄，眼睛瞪得像圆球，双手拽着自己的长辫。在所有样板戏的剧照中，铁梅觉得这一张最美最神气。她曾对着镜子练习了好多回。

“不像，不像。”她多次坦言，不光是眼睛不圆，脸上还缺乏那种呼呼燃烧的怒火。

随着时间的流逝，铁梅感觉到人们追逐的目光并非投向她手中的红灯，而是她本人。这使她非常失望也非常生气。这帮神经病！有什么好看的。从此，她不再拎着红灯到处逛，而是把它放在五屉柜上，放在铁梅的剧照下面，晚上睡觉前看一眼。只能观赏而不能把玩，铁梅一度非常郁闷。

如果按照孔夫子的定义，自知为智，铁梅应该算是一个非常聪明的人，曾数次哭着闹着要求住院。家里人奇怪，问她好好的为什么要住院。铁梅的回答虽然说不上石破天惊，却也差点使她的老爹从楼梯上摔下来。

她居然说，“什么好好的？你以为阿拉不晓得？我有‘自胀’。”

智障！老天爷啊，不知她从哪里学来这么文雅的词。所有的亲朋好友都被铁梅的话深深感动。如今，像她这样有自知之明的人太少了。

铁梅是个知趣的人，一个目标达不到，她会退而求其次。“既然不让我住院，那就让我经常到医院去，这总归可以吧。”

洪婉霞住院以后，她的理由更充足了，表妹需要有人照顾啊。她的建议，得到长辈的首肯。铁梅得寸进尺地规定，所有人去医院，都必须由她带路。即使那人已不是第一次探视，她也要走在前面，把他带入病房。

有一天她随四表哥到医院送饭。快到医院时，四表哥鞋带松了，想弯腰系鞋带，请她帮忙拎一会儿饭盒。铁梅接过崭新的三层饭盒。她的手臂弯曲，猛然间心中被什么点着了，呼啦啦地燃烧起来。李玉和和铁梅拎着红灯的形象叠现在她眼前。饭盒和信号灯合而为一。从此铁梅包下了送饭的任务，绝不让他人染指。他们可以去医院探视，但不能拎她的饭盒。以前，家里怕她把饭菜撒出来，不让她拎，她只有跟着走的份。现在，丧失的权利终于被夺了回来！

立新医院的管理虽然不算太严格，但也规定了探视时间，时间一到，就赶人走。与医生护士混熟后，铁梅可以像住院病人那样自由自在地出入病房，过足了医院瘾。

铁梅的自我保护意识很强。时刻提防别人算计她，欺负她。她喜欢在病房长长的过道里转悠，看医生、看病人。但她不允许别人看她。“看什么看？有啥好看的？”可以想象，她那双分得很开的鱼眼鼓出来，相当具有威慑力。好多护士都怕她。被她训斥过的病人则绕道而行。

熟悉她的护士例外。她们走进病房时，常常故意朝铁梅那边伸伸脖颈，做出凝视状。这样她反而不说话了，没词了，嘿嘿一笑，低下头。那颗又黑又大的脑袋，无论低下还是抬起，都很费力。但是，那颗脑袋里装的并非全是水。她的话往往够你琢磨好一阵子。

有天，快开中饭了，她连个影也没有，洪婉霞以为她不会来了，做好了饿一顿的准备，因为她没订餐。只要不吃激素，洪婉霞的胃口就一般，靠家里送一点东西就够了。当病友们快收拾碗筷时，铁梅才晃晃悠悠地走进来。

二床刚要出门，看见铁梅来了，扭头对病友说，“我说她会来的嘛。”她总说铁梅心眼好，和她死去的女儿一个样。

铁梅走到洪婉霞的床头柜前，把她带来的饭菜一一打开。保温瓶里装的是乳白色的鸡汤，上面飘着葱花；饭盒里装着米饭、鸡毛菜和几块排骨。这个饭盒是神州铁饭碗厂的创新产品。它是由三个小圆饭盒组合而成，每个饭盒都可以拿下来，也可以组合在一起，上面有个手柄，便于携带。远远看去，这个饭盒和李玉和用的铁路信号灯的外形差不多，只是体积略大些。拎着它，铁梅重新找回了红灯的感觉。

洪婉霞坐在床沿上吃饭，铁梅在旁边津津有味地看着。她几次请铁梅喝鸡汤，都被回绝了。铁梅说她身体好，喝凉风都长肉。和铁梅交往越久，洪婉霞越觉得她可爱。但洪婉霞不敢把这种想法与别人一起分享。怕人家以为她变得不正常了，所以才说出这种昏话。

吃完后，她们开始闲聊。铁梅问洪婉霞最崇拜谁。答案当然是毛主席啦。

“嗨，啥人问你这个。毛主席是最最伟大的领袖，傻子都晓得，这还用问吗？阿拉是说其他人。”大概她又怕洪婉霞乱说，紧接着补充了一句，也不是周总理，再“其他”一点的。

灌输到洪婉霞脑袋里的英雄人物太多了，雷锋、王杰、王进喜……他们的名字一股脑地涌上来，洪婉霞一时不知怎么回答。

铁梅看出了她的困惑，得意地笑了，“讲把侬听吧，我最佩服的人是陈永贵。”

洪婉霞一听，有道理。陈永贵是一个完全靠种田种出来的副总理。有人可能会讲，他算什么，农民起义领袖当了皇上的都有，比如朱元璋，刘邦也勉强算得上一个。至于其他短命的皇上就更多了，黄巢、李自成、洪秀全都是。历史课本里，农民起义的概念太广，凡是起来造皇帝反的都称之为农民起义。仔细追踪分析，就发现他们当中没有真正种田出身的。刘邦是个亭长，村镇一类的干部；朱元璋是个混混，出过家。历史上像陈永贵那样直接从田野里滚爬上来的，还真不多。

接下来，铁梅又问了她许多问题。铁梅给的正确答案总出人意料，可仔细琢磨，你又不得不承认她确实有独到的一面。如果她在电视台工作，肯定会撺掇台长专门办一个节目，成为中国智力抢答节目的先驱也未可知。可惜历史没给她这一机遇。

智力问答结束后，铁梅又谈起其他病房的事，“隔壁来了两只乌龟脚。”

“什么乌龟脚？”洪婉霞不懂她说的是什么。她解释了半天，洪婉霞才明白，新来的病人两只脚像乌龟一样，呈黑色，手也如此。有这样的病人吗？一开始，洪婉霞觉得难以置信。

“我骗侬做啥？”铁梅急了，硬要拉洪婉霞到隔壁去亲眼看一看。洪婉霞哪能和她一样随随便便。“明天吧，”洪婉霞哄她，“明天找机会去。”

“这有什么？做啥要明天去？”铁梅不听，又拉又拽的。

“我不舒服，”洪婉霞告诉铁梅，“体温又高了，身体不舒服，明天再说吧。”

“真的？”铁梅立刻伸手摸摸洪婉霞的额头。“真的，确实很烫。以后带你去看。老好白相的。女的像只乌龟一样，四仰八叉地躺着，她的男人帮她揭掉死皮，一点一点地撕开，老好白相的。”

第二天上午，她早早地来到病房，接着昨天的话题，“侬好些了吗？现在就去？”说完，铁梅伸手摸了摸洪婉霞的额头。“好多了。”她像医生那么权威，“可以去。”其实，洪婉霞的体温和头天的一样，三十七度五。

“走吧。”铁梅见洪婉霞没有动静，拉着她的胳膊往外拽。

洪婉霞只得答应她，“好，好，我去。你等一下，我打完开水再走。”

“我帮侬打。”说着，铁梅拎起开水瓶。

“还有她的。”洪婉霞指指门边的老太太。

“没问题。”她噔噔噔地拎着两个热水瓶就走了。平时，除了送饭，她很少干别的。有时，病友跟她开玩笑，要她帮忙打水洗衣什么的，她不仅一口回绝，而且教训道，“自家的事情自家干。”或者说，“侬把我多少洋钿？侬帮我做啥？”憨进不憨出，这是人们背后对铁梅的评价。

以一般人的做法，会装着若无其事地随意走走，装着和人家聊天，然后偷偷看一眼乌龟脚。可铁梅不。她正儿八经地拉着洪婉霞走进隔壁病房，走到那人床边。

“侬好，”她对病友介绍说，“伊是阿拉的表妹，没来头地发烧，神经兮兮的。阿拉不是讲她这个人神经兮兮的。我是讲她的病神经兮兮的，没名堂，没原因的啦，瞎七八搭乱烧一气。”

她讲了一大通。弄得洪婉霞直犯嘀咕，“到底是带我来看乌龟脚，还是把我带到乌龟脚床边，让她见识一番。”洪婉霞有一种上当受骗的感觉。

乌龟脚三十来岁的样子，一看就是农村人。她的丈夫整天守着她，不说话，和哑巴一样。洪婉霞从来没听见他俩说过一句话，偶尔看见他俩，则丈夫一定在一丝不苟地撕妻子的黑皮。手脚皮肤的面积加起来，也不算小，除了睡觉，除了吃喝拉撒，就剩下这项工作。仿佛这是世界上最重要，最有意义的工作。其他任何事情都无所谓。

每次看见这情景，洪婉霞心里直发毛，仿佛听到划玻璃的尖利声响，连饭都咽不进去。可她每次路过他们门口时，都忍不住要看一眼。那人打点滴的时间特别长，几乎整天都在输液。后来，洪婉霞听医生说，她身体里缺某种维生素和微量元素，所以手脚的皮肤坏死了，呈黑色。

这样的病人体温也不正常。

铁梅在医院外面小小的胜利，都要告诉表妹。有时，洪婉霞闭目养神，她推也不管用，眼睛照样闭着。遇到这种情况，铁梅就到她床边，对着她的耳朵嘀咕。

“今朝阿拉一分钱就买了一包盐精枣，”她兴奋地说。

“一分？不是两分钱一包吗？”洪婉霞不相信。

“他们找错了，多找我一分洋钿。”看她那架势，似乎不是人家找错了，而是她设计欺骗了别人，好生得意。

盐精枣是孩子们常买的零食。另外一种零嘴是山楂球，药店里才能买到，很贵，两分钱一颗。对他们来说，山楂属于比较奢侈的食品。盐精枣便宜得多，花两分钱可以吃好几天。那玩意儿咸咸的。傻进不傻出不怕，她几个小时便能消灭一包盐精枣。如果不是因为馋别人，不是为了故意炫耀，铁梅连一个小时也用不了。吃完后，也不见她喝多少水，吃了跟没吃一样。什么东西对她都不起作用，盐、糖、细菌等。

盐精枣装在盛药片的小纸袋里，她伸出两根短粗的手指头，费力地捏出几粒。吃的时候，她头朝天花板，张开嘴巴，手一松，盐精枣就掉了进去。

“给我们吃一颗吧。”总有人和她开玩笑。

“下一回吧。下一回我们交换。阿拉给侬盐精枣，侬给我山楂。”

真是憨进不憨出，名不虚传。

她嚼盐精枣时，一股又咸又甜的味道直扑洪婉霞的口鼻，使她满口生津。食欲如同热病一样在体内升腾起来，燃烧起来。但那玩意儿太咸，洪婉霞不能多吃。

这是残留在体内的激素在作梗。洪婉霞曾经整天拱卫着激素，就像副统帅整天举着红宝书，戴着红袖标。你看不见他举红宝书的时候，他整个人便消失了，不存在了。沙漠成了他最终的归属，蒙古茫茫的大沙漠，埋了多少忠与不忠的骨头。

通过病房内的交流，洪婉霞和铁梅建立了深厚的革命友谊。在某些情况下，它甚至超越了母女情。一天，洪婉霞将收集好的桔子皮托四表哥带给铁梅，让她去换钱。回家后，四表哥没看见铁梅，于是把东西交给她妈妈。姑妈看见后，伤心得摇头叹息，泪珠直在眼眶里打转，“她吃桔子，我女儿去卖桔子皮……”

第二天，铁梅刚跨进病房，便埋怨洪婉霞道，“侬把啥乱七八糟的东西带给我姆妈了，以后注意点！”

洪婉霞看着她，不知所云。铁梅悄悄耳语了一番。

那时，买桔子要凭住院证明。作为一个病人，洪婉霞吃桔子是天经地义的事，但她还是非常后悔，没想到一个不经意的举动，竟然深深地伤害了自己的亲人。从此，她逐渐养成了一个良好的习惯，无论说话做事，都会考虑别人的感受，甚至站在他人的角度考虑问题、处理问题。

反潮流的病人

中医院似乎和西医院差别不大，洪婉霞甚至怀疑他们抄袭了西医院的处方。在各种检查毫无结果之后，他们同样给洪婉霞吃激素，使她的身体又一次膨胀起来。当她胀得失去人形之后，体温降到三十七度五以下，并且一直在正常和不正常之间徘徊，和离开长征医院时的情况类似。

第一次逗留上海期间，洪婉霞是条亢龙，是咸阳北路 38 号毛泽东思想文艺宣传队的主力队员，过着“形而上”的幸福生活。第二次来，尽管风光不再，但她一点儿也不沮丧，医院住腻味了，就溜回家；家里待够了，就跑到病房，过着自由自在的“形而下”的市井生活。

1974 年初，洪婉霞回家待了差不多一个月。本来，回家和住院对她来讲，没多大的区别。但这次是违规回家，感觉就不一样了，好比品学兼优的学生终于尝到了逃学的滋味。公园还是那个公园，田野还是那片田野，但平时去和逃学去的心情截然不同。

这次难忘的经历，得感谢一个远在北京、比她略小的姑娘。

那是一个暖冬，一个热烘烘的冬天。生了冻疮的人，大都不会复发。新年伊始，尽管大江南北长城内外铺天盖地的全是关于黄帅的报道，但没引起病人多大的注意，住院部依然安静祥和。有天上午，病人们在天井里晒太阳时，铁梅拎着饭盒跨进去，边走边大声嚷嚷“造反了，反潮流了。外面到处都在贴大字报，你们怎么还站在这里吹牛皮？”上海人把聊天说成“吹牛皮”。

“是吗？”困在病房中的人们确实不知道外面到底是什么样子。他们在医院里转了转，发现脑电图室和神经内科的墙上贴满了大字报，大家这才相信铁梅的话，感到事情重大。一时间，“师道尊严”和“反潮流”成了医院内外使用频率最高的词汇。

事情很偶然。黄帅通过日记的形式向老师提意见。班主任看了这篇日记后认为，“提意见纯粹是为了拆老师的台，降低老师的威信”。在接下来的两个多月里，班主任和黄帅的矛盾越来越深。她没有屈服于老师的压力，而是把日记交给报社，全国哗然。

在画报上，在新闻简报里，黄帅穿着和洪婉霞一样的红格子上衣，一样的齐耳短发，只不过格子小些、暗些。有人似乎发现了新大陆，“哎呀，六床，你看看，你长得很像黄帅啊。”在立新医院，洪婉霞住的依然是六号病床。

“是吗？”以前，洪婉霞没往这方面想，现在仔细一瞧，还真是那么回事，瓜子脸，柳叶眉，还有那带格子的外套。

铁梅劝她脱掉蓝格白底的住院服，换上自己的红格子外套，“那就更像黄帅了，多有派头！”

“不行，不行！”洪婉霞坚决不同意，她吃过出风头的亏。

在铁梅锲而不舍的宣传下，住院部所有人员都知道三楼病房里这么个“黄帅姐姐”。他们关于“反潮流”的话题更丰富了。

小耳朵认为，老师不该和一个孩子斗，更不该号召同学和她划清界限。小耳朵是二床的幺儿子，常到医院来。他什么都小，所以很搭调，丑不到哪里去，只是略显滑稽。第一次见到小耳朵时，洪婉霞暗想，他的心脏是否也那么一点点？“小心眼”这个词的突然闪现，使她乐不可支。小耳朵感到莫名其妙，“侬笑什么，有啥好笑的。”

他这么一问，洪婉霞“哈哈哈”地笑得更欢了，当即给他取了个外号——小耳朵。她喜欢根据人们的特点，加以归纳总结，以便向亲友叙述医院里发生的故事。

吴青华学着广播喇叭的语调说，“这不是老师和学生之间的矛盾，而是阶级斗争的反映。”她在本单位饰演《红色娘子军》中的主角吴青华，所以洪婉霞这样称呼她。

她的男朋友是洪常青的扮演者。

宾努亲王，也就是隔壁一床的弟弟摇着头说，“不能什么事都上纲上线。班主任老师也是为她好，只不过处理方式欠妥。”他的头微微左倾，常常不由自主地摇晃，很像柬埔寨国家元首宾努亲王，所以得了这么个外号。

大家争论时，袁老头照样擦他的窗台，低着头，一句话也不说。

铁梅把医院外面的革命形势告诉住院部，把各病区的情况互相通告，没几天，立新医院的反潮流之火便熊熊燃烧起来。大家开始写大字报，护士给医生写，勤杂工给护士写，病人给医院写，还有病人之间互写的；写完了糊在墙上。到了月末，医院几乎被大字报淹没了。

洪婉霞喜滋滋地跟着铁梅，在不同的病房来回乱串，帮别人抄写大字报，从上午抄到下午，弄得手上尽是墨汁，洗也洗不掉。她觉得这日子比过年还要热闹。忙碌了几天之后，她腰酸背疼，体温也上来了。护士告诫她注意休息。同时，她自己也有了强烈的创作冲动，不再满足于抄抄写写。

中医院整体气氛平缓，“医道尊严”并不明显。洪婉霞认为，自己作为一个老病号，应该起带头作用。写什么呢？她想到了季医生。

季医生脸上总带着微笑，是个非常和蔼可亲的人，但他和蔼得不分时间不分场合，缺乏起码的阶级感情。比如，他听洪婉霞介绍病情时，也是乐呵呵的。“透过现象看本质”是洪婉霞听到最多的句子之一。这回，她拿它来造句，透过现象看出了季医生的本质。

洪婉霞模仿梁效的口吻和笔法，写出了《透过现象看本质》和《“医道尊严”可以休矣》两篇短文。写完后，她花了一上午时间，把自己的文章工工整整地抄在医院的墙报上，引得病友争相阅读，交口称赞。

人无完人。这回，所有医护人员都被揪出了辫子。也许正因为如此，谁也没有受到特别的冲击。大家都以满腔的革命热情投入到运动中去，都成了反潮流的斗士。

荣誉的力量是无穷的。受到表扬后，洪婉霞再接再厉，写出了《病房连着全世界》。住院以来，她曾多次听到“小小哨所连着天安门”、“身在山沟，放眼九州”

之类的新闻特写，于是举一反三，写出了这篇文章。

病房确实和世界紧密相连。病房就是一个世界！

这个世界如此脆弱，几篇小学生的日记，便把它搅乱了。医生埋头写大字报，无暇看病；护士不再查房，不关心病人的体温和大小便。不知是不是铁梅调唆的缘故，大家说造反真的造反，说回家真的就回家了。好多病床都空着。而床头柜上，还放着他们的茶杯和碗筷；床板上，还插着他们的名签。

洪婉霞站在墙报前，听病友大声朗诵自己的作品，然后甩着手，半推半就地随铁梅回家。离开医院大门时，她突然明白，这回是自己造自己的反，和反动派掘自己的坟墓差不多。想到这里，她停下脚步，有些迟疑甚至不安。

铁梅拽了她一下，“为啥不走了？”

洪婉霞又迈开脚步，跟在她后面。既然反了，也没什么后悔的。家里到底舒服许多。

进门后，洪婉霞发现家里多了个陌生人。她坐缝纫机前，背对着门口，黑黑的身躯被阳光勾了一条亮边。应和着缝纫机咔嚓咔嚓的声音，几根零散的头发微微飘动着，发出银白色的光芒。不知为什么，洪婉霞盯着那几根银发，看了好长时间。

直到裁缝离开，洪婉霞都没看清她长得什么样、年龄大小。听说裁缝的丈夫得了青光眼，靠她养家。洪婉霞虽然是个老病号，还不曾听说过青光眼，更不知道它竟然能使人丧失劳动力。

裁缝没看清，小偷倒是看了个正着。大白天的，他从晒台上爬进了亭子间，转了一圈以后便消失了。他进来时，洪婉霞正在走道上，他的身子穿过窗户时，把整个屋子都弄暗了。洪婉霞既没有惊慌，也没有叫喊，给了他充足的时间和自由。

小偷的营生不好干，冒着种种危险好不容易登堂入室，却往往因为无物可偷而灰溜溜地离开。

回家期间，洪婉霞无事可干，几乎天天玩牌。她玩的最多的是24点。这种牌简单，而且人数可多可少，顺序发四张牌，随便你使用加减乘除各种方法，但最后的结果必须是24。如果谁算出来了，就在桌子上猛拍一下手，然后陈述计算的过程。如果所有的人都算不出来，就重新发牌。

开始，洪婉霞总是输给哥哥姐姐。她还在苦苦思考时，人家已经拍手了。怎么那么快呢？四张牌刚刚落地，不可能吧。很快，她悟出门道来，于是学着他们的样，等四张牌摆好后就拍手，一边拍一边想答案。当然，这种玩法有穿帮的危险，但穿帮了也没什么惩罚措施，所以连铁梅都敢这样玩。她偶尔也能赢几次。

“10乘以3，然后减另外两张，不就是24吗？”她胡乱朝桌上指了指。

如果别人追问，“那两张怎么算？一张圈，一张2。”

她不回答，“就那样算嘛。”

她确实蒙对了，哥哥姐姐也就不再计较。

打40分没24点那么精彩，但也很热闹，一旦谁出错了牌，定会遭到大家的围攻，半天灰溜溜的，抬不起头来。

铁梅玩牌输得多，但她屡败屡战，愈战愈勇。而洪婉霞的兴趣逐渐递减。她更需要外面的阳光和空气，可是她怕风，一吹风就容易感冒发烧。她做了好几天的说服工作，铁梅才答应陪她去看电影，而且，要去就去上海顶级的大光明电影院。

大光明电影院在南京路，步行要二十来分钟。铁梅撺掇洪婉霞走去，把积攒下来的钱买排骨年糕。排骨年糕对洪婉霞的诱惑非常大，所以她接受了铁梅的建议。她刚从医院“造反”出来，兴奋劲没过，觉得自己有力气走到那儿。

洪婉霞裹着大棉袄，外面罩着红格子上装，和铁梅一起沿南京路往东走。路旁栽满了梧桐树，树上光秃秃的没有叶子，只剩下一根根枯枝坚守在冬季。她好几年没有荡马路了，看什么都新鲜：树，宽阔的马路，穿着灰色服装的行人，路边商场的招牌，甚至汽车喇叭声，都那么亲切，那么温暖。她边走边转动脑袋四处张望，可铁梅不停地催她快走。她使出全身的力气跟上铁梅，走了半个多小时。

她们刚入座，《决裂》就开演了。

这部电影的故事性不强，远不如她在画报上看到的一些老电影精彩。但洪婉霞照样看得津津有味。仅仅待在电影院里，便足以让她兴奋不已。雪白的银幕、黑压压的人头、头顶一道强烈的光柱，时粗时细，时淡时浓，浑厚和清亮的声音。仅此足矣，哪里还需要故事。

一个多小时下来后，她仅记住了这个镜头——一双长满老茧的手。“什么是资格？这就是资格啊！”原来老茧是上大学的资格，看来她这一辈子没指望了。虽然洪婉霞从没憧憬过上大学的事，但这句台词提前封堵了一条路，多少令她有些失落。

看完电影后，她们惦记着香喷喷的排骨年糕，仍然步行回家。一棵一棵干枯的树木，缓缓向身后移去。在洪婉霞眼里，它们在寒风中变成了一只只粗壮的胳膊，一张张巨大的长满老茧的手掌，映在灰色的天幕上。

第二天，排骨年糕买回来时，洪婉霞已经没胃口了。她又开始高烧。

成也萧何，败也萧何，铁梅怎么把她弄出医院，又怎么把她送了回去。洪婉霞回到医院后，体温就降到了三十七度三。

鱼儿离不开水，花儿离不开阳光，洪婉霞离不开医院，离不开激素和来苏水。其他病友也一样，他们也陆陆续续回到病房，继续报告大小便的次数，继续在天井吹牛皮。

病是世界上最没良心的东西

医院和部队一样，是革命的大学堂。尽管洪婉霞在这里学到了很多东西，但不少人以为她在里面待傻了，连常识都不了解。比如，什么是“小米加步枪”。

小耳朵极其自负地说，“小米加步枪，就是‘小米加’牌的步枪，侬晓得吧。”

“不对，”洪婉霞纠正他，“小米加步枪，是说小米和步枪，意思是解放军吃得差，装备不好，但照样打胜仗。”

宾奴亲王支持洪婉霞，“伊讲得对。”

“憨吧啦。”小耳朵做出要笑掉大牙的样子，嘴巴极力张开，但他那张嘴怎么也张不大。所以他不张了，做出恨铁不成钢的表情。“枪炮都有名称，小米加步枪，卡宾枪，左轮手枪，榴弹炮……”他一口气说出一大溜枪炮的名字，振振有词。

这些词并不陌生，但要谁一下子说出来，还真成问题，所以要想说服这位枪械迷很难。“你后面讲的都对。但是，小米加步枪真的是小米和步枪。小米是一种粮食，我在陕西见过。”为了说服他，洪婉霞还极力形容小米的样子。“黄黄的，只有大米的三分之一那么大。煮稀饭很好吃。”

他依然直摇头。“侬在医院里蹲得太久了。这种事体都拎勿清。小米，小米和枪有啥关系？小米加，是人家外国人的名字。晓得吧，还有伯郎宁手枪。”他论据充足，逻辑清晰。显然，几个黄毛丫头说服不了他。一个休学太久，另一个年龄略小，不懂事。

他妈妈没发表意见。不知对儿子的论题不感兴趣，还是没听见。

当天，洪婉霞便将他的外号改为“小米加”，这个绰号比小耳朵更精彩，更令人难忘。

“憨吧啦”是小米加的口头禅。他们没太在意。他也没在意。当铁梅突然插话时，他又把这句话吐出去，收也收不住。铁梅受不了，竟然哇哇哭起来。跑到他妈妈面前告状：“他又骂我憨大。”

二床挥动右手，看那架势如果不是打点滴，她会冲过去扇儿子一耳刮子。“侬才是憨大。帮侬讲过多少次，不要跟她提这两个字。”

“唉！”她叹口气。对临床的病友说，“你看我这一天到晚都不得安宁，躺在医院里也躲不掉。”

“你不想想你多有福气，儿女成群，天天有人来看你，照顾你。多好哇。哪像我。”

“好什么呀，操不完的心。尤其是碰到她以后，就想起我那可怜的女儿。”她指的是铁梅。

铁梅酷似小米加的姐姐，头重脚轻的样子。看见她走路的人都替她捏把汗，担心一阵风就会把她刮倒。但头和身子的比例失调后，铁梅从未摔过跤，比其他人还稳当。

“吃错药了。”这是骂人的话，你干了傻事说了傻话都会引来这么一句，既委婉，又尖锐。这句话用到小米加妈妈身上，却客观公正，不带任何贬义。1958 年大跃进，炼钢铁，吃在田野，睡在工地。十五年内，超英（国）赶美（国），提前实现共产主义。

她在玻璃厂工作，不舍昼夜，一连四天没回家。玻璃厂，也是烈火熊熊，与钢铁厂相比，毫不逊色。她被高昂的激情所烁伤，嘴唇起泡，身体出现红疹，并有低热。但她以解放军为榜样，轻伤不下火线，继续奋战在生产第一线。

医务室的同志们也不落后，把诊疗搬到车间，把药送到工人的手中。大家动不动就几天不休息，耗也要耗在车间。医生昏了头，把几份药搞混了，致使小米加妈妈吃错了药。她已经怀孕两个多月，唯恐别人知道后不让她加班加点，所以一直保密。在人人奋勇争先的年代，谁都怕落伍。正如后来人们奋勇挣钱，恨不能站在钱做的山上，唯恐别人看低了自己。

“那晨光的人，不晓得啥叫累。”小米加妈妈感叹道，“现在，再多给几个洋钿也没人那样做生活。”多年前，她就发出了这样的感叹。

女儿降生后，就与一般人不一样，眼距较宽，长到四五岁后，显露出头重脚轻比例失调的问题。见到铁梅后，小米加妈妈感叹她们像是一个模子刻出来似的。她常常跟病友念叨，如果她的女儿不死，大家肯定会以为她和铁梅是双胞胎。

小米加妈妈老态龙钟，看起来像老大妈，实际上也就五十出头。她住院那天挺排场的，前呼后拥地来了一大帮人。每人的手都没空着，所以她带的东西特全乎，那架势似乎下半辈子要在这里住下去。从进楼道到入病房，她的嘴巴没停歇，罗列了一大堆日日夜夜折磨她、让她无法忍受的病症。不过听起来，她不像是诉苦，而像一个小学生向老师、家长表白她做了多少习题、倒了几桶垃圾。

她一边把兜里筐里的东西往外拿，一边又重复或强调刚才的话，生怕护士没记住，或病友不知道。“你们不知道我有多苦，从头到脚，浑身都是病，整个人都是由病堆积而成的。体温总是偏高；少白头，年纪轻轻的就白了；头皮呢，经常发麻；不看书不看报，可眼睛酸胀疲劳，注意力不能集中；颈部酸软无力，支撑个脑壳真费劲；肩背以下的关节肌肉，没一处不疼的。连脚指头都不例外，动不动就抽筋。你说大脚指头有什么好抽的。”

“你说我的命苦不苦？”小米加妈妈说这话时，正好头冲着洪婉霞。她不知该如何回答，尴尬地笑一笑。也许是小时候忆苦思甜的故事听多了，洪婉霞从小米加妈妈的絮叨中品不出任何苦味。她小时候没当童养媳，长大了没坐水牢，也就吃错了一次药，苦什么呀，顶多有点倒霉。

看到六床投来同情的眼光，小米加妈妈更加止不住，“我这一辈子，住医院比住饭店多；吃的药比点心多。光止痛药就吃了十多年。吃过后，可以管个把钟头，时间长了就老样子，该疼照样疼。”她认为，病是世界上最没良心的东西。你拿多少药供养它收买它，它都不为所动，该怎样还怎样。

会哭的孩子有奶吃；同理，会叫苦的病人有医生的格外关照。医生给她做了各种病理检查，结果还是和以前一样，没发现任何异常。各个关节零件既无变形，也未红肿，活动度和肌力均正常。偶尔有某个部位的软组织有压痛感。她好像发现了重大敌情似的，兴奋得很，“哎哟，医生，是不是这里有问题？”

季医生看看她，淡淡地说：“这也不能说明任何问题。有痛感是好事。如果连疼都不知道，那不完了。”

“那到底是怎么回事？”小米加妈妈一脸的失望。

“我还想问你呢！你这毛病是什么时候染上的？多长时间了？照理说不会像你讲的那么痛。”

“一九……”老太太嗫嚅着，马上改口道，“也就十多年吧。我也不知到底是什么时候得的这怪毛病，真是命苦。”

小米加妈妈是那种心很实的人，实得没有一点小小的缝隙——她的心里放不下任何事情。什么事都耽误不得，必须马上办理，连一星半点的尘土也必欲除之而后快。所以在她眼里永远有干不完的活，在她心里也就有永远的异物，永远的紧张。她的肌肉在这样长期的紧张中松弛不下来。

时间长了，季医生看出点门道，劝她凡事想开些，学学革命先烈的胸襟，砍头只当风吹帽。我们现在托共产党的福，天天阳光雨露，雨露阳光，还有什么烦恼吗？还有什么烦恼放不下吗？放下包袱，轻装前进。精神松弛，肌肉也跟着松弛了，病将不治而愈。

“说得这样轻巧！”小米加妈妈不以为然。季医生走后，她对洪婉霞讲，“老生常谈，他们没本事治病，就瞎说一气，把责任推给病人。精神放松，肌肉就不疼了，关节就不疼了？可那精神怎么才能放松呢？都这样治病，那还要医院做什么，还要医生做什么？”说着说着，她话锋转移，开始抱怨没出息、不孝顺的儿女们。“有时人好好的，看到他们就开始头皮发麻、肌肉酸痛。”

在小米加妈妈眼里，最不孝顺的是大儿子，而他不孝顺的原因是娶了个没良心的媳妇。她三天两头地跟病友讲，大儿媳妇如何如何坏，买了水果或糕点，从来不主动孝敬婆婆，而是拿到自己的房间藏起来。老太太心知肚明，等大儿媳妇上班后，她偷偷到儿子的房间查看是什么食物、有多少。

她声称，“我可以不吃，但要心里有数。”

大便的标准和标准的大便

小米加妈妈刚住院时，谁也没听她抱怨拉屎撒尿方面有什么麻烦。可几周以后，她的肛门闹起了自由主义，不受管束，一天排放好几次，而且送出的产品不规范，稀稀拉拉的不成型。当她悄悄地给医生打小报告之后，肠子和肛门警觉起来。它们规矩了一些，但依然没有回到正确的轨道上来，输出的产品不是颜色不对，就是形状有问题。

小米加妈妈开始密切关注自己的大便。每次大便完后，她都不顾冲天的臭气，低着头仔细查看大便的成色和形状，并将自己观察的结果分毫不差地向护士汇报。

“我今天早晨七点钟大便，颜色淡黄，有点稀，不成型，我的肠胃是不是有问题？”

“今天七点半大便，颜色较深，略带褐色，季大夫，这种颜色的大便说明什么问题？”

这些话她起码要重复两遍，一遍是被动地对护士说，因为护士每天要问大小便的问题；一遍是主动对医生说。她觉得和医生说才有用。在她的脑子里，大便应该是黄的，一节一节的像香肠那样。

在所有的住院病友中，小米加妈妈最羡慕的是东头拐角处的一位甲亢患者。她的左眼睛大右眼睛小，而且右眼上眼皮略微向上缩，但两只眼睛都炯炯有神，脸色红润，看不出有任何毛病。她能吃能睡，身材匀称。最重要的是，她每天准时大便，整齐划一，没有次品。小米加妈妈心想，要是哪天能拉出她那样的大便就心满意足了。

世界上竟有对大便如此苛刻如此痴迷之人！季医生告诉她，连工厂的产品都会有公差，人体每次排出的大便不可能一模一样。但这种回答太简单，并不能说服她。小米加妈妈依然忧心忡忡，为什么别人的大便那么整齐均匀？

如何才能解开她的心理疙瘩，让她树立正确的大便观？带着这个问题，季医生认真学习毛主席著作，用毛泽东思想武装自己的头脑。“以其昏昏，使人昭昭”是不行的。如果自己没有树立正确的大便观，怎么能解开病人的大便忧郁症呢？季大夫研究人体几十年，从来没有想到粪便还有好坏之分。但这个问题客观存在着，你回避不了。但如果就事论事，就大便论大便，则会陷入唯心主义的泥坑不能自拔。

季大夫将自己的初步认识告诉病人：大便的形状不重要，不管干便稀便，黄便褐便，只要能顺利拉出来的，就是好便。大便的颜色和形状也可以百家争鸣，百花齐放，淡黄深黄浅褐墨绿都无所谓，长的短的圆的扁的都一样，只要不是黑的就行（黑便也就是大便带血，那当然不妙）。

这种“不管——只要”的句型酷似第二号走资派邓小平的白猫黑猫论，不知叫谁给捅了出去。三天后，季大夫的大便论就遭到猛烈的抨击。有人写了一篇批判稿，题目叫做《白猫黑猫论阴魂不散——评某某大夫的黄便褐便论》。文章认为，“不管——只要”这种句型不是偶尔出现的，它说明了阶级斗争的艰巨性和复杂性。被打倒的走资派时刻想卷土重来，变天翻案。他们为了达到自己的目的，抓住一切可抓的机会，钻一切可钻的空子，连拉屎撒尿也不放过。季医生越看头越大，越看越糊涂。第二天，他开始便秘，几个星期后又遭受拉稀的折磨。

小米加妈妈既不同情季医生，也没有内疚和息事宁人的表示，继续用大便的标准和标准的大便这类问题来折磨他，引诱他犯错误。此时，季医生深深认识到自己驾驭祖国语言文字的工夫太差。他左绕右拐，怎么也躲不掉“不管——只要”的表达方式。

他重新开始句型的研究，研究的重点是“两报一刊”社论和梁效的杂文。没多久，他便发现了一个非常流行、非常稳妥的句型“宁要——不要”：“宁要社会主义的草，不要资本主义的苗”；“宁要社会主义的晚点，不要资本主义的正点”；“宁要社会主义的次品，不要资本主义的正品”等。看来很多人都在新中国受过良好的造句训练。有人独辟蹊径，突破了“宁要——不要”的模式，创出新的句型“宁做——不做”，比如“宁做无产阶级的造反派，不做资产阶级的小绵羊”。

这些句型虽然很稳妥，可是和大粪沾不上边。怎么办？怎么办！在同事、老婆和子女的帮助下，他终于又找到了一种安全的表达法：“凡是——就”及“凡是——都”。凡是顺利拉出的大便就是好大便，或者凡是顺利拉出的大便都是好大便。这句话虽然不科学不严谨，但安全性极高，无懈可击。

在小米加妈妈的带领下，病房形里成了一个非正式的粪便兴趣小组，护士和病人都加入进去，没留一个死角。大家从形、色、干湿度等多角度全方位讨论大便及其与健康的关系。大家的讨论如此热烈，以至隔壁病房的病人也纷纷加入，唯恐让人觉得自己太落伍，对大便的认识停留在肤浅片面的阶段。宾奴亲王告诉大家，有一阵粮食青黄不接时，知青们天天吃杂粮，一连吃了两个月，没沾过荤腥，弄到块豆腐乳就算改善生活了。结果，拉出的屎和病人的脸一样，呈菜绿色。大家如遭霜打，一下子蔫了，以为得了什么不治之症。第二天和其他生产队的战友一聊才释然，因为人人如此。

绿屎虽然少见，但不如红屎引人注目。一个郊区的菜农说，在毛泽东思想的指引下，今年辣椒大丰收，她月月吃天天吃顿顿吃，吃得满脸通红满嘴通红，大便也潜移默化，改变了颜色。公社广播站的记者闻讯赶来，写了一篇报道，在公社的大喇叭上反复广播，红星人民公社的社员不仅心红似火，连大便都是红彤彤的。

赤橙黄绿青蓝紫，各色大便会聚一堂，姹紫嫣红，相得益彰。大家知无不言，言无不尽，言者无忌，闻者大喜，形成了人人谈论大便人人关心大便的生动活泼的局面。他们白天谈，夜晚谈，站着谈，躺着谈，连饭菜也堵不住他们的嘴，边谈粪便边把饭粒或菜叶咽下去。

经过多次无拘无束的大便研讨会，病友们之间的关系更加融洽，达到了空前的团结。

近朱者赤。洪婉霞在这样一种环境中，不能不滋长出强烈的大便情怀。她不再四处托人借《三个火枪手》、《朱可夫传》等不相干的书籍，而全身心地收集与大便有关的科学知识。为此，她查阅了大量的书刊杂志，包括《十万个为什么》，并做了读书笔记。一部分笔记经过整理，登载在医院的墙报上。受到病人关注和好评的有：《治疗便秘小常识》、《发现黑便怎么办》和《常憋大便的后果》。

初战告捷后，洪婉霞的兴趣更高了，继续围绕大便做文章。但接下来，她的文章赢来的不光是赞誉，也引起医护人员和病友的非议甚至责难。比如《大便与性格》这篇不足三百字的短文，竟引起了一场激烈的大辩论。各种稿件雪花般飞来，先后贴在墙上的文字累计超过一万。支持者说她的观点符合马克思主义辩证法，因为她的观点可概括为物质决定精神。批评者却说洪婉霞在散布唯心论。这世界上哪有什么抽象的性格，各种性格无不打上阶级的烙印。一个人的性格只能与其阶级出身相连，怎么会与大便有关系呢？荒唐至极！

在《大便与性格》的一开头，洪婉霞就申明这仅仅是本人的一孔之见，欢迎大家批评指正。但批评的声浪如此之高，在她意料之外，好在洪婉霞写这篇文章时用的是笔名。她常常站在墙报旁边，听着人们的议论，惊喜交加。

在研究大便之前，洪婉霞曾关注过姓氏学和笔名。新的中央委员选举出来时，报纸上总是说按姓氏笔画排列；而作家可以随心所欲地给自己取个非常优雅的名字。私下里洪婉霞也悄悄萌生了这样的欲望，什么时候可以给自己取个笔名呢？帝王将相宁有种呼？笔名也不是作家的专利。于是乎，在《大便与性格》的结尾，她落下了一个响亮的名字：洪钟。

她并非如有些人所指责的那样，吃饱了撑的，导演了一场恶作剧。这篇文章，是她积郁多年的创造力的展现。登载了几篇短文之后，洪婉霞不再满足于抄袭和东拼西凑，而急于发出自己的声音。她不是生理卫生或医学方面的专家，不能从这方面入手，需要另辟蹊径。这个蹊径不在田野森林，也不在校园厂区，而应该在医院。洪婉霞长年住院，和不同的人一起吃喝拉撒，发现有的人大便固定在一个时段，很有规律；有的人则朝三暮四，任何时候都可能大便；有的人上厕所如逛园圃，气度悠闲；有的人则如同冲锋陷阵，风风火火。这些不都是他们性格的体现吗？她略加回忆总结，便写成了上述文章。这篇文章体现了洪婉霞早年练就的批判稿的风格，文字洗练，层次分明，诙谐中略带辛辣，很符合病人们的胃口。可以毫不谦虚地说，读者阅读时，一定有吃辣子面的感觉，读完之后则有痛痛快快拉了一泡屎的感觉。

但得久病，即为闲人

明朝的一个县令说过，“但得久病，即为闲人。”大概是指闲云野鹤之人吧。整天莳花种草，悠闲自在。闲云野鹤之人，给人的感觉是经纶满腹，足以安邦治国平天下，但偏偏不安亦不平，自觉地远离庙堂，藏于山野。这种闲人早已绝迹。非独住院病人，谁也不够资格。洪婉霞只能是后一种闲人，即悠闲之人，长年累月地住院而不以为苦不以为悲。而且，一般情况下她的病情还算稳定，体温保持在三十八度以下。可能她生得和别人不一样，三十八度以下，对她是正常的，犹如三十七度以内对别人是正常的一样。医生们绞尽脑汁，也查不出原因。查不出就查不出吧，反正死不了。中医医院里的病都这样，死不了，活不好。

为打发时间，有什么活洪婉霞都往上凑，喜欢帮护士卷棉签、到食堂帮厨。南方人不会包饺子。而她早在茂陵时就学会了，这回有了用武之地。每逢食堂想给病人改善生活，大师傅们就会把六床叫上。他们不让她擀皮，怕她累着。说实话，那活儿她也确实没力气干。洪婉霞只能坐在案板旁包饺子。

她边包饺子，边告诉大家，在西安住院时，有个病友嘲笑上海人出门前拿猪皮或猪油往嘴唇上抹，以示家道殷实，油水多。油水油水，就是这个意思吧。

“瞎讲！”陕西人竟然这样污蔑上海人，大家异口同声地表示愤慨。“侬下次到西安，好好跟他们讲讲阿拉上海，外滩、红房子、新亚饭店、杏花楼……这些好吃的好白相的，他们听也冇听说过！”

洪婉霞在上海生活了很长时间，还有那么多亲戚在上海，对这个大都市充满感情。但是，她的家在陕西，那里是她的第二故乡。因此，她很纠结，不知该向着谁。

闲得发慌，免不了胡思乱想。中医医院都是慢性病人，但还是有一些人来陪床，结果病房里男女混杂。这使洪婉霞惴惴不安。在她看来，男女同居一室，是要生小孩的。怎么办呢？她悄声问父亲，“男的在我们病房睡觉，我会不会怀孕啊？”

“不会的，”洪工安慰道，“住在同一间房子里不等于会怀小孩。”

洪婉霞这才放下心来。当时，她忘了穷追不舍地问，那怎样才会怀上孩子呢？无怀孕之虞，她就放心了。

她想到生孩子的事，可能是同室病友的影响。那人生了双胞胎后，奶水异常充足，简直如喷泉一样，不出来就憋得慌。住院期间无法及时给孩子哺乳，她的胸脯鼓鼓的，奶胀得实在受不了，她就把奶挤出来。奶水又粗又急，打在杯子里当当作响，和小孩尿尿差不多。她要挤奶时，就侧过身，撩起上衣，鼓胀胀的乳房便像调皮的小动物一样，猛地探出头来，并不避讳谁。她把胸脯露出来时，洪婉霞感觉特不好，觉得自己的上衣也被撩了起来。

确实，怀孕也不是那么容易的事。隔壁一床宾努亲王的姐姐就苦于怀不上。结婚三年了，也不见动静。丈夫逼着她吃各种汤药，无奇不有，无所不吃。石榴，花生，芸豆，太一般了，不值一提。她吃过的东西远比这稀奇，你想都不敢想：青蛙籽，癞蛤蟆籽，蚂蚁粉等。

宾努亲王是知青，一心想上复旦大学中文系。虽然下放农村，他从没间断文化知识的学习，希望哪天有机会凭自己的本事上大学。随着教育战线整顿工作的进展，这个希望越来越大，越来越清晰可见，正如伟大领袖所说的那样——它是露出地平线的一根桅杆，是母腹中躁动的婴儿。可惜，这个婴儿尚未发出嘹亮的啼哭，便胎死腹中。

1973 年 7 月 19 日，大热天下黑雪，《辽宁日报》以《一份发人深省的答卷》为题刊登了张铁生的来信。一张白卷颠覆了宾努亲王彩色的梦想。通过考试上大学之路被堵住。他满腹牢骚，什么事都看不惯。但是，他什么也改变不了，甚至连自己的姐姐都保护不了，所以经常生闷气。

姐夫知道自己的优势，不管宾努亲王在不在旁边，对老婆都一个脸色，胡作非为，完全是白公馆渣滓洞的那一套。白公馆给共产党人灌辣椒水，他给老婆灌各色动植物的下角汤料，同样歹毒。

姐姐住院后，宾努亲王成天泡在病房里，成了病人的一分子。病友们都知道，他对姐夫恨之入骨，跟他说话都咬着牙。“我姐姐要是有个三长两短的，我找他算账。”除了不孕，他姐姐还有其他毛病，住院好久也无法确诊。医生怀疑是红斑狼疮。

他护姐姐胜似老母鸡护雏。在他看来，长男如父，虽然他比姐姐小，但是家里唯一的男孩。他家经历了两次洗劫，反右一次，文革又是一次。一洗，少一父；再洗，失一母。父母双双归天，只能由他在地球上保护姐姐了。可是他回天无力，只有摇头的份。

不过，除了头有点歪，宾努亲王可以说仪表堂堂，而且，他肚子里很有些墨水，说话不仅有文采，也很有感染力。他曾对小胖护士说，“你个头高，看起来不算胖，女性嘛是要丰满一些的，干瘪瘪的和老太婆一样有啥好？其实，古代中国人以胖为美。真的，不骗你。有一篇诗歌这样写道，皇帝欢喜白白胖胖的女子，天下就没有细腰了……”他由唐朝的仕女讲到爪哇国的审美观，旁征博引，直把人家说得晕晕乎乎。

不久，宾奴亲王和大家道别，说他准备报名参军，在部队表现好，可以上军校。总之，他不安于现状，历经千辛万苦也要读大学。

洪婉霞指指他的歪脖子，“你这样体检能合格吗？”话刚出口，她便意识到自己的表述太直白，太不礼貌。不过，宾奴亲王并没当回事，“体检不是问题，我就说脖子扭伤了。”接着，他鼓励洪婉霞好好学习，“你很聪明，说不定以后有机会。”

洪婉霞摇摇头，“怎么可能呢？我休学了这么长时间，手上又没有老茧。”

“老茧？”宾奴亲王不知所云。洪婉霞给他讲了《决裂》的电影，讲了那个手掌的特写镜头。宾奴亲王听罢，顿时蔫了。不过，他旋即又抬起头，像是问她，又像是自言自语地说，“不可能总这样吧？”

住院部是个回形的建筑，当中围成天井。男女病房分别在天井的两侧。天晴时，大家喜欢在天井里散步。那里也是大家讲故事、交换图书杂志的场地。洪工每次来看女儿时，都要叮嘱她学习功课。可洪婉霞没心思正儿八经地学习，顶多看些闲书。她年龄小，大人们把书借给她时，从来不要求交换。她白看了好多书。

吹牛皮是医院生活的主要内容。大家都吹，洪婉霞自然不甘落后。况且，别人吹的无非是从哪本书上看来的，包括手抄本，而她吹的，却是活生生的现实。只不过现实不现实大家不知道。除了她，谁也没去过陕西。茂陵的经历成了洪婉霞吹牛皮的资本。不过，洪婉霞很会掌握分寸，掌握火候。在上海，她说陕西的事；而在陕西，她则描绘上海的图景。两边的人都听得津津有味。这不，她又讲起了祈雨的故事，上百个村民在队长的带领下，敲锣打鼓地从她家楼前的塬坡出发。

“他们到底去了哪里？”吴青华迫不及待地插了一句。

“一个破庙，”洪婉霞想当然地答道。既然是迷信活动，怎么能不去寺庙呢？去长征医院看病的路上，她曾看见过一个寺庙，破败不堪。屋顶豁出一大块，门前被人涂了一道道黑墨，大概是为了盖住反动腐朽的对联。寺庙孤零零地趴在路边，庙前场地的大树都被人砍光。一提到迷信，洪婉霞的眼前马上浮现出它的影子。

“他们没有村支书吗？书记不抓他们吗？”吴青华大惑不解。洪婉霞告诉他，队长和书记都在里面。

吴青华的妈妈与洪婉霞住在同一个病房。自从听了洪婉霞的故事后，她一进病房就往洪婉霞床上凑。别人还以为她是洪婉霞的表姐。洪家的表姐数不清。可她们宁愿关心鸡毛和蒜皮，也不会对陕西的事提起兴趣，更何况是封建迷信。她们根本不会去思考，从而也永远不会弄明白求雨有什么意义，装神弄鬼有什么意义。

吴青华不一样，到底是搞艺术的人，尽管是业余的。她坐在洪婉霞的床上，兴致勃勃地问，“还有呢，你从窗口还看见了什么？”

很多很多，有些是洪婉霞直接看到的，有些是事后听到或读到的，前后相距近十万八千里，上下数千年。她把它们连缀在一起。

在洪婉霞的生命中，它们本来就是一体的。

讲故事与写诗文一样，也要独抒性灵，信腕直寄，兴之所至，走马游龙。这样才能打动听众。祈雨是洪婉霞在家时看到的令人惊诧莫名的一幕。困囿于病榻之后，还有同样惊心动魄的景象展示在她的窗前吗？洪婉霞没有别的联系世界的渠道，只剩下窗户。从窗户里看四季在树枝上变换，枯了荣，荣了枯。洪婉霞还真没在窗户里看过“花开花落”的景色。她实在不记得医院里摆过什么花。在她的印象中除了白墙白大褂，剩下的尽是标语、红旗和锣鼓。热闹的时候也有花，但它不会开也不会落，因为它是纸做的，佩带在先进人物的胸前，有小面盆那么大。通常戴花人的脸上堆满笑容，使脸盘显得非常夸张，圆圆的，和红花一样圆、一样大。

从此，吴青华和洪婉霞亲热了许多，从她身上发现的新大陆也越来越多。“侬的腿老长的；侬的皮肤老白的；侬要是学跳舞，肯定蛮灵的。”

洪婉霞告诉她，确实如此。她是宣传毛泽东思想的积极分子，曾有一日三登舞台的光荣历史。为了证实自己的说法，洪婉霞左臂斜伸出去，右臂弯曲，作了一个移脖子的动作，典型的新疆舞的动作。

“真的，真的。”吴青华啧啧称奇。“老好咯呀。侬要是不生毛病，也可以演吴青华呀。”

对此，洪婉霞不置可否。“也许吧。”

然而，一切都被安排好了，洪婉霞的角色是病人，只能在病房给大家讲故事和见闻。

第二天，吴青华又来了。而且给洪婉霞端来了一大碗阳春面。足足有三两。她说她只付了一两的钱票。洪婉霞疑惑地看着她。吴青华解释说，“阿拉就在面馆里工作。”

“在面馆里？”原来她说在轻工业局。没错。饭馆归轻工业局管。这一碗面，洪婉霞吃了两顿。不吃激素的时候，她很瘦，饭量也小。

伟大领袖有一段名言，“世界上没有无缘无故的爱，也没有无缘无故的恨。”洪婉霞自幼熟读毛主席语录，曾多次自忖道：“世界上有没有无缘无故的发烧？”这个问题显然太幼稚，甚至很荒唐，所以她不敢问别人，一直闷在心里。

莫名其妙的发烧，像一个暗藏极深的阶级敌人一样，突然窜出来，给了她致命的一击。它隐藏得那么好，至今谁也不知道它是从哪里窜出来的，而后又躲在何处。也许，“发热”早已存在于天地间的某一处，存在于时间中的某一段。它无时无刻不在寻找载体，寻找展示其能量的场所。上世纪七十年代，它找到了一片黄土地，找到了一个女孩。

每个生物体，都有自己独特的生命轨迹，都有属于自己的位置。在那个特殊的年代，洪婉霞的位置就是病床。对此，她并没感觉到有多么痛苦、多么委屈。只要是命运，那就意味着公平。

久病成医，久病还可以成为哲学家和历史学家。毛主席认为，社会是个大课堂，在那里可以学到教室里学不到的东西。洪婉霞想继承发扬他老人家的思想，补充一句：医院是这个大课堂里摆放得离讲台最近的一张课桌。桌面铺着一层白布，上面堆满焦虑、眼泪、形状颜色各异的药片和残缺不齐的生活。桌布下有两个敞开的抽屉，一个装着痛苦，另一个装着希望。由于这个大课堂的培养，她虽然多年没有上学，但掌握的知识并不比在校生少。

比如，她终于知道毛主席的哪一句话最像晴天霹雳，令当权派魂飞魄丧。要知道毛主席的话很多，且不说毛选四卷，单是他老人家的最新指示就层出不穷，从中挑出最叫当权派胆寒的话并不容易。凭着在医院练就的本领，洪婉霞认为那句话肯定是：“资产阶级就在共产党内！”

她听到这句话时，正躺在病床上，面庞烧得红彤彤的。那时应该是上午九点半左右，季医生带着两个助手进来查房。一束束阳光穿过树枝，从她右面的窗户照过来，像放映机投射出的光柱一样，粗壮而果决。一粒粒微尘，在光柱里浮动。这时，洪婉霞想起了毛主席的一句话，“你们青年人，朝气蓬勃，好像早上八九点钟的太阳。”她觉得自己真的变成了太阳，一直在发热。透过光谱仪，人们一定会看到她周身起伏荡漾的红色光波，一定会相信，她烧得比太阳还要热烈、还要执着。

季医生首先走到她的床头，问护士长体温是多少。

护士长说，三十七度五。

他听了，关切地摸摸洪婉霞的额头，发出一声叹息。洪婉霞知道，这是他唯一能做的事。各种化验都做了，查不出原因；各种药都用遍了，起不了作用。看他那沮丧的样子，洪婉霞反倒对他产生了怜悯之心，同时也无比愧疚。她的病折磨了多少无辜的革命干部和群众!

就在这时，对面病友的半导体收音机里播送出了毛主席的英明论断，“资产阶级就在共产党内。”播音员的声音高亢而洪亮。其他人大约早就听腻了，没什么反应。而洪婉霞听到后心里一激灵，似乎有什么东西被撞开，敞亮了许多，又好像她体内断掉的线路被接通，一切历历在目。

毛主席的话给了她很大的启发。联系到自己的实际情况，洪婉霞恍然大悟：病人或坏人就在她的身体内，在大家的身体内。他也许是个古人，也许是哪个被打死的阶级敌人，甚至可能是个外星人。洪婉霞记得某天晚上，她站在毛主席像前，久久地端详他老人家。他戴着八角帽，红五星，穿着干净整洁的灰布军装，有着女性般的清秀俊美。这张照片是美国记者斯诺在延安时拍的。看着看着，突然有人从她体内冒出来，咕哝了一句：XXXXX！洪婉霞吓坏了，心脏噗噗地乱跳。这句话肯定是钻进她体内的坏蛋说的，肯定不是她的想法，也不是她要说的话。

伟大领袖也有夫人吗

在中国，任何老资格都能带来某种特权，连老病号都不例外。久而久之，洪婉霞在医院里不仅是病人，几乎成了医生、护士中的一员，不仅可以随便在值班室、诊疗室出入，甚至还参与了他们的一部分工作，帮厨、卷棉签、消毒、办黑板报等。

当然是在体温不高的时候。父母也逐渐习以为常，到医院看她时不再那么愁云惨雾可怜兮兮的，大概与进他们办公室的感觉没什么两样了吧。如果在病房找不到女儿，他们就直奔护士值班室，十有八九能找到她。

虽然洪婉霞入门的时间不长，但她卷棉签的熟练程度一点也不亚于专业护士。大伙都夸她手巧。对洪婉霞来说，卷棉签和做游戏一样，很好玩——把左手手指摊开，将棉花放在手指的两个指关节之间，压上小木棍后，指关节弯曲，同时右手转动木棍。转木棍时必须把它稍稍往前推，既有圆周运动又有直线运动，这样才能把棉签卷成倒锥形，顶部粗后面细。棉签卷好后，统统放在一个铝盒内高温消毒，然后就可以用了。

一天，洪婉霞在护士室里卷棉签时，小胖护士告诉她一个惊人的消息：毛主席的前妻住在顶东头的高干病房。她说得有鼻子有眼的，连名字都清楚，叫贺子珍。可洪婉霞不相信。谁不知道毛主席的妻子叫杨开慧，早就被国民党杀害了。报纸、广播里从来没提到毛主席还有别的妻子。

“要不说你是孩子呢？”小胖护士戳戳她的鼻子，“那我问你，江青是谁？”

“江青是谁我还不知道？真拿我当幼儿园的孩子？党和国家领导人，文化大革命的旗手。”洪婉霞随口而出。前一个头衔报纸上能经常看到，但到底是什么职务，她不得而知。

“说你小，你还不服气。我问你她和谁是一家子。”

这可把洪婉霞问住了。她嘿嘿傻笑一声，看着小胖护士。

“你以为你多能呢？告诉你吧，江青是毛主席的爱人。”

毛主席还有爱人！洪婉霞从来没想过，毛主席是否也同老百姓一样，有妻子、儿女和家庭。在她心目中，毛主席是超乎于家庭之上的。她只知道，毛主席的六位亲人为革命事业献出了宝贵的生命。但那是很久以前的事了。

杨开慧、贺子珍、江青！毛主席有这么多妻子啊！洪婉霞把这件事当头等新闻告诉来探望她的亲戚。

“别听她们造谣。”表哥表姐们在不同的时间、用同样的字句表明了他们的态度，连四表哥都这样说，洪婉霞更信服了。第二天，小胖护士给她量体温时，她压低嗓子用轻微的气息问道，“你是否逗我玩？”

洪婉霞的声音太低，小胖护士无法听清楚。洪婉霞只好凑近她，把嘴巴对准她的耳朵，重复了一遍。她云里雾里没听清楚。洪婉霞也不便再解释，只好大声说，“一会儿到你办公室去。”

小胖护士听清了洪婉霞的问题后，正色道，“毛主席的事哪能开玩笑！”

“也是！我怎么就没想到这个理由呢。”洪婉霞嗫嚅着，“可他们都不相信我。”

“他们？”小胖护士急了，“不是告诉你要保密吗？”

“不是别人，是我亲戚。”洪婉霞辩解道。

“亲戚也不行！”小胖护士说得斩钉截铁，接着还数落了洪婉霞一顿。洪婉霞疑惑未解，倒弄得灰头土脸的，很不是滋味。

一看她的神情，小胖护士顿生怜悯。“好了好了，别生气，我有机会带你去看她，让你亲眼见识见识。”

三天后的下午，洪婉霞正在午睡，昨夜体温偏高，热烘烘的被什么熏烤着，没睡好。突然，有人拍她的肩膀，“起来！起来！”声音很轻，但有一股内力蕴藏其间，使她不得不睁开眼睛。原来是小胖护士。

“什么事啊，人家在睡觉呢。”洪婉霞又闭上了眼睛。

“快起来，我三天前跟你说的事，快！”她开始拽洪婉霞的胳膊。

“三天前？”洪婉霞使劲地回忆三天前的事，一时不得要领。

“哎呀，出来你就知道了。”小胖护士索性掀开毯子，把洪婉霞拉起来。出了病房，她才低声告诉洪婉霞，贺子珍在外面晒太阳，可以去看看。

洪婉霞高一脚低一脚地被小胖护士拉出病房，穿过狭长的走道，七拐八弯地到了东边的高干病房区。通往高干病房区还有一扇小门。由于有小胖护士带着，门卫连头也没抬，就让她们过去了。大概他也在埋头睡觉。

高干病房区有两栋三层小楼，挨得较近。在楼房与围墙中间有一大块草坪，草坪中有花坛和喷泉。这年春天来得早，气温比往年高许多，花坛里种着月季、海棠和迎春花，五颜六色的，好像春天跑到这里集合，把另一边冷落了。

在小胖护士的提醒下，她们也装着是赏花晒太阳之辈，围着喷泉慢慢绕弯，而眼睛却不时往花坛旁的一张椅子上瞟过去。一个穿白大褂的高个子护士陪着一个老太婆坐在那里，安安静静的，都没有说话。老太婆穿了件蓝色的外套，而不是和其他病人一样穿着蓝白相间的住院服。在强烈的日光下，她的头发显得越发白，生出些许的光晕。尽管隔了十多米，洪婉霞还是能看到或者说感到她的眼光空落失神，散射到周围的景物当中。

为了看清些，她们装着散步，朝老人坐着的地方转过去。当她们走近她时，老人仍然是那副神态，好像她们并不存在似的。而她身边的护士则用手往门外指指，示意她们离开。大概小胖护士事先和她串通好了，贺子珍出来散步时可以见见，但时间不要太长。

洪婉霞自然忍不住把这消息告诉表姐们。“怎么样，人我都见过了，还能有假？”她不无得意地说。

都说眼见为实，可这句话并非永远可靠，有时眼见也不能为实。“你看到什么了？”表姐们还是用同一种语调训她。“你看到了一个老太婆，就证明她是毛主席的夫人？你下次去还能碰到另外一个老太婆。”她们说话时眼光里含有一丝丝的悲切，看来小霞在医院住傻了，这么简单的道理都不懂。

后来，表哥表姐们见到洪婉霞时，往往调侃一句：“你见到毛主席……的夫人了？”当中停顿很长一段。听起来像是见到了毛主席。“你见到了毛主席……的夫人”成了他们家族的一个典故。一说他们都知其蕴涵的潜台词：轻信、不可能、张冠李戴等等。

西方人用案例来充实法律、规范人们的行为；中国人用典故来教育、警醒人们，使他们变得机智、复杂和狡黠。

洪婉霞对贺子珍身份的怀疑，很让小胖护士懊恼。她发誓要让洪婉霞相信她的话，相信毛主席曾有这么一个妻子。一天，她值夜班时，把洪婉霞叫到护士室。说放射科的高大夫告诉她，老太太的头部、背部和肺部的弹片已经被头骨、肌肉和肺叶包住，长在一起，成为她身体的一部分。多可怕呀。

洪婉霞点头同意，“是够吓人的。”

“那你还不相信？”小胖护士不满地说。

洪婉霞不解地看着她。

小胖护士反问她：“子弹和肉长在一起说明什么呢？”

“说明她是老革命啊！老革命就是毛主席的夫人呀？”洪婉霞学着父母的口气，教训了她一顿。

“哎呀，你真是！”小胖护士说服不了洪婉霞，恨不能给她一拳。末了，她甩了一句：“花岗岩脑袋！”

“这是毛主席评价反革命的话，怎么用在我头上了？你的理由是不充足嘛。”

“好好好，我继续给你找。你这个花岗岩脑袋！”

随后的几天里，洪婉霞见到小胖护士时，挑战似的看着她。那意思再明显不过了，“找到了吗？”而她，对洪婉霞视而不见，既不看一眼，也不吭一声，查房时机械地问，草草地记录：“大便几次？”说着，递过来一只体温计，“查体温！”收体温计时，她懒洋洋地说，“三十七度四”；或者“三十七度五。”

洪婉霞故意逗她，“嘿，不认识我啦。”

“谁不认识你，大名鼎鼎的病仙，论资格，相当于老红军啦。”

“病仙！”这个名字好，洪婉霞第一次听到这种说法。

不知第几天的早晨，洪婉霞躺在床上，眼睛还未睁开，小胖护士悄悄地拍拍她的毯子，兴奋地问，“喂，醒醒，你昨晚听到什么没有？”

“什么呀，我还在睡觉呢。”洪婉霞仍然闭着眼睛。

“讲把侬听，我找到证明啦。老太太昨天晚上硬要走远点，护士没办法，把她带到了医院大门口，那里有毛主席的雕像。你猜怎么着，她一看见毛主席的雕像就号啕大哭，说后悔当时没听毛主席的话，太年轻，不懂事，一心想出去把身体养好，回来还能为党工作……”

小胖护士满以为这下准能让洪婉霞信服。可她听了半天，也不能将这段话与毛主席夫人相连。洪婉霞随口说道，“那证明当年她参加革命，没听毛主席的话，犯了一点错误呗，也不知道是什么错误。”

“犯错误哪有看见毛主席的像就痛哭流涕的。只有亲人才会这样。算了算了，以后不跟你说这事了。”小胖护士说着就气呼呼地走了。她觉得和洪婉霞说话无异于对牛弹琴。

金饭碗失踪

1973年至1975年期间，洪婉霞在上海立新医院断断续续住了两年。三天打鱼两天晒网的住院日子，很惬意。

这期间发生了一件大事，使她不得不返回陕西。

1975年，为了表达工人阶级对伟大领袖的无限热爱，神州铁饭碗厂专门为毛主席制作了一只光芒万丈的金饭碗，上面镌刻着“万寿无疆”四个隶书。这只碗耗金820克，象征毛主席82岁的生日。但它最终没能送达中南海，到底落入谁手，神鬼莫知。

据说，这个金饭碗是在厂长室里秘密手工制作的。神州铁饭碗厂经过几次扩建，使旁边的寿衣店、菜场和小卖部相继关门或拆迁，腾出了足够的地方。

金的质地很软，做成一个碗并不难，但要把碗做得厚薄一致，光滑明亮，雕刻花纹和文字，就需要工夫和真本事了。工人师傅在碗沿上雕刻的是仙桃和天鹅图。九只天鹅在八十二只仙桃和衬托它们的白云绿叶中飞翔。“万寿无疆”这四个篆体字巧妙地与天鹅的翅膀连在一起。在金饭碗的底部，他们还刻上了“神州铁饭碗厂全体职工敬献”一行字。三位高级技工整整忙了近百天。

卫厂长一心扑在工作上，对女儿照顾不够，深感愧疚。她常想，如果不办铁饭碗厂，也许女儿没那些怪毛病。家里好东西，都填到铁梅肚子里去了，可她还是比同龄儿童矮了一大截。不过，女儿的病并没有阻止卫厂长把革命利益放在第一位。

在制作金饭碗的过程中，她身先士卒，把铺盖卷搬到工厂去。为了良心上得到某种安慰，临走前的那天晚上，她心一软，将这一绝密消息告诉了女儿，希望得到她的理解和支持。给伟大领袖毛主席做礼物，上刀山下火海都应该，少回几趟家算什么，女儿会理解的。事实也正是如此。本来嫌妈妈老不在家的铁梅这次什么也没说，只要求做好后，拿回家给她看看。看到了这个金饭碗，也就等于看到了日夜想念的伟大领袖毛主席。

卫厂长扫了女儿一眼，未置可否。她不想过早地伤害女儿。金饭碗做好后，立即就要用黄绸红盒包装好，送到市委，由他们转交给党中央毛主席，怎么能拿回家呢。

但铁梅开始死纠烂缠。她的理由很充足，说这也是对毛主席一片忠心的表现，也寄托着她对毛主席深厚的无产阶级感情。任凭她怎么说，卫厂长均不为所动。她后悔不该把这个消息透露给女儿。

铁梅见妈妈刀枪不入，怎么说都没用，气极了，威胁道，如果妈妈不把金饭碗拿回来给她看，她以后就不踏进这个家门，反正妈妈也不喜欢她。

卫厂长怎么解释也不管用，只好含着眼泪，猛地转身朝车间走去。

这一去就是近百个日日夜夜。

金饭碗终于完工，卫厂长可以回家睡个安稳觉。她到家时已经深夜，丈夫和女儿都在酣睡。第二天早晨，窗外红日普照，霞光万道。金色的秋天正当鼎盛时期，金风清凉干爽，沁人心脾。

卫厂长在家吃饱喝足，早早地来到了办公室。当她打开房门时，发现屋里空阔了许多。少了什么呢？她定睛一看，一股寒气从她胸腔传遍全身。木柜不见了，整个文件柜没了！金饭碗完了！

卫厂长惊慌失措地喊道，“来人啦，文件柜不见啦。”没有回音，离上班还有二十分钟，门卫老林大概吃早点去了。卫厂长呆呆地看着放文件柜的地方，突然“啊”地叫了一声，昏倒在地。

敬献给毛主席的金饭碗失踪！这还了得！作为当事人，卫厂长有口难辩。她不仅无法向全厂近百名职工交代，也无法向工人阶级交代，更无法向全国八亿人民交代！

她被跟随自己多年的老职工看守着。关押在制作金饭碗的厂长办公室。平时，她总是忙忙碌碌，从来没有静下心来，打量自己办公的场所。在办公室变成囚室后，她一边写金饭碗失踪的前后经过，一边环视自己奋斗了多年的地方。

当初，卫厂长坚持要求与工人共同劳动，不要单独的厂长办公室。但随着企业的发展，在车间一角支张办公桌已不可能。于是，她听从了工人群众的建议，将车间旁搭建的厕所改造成办公室。厕所迁到新建的包装车间旁边。厂长办公室很简陋，总共只有十几个平方，里面有一个长条桌，上面有一部黑色的电话机，一摞文件，一张靠背椅，一个文件柜。办公室最引人注目的是火红的锦旗，一面接一面，把整整一面墙都铺满了。在办公桌的前面，放着一个四方的铁面工作台和两张凳子。那是为了制作金饭碗而临时搬进来的。

在这间囚室里，造反派责令她写下金饭碗失踪的详细过程，继而交代出金饭碗的下落。否则，革命人民绝不答应。

夜晚，卫厂长把凳子椅子拼在一起，就睡在那里。门被反锁着，外面有人站岗，她能听见咚咚的脚步声，还有他们换班时的说话声。黑暗中隐隐弥漫着一股臭气，更叫她睡不着。她躺在吱嘎作响的凳子上，脑袋里充满了疑惑不解。怎么会那么巧呢，金饭碗从制作完毕到发现被盗，前后还不到十小时，怎么就不翼而飞了？小偷对制造进度知道得这么准？他们一时打不开文件柜，索性一起偷走。

“被小偷偷走了？骗谁呀？以为我们是小孩呢。”关押她的人谁也不相信这种托词。他们认为一定是她鬼迷心窍，里应外合把金饭碗偷走了。他们想从她嘴里撬出，谁是她的同伙。

卫厂长被关押后，咸阳北路 38 号一下子乱了套。这个石库门建筑内，虽然住着一大群亲戚，但她是主心骨，大事小事都要她操心，拿主意。她不在了，人心都散了。洪婉霞不能再在上海待下去。

同时，姑父也建议她回家休养，总住在医院里也不好。其实真正的原因是，医院治不好她的病。不过姑父说得对，人总是要回家的。

这是洪婉霞第二次出院。下意识中，她觉得住院生涯尚未结束，所以怎么也轻松不起来。

第四章

木曰曲直。木欣欣向荣，也糜糜向腐朽。木的苦楚，土壤不知道，阳光雨露更不知道。

谵　语

尽管离开了医院，可病房里的生活场景占据了洪婉霞的头脑，占得满满的，没留一点缝隙——护士对着光线查看体温计的身姿，病友没精打采的眼神、呻吟和呵斥，当然还包括各种闻所未闻的故事。

一位病友曾告诉洪婉霞，毛主席认为红烧肉补脑子，所以打大仗前他都要吃满满一碗红烧肉。有了红烧肉，胜利就有保障了。新中国成立后，拿枪的敌人被消灭了，但不拿枪的敌人依然存在，我们要继续打下去，直至出现一个红彤彤的新世界。而这些，离不开红烧肉。可是，在六十年代的困难时期，中国猪肉供应极度紧张。伟大领袖毛主席戒掉了他心爱的红烧肉，只吃辣椒和蔬菜。洪婉霞听了，非常想告诉他老人家，“毛主席呀毛主席，继续吃您的红烧肉吧，在您领导下，中国人民过上了好日子，并非每个中国人都吃不上红烧肉，即使吃不上，也是暂时的。而您不吃红烧肉，怎么能领导全国人民从胜利走向胜利啊！”

这个问题黏黏糊糊的，像鼻涕虫一样缠着她。怎么办？怎么办？或许是为了逃避这个困境，洪婉霞在梦中把自己变成一头猪，趁着浓浓的夜色溜进中南海的大食堂。食堂在菊香书屋的南面，紧邻合和堂。在夜色的掩护下，洪婉霞在点点寒光中间左绕右拐，分不清周围闪烁的到底是湖水、是哨兵警惕的眼睛还是闪亮的刺刀。

那个瘦瘦的厨师正在熬一锅骨头汤。中南海的炉灶很特别，是不锈钢制的，光华平整，没有炉膛，火苗从一圈眼孔里冒出来，闪着蓝光。虽然锅里没有肉，尽是骨头，但香味依然很浓，弥漫了整个操作间。厨师看见一头白猪溜进来，既惊且喜，露出雪白的牙齿。一般说来，厨师都是胖子，牙是黄的，可她见到的厨师确实很瘦，牙很白，大概中南海的工作人员都很廉洁，很辛苦，脂肪来不及积累就消耗掉了。

这头白猪先给瘦厨师哼哼了一段毛主席语录，要斗私批修，接着把自己的想法告诉他，请他把自己做成红烧肉，让伟大领袖毛主席吃个够。厨师被猪朴素的言语和坚定的决心感动得热泪盈眶。多么可爱的猪啊！只有在毛泽东思想的哺育下，才能养出这么大公无私的猪，不求名不逐利的猪，一不怕苦二不怕死的猪，甘愿作一盆红烧肉的猪。

他告诉白猪耐心地等几个小时，到天明时才能宰杀砍剁，不然弄出撕心裂肺的声音，会影响领导人的休息。

“你也太小瞧人啦。”白猪向他保证绝对不哼一声。多年的医院生活把她锤炼得无比坚强，医生抽血抽脊髓动刀子她从来不哼一声，为此多次受到表扬。

“什么，你从医院跑出来的？”厨师大惊失色，好像见了鬼一样。

白猪愣住了，不知该如何回答。

厨师凑到她身边使劲闻了闻，“难怪，满身药味，不行，不行。”他一连说了好几个不行。“这种肉怎么能给党和国家的领导人吃呢？”

“你把我洗干净，加点作料就不会有味了。”白猪一个劲地哀求他。

“不行！”厨师很坚定地说，“这不是给普通人吃的，是给伟大领袖吃的。哎呀，你真是头猪，跟你说不清。”说完，厨师再也不理她了。

白猪怎么求也没用，急得大哭起来，而且哭得非常动情，厨师深受感动，准备接受她的奉献。尽管她的肉不能给伟大领袖吃，但可以给他老人家身边的工作人员吃啊。他们工作压力大，生活油水少，需要补充营养，也需要解馋。在毛主席身边工作，除了心红志坚，还得身体好。洪婉霞身体有病，这辈子肯定不能到中南海工作了。能对伟大领袖身边的工作人员有所裨益，她感到莫大的安慰。

洪婉霞对领袖的忠诚，达到了舍生忘死的境界。这个梦便是证明。但是，与同代人迥异的是，她对毛主席的感情呈现极端对立的两面，既有不惜为之舍身的冲动，也有大不敬的念头。这种两极对立的状况再次使洪婉霞意识到，她的体内暗藏着另一个人，或者说，另一个人与她共用了一个躯体。

1976年元旦前出版的《诗刊》杂志发表了毛泽东写的两首词，《重上井冈山》和《鸟儿问答》。在后一首词里，伟大领袖痛痛快快地把现代修正主义骂了一通，“无须放屁，试看天地翻覆。”洪婉霞读到这首词时，不是在病房，而是无比幸福地坐在茂陵的教室里。尽管教室内潮湿而阴冷，她还是感到无比幸福，因为，她终于回到了学校。

那是她回校后上的第一堂课。皇甫老师不厌其烦，花了整堂课的时间，津津有味地向同学们讲解“屁”的妙用。以前，再伟大的诗人也不敢将这个字写进诗词里。屈原对香草情有独钟，李白和苏东坡尽写些酒啊月亮的。只有彻底的革命者才有这么大的气魄和胆略，堪称前无古人，后无来者。它雄辩地证明了毛主席何其伟大何其英明！

窗外，寒风凛冽，地上还积着薄薄的白雪。洪婉霞穿着鼓囊囊的棉袄坐在一条长凳上，听完老师激昂的讲解后身体还是冷飕飕的。以前，老师曾给他们讲解毛主席一分为二的分析方法。大家都知道金无足赤、人无完人的道理。当有人说某某如何尽善尽美时，同学们往往回答说，“难道他放的屁也是香的？”此话源于京剧《沙家浜》，伪军司令胡传奎用这句粗话发泄了对刁参谋长的不满。因为胡传奎没申请专利，所以他的名言被大家拿去乱用。老师那天的解说，让同学们想起了这句粗话，有人小声嘀咕出来。何况这时，洪婉霞已经接受了五年的医院大课堂的培训，有了超乎寻常的分析能力和判断能力。她虽然很尊重老师，但不同意老师的说法。毛主席太憎恶修正主义了，也就借机骂骂他们呗，何至于拔到那样的高度？领袖骂人也有那么深刻的含义啊。

老师很喜欢这个从小就看《参考消息》的女生，看来几年的医院生活，并没有阻滞她智力和知识方面的成长。不过，真理在手，成竹在胸，他接受了学生的挑战，将他所知道的古人练字的故事全部倒出：比如贾岛的“鸟宿池边树，僧敲月下门”；王荆公的“春风又绿江南岸”；宋子京的“红杏枝头春意闹”。这一“闹”字卓绝千古。字极俗，但用之得当则极雅。毛主席的“屁”字更俗，但用之得当则雅之又雅。

洪婉霞听了半天，不为所动。最后，她引用了京剧《沙家浜》中胡司令原创、同学们经常盗用的一句话：“难道毛主席放的屁也是香的？”

课堂里一下子炸开了。坐在洪婉霞旁边的葛兰萍捅了她一下，“你怎么连毛主席也敢骂？如果不看在我们是好朋友的分上，真想把你的手指掰折了。”

洪婉霞红着脸，大声辩解，“谁骂毛主席了？你别诬赖人好不好？我的意思是，不能任意夸大个别字句的妙处。”

洪婉霞的争辩、解释均无用。全体师生都成了她的论敌。老师脸色苍白，这可怎么收场，这可怎么收场啊！他后悔不该展开这个话题。

那节课不知算政治课还是语文课，因为教语文的老师往往也教政治。语文课的内容和政治课的内容恐怕连仓颉和孔老二都分辨不清。总之，那是洪婉霞上大学前，印象最深的一堂课。说来奇怪，她似乎专门为了“屁”的争论回到课堂，此前她住在上海的病房里，此后不久又重新躺在长征医院的病床上。

在群情激奋中，唯有马桶盖露出一丝莫测高深的笑容。在他眼里，洪婉霞与葛兰萍是一伙的，他早就想复仇。现在机会终于来了，他要给她们致命的一击。放学铃刚响，马桶盖就冲出教室。在院长办公室，马桶盖气喘吁吁地说，要向父亲报告一个重大的反革命事件。

院长疑惑地看了看儿子，不知他又要搞什么名堂。“学校能出什么反革命事件！”

“亏您还是老革命！”马桶盖添油加醋地把洪婉霞的言论告诉老爹，然后补充道，“她的原话更反动！”

听完儿子的叙述，院长也感到事情的严重。马桶盖见父亲沉思着，知道他下不了狠心，表示要直接向派出所报告。院长劝儿子冷静下来，等他想想有什么周全的办法。马桶盖坚决不干。对他而言，事情闹得越大越好。这回一定要让她们吃点苦头。

父子俩不欢而散。马桶盖跳上了自行车。他前脚走，院长后脚就跑到洪家。洪工正和儿女一起吃晚饭。院长把他拉到一边，嘀咕了一阵。洪工一下子噎住了，脸憋得通红，脑袋里嗡嗡作响。

“事不宜迟！”院长当即决定，派车把洪婉霞送到长征医院。他一再叮嘱洪工，“一定要让小霞住进精神病房。否则，我保不了她。”

洪工日思夜想的，是女儿的身体，做梦也没想到会出这档子事。他扔下饭碗，把儿子托付给邻居，拉着女儿就往车库跑。洪婉霞虽然知道自己的话不合时宜，但没想到后果如此严重。她乖乖地钻进车里，一路上默不吱声。洪工万分焦急，却不忍埋怨女儿。她长期住院，难免失常。

洪婉霞不理解，自己说的都是真话，大人们为什么吓成那样了呢？毛主席不也是人吗？不也有妻子吗？她坚信，如果和毛主席谈谈，他老人家一定会同意自己的看法。不过，既然所有人都这么惊恐，她也感到惴惴不安。

到长征医院后，洪工找到了唐医生，简单地说明了情况。唐医生帮他们办理了精神病科的住院手续。洪婉霞是长征医院的名人，谁也不相信她在上海住了几年医院，就变成了反革命。所以，医护人员都很配合，住院单上写着精神病科三号病房，可实际上把她安排在重症病房，其他病房已经满员了。

这种谨慎非常必要。第二天，茂陵公安局的两位干警真的追到了医院。他们在住院登记处，查到洪婉霞住在精神病科。“真的是脑子有问题？要不要到病房看个究竟？”两位干警犹豫了好一阵。精神病房可不是闹着玩儿的地方，弄不好会遭到莫名其妙的羞辱或殴打，而你又不能对精神病人实行专政。但是，强烈的政治责任感使他们终于克服了对精神病人的恐惧，壮着胆子走进了心理疾病诊疗中心。该中心靠近感染病房，位于医院的西边。它是一个独立的两层灰砖楼房，中间有个院子，院内栽种着紫薇、梧桐、女贞和石榴树。

三号病房在一楼。干警进去时，看到室内有三个病人，一人站在窗口，专注地望着天空，口水嘀嘀嗒嗒地往下淌；一人蜷缩在桌子底下，似乎跟谁捉迷藏；另外一人抱着一只看不见的鼓，在室内转圈，边走边发出打鼓的声音。她们都穿着蓝条纹的住院服，各干各的，互不干扰。干警松了口气，这里并非那么可怕。

在三号病床上，干警看到了洪婉霞的名签，于是问道，“谁是洪婉霞？”

打鼓的病人停下来，“我就是洪婉霞！”

她的年龄和模样都像个高中生。不过，看到她笑嘻嘻的样子，干警觉得不对头，追问了一句，“你真的是洪婉霞吗？”

那人的脸色马上变了，高声吼道，“我是你妈！我是你妈！”边吼边举起了拳头。

“看来病得不轻。”干警迅速离开病房，放心地走了。

唐医生长长地舒了口气。刚才，她一直忐忑不安，要是露馅了该怎么办？会不会连累精神病房的医生？没想到病房会出现这一幕，帮她解决了难题。

马桶盖的报复又一次落空。不过，对报复的报复很快就降临在他头上。葛兰萍知道后，把他拖出教室，在操场上和他扭打起来，并且又一次把他摔了个狗啃屎。

院长看到儿子鼻青脸肿的狼狈样，一点也不心疼。相反，他对打人的农村姑娘表现出异乎寻常的热心，一个劲地问她长得什么样？这么能打！要是在战争年代，肯定是个人物。要知道儿子也是从小学一路打到高中，不是省油的灯。一个女流之辈能把他打成这样，不简单！

在重症病房，洪婉霞遇到很多尿毒症患者，似乎这年头时兴尿毒症。她在那里住了不到半个月，前后有六人死于此症。头天晚上还好好地躺在她旁边，第二天早晨就被拖到了太平间，留下一床瘪瘪的被子和空空的饭碗饭盒。如果不是小学一年级时死人事件的多次熏陶，洪婉霞肯定会和一切反动派那样，吓得惶惶不可终日。

“我不该沾染资产阶级的坏思想。”躺在病床上，洪婉霞经常听到这一段秦腔，不知它从何而来，是从病友的收音机里还是医院的喇叭里喷涌而出。它似乎无处不在，医院、厂矿、机关学校、街道，以及山林草泽，到处都在回响，到处都在劝诫，不能沾染资产阶级的坏思想，否则悔之晚矣，否则殆矣。世界上没有哪首歌像这段秦腔一样，将无尽的悔恨和绝望之情表现得那么淋漓尽致、直入人心。

和信天游相似，秦腔不是唱出来的，它真是吼出来的，从心底，从黄土地的深处吼出来。尽管医院的墙壁都是白色的，这段秦腔一吼，那白色的墙壁就开始暗下来，动起来，电影荧幕似的。秦腔在她眼前展现了一望无际的黄土高原，滚滚的黄土，滚滚的黄土地上起伏的山丘般的陵墓，一个挨一个，触目惊心。秦腔，就在这些陵墓间一高一低地翻滚，由远及近，由近及远。

“我不该沾染资产阶级的坏思想。”不该的事情太多。黄土地上有多少荒冢、多少沙沙作响的怀风，就有多少悔恨、多少遗憾。

洪婉霞无法从脑海里将它清除掉，于是就自己造句，自己编词：“我不该冒充舞蹈教练，不该三次登上主席台，不该发烧生病”，尽管生病并非她的本意；“我不该在沪陕之间跑来跑去”，或曰晃来晃去，尽管居无定所是迫不得已。她的病也这样狡黠，总是跟医生护士们捉迷藏，叫他们琢磨不定，无法招架。

中华民族的祖先历来注重地理环境对人体和疾病的影响，这或可称为“五方疾病论”或“五运六气致病学说”。医家的话繁杂幽深，但归结起来是一个意思，即地理环境和疾病的关系。一方水土养一方人，一方水土也养一种疾病；功也萧何，罪也萧何，非常辨证。如果他们的说法言之成理，那么洪婉霞命中注定要大病一场，而且是疑难杂症。

马护士的康庄大道

在重症病房待了十多天，洪婉霞转入热病病房。一切都那么熟悉，好像昨天刚刚离开。但熟悉之中，似乎缺点什么。上午查房时，她才想起来，原来住院后一直没看到马护士。她人呢？调到门诊部了吗？

备皮事件之后，马护士陷入过街老鼠人人喊打的窘境。她的五脏六腑一举一动都有问题，成为被攻讦的口实。“自以为长得赛过天仙，骄傲自满，目无领导同事，对劳动人民、对人民子弟兵缺乏起码的无产阶级感情”；“成天拉着脸，似乎谁欠了她一屁股债，现在竟然发展到用刮胡刀敲打病人的命根子。这种毛病怎么治？稍有医学常识的人都知道，这完全是心理方面的障碍，打针吃药解决不了问题。看你怎么收拾，怎么办？”

“怎么办？”列宁和车尔尼雪夫斯基在冰天雪地里曾发出这样的千古诘问。现在中国人面临同样的问题，不过语境和语义有天壤之别。

不知是谁小声嘀咕了一句：“解铃还需系铃人”。这句话令医院领导班子茅塞顿开。

是呀，要是他俩成了夫妻，那夫妻间的事不就解决了吗？班长的亲戚团队吵嚷了几天后，也提出这个方案，可谓英雄所见略同。方案是主要矛盾，主要矛盾解决后，其他问题就迎刃而解了。马护士不同意？可以做思想政治工作嘛。有毛泽东思想作武器，没有攻不破的堡垒，没有跨越不了的障碍。何况马卫红同志受党多年的培养教育，具有朴素的阶级感情，还算不上是堡垒，算不上土围子。走与工农兵相结合的道路，是伟大领袖给我们指引的康庄大道。马卫红同志也是一名战士，也是兵嘛。这个工作一定能做通。全体班子成员都信心百倍。

病房突然空了，吵闹声突然安静下来。班长的亲友们兴高采烈地走了。弹冠相庆，后来，洪婉霞想到了这个词，很形象。他们的冠是羊肚子毛巾做的，弹一弹，抖一抖，拍拍屁股，“走咯，准备吃喜糖哟。”

马护士不知是什么时候消失的。自从班长的亲友团来了之后，大家就看不到她的踪影，听不到她干脆利落的问话：体温，大便，小便。

当院长将院党委的意见告诉马护士时，她并没有天塌地陷般的感觉，平静得叫院长害怕。嫁到农村，确实不是什么了不得的事。如果不当兵，她也会像其他同学一样下放到农村边疆，过着面朝黄土背朝天的生活。天长日久，也会谈婚论嫁。身在农村，不嫁给庄稼汉嫁给谁呢？冥冥中似乎有人将这一消息透露给她，她早就知道了。因此她平静如水，睁着大大的黑眼睛，盯着院长。阳光从院长侧面打过来，照着他不流畅地蠕动的嘴巴，照着他闪烁的眼睛。阳光完全是按照灯光师的要求打过来的，准确到位，把院长的神情烘托得纤毫毕露。她突然觉得又回到了文工团，又要开始演戏了。

班长知道马卫红同意结婚的消息后，心潮澎湃，辗转难眠。下半夜，他恍惚觉得自己来到一个黑乎乎的手术室，那里不仅空无一人，而且手术台、无影灯等设施都没有，只有一张宽大的床，铺着雪白的床单。在黢黑的屋子里，床单依然白亮如雪。他站在床边，手脚不知所措。

“躺上去呀，笨蛋。”身后突然响起一个女人的声音。不用回头，他听出是马护士。他很怕她，乖乖地爬上床，直挺挺地躺着，不敢动弹。

“把裤子脱了呀，这样穿着怎么刮？”

“不，我不脱。”他大声叫喊，“我才不脱呢。脱光了又要冷冰冰地挨一下。”他用手死死捂着裤腰带。

“真拿你没办法。”马护士叹口气，“现在的病人越来越难伺候了。我先哄你睡一会儿吧。睡着了再给你刮。”她真有头脑，避免使用备皮这个词。穿着雪白护士服的马护士躺在他身边，她的衣服和床单一个颜色，似乎她的身躯是从床单里面钻出来、变出来的。班长看不到她的身体，女人的身体应该如山冈，似馒头，迂回曲折。可她平平的，床单一张，骨骼皮肉皆不现。班长只看得到她的脸，她乌黑发亮的大眼睛，脉脉含情。

“不要怕，这回我先让你兴奋兴奋，玩累了玩趴下了我再动手。不然刮的时候，你又像上次那样突然立起来，碰到刀口。上次我是为你好。不提醒你，不泼点冷水，兴许你真会被当成流氓给抓起来。在我们手术室里，从来没有谁像你那样流氓，无止无境地往外膨胀，往上生长。这怎么行。你不感谢我，反而讹我，做你的妻子。”

“你不是同意了吗，”班长急忙辩解。他怕说慢了，那冷冰冰的东西会再次教训他大腿根部的流氓。“你嫁给我，不要觉得亏得慌。想想看，如果你嫁给一个小白脸，抱你的力气都没有，多没意思。”

思想政治工作是各项工作的法宝。此话一点不假。对女子，思想政治工作尤其有效，一抓就灵。马护士这回一点也不凶，还想得特周到。很快，蛇醒了，鼓胀开来，变得更粗更长。

一注注液体喷射出来，灼热而黏稠。班长猛然惊醒，欣喜若狂。他以为男性的力量重新回到他的身上。谁知道，男性的力量只存在于子夜，存在于睡梦之中，想象之中。白天就消失了。软塌不再是一种假象，一种权宜之计，而成了一种常态。在白天，当班长清醒的时候，他捕捉不到令它猛然挺立的信号。男人的力量不知跑到哪里去了。他怎么努力、怎样呼唤都无济于事。

出嫁前，马护士抽空采购了一些必需品。按王村的规矩，姑娘出嫁时要穿红衣红鞋，黑皮鞋不吉利。这可难为马护士了。在红色天地、红色海洋的世界，什么都是红的，旗帜、书、标语、心、语言等，唯有服饰例外。衣裳，无论南北，不分男女，都是灰不溜秋的。鞋更不用说了。衣裳好办，买一块红布现做；鞋怎么办？好在婆家知道后，紧赶慢赶做出了一双红绣花鞋，不能让媳妇一进门就变成乡亲们的笑柄。

结婚的头一天晚上，马护士还坚守在病房里值班。这是她一再要求的结果。医院领导也有个要求，允许院方敲锣打鼓，披红挂彩，用一辆解放牌大卡车把她送到王村，并且允许陕西日报的记者随车进行采访。但马护士强烈反对，坚持自己乘长途汽车去，婆家会在长途车站接她。在院领导不退让的情况下，马护士宣布如果违反她的意愿，她将把自己锁在宿舍抗婚。这一招起到了颠倒乾坤的作用，院领导妥协了，答应院里只去一个司机，把她送到婆家便返回，其他人都不去。

贴着大红喜字的汽车于上午八点出发。虽然马护士叮嘱大家照常上班，但还是有几十个同事等在她的宿舍楼前，与她告别。大家三三两两地站在那里，不说话，气氛很沉闷。马护士见到这么多人，一个劲地劝她们回去。与人们预料的相反，她很平静，仿佛回家探亲或出门旅游一样，看不出半点悲伤失意的痕迹。汽车拐弯后，马护士看到唐医生匆匆跨进医院大门。

一周以来，唐医生和科研人员一起，在王一村调查为什么有那么多人关节变形并伴有低烧。周围的农民管王一村叫“瘸子村”或“热病村”。调研人员进村后，先到村民家拉家常，熟悉情况。村民们很乐意和城里人聊天，聊长眠于此的汉武帝。在他们看来，汉武帝就是村里人。老人们争相讲述从祖辈流传下来的故事。而且，他们强调说，这些故事都是真的。

老人们说，每逢汉武帝的诞辰，地宫里便传来敲钟击鼓的声音。他们还经常看见一些队列整齐的卫兵侍从，好像武帝的仪仗队。他们行走在一望无际的怀风上。紫色的怀风铺天盖地，在仪仗兵的脚下发出萧萧之声。天地间似乎挂着一块巨大的看不见的银幕。走出这块银幕，他们就消失了。后面又不断有人进入银幕。

唐医生他们边聊天，边着手调查。他们首先查了病人的风湿因子，排除了风湿病的可能。经挨家挨户地调查，科研人员发现王一村病变人员达十一人，从这里到王三村，患病人数呈递减趋势，到了王三村，只发现两例。

科研人员查看了地形，王村分布在塬上塬下过渡带，地势比塬下的安家村、史家村还高，不存在“瘴气”聚集在此散不开的可能。取土壤样品作对比分析，也没发现和其他地方有什么不同。难道是水源问题？可王村和其他地方的村民一样，吃的是机井水。这一带多温泉，水质应该优于其他地区。

最后，大家想到了食物结构。但这方面也没发现任何差别。茂陵人吃的都一样。王村老百姓两千年前可能沾了皇上的光，吃的要好些。

到底是什么原因呢？调查工作陷入了僵局。这时，唐医生听到马护士要出嫁的消息，立刻赶回医院，给她送行。其他科研人员也暂时撤回西安。

颠簸了几小时，马护士很疲倦。到了新家后，她呆呆地坐在长条木凳上。一个男孩走过来，拿红线在她的腮上压了三下。这就是开脸，意味着姑娘生涯的结束，媳妇生涯的开始。开脸本来应该在结婚的前一夜进行。因为她不在，所以延迟了一天。

马护士面无表情地坐着，任小男孩摆布。当她无意间抬头时，看到青虫似的鼻涕从男孩的鼻孔里爬出来，离她的脸仅三寸许。如果在平时，马护士可能会把脸背过去，可能会叫起来。可此时她连眉头都没皱一下，很坦然，似乎那是缓慢流淌的油彩。

婆家给她的总体印象是一个土黄色的世界，墙、屋顶、灶台，甚至床都是土黄色的。说土黄，是透过现象看本质而得出的结论。如果仅谈现象，则她的眼前是一个灰黑色的世界。不知是熏黑的，还是采光不好。好在马护士以前参加巡回医疗下过乡，知道农民生活在一种什么样的状态中。医院那种雪亮整洁的世界，如白天一样从她的生活中消逝了。

男方迎娶了城里的新人，风光得很，连邻村的人都来看热闹，鞭炮齐鸣，人声鼎沸。马护士的情绪也为之一震，露出了一丝喜悦的神情。她有了一种戏剧的感觉，也就是说，她觉得自己在进入戏剧、进入电影。早在中学时代，她便在业余剧团里排演过类似动人的场景。乡亲们扎着羊肚子头巾、穿着补丁压补丁的无法辨别颜色的衣服。他们脸上的皱纹那么深，那么密，仿佛岁月一直不停地在切割他们、侵蚀他们。算起来，老天爷是最高明的外科医生，他做手术无须任何助手。他不用护士、麻醉师。他让时间去麻醉，去稀释。他让人走上舞台，走下舞台，台上台下，都是戏剧，都是演出，是过程，当你在舞台上时，你知道无数人在看你；当你走下舞台时，你依然是某种剧中的角色，只是观众躲起来，你不知道谁在看你。

在农村，夜晚的来临是由狗来宣布的。黑暗中偶尔传来的狗吠，给人一种静谧安全的感觉。伸手不见五指时，酒宴才正式开始。这更让马护士产生强烈的神秘感、戏剧感。她神经质地揉揉眼睛，掐掐大腿，反复多次，以便证实自己不是在梦中。这时，如果不是在做梦，那么就是在演出，她想不出其他的可能。

嫁鸡随鸡，嫁狗随狗。这条法则有着非常神奇的遗传性能，似乎能随着女性的染色体一代代传下去。不用母亲教，女儿到时候就知道了，就自觉自愿地实行了。根红苗正的马护士也未能例外。

此后，她觉得自己一直生活在舞台上。舞台无处可下，老跟随着她，她走到哪儿，舞台也到哪儿。伸缩自如的、广阔无边的舞台，任她发挥。用革命青年常用的话说，天高任鸟飞，海阔凭鱼跃，舞台剧任她演。她极其认真，对每一个角色都不马虎，赤脚医生，邻居，儿媳妇，婶婶姨娘。只有妻子的角色，她演得不精彩。对这一点，她有思想准备，但准备得并不充分。丈夫的命根子，她做妻子前就见过。又粗又长，机敏的蛇一样的家伙。蛇的力量是无穷的，它可以活活地把人给勒死。软塌是一种假象，一种计谋。她不相信它会萎靡不振，会立不起来。它只不过在休眠，还没有醒过来。

人们再一次看到马护士，是在报纸上。《人民日报》通栏标题，大幅照片，整版报道。《走在与工农相结合的康庄大道上》。从照片上看出，她黑了许多，瘦了许多，但依然那么美丽动人，一看就知道不是农民，虽然她住在农村。新华社传真照片，农民们以为是“真实”的真，不知道传真是一种通讯工具。从报纸上，你看不到备皮事件，看不到班长家族的压力和医院领导的压力。人们读到的是一个充满朝气和叛逆精神的革命战士，一心要挑战传统习俗，挑战资产阶级法权。为什么一个革命军人不能嫁给农民呢？为消灭三大差别，我们每个人不应该做点什么吗？这篇文章，提到了资产阶级法权、三大差别以及工农相结合的问题，立意高远，条理清晰，如山泉赴壑，大雁行天，振聋发聩。

马护士的有些事情，医院的同事们曾亲眼看见。诚如报纸所言，从参加革命工作开始，她就对工农群众充满深厚的无产阶级感情。农村来的女病人，头上有虱子，她帮她们洗头，用开水烫衣服，换床单。她们出院时，病好了，虱子也没了。

虽说解铃还需系铃人。更多的时候是，系铃人也无法解开锈蚀之铃。颠扑不破的真理也会受到挑战。多年来，洪婉霞一直在想她。美若仙女的马护士，心高气傲的马护士，怎样嫁为村妇，怎么度过在黄土地上的日日夜夜?

就是好！就是好！！就是好！！！

四表哥兢兢业业，等待着发光的机会。第一任厂长被关押后，这机会终于来了。那时，铁饭碗厂经受了一场前所未有的危机，在“宁要——不要”的作用力下，钢材极度紧缺。生产原料没有了，怎么能生产出铁饭碗呢？厂领导一班人急得吃不下饭睡不着觉。四表哥闻之，毛遂自荐，去市政府求援！厂领导抱着死马当活马医的心态，给四表哥准备了几张介绍信，外加烟酒和水果罐头。罐头可是贵重礼品，一般探望病人才舍得买。几天后，有几盒罐头出现在洪婉霞的病房。

有了介绍信，四表哥顺利地进入市政府大门。对他而言，市政府意味着厚实冰冷的水泥柱子、拒人千里之外的解放军哨兵。他做梦都没想有朝一日能越过警戒线、迈进这个神秘的大门。

走进办公楼后，四表哥没有发现任何令他惊异之处。这些手握重权、掌管着数百万居民命运的干部和他在大街上看到的人一模一样，穿着或蓝或灰的上衣，面庞和头发干涩如秋草，无一油光放亮。即便你仔细端详，从他们的神态上也看不出任何志满意得的痕迹。当然，差别还是可以归纳出的，比如说，他们戴眼镜的比例高一些，穿军服的比例高一些。他们或规规矩矩地坐在办公桌前看报纸写文件，或拿着黑色的电话机，大声地“喂喂”。长途电话要通过电话台转接，不仅声音嘈杂，而且随时有掉线的危险，弄得每个打电话的人都很紧张，说话声比平时高八度，挂完一个电话后，耳朵里嗡嗡乱响，好半天才能恢复正常。

办公室的摆设和基层厂矿机关的也差不多，硬邦邦的木桌木椅，漆成淡黄色，上面堆满了文件文具茶缸。窗户下面的空地上放着报架。窗台上则一溜摆着好几个绿色的铁壳热水瓶。

在一楼，四表哥瞄准了一间人多的办公室，问坐在最外边的那位年轻人，主管钢铁原材料的部门在几楼办公。他楼上楼下跑了好几个来回，却见不到他想找的处长。别人一听他是街道工厂的，在办公室门口就把他打发走了，不是说处长开会，就是说处长出差。

第二天，四表哥不得不改变战术，自称是轻工业部的，来上海出差。话未说完，四表哥便被热情地领进了处长办公桌前。他换了件上衣，由灰色变成蓝色，好在昨天没人正眼看过他，谁也不记得这个从里弄工厂钻出来的毛头小伙。

处长室不大，有两张办公桌，处长坐在东边靠窗的位置，身后留出了一个较大的空间。在处长对面的椅子上入座后，四表哥本来想表明自己的身份，但处长没等四表哥开口，便主动提起半年前到部里开会，在楼道拐弯处见过四表哥云云，弄得四表哥不得不继续敷衍下去。他凝神定气，调动自己的全部智慧和胆量（这是他头一次撒弥天大谎，自然需要勇气），说此次来上海出差，顺便将铁饭碗厂原料短缺的事协商一下。这个厂虽然是街道工厂，但它是我国社会主义建设的一面旗帜，社会主义优越性的一个象征，是为数不多的接待外宾的街道工厂之一，具有广泛的国际影响。部领导希望上海市政府统筹安排，妥善解决，决不能让铁饭碗厂因原料短缺而停产，给社会主义抹黑。

四表哥知道，这几句话字字千钧，足已扭转乾坤。他见好就收，说完便告辞，露出日理万机的样子。而且，再谈下去，会露馅的。

处长一直把四表哥送到楼门口。他再三向四表哥表示，一定尽快协商解决，请部领导放心。

两天后，满满三卡车的钢材运到了铁饭碗厂。全厂职工闻讯跑到车间门口，情不自禁地热烈鼓掌，卡车司机嘟嘟地按响了喇叭。周围的革命群众闻声从四面八方赶过来，几位过路人改变路线，跟随他们奔走呼号。他们以为发生了什么大事，边往人群里钻，边交头接耳，议论纷纷。有人以为新的党代会提前召开，或者又揪出了一个林彪似的阴谋家。也有些路人革命觉悟非常低，以为铁饭碗厂来了几位外宾。

在这欢腾热烈的气氛中，老职工带头喊起了口号，“毛主席万岁！无产阶级文化大革命万岁！”带着对毛主席无比深厚的阶级感情、对刘少奇反革命修正主义路线的深仇大恨，全体职工包括厂外群众意气风发，斗志昂扬，在铁饭碗厂掀起了又一次社会主义劳动竞赛的高潮。在一派莺歌燕舞的大好春光中，大家人人争先，你追我赶，干得汗流浃背，仅用了三十七分钟就将全部货物卸车完毕。

四表哥出师大捷，一时成了铁饭碗厂人人敬佩的英雄。当年他被授予学习毛泽东思想积极分子，五好工人，胸佩大红花，数次出现在临时搭建的主席台上，和1971年的表妹一样，面对无数的听众风光了一把。

在四表哥成长的同时，文化大革命已经进入到一个新阶段，革命的烽火已经燃烧到欧洲、亚洲、非洲和拉丁美洲。铁饭碗厂有识之士指出，继续使用“神州”这个名字已经跟不上飞速发展的革命形势，改换厂名已经成为摆在全体职工面前的一项刻不容缓的政治任务。本着对历史负责对人民负责的精神，厂领导班子发动全厂职工学习马恩列斯毛主席著作，群策群立，集思广益。

老工人激动地说，旧社会把我们变成鬼，新社会把我们变成人，真真切切的主人，连工厂改名这样的事都征求我们的意见。没有毛主席没有共产党，我们怎么会有这种机会这种尊严呢？一席话激起千层浪。全体职工高呼毛主席万岁。他们发扬主人翁精神，日夜献计献策，五花八门的名字，歪歪扭扭的名字（老工人能写出歪扭的字迹已相当不易）雪片似地飞到厂领导的办公桌上。让我们记住工人阶级朴素的语言和高度的爱国情怀以及国际主义精神吧：

满江红铁饭碗厂

斗批改铁饭碗厂

反帝铁饭碗厂

防修铁饭碗厂

穷棒子铁饭碗厂

井冈山铁饭碗厂

红心铁饭碗厂

海枯石烂铁饭碗厂

等等，等等。

这些字有的写在信纸上，大多写在报纸的白边上，写在香烟盒上。这哪里是一张张普通的纸条，这分明是工人阶级跳动的红心啊。然而，这些名字虽然表达了他们朴素的阶级感情，但不够深刻，不够有力。经过整整七天七夜的砥砺碰撞，在民主集中制的原则基础上，一个响当当硬邦邦的名字终于诞生了：

就是好铁饭碗厂

这个名字充分体现了时代精神，体现了中国工人阶级身在车间心怀祖国的主人翁风貌，体现了他们誓死捍卫无产阶级文化大革命胜利成果的坚强决心。

这个名字如此精彩如此绝妙，一时不胫而走，迅速传遍大江南北长城内外。以“就是好”命名的街道、工厂、商店、人民公社、生产大队如雨后春笋般出现。全国阶级兄弟一家亲，早就砸烂了帝国主义发明的什么商标法专利法，任何好东西大家都可以分享。你的就是我的，我的也是你的。你随便在中国走走，都能看到“就是好屠宰场”、“就是好兽药厂”、“就是好殡仪馆”等。在仍然残留着土葬观念的落后地区，甚至还出现了“就是好墓园”。以“就是好”命名的商品更是多如牛毛，遍地开花，就是好牌香烟，就是好牌蟑螂药、老鼠药、杀虫剂、除草剂等等。

再后来，人民艺术家们遵照毛主席《在延安文艺座谈会上的讲话》精神，深入各种“就是好”基层单位体验生活，创作出一首《无产阶级文化大革命就是好》的歌曲：

无产阶级文化大革命，嗨，就是好

就是好啦就是好，就是好

马列主义大普及

上层建筑红旗飘

革命大字报

嘿，烈火遍地烧

誓把帝修消灭掉

七亿人民

团结一心

祖国建设掀高潮

嘿，文化大革命好

文化大革命好

无产阶级文化大革命

就是好！

就是好！

就是好!!!

这首歌旋律优美，曲调铿锵有力，迅速传遍神州大地，成为机关厂矿生产大队的必唱歌曲，全国各地对指挥的需求随之猛增。为此，就是好铁饭碗厂的全体职工接受了为期两周的指挥训练，专门指挥这首歌的大合唱。其基本动作是双臂倾斜着上下挥动。基本动作熟练后，则要练习更专业的动作，其要领是双手手掌朝上，犹如捧着一个大气球那样慢慢向上移动，此时合唱队的声音逐渐升高，在达到顶峰的时候，指挥的右手在空中转几个弧形，接着紧紧地握住，使那排山倒海的声音戛然而止。结束时，指挥昂首挺胸，以此姿势接受震耳欲聋的掌声。

别看动作简单，要与合唱合上拍，还真不容易。工人们久经劳动锻炼，手臂力大无穷，普遍存在“捧球”过快的毛病。声音尚未达到顶峰，他们的手臂已经抵达顶点，只好傻傻地待在那里，等待高潮的到来。为纠正他们这个毛病，音乐学院的老师费了整整五天的工夫。但矫枉容易过正，这个毛病好不容易克服之后，又产生另一个毛病，“捧球”动作太慢。他们按照老师的提示，想象捧着毛主席的金像，感到重得不得了，结果歌曲结束了，他们的手还在肩部以下。

这件事又给了四表哥一个自我表现的机会。他学了一个星期，便得心应手，真像那么回事。后来，他以工人指挥家的身份到各个机关厂矿学校指挥这首歌的大合唱，享誉中华。

又一个“五一”到了，长征医院举行庆祝国际劳动节歌咏大会，地点本来定在礼堂，后改为露天广场。大礼堂正门朝南，外形和面积与东方红设计院的礼堂一模一样。大门的顶端是半圆形，类似延安窑洞的大门，礼堂里摆满一排排的木椅，因为使用频繁，木椅表面的漆多已斑驳，椅子松松垮垮，不仅分不清是何种颜色，而且常常嘎吱作响，似乎每每被会议的内容和气氛所感染，忍不住也想表达自己的心声。礼堂的正前方是木头搭建的主席台，三尺孩儿那么高，两旁有楼梯与礼堂地面相连。主席台的正中央放着讲台和话筒，开会时则临时摆上几张长条桌，上面铺上白布或墨绿色的台布。主席台两边各有一扇呈四十五度伸出去的墙面，上面用红漆写着毛主席的语录。左面是：“这个军队具有一往无前的精神，它要压倒一切敌人，而绝不被敌人所屈服”；右面是：“四海翻腾云水怒，五洲震荡风雷急，要扫除一切害人虫，全无敌”。字迹是油漆喷上去的，不好更改，但会议组织者往往根据会议的主题重新书写一张标语，挂在墙上。

礼堂的背后就是露天广场。广场东边的土丘原是汉代的一个兽圈，类似古罗马的斗兽场，是观看斗兽的场所。但它比罗马斗兽场多一个功能——饲养狮虎等猛兽，反映了中国古人可持续发展的斗兽观。汉武帝当年观看斗兽的遗址，现在刚好作为一个露天主席台。观众拿着小马扎或直接坐在地上，直接继承了古代帝王的享乐。遇有盛大隆重的场合，礼堂装不下那么多人或容纳不了那种气氛时，大会就在广场上举行。电源线从礼堂的窗口拉出去，方便得很。

歌咏大会的主题是“文化大革命就是好”，节目丰富多彩，除了独唱合唱，还有三句半《新生事物就是好》，舞蹈《一花引来万花开》和诗朗诵《赞春苗》。与会者数千人，指挥是从外地请来的工人指挥家。演员大都是医护人员，以住院病人的大合唱为压轴戏。医护人员穿着清一色的白大褂，英俊、漂亮、整洁！而病人合唱队则五花八门，穿什么衣服的都有，蓝的灰的白的黑的，胖的瘦的高的矮的。别以为这几个字很平常，可病人的胖瘦你很难想象出来。比如洪婉霞的满月脸与胃溃疡病人的皮包骨头形成强烈的反差，太不协调了。不仅如此，有的病人还缠着纱布打着绷带，活像国民党的残兵败将。

洪婉霞本来不想进入合唱队。当年的教训太深刻了。她在舞台上大出风头，不到一天就病倒。而且，她急剧膨胀的体形也不适合上场。但洪婉霞是老病号，护士长非要她唱，“你想想，如果老病号不带头，谁会跟着呀。”没办法，她只能妥协，懒洋洋地站在最后一排。这支合唱队声音不整齐、不圆润，甚至跑调，甚至声嘶力竭。作为其中一员，洪婉霞万分窘迫，几乎哼不出任何声调。

当她的目光偶然落在激情澎湃的指挥身上时，非常惊讶非常兴奋。她捅捅身边的病友，说指挥是她表哥。真的呀？他们对洪婉霞有这样的表哥露出敬佩的神情。洪婉霞听罢，精神为之一振，放开了喉咙。大合唱一结束，洪婉霞就朝四表哥跑过去，高声喊道，“四表哥，四表哥！”

四表哥仔细地打量着这个胖胖的病号，半天才认出是她。“是你啊，怎么变得这么胖了？”

“吃激素吃的。”洪婉霞淡淡地说。“你怎么会到这里来当指挥？”

“路过这里，”四表哥说他来陕西的任务是学习做泥饭碗，可是黏土还没看上一眼，就被陕西大大小小的单位借去指挥这首革命歌曲。三转两转，他便来到了长征医院。

洪婉霞不解地问，“你们不是铁饭碗厂吗，怎么又做起了泥饭碗？”

四表哥说，“泥饭碗是工艺品，准备回敬给美国佬。”

洪婉霞虽然小学没毕业，但在医院这个大学校里茁壮成长，知识丰富，感觉敏锐，对造句尤有研究。她嗅到了“回敬”这个词背后的火药味。果然，四表哥怀着极大的愤慨，给她讲述了蜗牛的故事。根据周总理的指示，我国决定引进彩色显像管生产线。去年年底，四机部派出小组到美国考察。本来这是友好的表示，可美国佬坏透了，“你说气人不气人？”

“怎么坏啦？”洪婉霞听了半天却不得要领。

“他们送给我们代表团成员每人一个蜗牛，玻璃做的。”

“蜗牛？”洪婉霞还是不懂，但又不敢表露自己的愚钝，于是呆呆地看着他。

“不明白吗？这是在侮辱中国，说我们像蜗牛一样在地上慢慢地爬行！”

洪婉霞似懂非懂地“哦”了一声，“可……你是怎么知道的呢？”

“我们领导到北京开会知道的。她叮嘱我们保密，不要在外面乱讲。”说着，四表哥看看周围。演出已经结束，人们四散而去，谁也没注意他俩。

四表哥接着说，“我们铁饭碗厂全体职工群情激奋，坚决要求采取革命行动，反击美帝国主义。”大家你一言，我一语，出了许多妙计。有人说，送给美国佬一条木刻的蚯蚓，比蜗牛还慢；有人说，送给他们一只塑料蚂蝗，专门吸劳动人民的血。一个从农村来的老工人则说，还不如送给他们一只蛆，在粪缸里爬，臭气熏天。说来说去，思路总集中在腔肠动物上，意思虽好，但不含蓄，而且，做成工艺品的难度太大。一只蛆，跟米粒一样，体现不了中国丰富的文化底蕴和高超的工艺水平。不行！看着大家抓耳挠腮的样子，四表哥建议，能不能往他们厂的产品上靠，这样不显山不露水，效果好些。

“对，就像俗话说的，把美国鬼子卖了，他还帮你数钱。”

“对！对！”他们兴奋极了，似乎看到了一大帮高鼻子蓝眼睛的美国鬼子撅着屁股，辛辛苦苦数钱的样子。

最后，泥饭碗的思路终于成形。铁饭碗厂送饭碗顺理成章，但它不是铁饭碗。资本主义社会劳动人民朝不保夕，哪里有铁饭碗，只有泥饭碗，回敬的意思便在其中。四表哥那帮青年职工，小时候都玩过撒尿和稀泥的把戏，谁想到十几年后竟然派上了大用场。不过，泥饭碗要做成工艺品，所以不能用一般的泥土。他们想到了观音土。但有人反对，说观音土能吃，万一美国发生饥荒，岂不成了他们的救命稻草？不能便宜他们。观音土给否决掉。此事又陷入僵局。

不知又过了多少天，四表哥听广播时，受到启发。陕西的黏土可以做成兵马俑，为什么不能做饭碗呢？泥碗泥车泥马泥俑，形成一个系列，多好！这个方案得到全体职工代表的拥护，而且，他们一致推荐四表哥去陕西取土学艺。大家如此信赖四表哥，因为他又红又专，在关键时刻挽救了工厂、挽救了大家。

四表哥坐在一个土坎上，兴奋地向洪婉霞介绍了铁饭碗厂的巨大变化。她离开上海后，铁饭碗厂建造了一个现代化的厂史陈列室。因厂区周围没有空地，陈列室跨越几条街，修到了咸阳北路附近。由于部分基建款用于工资等日常支出，基建规模大大缩小，不然她奶奶家都在拆迁之列。

厂史陈列室呈圆形，远远看去既像一个铁饭碗，也像一个瓜皮帽或者头盔。它的正门前，有一组工人阶级向毛主席敬献芒果的雕塑。芒果不是装在盘子里，而是装在一个不锈钢大碗里。虽然这只巨碗矗立在两米高的空中，你还是能看清上面的字迹：就是好铁饭碗厂制造。沿着陈列室的环形外墙砌着一圈金光闪闪的大字："无产阶级文化大革命就是好！"

陈列室内部色彩纷乱，应有尽有，而外部是单一的古铜色。最初刷的是红色，那么一大块血淋淋的内脏一样的东西堆在地上，对人的视觉冲击力太猛，产生了一种超乎寻常的魔力。人们到了陈列室附近就热血沸腾，不能自已。一周之内，它周边一百米范围内出了五次交通事故。汽车司机该减速的不仅没有减速，反而猛踩油门；行人该等绿灯的却急不可耐地向马路当中冲去。五次交通事故中，有两次是自行车追着汽车撞，不达目的不罢休。鲜红的铁饭碗瓜皮帽成了百慕大三角区的中心，引起全市上上下下的普遍关注。在市委市政府的协调下，陈列室被改成古铜色，以显示中华民族灿烂辉煌的历史。须知，这个陈列室里展出的不仅是就是好厂的厂史，从某种程度上它也展示了中华民族的发展历史，尤其是中国革命史。走进陈列室，你可以看到我国汉代的食器，旧社会农民的讨饭碗、打狗棍和血衣，看到解放前上海纱厂女工用过的饭盒。在所有的展品中，有一样东西给所有的参观者留下了难以磨灭的印象：西藏人头盖骨做的碗。那是西藏吃人的农奴制的铁证。

厂史陈列室建成后，就是好铁饭碗厂名声大噪。它生产的碗不仅仅是盛饭的器皿，而具有了某种更崇高的价值和意义。甭说别的，万一你的家乡遭灾，想逃荒要饭，需要公社开的介绍信吧。如果你拿着就是好铁饭碗，就不用这么费事了，铁饭碗本身就是通行证就是路条。有了它，你能获得一般乞丐无法获得的政治待遇和肚子待遇。

铁饭碗能当路条使用，得归功于一位县长。他在省委理论学习班上讲到，讨饭也要体现出社会主义的新气象新风貌。如果让我们的主人翁和旧社会一样，拿着破碗和打狗棍逃荒，那成什么样子？在接踵而至的荒年，他首先在自己管辖的区域开展实验。凡是端着就是好铁饭碗的农民都可以外出讨饭，而不用到公社开证明。他这一革命性的壮举立刻得到其他县市的纷纷效仿。于是，就是好铁饭碗再次脱销。

因为四表哥的缘故，铁饭碗的缘故，洪婉霞的父母平生第一次开后门，第一次感到了做人的荣耀和尊严。

洪工没有料到，院长会亲自上门求他帮忙。院长家住在东院第二栋，与洪家隔着好几幢宿舍，工作之余没有来往。所以当院长出现在洪家门口时，顾瑾愣了一下，以为他走错了地方。她取下眼镜，用衣服的下摆擦了一下再戴上。没错，是院长！

来客落落大方地笑了一下，“怎么，不欢迎我吗？”

顾瑾连声说对不起，“请进请进。我还以为你走错门了。”她想到什么就说什么。丈夫埋怨她不会讲话。她辩解道，“我确实是这样想的嘛。”

院长脸上掠过一丝尴尬，“是啊，无事不登三宝殿，我有点事想麻烦你。不瞒你说，我想了好久，实在没有别的办法才踏进你家的门，请你帮帮忙。我不是为自己，也算是积点德吧。”

洪工把院长迎进家里，让他坐在饭桌旁的藤椅上。这是洪家最值钱的家具了。顾瑾则忙着沏茶。她想象不出，院长还有什么需要她帮忙。

“别客气啦，说完我就走。”院长告诉他们，今年，南方数省旱情严重，土地龟裂。他一位老战友的家乡断了粮。乡亲们拟外出讨饭，可是手里没有就是好铁饭碗，干着急。老战友展开联络图，向每一位熟悉的老伙计发出鸡毛信。院长恍惚记得，洪工有亲戚在铁饭碗厂工作。

顾瑾从来没开过后门，颇感为难。而且，帮院长的忙，有拍马屁之嫌，使她又多了一层顾虑。洪工知道妻子的脾性，生怕她拒绝了院长，马上应承道，“她侄子在就是好铁饭碗厂工作，您放心，我们一定尽力。”

院长走后，顾瑾把门掩上，埋怨道，“你倒很会拍马屁，你去弄吧。”

洪工说，“你也是的，人家都开口了，你怎么好意思拒绝？再说啦，这也谈不上拍马屁，人命关天啊。就冲着那些饿得前胸贴后背的饥民，我们也应该帮这个忙。”话说出去了，可是四表哥到底有没有这个能耐，他还真有些担心，整晚上都在琢磨这事。第二天，洪工一上班就和四表哥联系。四表哥听罢，马上打保票说，以他在厂里的影响力，弄几百个铁饭碗都不成问题。

洪工这才轻松起来，马上汇报给院长，并协商铁饭碗发运的细节。

他们的善行惠及一个中原农村的女孩。她刚满十岁，可是由于长期营养不良，看起来像一年级的小学生。拿到铁饭碗后，父母带她及同村的几个乡亲云游四方，一不小心闯入首都。下火车后，她不顾疲劳，死活拽着父母去天安门。父母后悔不该带这个拖累出门。一行人边走边打听，终于在正午时分抵达天安门广场。紫红色的古建筑在阳光下发出炫目的光芒。小姑娘有些晕，跌跌撞撞地跟不上趟，招来更多的白眼。

在广场逛了一圈，他们又累又饿，迫不及待地开始履行“正业”。在大栅栏乞讨时，一个中年军人称她为“小不点”，塞给她五元钱。分开时，军人有些依依不舍地摸着她的头说，“你这么小，就出来要饭啦。”

那天，她讨到的钱打破了单日个人最高纪录，父母对她的态度来了个180度的大转弯。乡亲们也对她刮目相看。从那天开始，村里人学着军人的腔调，叫她“小不点”。

雄伟壮丽的天安门城楼给小不点留下了终身难忘的印象。回到家乡后，她暗暗下决心，长大后一定要到北京生活。怎么去，她不得要领，但肯定不能当乞丐。后来，她逐步理出两条路径，一是当兵，二是上大学。就她的身体条件而言，当兵肯定没指望，她只有后一条路可走，尽管这条路很陡峭，但它毕竟存在。去年，大队书记的儿子就被保送到北京上大学。

报了美国佬一箭之仇

对中国人来讲，“就是好”就是“就是好”，犹如数学中的公理，无需证明。可是美国佬一根筋，偏要弄出个所以然。1976年初，五个美国佬来华访问。就是好铁饭碗厂是他们访问的第一个单位，而他们在上海的最后一项日程是参观一个普通居民的家。

38号接到市外办的通知时，夜幕已降临。洪家所有的亲戚都紧急动员起来，男女老少齐上阵，把家里上上下下打扫得纤尘不染。不用说，最兴奋、最卖力的是铁梅。打扫卫生算不了什么，叫她累得喘不过气来的是抬沙发和那个带镜子的大衣柜。

那天晚上，上海市外办的一位处长到38号视察。他认为房子还可以，就是室内空荡荡的，不能充分体现人民群众在灿烂的阳光下丰衣足食的生活。当晚，处长领着手下人挨家查看，看谁家的家具适合填补38号的空白。开始，他们看中了24号一个带梳妆镜的五斗柜，认为它比大衣柜轻，便于搬运。可抬到二楼的卧室后，觉得它太小了，不够气派。于是他们把它还给24号，到22号抬出那个棕色的大衣柜。衣柜的左面有一扇大玻璃镜，光彩照人，使房间显得更敞亮，处长连声说好。虽然他的手一直背在身后，可也一样的满头大汗。铁梅更不用说，干完后一屁股坐在地上，大口地喘息着。

对处长煞费苦心的大衣柜，美国佬没有正眼瞧一下。他们对藤椅情有独钟，不仅在上面坐了一会儿，而且用近景拍摄下来。就在他们拍照时，铁梅从晒台上往里窥视，她那鬼头鬼脑的样子被收入镜头。鬼子不仅发现了她，也发现了晒台。

38号能对外宾开放，与其特殊的建筑风格有关。石库门建筑可谓“中学为体西学为用”的产物，从整体上讲是传统的四合院结构，正房厢房分得清清楚楚，尊卑有序。但它也吸收了西方Town House（联排式楼房）的特点，数幢连成一排，形成一个个小弄堂。它的黑漆大门，与乡村地主家的门大同小异，但外墙上的浮雕图案，分明散发着欧罗巴的气息。

铁梅被告知待在亭子间，不许见洋人。她气得直哼哼，“凭什么不让我见美国人？”她以为论功行赏，第一个出来见鬼子的应该是她。大衣柜是谁搬来的？谁的汗流得最多？压制革命群众可不行。不知铁梅是否听过赵老爷不准阿Q革命的故事，但她的心情绝对比阿Q还要糟糕。

铁梅在床上坐了几分钟之后，耳边响起一个洪亮的声音：“一不怕苦，二不怕死。”在毛主席教导的鼓舞下，她勇敢地从窗户翻到晒台上。因为她头重脚轻，这并不是一件容易的事。铁梅的喘息尚未恢复均匀，就被鬼子看见了。经主人同意，代表团的摄影师走到晒台上，将镜头对准了对面弄堂黑色的屋顶和墙壁。它们密密麻麻的一大片，如同新旧不同的布匹连缀在一起，把上海严严实实地罩着。晒台，是布匹上的破洞，里面湿漉漉的衣服暴露无遗。在这里，美国代表团第一次看到中国还有蓝、灰、绿以外的色彩。

一个振奋人心的发现。

如果不是铁梅，美国摄影师不可能拍到这个鲜活的镜头。为此，他用一个特写作为给铁梅的奖赏。铁梅咧着大嘴巴，笑得灿烂辉煌。如果说洪婉霞的病态给祖国脸上抹了小小的一点污垢的话，那么铁梅的笑脸肯定为神州大地增添了无上荣光。

离开上海赴西安时，每个美国人的箱子里都有一份就是好铁饭碗厂赠送的礼物：泥塑的饭碗。碗的周边有中国传统的云龙图案。泥饭碗经过短暂的烧烤，暗青色，不坚也不脆，说不清是瓷器还是泥巴。老外所不知道的是，它极易重新变成一堆烂泥。

就是好铁饭碗厂的职工代表把五只泥饭碗送给鬼子后，双方都心花怒放，笑得合不拢嘴。美国佬以为从瓷器之国（China）得到了一种不是瓷器胜似瓷器的工艺品，而上海里弄的工人阶级则为报“蜗牛事件”的一箭之仇而兴奋不已。

抵达西安后，美国代表团强烈要求参观一所医院。他们当中有两人是医生，可到中国待了几天，时间过半，连医院的影子都没见着。主人一会儿安排他们参观学大庆先进单位，一会儿参观学大寨先进单位。上海的名胜古迹，好吃的好喝的，无一漏网。他们饱览美景，暴享美食，一个个体重增加至少四五公斤。就这样，他们还抱怨，甚至收集负面材料，连中国人扔垃圾擤鼻涕都给拍下来。他们尚属人民的范畴，如果真的鬼子来了，还不知有多坏！

接待方答应了客人的要求。美国佬来的前一周，医院就开始折腾起来，大扫除，大清洗，光是花盆就运来满满两卡车。病房走道上的黑板报内容全部翻新。医院内外的标语口号重新刷了一遍：

认真看书学习，弄通马克思主义。

深入开展批林批孔的群众运动。

将无产阶级文化大革命进行到底！

医院大门口悬挂的仍然是毛主席语录："全心全意为人民服务。"红底黑字，每个字足有棋盘那么大。洪婉霞过惯了千篇一律的医院生活，成天浑浑噩噩地混日子，听说美国人要来，觉得比过年还要新鲜还要热闹。

正如毛主席教导的那样，任何事物都是一分为二的。外宾来访也对她造成了一定的妨碍，她的酒精炉作为不安全的隐患被禁止使用。没有酒精炉，就没有鸡蛋西红柿面条；正如没有共产党，就没有新中国。酒精炉和共产党，一个微微乎蝼蚁，一个巍巍乎泰岳。但它们的存在同样重要。没有新中国，劳动人民还将生活在水深火热之中；而没有鸡蛋西红柿面条，洪婉霞心慌意乱，气息奄奄，如断了毒品的瘾君子，不可终日。

令洪婉霞意外的是，她被指定参加接待外宾的活动，参与其中而不是站在一旁，伸着脖子四处乱瞧。外事活动，不仅意味着神秘，还意味着信任和光荣。从那天起，洪婉霞以发烧一样的热度开始自学英语，整天捧着英文书，上厕所、量体温都不例外，赢得医护人员和病友的交口称赞。当她将《广播英语讲座》中的有关课文背得滚瓜烂熟时，美国佬来啦。

上午十点钟，住院部主任跑过来告诉大家，外宾五分钟之后进病房。于是病人们摆出排演多次的动作和姿态：有的津津有味地听广播，有的看书。四床的任务最轻松，躺在床上打点滴，不知真的是药还是葡萄糖水。但她的意见也最大，因为打点滴限制了她的活动，不能走近仔细看看美国佬。而六床的洪婉霞，系好鞋带，穿着那件红格子上衣，装成活泼可爱的中国姑娘，热情大方地迎上去，欢迎远方的客人。

How do you do？这是课本上写的初次见面用语。

How do –you– do！走在前面的高个子慢腾腾地回答道，语调明显很夸张。洪婉霞知道这是在逗她。

接下来，洪婉霞按照书本的思路，介绍自己的名字：My name is Hong Wanxia. I am sixteen years old.

My name is Allen Dangerfield. Oh, that's too complicated for you. Just call me Allen.

洪婉霞一下傻眼了，不知如何回答，尽管翻译很快就译了出来，"我叫艾仑·戴杰菲尔德，太复杂了，你就叫我艾仑吧。"

可见将理论知识运用于实践并非那么简单，难怪毛主席要写一本书讲这个道理。

艾仑先生是纽约公立医院的资深医师，对发热疾病颇有研究。他大约四十岁，额头很高，有些谢顶。隔着眼镜片，你可以发现他的两只眼睛具有穿透力。他详细问了洪婉霞的病情和病史。她拿出一大摞体温曲线图给外宾看。从住院那天起，父亲在坐标纸上详细标出了女儿每天的体温变化。

艾仑先生赞扬道，"你有一个非常慈爱、非常细心的父亲。他是一个训练有素的工程师吗？"

"是的，你怎么知道？"

"它告诉我的，"艾仑先生指着厚厚一摞蓝色的坐标纸说。最上面那张纸的右下角有一块乌渍，那是洪工吃猪头肉时不小心留下的印记。

临走的时候，艾仑先生认真地跟洪婉霞说，"你的病例很特殊，具有研究价值。我想邀请你到美国去治疗，一切费用由我负担，你愿意吗？"

这个问题太突然了，洪婉霞不知该如何回答，只是傻傻地看着他。

离开病房时，艾仑留了一张他的名片，请洪婉霞好好考虑考虑。

在洪婉霞和艾仑讲话时，病房里其他演员们几乎都忘记了自己的角色，无一例外地把眼光集中到外国人身上，一字一句地听他们的谈话。对他们而言，高鼻子蓝眼睛的外国人，和外星人一样稀奇。

外宾走后，她们争相与洪婉霞谈话，似乎她也成了外国人，或者带着“洋气”。有人非常羡慕，“就冲着这次见面，得病也值。”这种崇洋媚外的思想立即遭到猛烈的批判。

隔壁的病人也陆续进来，病房成了会场，挤满了异常兴奋的男女老少。他们带着不同的思想、阅历和疾病，七嘴八舌、急不可耐地吐出自己有关美国的知识和感觉。

“听说美国的穷人平时吃不上饭，只有圣诞节时才能从教堂里领一份回家吃。”

“美国黑人备受歧视，过着牛马不如的日子。”

“这还不算什么，”一个穿着黑棉袄的小伙子抢过话头，“小时候听俺们老师讲，地球是圆的，美国正好在我们脚底下。你想想看，美国佬天天倒立着，头朝天外，吊在地球上，不死不活的。难怪他们鼻子那么长，眼睛抠抠的，深陷进去。”

一个年纪大的附和着他，“是啊是啊，难怪他们满脑子坏水。”

一个老大妈则告诫洪婉霞，“千万别去美国治病，不然病没治好，不小心内脏器官被鬼子拿去做实验，听说有的病人很久以后才发现脾脏没了，或者肾脏少了一个。”

他们的话，令洪婉霞毛骨悚然。她挺纳闷，病友们如此丰富的美国知识是从哪儿得到的。

离开病房后，艾仑一行参观了针灸麻醉手术的情况。这是中方特意安排的重头戏，意在展示中华灿烂的文明结晶，让美国佬开开眼界。

高干楼共六层，在医院的东边，与康复治疗中心相邻。它是新建的，设施完备，所以兼做外宾接待用。院领导亲自向美国客人作介绍。病人姓杨，患有心室中隔缺损。艾仑一行尚未到达时，老杨就被推进了三楼的手术室。这个手术室有点特殊，它被一道墙分为两部分，墙上镶嵌了一块宽 50 厘米、长 150 厘米的玻璃。外间是观摩室，里间是手术室。艾仑一行进去后，表演正式开始。一位娇小的女护士给病人盖上消毒被单，在他的鼻孔插入一根供氧的细橡皮管。护士退到一旁后，麻醉师依次在病人的耳朵和左手腕插上五根银针。在明亮的手术室里，银针在他的身体上微微晃动着，发出纤细的水晶般的光芒，吸引了观察室所有人的目光。

艾仑告诉他的同伴，五个月前，他突然腰疼，怎么都治不好。在一位华人朋友的建议下，他抱着试试看的心态去了针灸诊所。扎针的当天，症状大为缓解，他可以弯腰可以负重。三天以后就全好了。小小的银针竟然有如此神奇的功效，艾仑百思不得其解。从那天起，他决心访问中国，深入了解这个神奇的国度。

约一刻钟后，银针静止了，老杨沉沉睡去。这时，一位护士帮他接上分流器，人工心肺机代替了心脏使血液在体外循环。鲜红的血液鼓着细泡静静地流淌着，在一片银白色的世界中分外耀眼。一会儿，医生熟练地打开病人的胸腔，同时电击使心脏发生心室震颤，继而停止收缩。艾仑等五人隔着玻璃，看到了一个中国中年人微微跳动的红心。

“献一颗红心”、“红心在剧烈地跳荡”、“红心永向党”。八亿人民天天挂在嘴边的器官向一群美国人敞开了，而他们自己并不知道心脏是怎么回事。

手术中，在医生亲切的引导下，老杨几次张开眼睛，嘴巴蠕动着。他说的什么观摩室的人听不清，翻译根据病人口型的变化和他自己的推断，将这种“唇”语解说为“住院不忘共产党，开刀感谢毛主席！”

听完“唇”语后，艾仑一行离开手术室，到理疗和化验室参观。胸腔缝合时，他们才回来。如果不是亲眼所见，艾仑无论如何都不会相信针灸麻醉的神奇功效。他看完后还在狐疑，难道是魔术吗？但专业知识告诉他不是。

其实，接待方不仅在咸阳北路38号给鬼子摆了个迷魂阵，在医院也涮了他们一把。院领导不敢在病人身上动真的。万一有个闪失谁吃得消？外交无小事，何况人命关天。最好找个身体健壮的“病人”，事后给予物质上的补偿。杨师傅得到这个消息后，自告奋勇地到医院报名。院领导开始不同意，因为他曾是住院病人，不够健康。杨师傅拍着胸脯保证，他壮得像头牛，上回是因为莫名其妙的热病住院。主治医生也证实，那次做了多项检查，结果任何毛病都没查出。

经杨师傅软磨硬泡，医院和他达成协议：他装成病人做心脏手术，等他的胸部切开后院方马上把美国鬼子支开，给他缝上伤口。作为交换，医院给他一笔可观的营养费和半个月假条。杨师傅说他只要补助，假条没用。

手术后，医生强调放屁后才允许吃东西。为了放屁，杨师傅使出了吃奶的劲。开始时，他采取的是咄咄逼人的战术，连蹦带跳，以为这样可以把屁抖搂出来。对于一个刚手术完毕的病人来讲，蹦跳需要很大的勇气。他一边蹦，一边默念：“下定决心，不怕牺牲，排除万难，去争取放屁。”当然他只说出了前三句，最后一句到了嘴边又给吞了回去。傻子都知道，篡改毛主席语录该当何罪。

既然强攻的战术不奏效，杨师傅便听从医生的建议，改为智取——凝神屏气，意守丹田，和哲学家一样深沉，静静地等待屁的到来。有人说他像孵鸡蛋的母鸡，还有人说他像坐月子的妇人。邻床的病友嘲笑他没出息，连屁都不会放。杨师傅被说毛了，跳下来就要和二床理论。就在他双脚落地时，全室人员都听到了一声闷响。杨师傅万分激动，“这不是屁是什么？谁说我不会放屁！”

“我终于放出来了！”杨师傅大声宣布。饿了十几个小时的他，不仅吃了流食，还偷偷吃了一碗鸡蛋西红柿汤面。医生知道后，骂他好吃不要命。

第二天早晨，他自豪地宣布，夜里又放出一大串，褥子都快被击穿了。

当晚，洪婉霞兴奋地把接待外宾的详细情况告诉妈妈，“太棒了，我可以到美国去治病！”

顾瑾听了女儿的讲述后，很平淡地摇摇头说，“不可能。”

“艾仑说他承担一切费用，不要你花一分钱。”洪婉霞想当然地认为妈妈是为钱担心。

“不是钱的事。”顾瑾叹口气，“你还小，不懂规矩。这出国的事哪能由自己说了算。”

洪婉霞不以为然，“我出国看病啊，又不是随外交部长出国访问，难道还要谁批准？”

“只要是出国，都需要单位同意。单位同意后，将材料送交市外事办公室和公安局批准。”

“看病也这样？”洪婉霞还是不相信。

“一样。”顾瑾轻声说。

以前，顾瑾从没有想到带女儿出国治病，那无异于九天揽月。可现在突然有人主动提出这个建议，让它变成一个可能的现实摆在面前，唾手可得的东西，顾瑾却无法伸出手臂，或者说她的手臂被缚住了，动弹不得。

顾瑾的判断是正确的。事实上，美国代表团离开前在会议室里话别时，院长就代表医院和病人谢绝了艾仑先生的好意。

艾仑先生很困惑，他一再解释没有别的目的，仅仅为了治好一个女孩的病。“她发烧好几年，长期住院无法上学，不能像同龄孩子那样过正常的生活，多么痛苦。”

院长一再解释，有毛泽东思想的武装和指引，中国医学工作者一定能治好洪婉霞的病。因为院长多次提到毛泽东的名字，艾仑有点不相信自己的耳朵，也不相信翻译。他犹豫着问了一句：“你说的是贵国的领导人毛泽东吗？”

“是啊！”院长小心翼翼地回答，不知道这美国佬葫芦里卖的是什么药。

“据我所知，”艾仑尽量说得委婉些，“毛泽东先生是一位了不起的政治家、军事家，也是个伟大的诗人。难道他在医学上也有很深的造诣吗？”

院长有点生气，真是对牛弹琴。他耐着性子解释，“毛泽东思想是全面而科学的思想体系，是我们一切工作的指针。我们靠着它可以战胜一切困难，解决一切问题。”

说完，他看着翻译，知道有点难为他，这段话不好翻。年轻的翻译此时满头大汗。他的词汇本来有限，况且，这不仅是词汇的问题，而是很深奥的哲学问题，信仰问题，不是他所能解决的。但两边都对他抱有很大的期望，最后又都流露出极大的失望。

艾仑的智商非常高，离开医院后，他在汽车的颠簸中突然醒悟，明白了其中的奥妙。“凡是好事都可以归功于毛主席，犹如基督徒将一切荣耀归于主。”

给洪婉霞治病成了一项光荣而艰巨的政治任务。医院党委下定决心，动员一切可以动员的力量，连右派分子也给解放出来，让他参与治疗小组。小组长由院党委副书记亲自兼任。

一场五次围剿似的疾病排查工作围绕着洪婉霞展开了。

突然出现的希望，如流星一样从她的天空划过，留下一道美丽的弧线。出国治疗没指望了，洪婉霞着实消沉了好几天。她倒不是崇洋媚外，向往美国灯红酒绿的生活，只是觉得到美国去毕竟是个机会，也许那里的医生真能治好她的病。

不知道过了多久，洪婉霞逐渐平静下来。对其他人而言，她的消沉和昂扬都一样，他们看不出来。医院每天的生活都按部就班地进行，查体温、吃药、睡觉。然后，又是查体温、吃药、睡觉。高兴时，和病友的话可能多些，觉少些；沮丧时，话少些，成天蒙头大睡，仅此而已。

在政治学习的热潮中，洪婉霞把自己的思想变化写成一篇短文，贴在走廊的墙报上。她学着报刊文章的口气，先暴露自己不健康的思想，迷信资产阶级的医疗水平，犯了崇洋媚外的错误。经过学习毛主席著作，在广大医护人员和病友的帮助下，逐步认识到自己这种思想的严重性和危险性，决心改正错误，回到正确的道路上来。她相信，有毛泽东思想的武装和指引，中国的医学工作者一定能治好自己的病。

洪婉霞这句话与院长的话不谋而合，几乎一模一样。

本来是随便写的一篇短文，不知怎么被报社的记者知道了。有天午睡后，洪婉霞还躺在床上，和病友们聊天。这时一个瘦瘦的男子走进病房，问哪位是洪婉霞。

她说，“我就是。”

来人自我介绍是《人民日报》的记者，说完还掏出红色的记者证。洪婉霞看也没看就还给他。“找我有什么事吗？”

他看了那篇短文，非常精彩，很有价值，想写篇通讯，要她把所写的内容重复一遍，然后再回答他几个简单的问题即可。

洪婉霞不愿意小题大做，而且也害怕登出来惹麻烦。往事历历在目，她仍然患有严重的“亢龙综合征”。

记者一个劲地劝，不理解洪婉霞为什么不同意。在他的记者生涯中，还没有人拒绝过他的采访，多少人巴不得上报纸、上广播；多少人因此而平步青云，鸡犬升天。记者说，“你的这种思想很有普遍意义。洋奴哲学、崇洋媚外在很多人的思想中作祟。我们要树立几个摆脱了这种思想的典型人物，对你对大家都是一个很好的教育，只有好处没有坏处。”

不管他怎么巧舌如簧，洪婉霞就是不松口。病友劝她也不听。记者没有办法，失望地走了。

洪婉霞一直庆幸自己做了这样的决定。她并非没有虚荣心，只是知道自己写得不那么实，完全是在做文章，所以没有勇气去大吹大擂，底气不足啊。深究下去，这可能和她的身体状况不无关系。如果她有黄帅、张铁生的体格，也许会像他们那样无所畏惧了。

鲜血，丰饶了那个春天

当洪婉霞躲进重症病房的时候，她的病历被一只白皙的手塞进了护士室的柜子里。厚厚的一叠记录和化验单，成为她生命的写照。她的青春岁月卷曲着，窝在弥漫着浓浓的酒精和来苏水味的格子里。

在所有病人中，洪婉霞的病历最厚，内容最庞杂详尽，各种检查各种结论各种猜测应有尽有。在医院里，她遇到过荣膺了各种“帽子”的病人，特务、叛徒、右派、现行反革命等，但尚未碰到荣膺了各种病症的病人。有的人只得了一种病，和周总理一样的病（仅此一项就足以使他感到无比自豪）。而洪婉霞得的是无病之病，找不到合适的名称，所以永远没有和主席总理等伟人同病相“傲”的资本。

在她的病历中，夹着好几摞长长的坐标纸。洪工以他训练有素的工程师的手在它上面描画了女儿的病史。体温曲线像崇山峻岭，也像大海波澜，在数百万平方公里的土地上跌宕起伏。洪婉霞以女性柔弱的肌骨，抵御了绵绵热病的炙烤，几次昏死过去却又奇迹般地活了过来！医生为了防止她再次跌入病危的深渊，决定给她输血。她躺在雪白的病床上，坦然地看着鲜红的血液一滴一滴地进入体内。

这时，洪婉霞体温不高，人有些麻木了，看见鲜血既没有联想到成千上万的革命烈士，也没有想到鲜血染红的胜利旗帜。她把鲜血看成了普通的药物，而且满腹狐疑，“它能治好我的病吗？”

每个同洪婉霞一样生在新中国、长在红旗下的青少年都知道，红旗是无数革命先烈的鲜血染红的。这句话的潜台词不难理解。但她敢肯定，当他们听到这句话时，所有人的心里出现的都是蓝天白云中猎猎飘扬的旗帜，亮丽而蓬勃，谁也没真的去考虑鲜血意味着什么，谁也不会去联想那些骇人的血腥场面。医院的生活会告诉你鲜血真实的一面，它的惨痛和残酷。

鲜血，绝不是可以轻巧地把玩和吟唱的东西。即使是英勇的战士，看到战友的血也会悲痛欲绝，或者大惊失色。

相比之下，面对鲜血，洪婉霞比一般人勇敢得多。小时候的经历使她对这类事情见怪不怪，有了某种心理免疫能力，在鲜血面前绝不会惊慌失措。

输血后，洪婉霞的身体似乎真的好了不少，体力明显增强，走路时两腿不如以往那么沉重。她不仅能到院子里晒太阳，为病友打开水，还偷偷跑出去看了一场电影。血真是好东西，比灵丹妙药还宝贝。它带领洪婉霞走向舒心而散淡的日子。鲜血换来的日子真的很好！难怪人们动辄说“用鲜血换来的……”

可是，当洪婉霞得知医院门口晃荡的那群人以卖血为生时，心灵遭到重创，觉得自己和抢劫犯杀人犯相差无几。她以发烧为借口、为掩护，吸吮掠夺他们的鲜血。好久好久，洪婉霞都没能从这种情绪中摆脱出来。和所有其他形形色色的病人一样，她觉得自己要为他们走上这条不归路负责。

一些人靠输血维持生命，另一些人靠卖血维持生命！那些卖血人的头发枯草一般胡乱堆在头顶，而衣服则和抹布一样油光黑亮。总的说来，他们的服饰及外表和农村来的病人差别不大，使他们显得突出的是表情和精神状态。正是这一点使洪婉霞大惑不解。他们个个精神饱满，神情怡然，似乎天天有喜事，天天沐浴在灿烂的阳光之中。

洪婉霞早就知道每个医院门口都有一批闲杂人员，但从来没想过他们在那里干什么。输血后，她再次见到这群人。这回他们不是在医院门口晃悠，而是挤成一团，嚷成一片，不知是在看热闹还是劝架。一男一女两个人在他们中间扭打得难解难分。男的从个头到体力都没占上风。他的腮帮子和耳朵都被抓破，血迹斑斑。和他搏斗的女子上衣襟被撕开，露出白色的内衣。

正在这时，来了一个穿白大褂的人。他高声喊道，“别打了，否则以后不要你们的了。”这句话很管用，那对男女立即休战，围观的人则马上安静下来。洪婉霞感到纳闷，医生不要他们的什么东西？他们有什么硬要塞给医院吗？

白大褂居然有如此高的威望，令洪婉霞大开眼界。她以前只听说他们在精神病院才享有这样的权威。后来，从一位病友那里洪婉霞才知道，打架的是一对夫妇。他们是卖血族。男子上周卖血后，没把钱拿回家，而是偷偷交给了他哥哥。

柳根从医院逃走后，一度成为他们的一员。卖唱本来就和耍猴差不多，早被禁止，何况他唱的是毒草，哥哥妹妹的，没有一句歌颂共产党的唱词。散布毒草还挣钱，与摔跤拣个金娃娃差不多，偶尔能碰上，但不能指望它生活。和城里所有盲流一样，用不了多久，柳根就知道了卖血这个行当，并且欣喜若狂。虽然他的腿部关节惨不忍睹，但体内的血液鲜红洁净，没有一点杂质。

但这仅仅是他个人的看法，多少有些自以为是的看法。人民群众可不这样看，村支书更不这样看。他多次指出，地主阶级及其孝子贤孙心是黑的，连血都是黑的。他知道柳根卖血的事后大怒。“你想想，你算算，你毒害了多少无产阶级和贫下中农？”

醍醐灌顶！此前，柳根仅知道自己的出身有问题，现在他才明白，自己的血液都污浊不堪。

从院门口回到病房后，洪婉霞情不自禁地对卖血族流露出悲天悯人的情怀，遭到病友的嘲笑。她告诉洪婉霞，卖血者在农村备受追捧，因为他们和城里人一样，平均每月都有十几元的现金收入。血液的价格是每一百 CC 十元人民币。卖一次血，可得三十元钱， 另加肉票半斤，白糖一斤，糕点票一斤。他们往往将票证卖掉，这样又可以多得一些现钞。难怪白大褂的话颇具威慑力，停止收购他们的血不等于断了他们的活路吗？

洪婉霞担忧地问，“经常献血他们的身体受得了吗？”她还是习惯“献血”这个词。

“怎么受不了？”病友反问道，“听说，长时间不卖血，他们的身体还胀得难受呢。”

洪婉霞浑身一阵发紧，一时缩在床上没说话。这时，病房里的灯已经关了，月光从窗户里投射进来，水一样泼到她身上，冰凉冰凉的。

病友突然说了一句，“你前天输的血可能就是他们卖的。”

洪婉霞听了浑身起鸡皮疙瘩。几天之后，她的体温又上去了，白白浪费了几百CC的鲜血。

洪婉霞是病魔手里的一团面，随便捏，不仅形体面貌说变就变，连色彩都能翻出一些新花样。

病魔神通广大，但也留下了一点真空地带，比如洪婉霞的后背光滑平坦，妊娠纹鞭长莫及，手术刀也不曾光顾。后背本来可以成为唯一的解放区，唯一没有被敌人扫荡的地方。

第三次住院后，这块地区也沦陷了。顾瑾替她擦背的时候，发现背上居然有一大片紫斑。一大片！前几天还好好的，白皙的皮肤，一下子变成了紫色，吓人的紫色。顾瑾马上叫来唐医生。唐医生从来没有碰到这种病。她叫苦不迭，发烧的原因没弄清楚，新的毛病又出现了。

无奈之下，唐医生在她光滑的后背割下一块皮，拿去化验。至此，洪婉霞已经是体无完肤了。这是没有办法的事。天要下雨，病魔要显本事。即使唐医生犹豫不决，洪婉霞也会建议她割一块。久病成医，此话一点不假。她已经成长为经验丰富的医生了，只是没人知道，没人承认。

化验没有结果，又是一个没有答案的诘问。洪婉霞因此多吃了好几公斤药。片，丸，囊，白的，蓝的，如神农尝百草，她把所有能沾边的药吃了个遍。紫斑岿然不动，不仅坚持在她的后背，而且扩大到手臂和大腿，呈对称分布，很均匀，很美。如果现在还长在身上，别人一定以为是纹身，东方古老的图形，蕴藏着丰富的文化内涵。

唐医生无地自容。她怀疑是否上帝故意派这个病号来为难他，出她的洋相。主治医生，专家，什么呀，她的名声毁在一个姑娘身上。

不知怎样歪打正着，不知是谁歪打正着。总之，正如毛主席说的那样，群众是真正的英雄。一帮实习大夫、护士甚至病人为唐医生解了围。他们随便说了一句，是不是缺什么元素啊？她吃的药太多，副作用大，该吸收的营养都流失了，分解了。

顺着这个思路，他们终于发现紫斑是缺乏维生素 A 造成的。吃了维生素 A 后，紫斑第三天就消失了。

紫斑消失后，病魔不甘心。它接着在洪婉霞身上弄出一颗颗红色的小豆点，风疹似的。这回唐医生彻底没了脾气，连一句抱怨的话都没有。她也没有劳心费神地去思索对策。做活检吧，还能有什么其他的办法。因为红疹在身上，既不有碍观瞻，也不危及生命，耽误了两天，唐医生才安排洪婉霞到手术室去割皮取样。进了手术室后，唐医生怎么也找不到红疹。她不相信这个事实，仍然在洪婉霞的身上到处找，边找边揉自己的眼睛，“咦，真奇怪。”

红疹自己消失了。

“冬天来了，春天还会远吗？”这句名言常常被滥用。它适合躺在沙发上朗诵，不远处的壁炉烧得旺旺的，吟诵者一边吃甜点，一边喝咖啡；有音乐绕梁更好，而且最好是贝多芬的交响乐，如果想以爱国者相标榜，那就听《雨打芭蕉》和《春江花月夜》。

工人叔叔听了这句话，可能会说，“站着说话不腰疼”；农民伯伯，尤其是陕西的农民伯伯更周到，“那要看你有没有足够的柴草，足够的粮食。如果你每天都挨冻受饿，那么冬天就遥遥无期，你就熬不过这个冬天。”

并不是每个人都能等到春天，也不是每个人都希望等到春天。有人会选择永远停留在冬天，永远！

1976 年清明节，洪婉霞又看到了天边的红霞，看到猎猎抖动的红旗，看到无数昂起的鸡冠，以及鸡冠后高高翘起的尾巴。她还闻到了血腥的气味。它从祖国的心脏散发出来，铺天盖地，氤氲在每一朵杜鹃、每一朵含笑的花蕊里。

“别胡说！”唐医生和病友都认为她烧糊涂了，谵语不断。洪婉霞确实开始高烧，但脑袋清醒得很。她说自己清醒没有用，就像一个喝酒过量的人，越说自己没醉，别人越觉得他醉了。

她的烧你想象不到，她的瘦你更想象不到。四十度，断断续续烧了一个多月，铁打的汉子也烧没了。何况是一个柔弱的女孩。

四十度！不是夸张，不是文学的手法，而是每天量出来的数据。但洪婉霞的身体并非一直处于四十度的高温，仅在早晚时各一次，很有规律。你很难想象，烧到极致时她会浑身发冷，盖两床被子也发抖。冰窖炉膛，严冬盛夏，洪婉霞柔弱的身子同时经历着世界的两极，温度的两极。每一个毛孔，每一块皮肤，都被火舌舔舐着、炙烤着。而在心底，在身体的内部，则冷冰冰的，所以她要盖被子，越厚越好。连脸也不要露出来。她太冷了。太虚了。虚弱得没有力气张开眼睛。高烧时洪婉霞闭着眼睛，眼前出现无边无际的白色的火焰，它们像大海般汹涌澎湃，卷起千堆雪。

一个半小时之后，天空的红霞退隐了，露出本来的色泽，青青的，灰灰的。然后是黑夜，没有星星的黑夜，多么安宁，多么深邃，多么洁白。身体有了热气，回暖了，继而开始出汗。大汗过后，体温随之下降。三十七度三。真好，这样就谢天谢地了。如果持续烧下去，恐怕她睡的铁床也要熔化了。

这就叫驰张热。一张一弛，君子之道也。病魔极具修养，不应该叫病魔，应该称之为病君子，病君。而洪婉霞是它的奴婢，它的臣民。

这一次，它要尽了威风，暴露了君王所有残忍的一面。前两次住院都没有这么痛苦。前两次她都平平安安地离开了医院。这一次看来在劫难逃。事不过三。洪婉霞确实有点不像话。仅仅为了面子，病君也不会轻易放过她。

那天晚上，洪婉霞没有坐起来吃东西。以往她多多少少总要吃一点，哪怕一个蛋羹，一杯麦乳精。麦乳精大概是最好的补品了，看病人，送礼品，都是它。唯一的它。这一回烧得太狠，她连睁眼都觉得累，胃口打不开，吃了激素也如此。以前，吃了激素以后，饭量大得不得了，能把一扇猪吃进去。这回不行，懒得张嘴。每次，都是妈妈逼着，她才吃一点东西。

那天，顾瑾也没勉强。她看出来，女儿实在是筋疲力尽了，需要擦干身体，好好睡一觉。给洪婉霞擦身体时，顾瑾的眼睛又红了。女儿浑身没有一块好肉。到处是伤疤，或者深深浅浅的妊娠纹。上肢，下肢，后背，汗多的地方都有疤痕。

随着年龄的增长，洪婉霞开始为自己的现状着急，为未来着急。人还是傻一些好，傻一些会少流多少眼泪，少白多少头发，少死多少细胞。谁都知道，着急流泪顶什么用呢？但大家照样流泪上火白头发。

为了到陕西探望洪婉霞，铁梅和家长死磨硬泡，记不清流了多少眼泪，死了多少脑细胞，最终如愿以偿。一天，铁梅给表妹送来中饭。洪婉霞津津有味地吃着油菜和烧土豆时，铁梅关切地看着她，长长地叹了口气，“唉，你的病老不好，以后怎么办呢？只能成为晒衣服的架子，造粪的机器。”

这句话像一把尖刀扎在洪婉霞的心口，她觉得大地剧烈地摇晃起来，手一松，饭盒掉在地上，饭菜撒了一地。虽然她拼命想咬住嘴唇，它还是突然张开，哇哇大哭起来。洪婉霞把头埋在床上，试图把哭泣堵回去。她病了这么多年，痛了这么多年，从来没有那样难受过。

铁梅被吓坏了，她一个劲地劝洪婉霞，“别哭了，别哭了。”她反反复复就这么一句。

几个病友也都愣住了。平时，洪婉霞成天傻呵呵的，她们大概以为她真的没肝没肺，不会哭。谁知道她是不哭则已，一哭惊人。哭的音量不算太大，远远达不到惊人的地步。令人惊异的是她抽噎的频率和节奏，时而像小儿排队，一个挨着一个，首尾相连；时而如溃散的败兵，稀稀拉拉拖了好几里地。估计近旁的人都会觉得胸闷气短。等洪婉霞哭够了，要收场的时候，铁梅又哭了起来。大约是病友埋怨她不该那样说。她一边哭一边自我开脱，“这话不是我说的，是护士说的。”

她哭的时间和音量都是洪婉霞的好几倍。

这回，不仅病君发了狠，医生也发了狠，一定要查出病因，挖地三尺也要找到它。医生是不是受到日本鬼子对根据地残酷扫荡的启发，洪婉霞不得而知。但他们的手段和日本鬼子如出一辙。大扫荡，铁壁合围。一寸一寸地搜索。凡是与发烧有关的疾病一个个地排查：

肺结核

红斑狼疮

淋巴癌

类风湿

甚至败血症！用抗菌素治疗后，不管用，说明不是败血症。

医院的各项检查都不在一幢楼里，好像有意识地配合老天爷磨炼病人及其家属的革命意志。顾瑾不是搀扶而是背着女儿，在一栋楼与另一栋楼之间来回挪动，举步维艰。虽然她到“五七”干校锻炼了几十个月，但个子比女儿矮，每走一步都要付出极大的努力。她开始走十步休息一次，后来走三步就要歇一次。最后她实在走不动了，和女儿一起摔在泥坑里。倒地前，顾瑾看到了这个泥坑，有意识地朝旁边挪了一步，想避开它。可是就因为这个轻微的移动，她失去了平衡。

两人趴在地上，半天动弹不得。离顾瑾十几厘米的地方，有朵广玉兰，大部分花瓣浸在污水中，已经变黑了。她摸索着，把广玉兰轻轻捏在手中，久久地盯着它，无助地哭起来。

洪婉霞也躺在地上流泪。她哭不出声。

当洪婉霞躺在手术床上，浑身被捆得紧紧时，她觉得自己快要熬不过去了，要死了。不是她自己想一了百了，而是那种捆法分明是要把她勒死。本来很简单的事，肾造影，根本就不是手术，先往血管里注射一种药物，然后照相。但拍照的要领是把病人勒得紧紧的，否则成像不清楚。对常人，这算不了一回事。可洪婉霞受不了。她太瘦了。浑身只剩下皮和骨头，直不棱登的骨头，经不住那样的勒。洪婉霞当时还纳闷，为什么不在她吃激素发胖后做肾造影，浑身肥嘟嘟的你们怎么勒都不怕。可医生专等她骨瘦如柴时才动手。

在肾造影机下，洪婉霞体验到了小鸡的滋味，螃蟹的滋味。上海人蒸螃蟹前，先用细绳把它们的腿和身子五花大绑捆在一起，然后才扔进蒸锅，以防它们挣扎时把腿弄断。但无论你捆绑得多么结实，它们总会拼命反抗。所以每次揭开锅盖，人们都会发现几只鲜红的螃蟹腿孤零零地待在一边。在造影室，洪婉霞就是一只螃蟹，被绑在冰冷的机器上。但她没有螃蟹的力气大，不能像它们那样挣扎，所以她的腿至今仍然附着在身上。

查淋巴癌取样时，为了保险，取了两个样，胳肢窝和腹股沟各取一个。胳肢窝取样是在病房进行的。九点来钟。九点来钟的太阳从窗口探进来，看着九点钟的洪婉霞。她大概同刘胡兰一样悲壮，一样疲惫。斗争太久了，人都会疲惫，尽管刘胡兰是英雄。但她也是女孩，和洪婉霞差不多大小。不过，洪婉霞看起来要比她老许多，看起来起码是十一点以后的太阳。

顾瑾的脸色比女儿还难看，比女儿还紧张。护士长一眼就看出来了。“不要紧，一会儿就好了。”她安慰顾瑾道。

顾瑾此时眼睛已经红了。红红的眼睛里燃着一点亮晶晶的太阳。那太阳是红色的，也发着高烧。洪婉霞看着窗外，看着的天空。人无助的时候都会不由自主地望着天空。

人要死的时候也会这样。

天上空空如也，如冷冷的一张铅板，没有云，更没有海燕苍鹰等能给她精神力量的东西，如书本上写的那样。当革命家多好，平时一呼百应，死时电闪雷鸣，狂风怒号。她要死了怎么连片云彩也不飘过来?

一共来了两个护士。她们用白布挡住洪婉霞的脸。她左胳膊竖起来，被一只手按在床上。洪婉霞首先感到胳肢窝那儿冰凉冰凉的，大概涂了一些碘酒什么的，接着一根针尖扎了进去，开始有点疼，随即就没感觉了。只觉得那里的肉厚了许多，硬了许多。护士猛地往外拽时，洪婉霞感到什么东西撕裂着，离开了身体。这时，她才感到疼痛。

同时，她感到妈妈的眼泪掉下来了，她甚至听到了眼泪啪啪打在床头柜上的声音。洪婉霞没有眼泪。妈妈流泪的时候，她尽量平静些。

少了一小块肉，胳肢窝那儿厚了起来。一块纱布取而代之，贴在那里。

病房里鸦雀无声。人们都严肃起来。一只麻雀飞到窗外的树枝上，喳喳几声之后，又飞走了。

顾瑾定了定神，和护士商量。“腹股沟的活检下午做吧，让孩子休息休息。”

护士长点头同意。“好，我告诉唐医生一声。”

洪婉霞无所谓，割就割吧，上午下午一样。但妈妈需要喘息。她更难受。

“她这样烧了五年多了。”顾瑾哽咽着，和对面的病友说，“也搞不清什么原因。”

“是很奇怪的，”病友附和着。

莫名其妙的病和莫名其妙的帽子一样，最叫人受不了，叫人见了阎王都不心甘，不服。

腹股沟的活检在外科病房做，那里有专门的外科诊室。腹股沟，也即大腿根部内侧，少女最隐秘的部位。

当你躺在手术刀下的时候，你已经不是人了。医生也不把你当人，你仅仅和无影灯、手术刀、止血钳一样，成为工作的工具或对象。这里没有少女，没有隐秘的部位，连细菌都没有。满世界一片洁白，洁白的白大褂，洁白的墙壁。除此之外就是黑的，眼睛以及头发。

在五六双黑眼睛的注视下，包括一双实习的眼睛，洪婉霞的裤子被退到膝盖以下。她已没有了羞耻感，只有愤怒和烦躁，不知道恨什么，但烦躁是有指向的，她对没完没了的检查失去了耐心，对自己失去了耐心。当又一块肉遭到剜割时，洪婉霞大声地叫唤："哎哟，疼死我啦。"

外科医生不以为然，嘀咕道："这个姑娘太娇气了。"

她是用上海话说的。她以为在西安，没有人能听懂上海话。他们可以肆无忌惮地评说，可以乱下结论。上海人就是这样，尤其是当他们在外地的时候。他们更加自负，更加有优越感。

她大概剜过心掏过肝，对这种小儿科没当回事。连手术都称不上。她哪里想过，麻药的量太小了。在病房里，他们麻药给的比较多，免得病人吱哇乱叫影响他们的声誉。在这里，没有其他人，设施齐备，谅你也死不了。他们以自己的理解给了一点点麻药。他们认为足够了，否则，就是你娇气，没教养。

他们是军人，没挨过刀、没受过伤的军医。在全国几大城市之间转来转去。他们绝对想不到，还有这样的病人，在西安上海转着圈住院的病人。

骨髓穿刺也是在病房进行的。简单地说，医生在病人的骨头上戳一个洞，抽取骨髓，看看隐藏着什么病菌。洪婉霞忘了是什么时候做的，只记得护士端来的那一大盘刀子剪子，寒光闪闪，乒乓作响。而她，好像砧板上的一块肉，任人宰割。洪婉霞突然想到，"我长这么大，还没有看到像我的身体这么大的肉块。每次买的肉都只有巴掌那么大小，不过瘾。要是谁得到我这么大块的肉，多么幸福，大概和见了毛主席差不多吧。”

不过，她一时那么胖，一时那么瘦，谁会喜欢这种肉吗？反正人是不会喜欢的，如果他们有其他选择的话。

穿刺用的针头比输液的针头粗得多，她看见后不禁有些紧张，肌肉绷得紧紧的，浑身颤抖，把床弄得轻微地摇晃，嘎嘎作响。医生戴上乳胶手套，抹好滑石粉，整个操作在她后背进行着，但洪婉霞还是能感觉到那个针头离她越来越近。她闭上眼睛，极力想些愉快的事情，想和她的身体一样大甚至更大的肉块。对大块肉的憧憬淡化了她的恐惧感。接下来不是床发出的嘎嘎声，而是洪婉霞的骨头和针头搏斗的声音。

顾瑾痛苦地闭上眼睛。然而，眼泪还是从她的眼角流出来，一滴一滴的，后来连成了线，吧嗒吧嗒地打在地上。这时，洪婉霞反而非常镇静，或者是麻木，没有一点悲伤感，也不感到疼。

晚上，洪婉霞既没有看书，也没有听收音机，呆呆地躺在病床上，头朝着窗户。窗外的夜空深邃无边。云彩缓缓地从月亮上飘过去，一朵，一朵，又一朵，仿佛有只看不见的手，拿着纱布，不断地擦拭着月亮的伤口。

八路军总能从鬼子的铁壁合围中跳出去。一次次大扫荡以后，八路军更强大了。而藏在洪婉霞身体里的病君和八路军一样机智勇敢，逃过了一次次拉网似的排查，不知藏匿在哪里。它出击的次数更频繁，出招更狠毒。

超乎寻常的病，非得超乎寻常的方法不可痊愈。

在此之前，她只能躺在床上修养；另一个对付热病的法宝是吃激素，强的松激素，地塞米松激素，还有记不住名字的激素，长年累月地吃，大剂量地吃。别人激素的用量是 20−30 毫克，可医生一下子给她用了 50 毫克。

渐渐地，情况有了转机。驰张热消失。洪婉霞转入低烧。爸爸亲手绘制的体温图上，曲线终于向下滑行。尽管忽上忽下，但终究开始下滑，显出慢慢悠悠、极不情愿的样子。

三十七度五，三十七度二，对她来说就算很好了。洪婉霞可以到走廊，到外面走动走动了。一到外面，她便听到各种传闻。

天上掉下大石头

一九七六年三月八日下午三时许，吉林地区那场罕见的流星雨，异常美丽异常壮观。密集的陨石穿越大气层时，产生巨大的摩擦和热力，它们燃烧着划破长空飞向地面。刹那间天昏地暗，电闪雷鸣，仿佛末日降临。

美丽到了一种极致，就会成为一种灾难；反过来说，灾难常常以非常美丽的形态出现。如果你看见了陨石雨，就会同意这个说法。

这种异常的景观两千年前就出现过，人们没有警觉；两千年后的再现，仍然没能引起人们足够的重视。历史的经验总是没人注意，尽管有毛主席的谆谆教导。也许中国历史太悠久太丰富了，令人眼花缭乱，魂不守舍。还有另一种可能，那就是人们有意避难就易，对毛主席的教导阳奉阴违，尽找些简单的事项去落实，比如狠抓阶级斗争、破四旧、学雷锋等。挖祖坟砸雕像搀扶老太太比总结历史经验容易得多舒服得多。

但毛泽东本人有所警觉。此时，他的眼疾进一步恶化，基本上看不清东西，每天需要人给他读报。当护士念到陨石雨的消息时，毛泽东听得非常认真。听完这段新闻后，他让护士把自己扶到窗前。此时，火红的云霞在天边燃烧着，夕阳失去了正午时耀眼的辉煌，显得疲惫而暗淡，一寸寸缓缓地沉入群山之间。老人家久久地凝视着遥远的天际，陷入沉思遐想之中。

中国人相信天人感应，共产党的领袖也不例外。在毛泽东看来，天上掉下大石头，就是要死人呢。 三国演义里的诸葛亮、赵云死时，都掉过石头折过旗杆。英雄豪杰就是与众不同，死都要死得地动山摇。也就是说，他老人家把陨石视为上帝带给大地的口信，上帝的唾沫星子。

他说这番话时，不知是否把自己也算成了豪杰。他虽然具有谦虚的美德，但头上顶着伟大领袖、伟大导师、伟大舵手等那么多的光环，不至于真的把自己当成普通一兵吧。以此推论，他可能在暗示自己的时日不多了。

而普通百姓对于陨石仅抱着一种猎奇的心态，攀比的心态。他们津津乐道的是，最大的一颗陨石重量达多少公斤，直径达多少米，在世界上排名第几等。而对于即将到来的灾难，却毫无察觉。洪婉霞不知道领导都干什么去了。这么严正的警告都没人理会，这么要命的经验都没人总结。

偶然是人们对必然的另一种解释，一种无可奈何而又自作聪明的解释。

没多久，一场罕见的大地震袭击了唐山市。伴随着隆隆的惊雷，大地上猛然裂开一条条深渊，传说中的地狱真实地展现在中国人面前。对面的亲人来不及叫喊一声，便突然消失在这条骤然出现的裂缝中。或许他们叫了也喊了，但除了狰狞的阎王，谁也听不见。到处是断壁残垣，到处是绝望的呼喊。整座城市浸泡在惊恐和悲痛之中。

一夜之间，几十万人口聚居的城市被夷为平地。一夜之间，二十四万人魂归西天。二十四万！如果真是这样，鬼都会被吓跑。天陷地裂，火光熊熊，数百万吨瓦砾废墟，数十万具腐烂的尸体瘴气弥漫。再狰狞的厉鬼也受不了。

在余震的隆隆声中，洪婉霞保持着低烧，刚刚能戴上发烧的帽子，正如有些人刚刚够上了地主的标准，刚刚被编入另册，成为人民的敌人。

洪婉霞成了自己的敌人，医生的敌人，似乎体内有另一个我成心与医院作对，总攥着那么一点点热毒不放手。所有人都心急如焚。

“我们比你更着急。”唐医生对她说，其真诚溢于言表。

鉴于前几次的教训，父母也下了狠心，这回不治好就不让女儿出院，一定要把体温降下来。

虽然震源远在千里之外，但惶恐不安的气氛从天而降，严严实实地把五陵原给罩住了。各种传说和谣言满天飞，都与异常自然现象有关，而落脚点都是地震。老鼠不敢回洞，看着人也不跑，眼睛湿乎乎地充满了泪水；龟、鳖、蛙等纷纷在河岸上疯狂地转圈；树木大片枯死。总之，一切迹象似乎都在预示着一场灾难的来临。

长征医院采取了必要的措施，准备了应急药品和帐篷，并对病人进行了防震抗震的辅导。万一真的发生了地震，大家知道不能惊慌不能拥挤，知道要往哪里躲避。

他们唱革命歌曲的地方就是一个理想的避难所。那里开阔，没有任何建筑物。

这一年，老天爷存心要考验中国人的心理承受能力，各种灾难一起涌来，包括三个政治巨星的陨落，三次“不可估量的重大的损失”。老天爷等于将中国的天给捅破了。不知道那时那刻，中国人会不会想起那次罕见的陨石雨，会不会满腔悔恨，没有早点警醒，早点做准备。

除了仇视和嫉妒，人类最强烈的情感要数悔恨。人们的欲望有多少，悔恨就有多少。

九月九日，八亿双眼睛都哭红了，八亿个喉咙因哽噎和哭泣而红肿沙哑。假设此时突然来了日食，仅仅是假设，而且刚好有一位宇航员回到地面，他一定会看到满世界蠕动的都是圆圆的晶体，闪着红色的波光。那种波光虽然微弱狭小，他却感受出大海般辽阔深邃的底蕴和意象。这些小小的红色晶体由蠕动而徐行，由徐行而跳跃，很快就连成一片，把漆黑浓稠的宇宙填得满满的，照得红彤彤的。黑与红，仅仅是黑与红，只有黑与红，高贵而热烈，典雅而崇高，平淡而壮烈。与这两种色彩相比，宇宙以前的丰富与斑斓显得多么浅薄、多么苍白无力，多么冗杂。宇航员驻足欣赏着。此时此刻，这个原本热火朝天的世界安静极了，他竖着耳朵只能听到一种低沉沙哑若有若无的啜泣，一种介乎人与动物之间的声音。

宇航员疑惑极了，他不知道自己返回了地球还是阴差阳错地来到了另一个星体。

多事之秋的一年，全国人民对突然而至的噩耗毫无思想准备，尽管报刊和屏幕上的毛主席老态龙钟，坐不正站不直。但在广大人民群众的心中，他老人家依然神采奕奕。对于毛主席的形象问题，摄影记者们背了黑锅。好在这时既没有因特网，也没有手机短信，挂个长途电话要跑到邮局。否则，记者会被老百姓的唾沫淹死。对毛主席怀有深厚无产阶级感情的人从来没想到伟大领袖的健康出了问题，而是记者的镜头出了问题，他们的思想感情出了问题。

九月上旬，在举国哀痛的日子里，洪婉霞处于低热状态，可以出院了。事实上，不出院也不行。天塌下来了，地球不转了，医院还能转吗？再待下去，已经没有意义了。但洪婉霞还得再待一阵子，因为没人写出院报告，没人开出院单，谁也出不去。

中国被凝固在悲痛之中，疑问之中。中国怎么能没有伟大领袖，没有毛主席就没有新中国。毛主席没了，新中国还能继续存在吗？痛哭声不绝于耳。病室里，深夜也有人大哭，不知是几号床。也不知道她是痛醒而哭还是哭后而清醒。反正弄得大家都睡不安实，整天头昏脑涨。

隔壁病室更可怕。隔壁一床的竟哭得晕厥过去。被拖到急救室抢救。这是伟大领袖逝世期间，唯一的一次手术。平常，总有人被送入急诊室抢救。那段时期内反而没有了，人们光顾得去悲伤，顾不得去得急病、去死。所有的事项都让位于悼念活动。

紧张而严肃的治丧工作全面铺开。从领导到员工，从医生到病人，都行动起来。洪婉霞不能干重活，于是专心做小白花，一人一朵。干这活她已经是熟练工了。周总理，朱德委员长，一文一武两员大将，都在此前逝世了，给了她两次积累经验的机会。北京开追悼会的同时，全国各地进行着无数个追悼会。流下的泪蛋蛋，岂止抛在了沙蒿蒿林；流下的泪蛋蛋，真可以漂起个船，漂起新中国自己建造的万吨巨轮。

医院的灵堂设在大礼堂。礼堂正中央是伟大领袖毛主席的巨幅画像。他老人家还和以前一模一样，只是画像周围多了一道黑框。会场里尽是标语：毛主席永远活在我们心中；化悲痛为力量，将反击右倾翻案风的斗争进行到底；坚决团结在以华主席为首的党中央周围。一个个都是黑体字，庄严沉重，把整个礼堂往下拽。洪婉霞待在里面有些胆寒，害怕礼堂会塌下来，天会塌下来。

这一天，整个医院成了灵堂，整个西安、整个中国都成了灵堂。洪婉霞享受了重病人的优待，可以坐着参加追悼会。拿个小板凳放在旁边，站不住了可以坐下来。其他还有坐在轮椅上的，举着吊瓶的。那几天，她的病情还好，以为站一会儿应该不成问题。但一进灵堂就浑身发软，一刻也站不住。一进到里面，她的精力便被什么东西抽干了，身体顺着墙溜了下去。护士看见后，赶紧给她拿来一把靠椅。

哭声也令人终身难忘。那么多人哭，那么多人一起哭，放开嗓门，无所顾忌地哭。在茂陵，洪婉霞曾从窗口看到村民们哭丧的壮观场面，听到过集体的放开了的哭声，很有音乐的味道，仿佛是另一种味道的民歌。这一次哭声更大，更悲痛，更真切。

洪婉霞肯定被这种声音吓坏了，吓傻了，不然，她怎么没有眼泪？对伟大领袖怎么没有一点点无产阶级感情！在灵堂内，洪婉霞拼命低着头，掩饰自己的失态。

为了弥补自己的罪孽，洪婉霞认真地收看了毛主席追悼会的电视片，将神州大地各种珍贵的悲怆的历史镜头铭刻在心。9 月 18 日，首都百万人在天安门广场举行毛主席追悼大会。同时，29 个省市区也在省会组织追悼会。车船、军舰，汽笛长鸣，声震万里长空，响彻寰宇。

在西安的新城广场，六十万秦川儿女冒着小雨参加了追悼会。洪婉霞注意到，陕西领导的革命警惕性最高，想到了打击入侵者的问题，并写成标语张贴在广场上。这点连中央领导都没想到。一个月后，洪婉霞恍然大悟，中央领导们忙着安内，哪有工夫考虑攘外的琐事。在那个金色的十月，中国发生了建国以来最重大的政治事件。这件事的意义不亚于新中国成立本身。

也许看得越多，洪婉霞越麻木，眼泪始终没有掉下来！她不能原谅自己，沉郁了好几天，忐忑了好几天，直到五床说，她也没有流泪，并为此郁郁寡欢。共同的心病使她俩的友谊更加牢不可破。

1976 年，毛主席的追悼会进行了多长的时间，洪婉霞记不住，也判断不出，印象中，进行了好长好长，像岁月那样长，像她的疾病那样长。追悼会结束后，洪婉霞坐都坐不住了。护士用手术床把她推了回去。根据以往的经验，洪婉霞以为自己又会高烧起来。但这一回她猜错了。她的体温接近正常。

原来此身是黄连

在六年的住院生涯中，五床是洪婉霞最好的病友。

五床才 24 岁，可已经当了好几年车间书记了，成熟而干练。她低烧的历史也很长，前后约五年。“八年了，别提它！”五床与熟人谈起自己的病，总是套用《智取威虎山》

的这段名言，既沉痛又不失幽默，弄得大家都以为她病了八年。

五年前，也就是刚下放那年，五床时常觉得浑身发热，但热势轻微，以为是参加体力劳动所致。城里人，四体不勤，五谷不分，肩不能扛，手不能提。如果用古代的话讲就是：身无寸箭之功，手无缚鸡之力，难怪毛主席要知识青年下放农村，锻炼锻炼。能不锻炼吗？你看刚开始下田，就浑身热烘烘的。政治学习时，五床拿自己的身体状况说事，自己把自己当典型，当靶子。这叫活学活用，联系实际。

在农村干活，真是起早贪黑，一天起码要干十多个小时。也说不清为什么有那么多的活。除了体力劳动，每周总有几次政治学习。学习时间固定在晚饭后，地点在堆满干草和农具的仓库里。仓库的正前方摆着一张油漆斑驳的桌子，上面放一盏煤油灯。桌子后面的墙上，用红纸黑字写着毛主席的语录。千万不要忘记阶级斗争。为人民服务。由于时间长，红纸都褪色了，变成花白的。五床坐在仓库里学习时，总有坐刘文彩地牢的感觉，浑身不自在。仓库里不仅有牛粪的味道，而且有浓重的劣质烟草味，呛得她嗓子难受，头晕眼花。

和大家一样，五床坐在一堆干草上，听书记和队长轮流念语录，讲莺歌燕舞的革命形势。可惜仓库离沟渠太远，她听不到潺潺流水的声音。声音倒是有，但那是书记队长们坐在桌子后面，不时弄出的吱吱嘎嘎的响声，似乎有什么东西被他们不停地折断着。政治学习时，往往是五床睡意最浓的时候。她拼命掐自己的腿，撑开自己的眼皮，不让瞌睡来临。然而，这种方法不是每次都奏效。她有一次竟然睡着了。为此，她做了无数次的解释和检讨。尽管如此，她的入党时间还是延迟了九个月。

以后再开会学习时，五床学着黄世仁的老婆，随身带着一根针。这根针没有丫鬟可扎，只能深入革命青年鲜红的肉体，尤其是大拇指部分。农民的手是要经常干活的，在猪食、烂泥甚至粪堆里出入。五床的拇指经常红肿发炎，血迹斑斑。于是她改扎右手。靠着这双肿大变形的手，她成了知识青年的先进，得以抽调回城，升格为工人阶级。在重视长幼尊卑之序的中国，工人阶级被称为老大哥，农民排在后面。

五床告诉洪婉霞，插队最大的收获是弄懂了工分的含义。她小时候看朝鲜电影《摘苹果的时候》，里面有句台词，既不幽默也不深刻，可全中国人民都耳熟能详。那个嫁不出去的胖姑娘“能挣600工分，600工分啊！”这话被反复渲染强调，使人觉得600工分是好大一笔财富。在五床下放的生产队，一个全劳力每天的劳动值10个工分，全年总的工分约有3000−4000。

洪婉霞一听觉得不对劲。别看她整天躺在医院，数学还可以。一年只有365天，即使每天都赚10分，也不会有4000分啊。

五床解释道，修水库、军训及其他重要的任务，可酌情加工分，所以总的工分值能超过3650分。根据收成的好坏，每个工分值在地区间差别很大，好的生产队达一角至一角五，差的地方只有几分钱。

不是谁都能成为全劳力的。妇女儿童、下放知青，还有地富反坏右及其孝子贤孙，都不是全劳力。这对知青和妇幼倒不是歧视，他们干不出那些活。比如用牛耕地，生地（未开垦的土地）每天二分，熟地四分。她累得要死要活，顶多能完成一半。

政治学习不光是念文件，书记有时也请苦大仇深的农民上台忆苦思甜。农民就是农民，平时，蹲在地头拿着根旱烟他可以与你整日东扯西拉。可到了讲台上，尽管是张吱嘎乱响的破桌子，他们也会紧张，不住地干咳，不停地磕烟杆，语无伦次，更加叫她无法忍受的是，不知是故意的还是他们真的昏了头，不止一个苦大仇深的贫下中农在诉苦时讲到六十年代初的大饥荒。粮食都交公了，给城里人了，种粮食的人没有任何吃的，连能充饥的野菜树皮都吃光了。人们的腿肿得像大萝卜，发青发亮，一按一个坑。一个公社起码有好几十口人活活饿死了，还有人外出乞讨再也没有回来，不知喂了何处的野狗。

农民最铭心刻骨的苦难经历竟然发生在新中国成立之后！这对五床来讲犹如晴天霹雳，多年的正统教育在她心中搭建的理想殿堂顷刻坍塌了。她既震惊又痛苦，怎么会是这样，怎么能是这样？联想到她平日里见到的地主，并非如小说、电影里刻画得那么坏。

五床和洪婉霞说到这些时，眉头紧蹙，依然非常困惑非常迷乱而且非常痛苦。但洪婉霞不能理解。她还是一个心智未开的毛孩，虽然个子长得像成年人。她所关心的是每天的体温不要太高，最好在三十七度五以下。这就是她所有的期待。洪婉霞甚至不敢奢望体温维持在正常范围内，做梦都不敢想。似乎冥冥之中已经有人给她做好了思想政治工作，而她也做好了思想准备，红火一辈子，燃烧一辈子。但五床不一样，她有出息，肯定能干大事。

“你就为这学习‘费尔巴哈’吗？”洪婉霞问她。

五床学的是恩格斯的原著，洪婉霞说不出全称，太拗口，每次仅提“费尔巴哈”、“雾月十八”几个字，反正五床知道她说的是什么。

五床点点头，“认真看书学习，弄通马克思主义。我在报纸上常看到这样的语录。但很少有人照办。学马列原著很吃力。反复读多少遍也不见得懂。”

“是吗？”洪婉霞对她更佩服了。“要是我，一遍看不懂，便会丢到一边。”

五床不喜欢忆苦会的内容，但喜欢那样的形式。一群人坐在草堆上，坐在星空下，唱那首忆苦会必唱的歌，非常协调，非常浪漫。那凄婉忧伤的调子，非常适合她那个年龄的少女。凄婉和悲伤，与甜蜜浪漫一样，是少女的营养品和化妆品。

天上布满星
月儿亮晶晶
生产队里开大会
诉苦把冤伸
万恶的旧社会
穷人的血泪仇
地主逼债
地主逼债……

每次，她都自告奋勇地唱这首歌，而且唱得很投入，很动情。她唱的时候，总选有月亮的夜晚，她可以透过残破的窗户，看着月亮。农村的天空透亮，月亮显得离他们更近。她歌唱时，云朵从月亮的身边飘过去，像她的歌声，像告别的依依不舍的观众。就因为这首歌，农民们很喜欢她，说她有良心，和农民贴着心。不像有些人，天天跟你在一起，可心却相隔十万八千里。

三年的日子，就这样过去了。三年后，五床抽调到咸阳棉纺厂，先做纺纱工，后来当了车间书记。工作轻松了，原以为低热会消失，没想到热病反而更重了。周身肌肤，尤其是上半身灼热难耐，好似体内有腾腾热气直冲头顶，鼻腔、口腔、眼眶等成了散热孔，脸被烧得红红的。不了解情况的姐妹们还很羡慕她，不用搽粉就这么红，多好。那时不兴搽粉，也没人敢搽，天然的红润太难得了。天然去雕饰。

因这女性的红润，当然也因为她政治上的“红润”，引来了不少仰慕者、追求者。但五床通通给予冷脸，对胆大的一概坚决回绝。她总认为男女间的事太资产阶级，甚至流氓，和她党支部书记的身份不符。

母亲不干了，每每数落她：“书记怎么啦，书记就不是人，不要成家，不要孩子？”

母亲的问题她无法回答，也反驳不了，但她就是转不过那个弯。一个党的女书记，怎么可以和男子拉手，甚至上床？如果怀孕了，挺着个大肚子，多难为情，怎么做职工的思想政治工作？怎么去批评教育那些流氓痞子？

女伴们虽然羡慕她的红润，但只有她自己知道个中滋味。体温虽高，但无汗，因而心中常常烦热不堪，恨不能猛吃西瓜或冰棍。但这种机会不多。偶尔逮着机会猛吃一顿冷食，月经又出问题，紊乱不畅，还出现淤块。

在厂领导的建议下，她住进了医院。有五床这位老大姐作伴，洪婉霞非常高兴，因为她不仅阅历丰富，而且耐心地回答洪婉霞提出的问题。当然，凡事都有例外。

洪婉霞喜欢看医生护士怎样干活，喜欢听他们的谈话。她这样做并不带任何功利性，纯粹是好奇，或者是打发日子。因此，洪婉霞听他们谈话都是有一搭没一搭，在走廊、治疗室甚至厕所，三言两语的，半懂不懂。

两个护士在盥洗室一边洗碗，一边聊上了。她们一个来当班，一个下班。洪婉霞把水龙头关小了，慢慢地搓揉一条手绢，耳朵尖尖地朝她们伸过去。

“昨天结的婚？”

“嗯。”

“热闹吗？”

“热闹什么呀？两张单人床一拼，两人的铺盖卷放在一起，就完事了。”

“晚上没睡好吧？”

新婚的护士用上海话骂了一句：“侬哪能这么龌龊！”

“嘻嘻。”

洪婉霞不懂，结婚为什么就睡不好觉？说她睡不好为什么就很坏？她只知道，那位护士举行了一个革命化的婚礼，也就是没有婚礼。她照常上下班，连脸上的表情都没有变化，看不出一点喜气。但洪婉霞沾了点光。当她拿着脸盆，晃晃当当地路过护士办公室时，护士把她叫进去，给了她几颗水果糖，还有一颗上海的大白兔奶糖。这种奶糖只能在上海买到，上海人颇引以为自豪。表姐曾宣称，以前一颗正宗的大白兔糖可以泡一杯牛奶。牛奶可是稀罕物，两岁以下的婴儿、七十岁以上的老人或持有医院证明的病人才有资格买牛奶。

洪婉霞把护士的对话告诉五床，问她是怎么回事。听了洪婉霞的问题，五床低下头，红着脸说，“我也不清楚。”

显然，她在撒谎，五床低估了洪婉霞观察人、体察人的本领。但洪婉霞没有追问。

还有一个问题，她更不敢深究。弟弟听到五床的故事后，对她很着迷，每次看她的眼神都不一般。洪婉霞记得，当年那位警备区的连长看他姑妈时就是这种神态。

五床虽然也病得不清不白，但她确信自己的发热与体力劳动无关，与响应不响应毛主席的号召也无关。到底为什么，她不知晓，医生也一样。西医不见效，就给她来中西医结合，给她服黄连之方药达三个月，无一方无黄连。她的五脏六腑都给弄得黄黄的苦苦的，即使偶尔停几天药，那种根深蒂固的苦味也会从内脏泛出来，犹如热气从那里泛出来。她生活于无所不在的黄连的世界里。这时，她才深刻地体会到了忆苦会上农民说的黄连的日子是怎么回事。黄连总是和旧社会、和农奴制相连，与她相距十万八千里。没料到在新中国在红旗下，她的身躯居然变成黄连的载体，黄连成为她生命的一部分。

洪晚霞不明白，五床为什么喜欢跟她讨论那么深奥的哲学问题。她连哲学的门朝哪边开都不知道，跟她说不等于对牛弹琴吗？或许，五床看过洪晚霞写的杂文，对她高看一眼？

病不辨则无以治，治不辨则无以痊。弄不清病因，你只好自认倒霉。病尚未痊愈，五床就出院了。刚出院的那几个月，她与洪婉霞有书信联系，继续谈她学习马列的体会和困惑。1976 年清明节以后，她们就失去了联系。

一念之间定生死

洪婉霞终于可以出院了。当了六年多病人，却连什么病都说不清，医生觉得过意不去。在洪婉霞即将告别医院生涯前，他们给了她一个名分：特殊的类风湿性关节炎，即类似风湿而又不是风湿；或曰：不是风湿胜似风湿。它破坏关节的软体组织，引起关节红肿、关节四周肌肉萎缩和变形。类风湿性关节炎有两个特点。一是对称性，往往是左右膝或左右脚同时发作；二是调戏性或曰流氓性，它专门找女性，以折磨女性见长。男人得这种病的较少。

到目前为止，医学界对此病的起因莫衷一是。或曰是人体新陈代谢功能出了问题；或曰是青春期发育时的病变；或曰是某种病毒，如同老奸巨猾的反革命分子一样，深藏在我们所不知的某个角落；还有人说，它实际上是人体产生的某种抗体，它敌我不分，把自己的关节当成阶级敌人，极尽打击排斥之能事。由于弄不清原因，也就无法对症下药，治不好在情理之中；治好了，那是瞎猫碰着了死耗子。

另外一个名分，是从艾伦的介绍中拣来的，叫变应性亚败血症。但这是资本主义的东西，只有一个年轻医生持此观点，没有写在病历上。洪婉霞觉得这名词很新颖，虽然拗口，但还是记住了。

出院前，洪婉霞并没有异样的感觉，因为她既不想家，也不眷念洁白的、来苏水浸泡的世界。大悲之余，医院里上上下下都有些麻木呆滞，不知道该干些什么。有一天，小胖护士甚至没有记录病人大小便的次数。这么重要的事都忘了，洪婉霞想提醒她，可转念一想，人家可能晚些时候再问呢。她一直憋到小胖护士快交班时才说出来。小胖护士看了她一眼，“哦，快下班了，明天再说吧。”

怎么这种态度？洪婉霞大为失望。她披上红格子外套，缓缓走出病房。下楼后，她低着头，沿着路边行走，右手轻轻划过冬青树的枝叶。在高干楼外的一株桂树前，她停下来，身体前倾，鼻子几乎抵着细碎的花瓣，带甜味的香气涤荡着她的五脏六腑。

这时，一辆救护车疾驶而来，快到楼门口才猛地停下，发出刺耳的吱嘎声。洪婉霞吓得一阵抽搐，过了好一阵才听到咚咚的心跳。“该死的司机，医院里哪有这样开车的？”

车还未停稳，后门被从里朝外推开，一个穿白大褂的女医生跳了下来，大声吩咐跟车的护士，“快！快！把药水举高点！”她满脸通红，额头上挂着汗珠。

谁呀，这个时候生病？洪婉霞好奇地跟过去，只见病人脸色铁青、双唇紧闭，啊，是院长！她感到非常震惊。或许，在她的意识里，院长永远充满激情，与病老无缘。

毛泽东逝世后，院长神思恍惚，整天默默流泪，茶饭不进。经家人劝慰，情绪有所好转，这天早晨吃了点东西。进食后，他觉得腹胀，想打嗝打不出来。大家以为他脾胃虚，慢慢就会好转。谁知临近中饭时，他突然呕吐不止，喘不过气来，最后竟然昏迷不醒。家人一边将他抬进院卫生所，一边叫救护车。

院长醒来后，洪婉霞到急救室看他。院长看到洪婉霞，试图用肘支撑着身体坐起来。医生赶忙按住他的肩膀，“您可不能起来，还是躺着吧。”她托着院长的头，慢慢放在枕头上。院长凝视着洪婉霞，面带笑容。接着，他边喘息边从被单里伸出手，喃喃地说，“多可爱的孩子，又唱又跳的，可惜没当……文——艺——兵。”

洪婉霞心里咯噔一下，这么多年了，院长还记得当时他们的对话。“你会唱会跳，可以当文艺兵。”“真的吗？”洪婉霞又听见了自己兴奋的声音。一颗红心，一个强健的体魄，都没问题！

透过玻璃窗，洪婉霞看到晚霞在天边蒸腾缭绕，《东方红》的乐曲在绚烂的霞光中起伏跌宕。

“多好的孩子……”院长的眼睛湿润了。

第二天，洪工来医院看望院长。回到女儿的病房后，他还在感叹，“唉，一个老革命，奋斗了一辈子，却落得这个下场！每次运动来了他都要挨整。”“四五”事件后，院长被撤职，就地监督劳动。好在他的党籍保留下来，还不是完全意义上的敌人。

洪婉霞早就从广播里听说“四五”反革命事件，但她万万没想到远在天安门发生的事件还能牵扯到偏远的农村，能左右院长的命运，甚至她家的命运。院长被撤职前后，北京方面派人找洪工谈话，要他揭发院长的反革命言行。他们以为洪工受过院长的斥责，很容易“反戈一击”。没料到洪工冷冷地说，不知道院长有什么反革命言行。因为立场问题，洪工不久也被撤职。不过，他从来没跟儿女谈这些事。

洪工继续说道，“院长的家庭生活也不如意。大部分子女在外地，女儿与他断绝关系，身边唯一的小儿子又那么调皮，尽给他惹事。去年，院长要把他送到部队去，可他死活不去，擀面杖打断了都不屈服，把老头子气了个半死。对于断绝了关系的女儿，院长表面上无所谓，心里却非常惦念。得知女儿嫁到农村的消息后，老人长吁短叹，一夜没合眼。他知道，以女儿的心气，不可能在农村平安无事地生活一辈子。”

洪婉霞这才确信马护士就是院长的女儿。以前她也听说过，总有些怀疑。两人不仅年龄相差很大，姓氏也不同。爸爸解释说，马护士跟她妈妈姓。

院长患有严重的肝硬化。不过，他的生命力实在是旺盛，每次与死神相遇，都能全身而退，这次也不例外。按父亲的叮嘱，洪婉霞每天都到高干病房陪院长聊天，听他讲述自己九死一生的经历。

战争的残酷超乎洪婉霞的想象，一场激战下来，往往整团整营都拼光了。“拼光了？”洪婉霞怎么也不敢相信。在她的印象里，共产党的军队都是百战百胜的天兵天将，一场恶战下来，顶多只牺牲几个官兵。而且，那官衔不会超过连长、营长。他们身中数发子弹，血流不止，但总是垂而不死。每次都要拖拖拉拉，拿出一个脏兮兮血乎乎的手帕，里面有几个铜板，断断续续地说，“这是党费，请帮我交给组织……”说完了才会慢慢闭上眼睛。

进攻时拖拖拉拉没多大关系，顶多让阶级敌人多活三两分钟，对最终的胜利毫无妨碍。最叫人受不了的是突围时也这样。时间就是生命啊，眼看着敌人就要上来了，“快跑吧，再不跑就来不及了。”洪婉霞几次在放映场叫出声来。小时候，她看的电影几乎都是在空场地上放映的免费片。在户外，她的声音很快就被旷野吸收了。一点余音也没有，一点回响也没有。比洪婉霞更投入更“失态”的大有人在。电影里枪毙人时，站在凳子上聚精会神观望的弟弟往往应声倒下，害得洪婉霞看电影时一直高度戒备，防止他摔到地下。

对于自己在毛主席追悼会上反常的表现，洪婉霞怀有深深的负罪感。有一天，她忍不住向院长坦白了这件事，说着说着她哭了起来，为自己没有在追悼会上掉眼泪而哭泣。院长轻轻拍着她的肩膀，不知该怎样劝她。看到她趴在床上哭泣的样子，院长说，“你真像我女儿，真像。”

“是吗？”洪婉霞抬起头，擦了擦眼泪。“我觉得不像，她比我漂亮多了。”

“你认识她？”

“当然，她以前是这里的护士。”

老人面色一阵发暗。他闭上眼睛，沉默不语。过了许久，他问道，“愿不愿意当我的干女儿？论年龄，我可以当你的爷爷，不过，我降低一辈也不吃亏，可以多活几年。”说到此，老人的脸上露出了一丝喜色。

“这？”洪婉霞头一次碰到这样的问题，不知如何答对。拒绝吧，她怕伤老人的心。“这事我得问问父母。”

“好吧，”院长笑了笑，“如果你父母同意了，你可不能反悔哟。”

院长的病情好转后，洪婉霞给他煮鸡蛋西红柿面条，一人一小碗，面少汤多，因为她知道院长还不能多吃。可院长吃了一口后，大声叫好，要她下次多做些。吃面条时，洪婉霞告诉院长，“爸爸要来接我出院啦。”

“是吗？”院长放下碗筷，呆在那里不动。过了好一会儿，他试探着问道，“你能不能陪我多住几天？”

“行啊！”洪婉霞未加考虑就爽快地答应了。

然而，当天晚上，院长的病情又开始恶化，他再次昏迷过去。

以往，他总是那么乐观，说马克思不要他。但这次，他说自己太累了，该去见马克思了。“毛主席都去了，我还赖在这里干啥？”院长知道自己的病情，他舍不得浪费国家的钱财，治不好，就算了，把药品留给其他病人。醒来后，院长拒绝打针吃药。护士没办法，只好把洪婉霞叫去。

仅仅隔了两天，院长像换了个人，面色发暗，气息微弱。他拉着洪婉霞的手说，“我不行了，要去见毛主席啦。”

洪婉霞用毛巾擦他的额头，劝解道，“医生说还有办法，只要您好好配合。”

“他们这是在安慰我。这回，我熬不过去了。”

“熬不过去也要熬！您忘了，当年日本鬼子的子弹把您打穿了，不也活过来了？”

“当年年轻，阎王不要我。”

“可是，您不是说过，除非你自己想死，否则阎王爷也拿你没办法。”

“是啊，如果我不想走，阎王爷奈何我不得。可是，现在我想走，想见马克思了。”院长闭着眼，嘴巴慢慢蠕动着，说一句，要停好长时间。护士本来不想让他们说这么长的时间，可不说服他，治疗无法进行下去。老人清醒后就拔针头，拦也拦不住。

洪婉霞突然提高嗓门，大声哭起来：“你不能走，你不是还要认我当干女儿吗？求求你，别走！”

“别哭，别哭！”院长睁开眼睛，颤巍巍地伸出手，想替洪婉霞擦眼泪。洪婉霞握着他苍老的手，泪珠吧嗒吧嗒地掉在上面。

“好，好女儿，我——答应你，再跟阎王——干一仗！”院长每说一个字都很吃力。说完后，他想抽支烟。

“那怎么可能？”医生说，“您这样不等于自杀嘛。”

“不抽更难受。”

洪婉霞看他难受的样子，恳求医生，“让他抽一口吧，不然把烟点着，让他闻闻。”

医生无奈地摇摇头，看来他默许了。洪婉霞找病友要了一支烟，划了根火柴。病友告诉她，点烟时吸一口才能点着。于是，她吸了一口，呛得鼻涕眼泪都出来了。她把脸擦干净，慢慢走到院长的病房，像敬香似地将烟举在院长的鼻子边，庄严而虔诚。

淡蓝色的烟雾在院长黑而瘦的面庞前缭绕上升，堆积在苍苍白发上，经久不散。

是梦终会圆

院长对洪婉霞的触动非常大。他受了那么多的冤屈，却依然对毛主席一片忠诚，自己从小生活在毛泽东时代，怎么会那么冷漠呢？洪婉霞愈发自责。

她生活在毛泽东时代，却从来没在光天化日之下见过他老人家。她见到伟大领袖时都是深更半夜。生病前，她想梦见毛主席都没如愿。生病后，即使梦见到他老人家，洪婉霞也只能看见一张模糊不清的面孔，好像被谁蒙上了一层薄膜。长大以后，洪婉霞有了隐私权和肖像权的观念。她没有取得毛主席的同意，没有获得他的肖像权，所以被蒙上了薄膜。不知那些声称多次梦见伟大领袖的人是否都如同解放军战士那样心明眼亮？他们眼睛上的薄膜是被谁揭掉的？或者，根本就没有薄膜遮蔽他们的双眼。

一天晚上，洪婉霞躺在床上，想象着与毛主席交谈的情景。她把自己的体会、感觉、见闻，包括医院里零七八碎的事，统统告诉他老人家。比如，刚住院时，她总觉得有什么东西藏在体内，而且是人形的东西。洪婉霞非常不安。爸爸多次安慰她，和男人待在一个病房，不会怀孕。

“当然不会。”毛主席说，“你爸爸是知识分子，他的话肯定不会错。”

“那我身体里会是什么东西呢？”洪婉霞急切地问。

“可能是蛊吧，”毛主席笑了笑，“你可能中蛊了。”

伟大领袖一笑，反而使她觉得老人家一定不是开玩笑。洪婉霞不知道什么是蛊，但凭直觉感到，肯定不是什么好东西。

“这是做梦吗？这到底算不算梦见了毛主席呢？”洪婉霞兴奋之余又有点疑惑。伟大领袖总爱往别人的梦里跑，比如表哥的、同学的等。葛兰萍曾说，在梦里，她好几次见到了毛主席，清清楚楚，连毛主席的美人痣都看得清清楚楚。

洪婉霞羡慕极了，也难受极了，“我怎么就没有梦见呢？怎样才能梦见他老人家呢？”她曾向葛兰萍请教。

葛兰萍回答道，“你对毛主席无比热爱，自然就会梦见他。”

回首往事，洪婉霞更加沮丧，“伟大领袖去世了，可我连眼泪都流不出来，怎么谈得上无比热爱呢？看来没希望了。”然而，就在她绝望时，毛主席接见了她。

那天入睡后，洪婉霞觉得自己跌入一个比深夜还要黏稠黑暗的世界，而且，她的手脚被什么东西缚住，不能行走，只能像一个小爬虫似的慢慢蠕动。爬行对她而言，算不上很大的折磨，因为她在医院躺了好几年，很少站立。她难以忍受的是空间太狭小，刚好只有她的身体那么大，刚好把她紧紧地包住，使她喘不过气来。每蠕动一下，她的脑袋都接近爆裂的程度。她不得不把嘴巴张得大大的，以期多吸入一些氧气。

就在洪婉霞快要窒息时，她又开始了无限的下坠，身上的束缚骤然消隐。她长长地舒了口气，感到身子轻飘飘的。落地后仔细一看，这地方怎么好面熟啊，一排摆成半圆的沙发，都有棕色的布套，每两张沙发中间有一张铺着白布的V字形茶几。茶几上总堆着书。沙发的后面有两盏落地灯，圆形的灯罩大得出奇。沙发的右前方是一个痰盂，沙发后面的墙边立着一排书架，上面摆满了书籍，而且是线装书。这不是毛主席的书房吗？他接见英雄人物、外国客人的地方。洪婉霞在屏幕上多次看到。新闻简报如果没有这个镜头，就不成其为新闻。

毛主席似乎知道洪婉霞的造访，他老人家坐在沙发上，看见她（祝愿他老人家没看见）从怪兽口里飞出来后，并不吃惊。他对客人微笑着，露出发黄的牙齿。牙齿不好是抽烟所致，无伤大雅。其他方面，毛主席都很好，真正可以用“神采奕奕”来形容。因为他一直坐着，偶尔站起来一会儿，但没有走路，洪婉霞无法使用“健步”之类的形容词。根据她的推断，老人家健步如飞应该不成问题。

这里套用一个成语，洪婉霞和毛主席一见如故。毛主席也有同感，他觉得洪婉霞好面熟。他俩像老朋友一样，免去了凡人的礼节。洪婉霞径直跑到他的书架跟前，抚摩着琳琅满目的图书，羡慕得不得了。她告诉毛主席，要是住院部里有这么多书该多好啊。见洪婉霞这么喜爱书，毛主席露出欣慰的笑容，告诉她一个秘密：尘世间最大的快乐是读书。“是吗？”洪婉霞不解地问道，“您不是说‘与天奋斗其乐无穷，与地奋斗其乐无穷，与人奋斗其乐无穷’吗？”

“唉，那是为了当时政治斗争的需要，才这么说。奋斗的结果无非两种，输和赢。不用说，斗输了肯定令人悲伤，即便斗赢了，也没有什么乐趣，因为你面临的不是失去对手的空虚就是另一个对手出现的惶恐。读书则不一样，精彩的句子和段落，深邃旷达的思想，将令你回味无穷。”

洪婉霞听了颇为伤感。她告诉毛主席，因为生病，她整整失学六年。“不是说天天待在学堂里才叫念书，”毛主席说，“社会也是一所大学校，医院也是一所大学校，是革命的大熔炉。”生病住院可以使你终身受益。在井冈山时期，毛主席患有严重的神经衰弱和疟疾。每当受到机会主义分子迫害时，他就会犯病。养病期间，毛主席读书看报，调查研究，对革命斗争的形势和策略作深入的分析和总结。此外，他还有充足的时间与妻儿一起享受天伦之乐，美得不行。这些，在他正常工作时是不可能的。

毛主席的教导，使洪婉霞能坦然地面对自己的病史。她当即认真归纳了住院的种种好处。就拿学英语来说吧，美国鬼子的造访，仅仅提高了她的兴趣，真正对提高英文水平有帮助的，倒是那些化验单和病历上的英文缩写，ARF（急性风湿热）和 Ig（免疫球蛋白）等。它们帮洪婉霞克服了对英文单词的恐惧，培养了对异国语言的敏感和兴趣。

接着，洪婉霞把《鸟儿问答》那堂课的内容告诉了毛主席，并说出了自己的想法。听完洪婉霞的陈述，毛主席首先批评那个语文老师，说他狗屁不通，误人子弟。他夸奖洪婉霞道，“年轻人就得有独立思考的精神，不能人云亦云，即使是我说的话，你也可以打个问号；我写的诗词，你也可以改。一字之师嘛。”

洪婉霞告诉毛主席，“诗词我可改不了，没那水平。我最拿手的是写批判稿和论述文。”

“是吗？”毛主席露出兴奋的样子。“批判稿也不好写啊，要有文采有逻辑，更重要的是要讲道理，不能乱扣帽子，乱打棍子。”他老人家吸吮嘴唇，将身体前倾，笑呵呵地问道，“你不会写我的批判稿吧。”

“哪能啊！我写的都是歌颂您的文章。”

洪婉霞是个没有城府的人，也是很重感情的人。毛主席对她那么好，如果对他隐瞒自己的罪过，她将一辈子不得安宁。所以，洪婉霞向他老人家坦白道，他辞世时自己没有流眼泪，非常对不起他老人家。洪婉霞坦白时，反倒流下了真诚的眼泪。毛主席从茶几上拿起一张纸巾递给她，安慰她道，“有没有感情不在几滴眼泪。流泪的不一定对我有多么深的感情，不流泪的不一定就恨我，你不就是个例证吗？”他老人家的话充满了慈爱和哲理，令洪婉霞无比欣慰无比感激。

夜越深毛主席越精神。而洪婉霞也一反常态，毫无倦意，跟毛主席讲了以前的一个梦，把自己变成红烧肉给他吃。毛主席听了哈哈大笑，口水都流了出来。他随手拿起纸巾擦了擦，说道：“真想吃肉也不能吃你呀。我要吃反动派走资派的肉，还要吃帝国主义的肉，老虎肉，好吃得很哟。”

洪婉霞不知与毛主席谈了多久。这次谈话使她更加坚信毛主席是伟人。别的不说，光是精神头，就无人能比。深更半夜时，他老人家越谈越起劲。而洪婉霞则从兴奋开始转入疲倦，神思恍惚，面前的伟大领袖只剩下一张泛着红光的脸。渐渐地，这张脸变成了最红最红的红太阳。它把整个天空整个世界烧得一片通红后，便隐匿在无边无际的翻滚的云霞之中。

天，比她的身体烧得还要旺盛。

一场大火正在那里蔓延，一场失控的山火，或者说终于喷发的火山岩浆，沿着地平线滚过来，黄土地霎时被烫得通红。她担心的事终于发生了，天火滚过来时热量非但没有减弱，反而越来越高涨，带着一股灼人的力量撞击在她身上。天火下的世界，改变了模样。

遍野的怀风在天地相交的地方噼啪地燃烧起来。遥想当年，“风在其间常萧萧然，日照其花有光彩”，它们把渭河两岸的田舍和皇陵涂抹成一样的紫色。

她给柳根准备的拐杖，越烧越多，由一根变成无数根。同样在裂变的还有鸡冠和医院楼顶上的火炬。不管风从哪边来朝哪边刮，它们的火苗都笔直向上。

满山遍野的火光，也无法使铁梅的红灯黯然失色。它那耀眼的光芒，从东方照到西方，从北极照到南极。

连枝草、泉水、火苗和红灯，都盛在金光闪闪的饭碗中，一个上达九霄下抵旷野的金碗。

一张幼稚而惊恐的脸，映在燃烧的天空上。每当发烧时，她都能看见这幅图景；或者，梦见这种景色后她准会发烧。两者互相交错、重叠、纠缠，分不清谁是因谁是果。她怀疑，天边燃烧的云彩飞越大漠瀚海，进入了她体内。

内紧外松的日子

就在洪婉霞们与病魔及死神搏斗时，公安人员也没闲着，一直在明察暗访金饭碗的下落。在一次案情分析会上，有人提出了一个新思路，是否有这么个金饭碗？也许它根本不存在，黄金坯料被他们几人私分了。

“是啊，”大家茅塞顿开，“如果被盗了，怎么着也会有蛛丝马迹啊。凭中国公安的能力，不会连个影也找不到。”

“以前怎么没想到呢？”

“可能性非常大！”

虽然不少人赞成这个观点，但由于缺乏证据，只能作为一种猜测，侦破工作还得继续进行。

审查卫厂长的公安干警和政工人员，个个都憋足了劲。共产党审共产党，那叫好钢碰合金，其结果只能是撞出无数的火花和伤口。卫厂长在审查期间所表现出的硬骨头精神，令专案组的人头痛不已。怎么办？只有全面撒网全面开花，一个嫌疑人也不放过。

捕风和捉影，都需要动用大量的人力物力还有犬力。公安局不仅来了十几个人，还带来了好几条狗，厂内厂外到处闻，到处吠。每两个公安人员（如果是重点审查对象还要加一条狗，增加威慑力）负责审问一个工人。一人问，一人记。他们采取背对背的传统方法，让职工们互相检举互相揭发，不放过任何可疑的人员和事件。每个人谈话结束后，要在谈话记录上按手印。

根据现场勘察，发现有松紧鞋（亦名懒汉鞋）的鞋印，并推断出可能的作案工具铁锤和三轮车。于是，凡是家里有这些东西的一律限期上缴。一时间神州铁饭碗厂堆满了神州牌或长征牌的懒汉鞋，蔚为壮观。它们被称之为专案鞋。随着审查工作的旷日持久，专案鞋逐渐发霉，散发出一阵阵臭气，对“抓革命促生产”产生一定的负面影响。你看，工人们平均生产十个铁饭碗就要皱一次眉头或捂一次鼻子。怎么办？专案鞋扔也不敢扔，留也不能留，厂领导面临着又一个严峻的挑战。

带着这个问题，厂革委会多次召开会议，学习马列主义毛泽东思想，从革命导师的教导中吸取智慧和力量。通过学习他们坚信，革命中出现的问题，自然会随着革命形势的发展得到解决。随后的事实雄辩地证明了革命导师的英明。

也许是专案鞋的味道太浓，也许是市革委会理论月刊报道了铁饭碗厂一班人理论联系实际的优良学风，上海人民都闻知铁饭碗厂囤积了大批旧鞋。在批斗游街的热潮中，它们被革命群众重新命名为偷汉鞋或曰破鞋，一一挂在了被批斗的地主婆老板娘女特务女反革命的脖子上，起到了打击敌人教育人民的作用。上海滩一个有名的老板娘胸前挂上专案鞋，不到一分钟她就把中午吃进去的虾仁炒鸡蛋全吐出来，溅到会议主持人的军裤上。主席台酸臭袭人，一片慌乱，批斗会被迫暂停了一阵。

开始，革命群众以为她蓄意破坏批斗会秩序，后来才发现，谁挂着专案鞋谁就吐得一塌糊涂，鲜有例外。从此，就是好铁饭碗厂不仅以铁饭碗著称，亦以专案鞋名扬四海。一批又一批的革命群众投奔此处。他们既不打借条也不登记，捂着鼻子胡乱拿几只鞋就走，形成了哄抢的混乱局面。这些臭烘烘的鞋不仅被挂在地富反坏右的家属身上，也挂在了封建余孽塑像的脖子上。

在暴烈的革命行动中，也有几个温良恭俭让之辈。但他们的趣味迥异。有一位长者专挑成色新一点的鞋，而另一位年轻人则专拣臭的。

经过几天的哄抢，就是好铁饭碗厂的专案鞋所剩无几，给破案工作造成了一定的困难。为此，市公安局革委会发出红头文件，追缴被抢的旧鞋。鉴于破案工作的保密性，文件中没有说明追缴的是专案鞋，仅强调了其重大意义。谁交回旧鞋，说明谁真正对伟大领袖毛主席怀有深厚的无产阶级感情。

旧鞋（人民群众还是习惯称之为破鞋）和热爱毛主席有什么关系吗？上海人民冥思苦想，终有所获。苏州河畔黄浦之滨，他们日夜论证、辩论甚至争吵，形成多个流派多种学说。

其一是节俭说。毛主席一贯教育我们要节约闹革命。旧鞋经过缝缝补补还可以穿。雷锋同志在这方面给我们做出了榜样。一双袜子都可以补来补去，鞋不更应该如此吗？

其二是爱民说。毛主席对劳动人民怀有深厚的阶级情谊。虽然旧鞋挂在地富反坏右的身上，但拥挤在他们身旁的革命群众也受不了，一人引来万人吐，吃进去的饭菜都吐在地上，仔细一想，那该浪费了多少粮食！此说的出发点是毛主席不忍心看到人民群众身心受苦，但引申开来又和他老人家憎恶浪费密切相关，与节俭说殊途同归。因此，它是节俭说的分支之一。

其三是统战说。统一战线是我党取得中国革命胜利的法宝之一。世界革命的成功必定少不了它。有人可能会反驳，统一战线和破鞋有什么关系吗？当然有，因为破鞋一般都挂在地富反坏右的女眷身上，斗争的矛头有所扩大，不符合统一战线的指导原则。

其四是文斗说。这一学说很容易理解，因为毛主席教导我们，要文斗不要武斗。强迫对方挂破鞋并非严格意义上的武斗，但毕竟不是文明之举，容易发展为武斗。

其五是发展说或曰创新说。此学说的创立者是四表哥和他的工人理论学习小组。马克思列宁主义需要不断地向前发展，无产阶级专政下继续革命的理论需要不断地丰富。铁饭碗厂不能永远吃老本，要立新功。一些理论权威断言，铁饭碗厂大量收集旧懒汉鞋的目的是为了研制新型的主人翁鞋。人们穿上它就会自动地在社会主义康庄大道上迅猛奔跑，永不偷懒。主人翁鞋如果诞生，那么整个人类历史将会发生翻天覆地的变化。

追查金饭碗的下落搞得全厂天翻地覆，人人自危，可是连金饭碗的影子都没找到。一年之后，专案组扩大搜索范围，将周围一里范围内的居民和企事业单位置入侦破对象，使案情进一步复杂化。

金饭碗失窃案的案情和侦破工作被严格控制在一定范围内。外单位的人并不清楚到底发生了什么事。他们该革命还依然革命，该生产照样生产。可就是好铁饭碗厂却从此不得安宁。搞过专案的人知道，铁饭碗厂的情况可名之曰“内紧外松”。在长达十年的岁月里，就是好铁饭碗厂的全体干部职工每天紧张得喘不过气来。他们在一种无形的压力下、一种虚幻的荣誉下生存着，劳动着。说到荣耀，是因为该厂仍然是新中国的一面旗帜，文化大革命的一面旗帜，工业学大庆的先进单位，每年都有外宾来工厂参观访问，与工人们合影留念。他们的照片刊登在大洋彼岸的洋文报刊上。照片中的职工们个个身材苗条，颧骨突出，令大腹便便的美国佬羡慕不已。

第五章

火曰炎上。火是龙的舞蹈，是龙任性时最狂肆的表现形态。它可以消解一切，唯独消解不了它自己。

又是关节疼痛时

院长的病情稳定下来后，洪婉霞办理了出院手续。1976年秋天的一个早晨，她穿着红格子外套，慢慢走出了医院大门。在门口，她像被什么魔法定住了一样，歪着脑袋朝向天空，半天挪不动脚步，心中充满了怀念、不安甚至痛苦，犹如脱离母亲怀抱的幼儿。

出院后的她变得非常懒惰，哪儿都不想去，成天躺在床上，不烦亦不恼，到了下午三四点钟，就开始摘菜、淘米。她本想把做晚饭的活全揽下来，可是洪工不允许，怕她累着。

俗话说，久病床前无孝子，但久病床前总有慈爱的父母。洪婉霞患病多年，父母既要坚持工作，又要到医院去探视，付出了额外的心血和汗水。但他们从没有抱怨，没有嫌弃，在女儿面前说话都是轻声细语的。他们心中装的大概只有慈爱和自责。不管病因如何，他们认为如果女儿一直生活在北京，肯定不会生病。

后来回头仔细琢磨，洪婉霞明白父母也有厌烦的时候，只不过从不在女儿面前表露出来。妈妈大概只在儿子面前才敢发泄胸中的郁闷。因为姐姐生病，父母过分地护着她，对弟弟却毫不客气，毫不手软。妈妈嫌弟弟不懂事不争气，忍不住打他。其实，弟弟也没做多大的错事。他的出发点很好，只是和姐姐说话太生硬，不注意分寸。每当他看见姐姐干活，哪怕是端盆水，就会发火，“姐，你怎么回事，叫你不要干！”

洪婉霞知道弟弟是出于好心，可这种态度她无法接受，暗自垂泪。妈妈见状，就会数落弟弟。而弟弟总是觉得很冤枉，“我错在哪儿？我这不是为她好吗？”他的反驳，往往招来一顿打骂。妈妈打着打着，力度越来越轻，最后往往变成了抚摩，接着便哭起来。弟弟满肚子委屈，不怕妈妈打，就怕妈妈哭。妈妈伤心，他也跟着流泪。

不过，弟弟不记仇，事后忘得一干二净。

就洪工而言，女儿的未来比其身体状况更令他担忧，她不能一辈子这么闲着啊。他想让女儿在弟弟的班级插班学习，可是顾瑾不同意。女儿的体温好不容易降下来，如果因上学而犯病，得不偿失，还是待着吧，大不了养她一辈子。

洪工说，“养她一辈子没意见。现在的问题是，我们要对她的未来负责，采取一个更妥当的方案。”

两人为此事争执了好久。一天夜里醒来时，洪婉霞看到地上有一汪幽蓝的月光，父母唧唧咕咕的声音和叹息顺着月光流过来，悠长而冰凉。

顾瑾终于同意了丈夫的提议，让女儿恢复学业。为慎重起见，她叮嘱洪婉霞不必天天上学，身体吃不消时，就躺在家里自学，让弟弟把当天的作业题抄给她。只要坚持几年，拿个高中文凭还是有可能的。

既然父母说上学，那就上吧，洪婉霞第二天就去了学校。起初，她担心同学们会觉得好奇，投之以探寻或怀疑的目光，“缺这么多课，能跟得上吗？”可是，当她坐在教室最后一排时，谁也没有看她一眼。所有的目光都集中于黑板。此时高考制度已恢复，人人都想搏一回。

恢复学业后，洪婉霞生活有了目标，认真而专注。她把课表贴在床头，如果不能去学校，就按课表的顺序自习。弟弟把作业题带回家，她做完后弟弟交给任课老师批改；如果耽误了考试，她一定严格按照规定的考试时间，把试题做完，以检验自己的学习成果。

洪婉霞进步神速。头一两个月，她可以说跟不上趟，后来逐渐追了上来。半年以后，她已经是优等生了，每次考试都是前一两名。分数出来后，老师常常表扬洪婉霞，催促其他同学努力赶上。老师的出发点是好的，但效果不怎么样。对同学们而言，老师的话与其说是鞭策，不如说在挖苦。别说其他同学，洪婉霞本人听了也难以接受。考试成了一种道义上的负担，洪婉霞十分纠结，既想考好，又怕考好后同学们又要挨“刺”。后来，对于一些不重要的考试，她故意做错一两道题，以免太冒尖。

优异的成绩使洪婉霞萌生了参加高考的念头，何不试一试呢？她父母喜出望外，也许小霞真能上大学！如果不是身体原因，就不是“也许，”而是“十拿九稳”了。然而，就在高考前一周，洪婉霞不仅低烧，而且新添了脚疼的毛病，走路时一拐一瘸，脸色苍白而倦怠。顾瑾忧心忡忡地注视着女儿，担心她能否坚持到那一天。

这件事关系到女儿的前途，顾瑾让她自己拿主意，要不要硬撑着去考场。弟弟心疼姐姐，然而话语却生硬得很。“姐，算了吧，你这个样子去什么呀！咱家有一个大学生就够了。”弟弟以为他能考上，以为高考犹如配给制，一家几斤肉、几尺布票，外加一个大学生。或者，他以为大学生是一种荣誉，一人当上，全家享用。“光荣军属”或“劳动模范”，一张小木牌，上书几个红色的宋体字，“咣”地钉在门框上，光荣去吧！洪婉霞在病榻上躺了多年，当然知道不是这么回事。

她不怕病痛，一心要参加高考，没有借此改变命运的念头，主要是想试试，检验自学的成果。对进入大学读书，洪婉霞很悲观，即使体检过关，她也坚持不了四年。这么多年了，她没病没灾的日子从来没持续 30 天以上。

茂陵到咸阳的交通极不方便，必须步行到留印才能乘上公共汽车。以洪婉霞的身体状况，从家里走到留印起码需要一个半小时。她准备拄着拐杖走过去。她心里只装着考试，丝毫没有难为情的顾虑，也没有体力不支的担忧，只不过走得慢点罢了，总归能走到留印站，上了车就好了。洪婉霞眼前一度闪现出朱阿姨朝丈夫病房挪动时的身姿。“再怎么着，我比她强多了吧。”

谢天谢地，考试期间院领导每天派班车接送考生。洪婉霞不用拄着拐杖、龇牙咧嘴地行走。与她一起参加高考的，有几十号人呢。几十位职工的心，都颠簸在尘土飞扬的咸阳古道，都拴在神圣而残酷的考场。

洪婉霞未曾料到，尽管有了班车，她还是不能免除龇牙咧嘴的痛苦。考场设在一个护士学校，班车不让进去，只能停在临近的马路边，从那里到考场还有好几百米。洪婉霞由妈妈和弟弟搀扶着，慢慢行走。这是一年中最热的时节，早上的日头已经很毒了，空气在燠热中微微颤抖。他们行走了几分钟，便汗流浃背。洪婉霞每挪一步都很困难。关节疼痛的程度与那年“五一”节她登台演出时相当。看来，每到关键时刻，关节都要出来捣乱。

护校门口人头攒动。洪婉霞靠在一根电线杆上，拧开军用水壶，咕嘟咕嘟喝了不少水。顾瑾挤到墙边，查看考场分布图。姐弟俩在同一幢教学楼，但不在一个教室。顾瑾叮嘱儿子先送姐姐，然后再去自己的考场。“知道，”弟弟扭扭脖子，“我哪能那么不懂事！”

顾瑾催他们快进去，“考完了还在这儿找我。”

“好，”洪婉霞挥挥手，“妈，你找个阴凉的地方歇着。”

他们沿着东墙，来到一幢三层的红砖楼前。房子很旧，经过时间这个怪兽多年的噬咬，楼梯、窗台、水泥扶手和栏杆上尽是豁口和斑痕，像一个伤痕累累的老人。令弟弟气恼的是，他的考场在一楼，而姐姐的在三楼。他一边骂骂咧咧的，一边说，“姐，我背你上去吧。”说完，他走到姐姐前面，身体下蹲。

洪婉霞迟疑了一会儿，“你背得动吗？”

“嗨，我背班上最胖的男生都没问题，何况是你。”

洪婉霞认真地看了他一眼。这个朝夕相处的小伙子，此时却像陌生人似地突兀在她面前：一米八几的个头，而且肌肉硬邦邦的，像铁疙瘩。也许，在她的意识中，弟弟还是那么弱小，需要她的呵护。

洪婉霞顺从地趴在弟弟的背上。

考试开始后，关节不疼了。或者她太专注，忘记了身体的不适。考场安静极了，沙沙的书写声，犹如春蚕啄食，细雨润物。洪婉霞思绪丰盈平稳，顺着笔尖汩汩流淌，变成工整的文字，确切的解答。她越写越有信心，越写越愉悦。可是，还剩最后两道题时，洪婉霞突然感到内急。糟糕，上厕所不仅要由监考老师跟着，还要人家搀扶着，她才能蹲下去。怎么办？她想憋着，考试完了再去厕所。可是，越憋心绪越乱，整整五分钟过去了，她一个字也没写。

监考的有两位老师，一男一女。女教师四十多岁，穿着白色短袖衬衣，戴着深度近视镜。考试时，她在教室前后来回走动，走到洪婉霞的课桌旁，她多次停下来，露出赞许的笑容。当她看到洪婉霞异常的神色时，主动问她是否不舒服。洪婉霞窘迫地道出实情。女教师马上搀扶着她走出教室。在走廊上，女教师鼓励她说，“你答得不错！”

到了第二天，洪婉霞早饭光吃鸡蛋和馒头，不喝粥，更不喝水。顾瑾知道女儿的担忧，“这么热的天，别渴坏了。上厕所也耽误不了多少时间。”洪婉霞说她不愿意给别人添麻烦。

中午，顾瑾带着姐弟俩到护校附近的小饭馆进餐。弟弟把汽水递给她，“喝呀，姐，你不渴呀？”

顾瑾劝说道，“喝一点没关系，你出了这么多汗，都排出去了。”洪婉霞还是摇头。顾瑾担心这么热的天，别中暑了。

“不会的。”洪婉霞仅喝了一点面汤。

一连三天，洪婉霞都在与腿疾作斗争，与干渴作斗争，考试反而成了插曲，成了转移关节疼痛的方式。洪婉霞做试题的时候，关节还真不疼，配合得不错，仅在考数学时，它发作过一回。那时，一道应用题把洪婉霞难住了，怎么也解答不出来，脑子里空茫茫一片。她有些着急，可又不知所措。正在这时，双腿关节部位疼起来，好像有什么力量在撕扯它们。洪婉霞不得不搁笔，擦擦额头的汗珠。休息了一会儿，她的思路清晰起来，疼痛犹如骤起的狂风，将她头脑中的迷雾一吹而散。难题终于被洪婉霞攻破了。

考试期间，洪工恰巧出差在外。顾瑾按他的叮嘱，每天晚上用热毛巾给女儿敷膝关节。弟弟看到姐姐痛苦的样子，比她还难受，不停地嘀咕道，“要你不要考，要你不要考……”

考试结束后，腿疼也好了。洪婉霞每天看书，做家务，日子过得悠闲又充实。一天傍晚，顾瑾回家时，手里拿着一个信封。洪婉霞看着妈妈笑眯眯的面容，明白了，“成绩单？”

顾瑾点点头，将信封递给女儿。“考得不错。”她只说了这么简单的一句话。这是她一贯的风格。其实，岂止是不错，洪婉霞的成绩位于咸阳地区文科考生的榜首，在陕西省也名列前茅。

洪婉霞展开成绩单，仔细看了看单科的分数，没有一门特别冒尖，但也没有一门不及格，总算对得起老师对得起自己。她感到莫大的慰藉。填报志愿前，她认真地自我剖析了一番，觉得自己各方面平平，唯有中文例外，不然怎么小学时就写出了那么好的批判稿。

洪工坚决反对女儿学中文。“你想想看，‘反右’，‘文革’，‘四人帮’，哪次运动舞文弄墨的人不遭殃？而且，中文系毕业生以后可能当记者，到处跑，你吃不消。”洪婉霞觉得父亲说得有理，于是打消了填报中文系的念头，填报志愿的事全权交给父亲处理。

洪工天天看报纸，四处去咨询，甚至给几十年没联系的中学同学打电话，目的是帮女儿选一个最轻松的专业。他考虑得很细，不仅在校时功课负担不重，工作以后也不能有压力。思来想去，图书档案专业符合他的要求。学这个专业，不用到车间或工地实习，毕业后在图书、档案室工作，成天和资料书籍打交道，累不到哪里去。于是乎，洪婉霞在报名表的第一栏填写了“北京大学图书馆系”。

接下来的事项是体检。正如洪婉霞所预料的那样，体检非常顺利。她以前在医院做了那么多的检查，什么都没查出来，这次更不会有什么发现。几周后，洪婉霞正式收到北大的录取通知书。

在远赴他乡就学前，同学们都要东跑西颠，一一与自己的亲朋好友告别，考上重点院校的学生更是如此，走到哪儿风光到哪儿。而洪婉霞谁家也没去，悄悄地从茂陵消失了。

正如当年突然病倒一样，六年后洪婉霞从病榻上站起来，晃晃悠悠步入北大，自己都觉得不可思议。赴京的前一天，她又问父亲，“爸爸，我真的考上了北大吗？”洪工说，“通知书在你手里，还怀疑什么？”

她傻傻地笑了。

洪婉霞离开茂陵的第二天，葛兰萍拎着一堆礼品兴冲冲地来到她家。

得知洪婉霞考上北大后，葛兰萍比自己考中了还兴奋，逢人便夸洪婉霞，恨不能让所有的人都知道她的感人事迹，分享她成功的喜悦。葛兰萍以为洪婉霞肯定会与她见面之后启程，起码走之前打个招呼。就在洪婉霞准备行李的时候，葛兰萍的礼物也备齐了：她亲手织的手套、帽子和鞋垫，还有红枣、馍、鸡蛋等许多食品。可是，当她走进洪家时，洪工告诉她，小霞已经走了。

“走了？”葛兰萍不明白这句话什么意思，“走哪儿了？在谁家串门？”

洪工不好意思地咳了两声，“嗯，嗯……她——已经到北京去了。”

“到北京了。什么时候走的？”

“昨天。”

“昨天就走了，连招呼都不打？我还以为她会跟我说声再见，我还给她准备了这么多东西。”葛兰萍说着，把网兜使劲往地下一摔，觉得这样还不解气，接着猛踢了一脚，转身冲出门外。

“唉，唉。”洪工举起手臂摇了一下，他的腿像被定住了，站在那里一动也不动。

不要问我从哪里来

洪婉霞到北大报到时，带着一个橘黄色的人造革箱子，这是临走前，爸爸帮她买的。大约箱子也是重要的家当之一，洪工当成宝贝似的，亲手缝制了一个蓝色的布罩，把它严严实实地包起来。这个有蓝布罩的箱子，成了宿舍的一景，不少同学都来欣赏，称赞她爸爸的细心和体贴。

入学的第二天，班主任给他们班任命了一个班长。“他从部队考来，是你们的老大哥。你们可以从他身上学到很多东西。”从此，同学们都叫他老大哥。

洪婉霞认出来，他就是当年的宾奴亲王。“宾……”她刚张口，老大哥便使劲摆手。洪婉霞明白了，赶紧闭上嘴巴。

短短几年不见，老大哥的变化真大。他的脑袋不再摇晃，因而显得更加英俊挺拔。

老大哥走近洪婉霞，热情地寒暄了一番，然后把她拉到一旁，叮嘱她千万别让同学们知道他以前的绰号。

洪婉霞认真地点头承诺。可是，她担心哪天不小心说漏了嘴，所以每次见到他都是点头致意。同时，洪婉霞很好奇，他的脖子是怎么治好的？不过，她不好意思问。老大哥似乎知道她的心思，主动告诉她，他的毛病是在部队治好的。

接着，老大哥问她，“你的病是什么时候好的？”

洪婉霞皱了皱眉头，“76 年我就出院了，好没好还说不准。”

全班同学中，老大哥年龄最大，比最小的一个女同学大十一岁。那个女生从中原农村考来，刚满 15 岁。她留着短发，又瘦又小，一件蓝色外套罩在她身上，显得松松垮垮的。老大哥以为是个男孩，摸着她的头说，“小不点，多大啦，你还没发育好呢，就上大学啦。”

“讨厌！”小不点甩开老大哥的手，同时有些诧异，他说话的口气和当年在大栅栏碰到的军人一模一样。听到小不点的声音，老大哥才知道这是个女生，闹了个大红脸。

当上班长后，老大哥做的第一项工作是召集了一个非正式的茶话会——白开水会。同学们围坐在教室里，每人端着一杯白开水，逐个作自我介绍。说到自己的家乡时，大家都把自己往大城市靠，比如江阴的说成无锡，金华的说成杭州等。轮到洪婉霞时，她说自己是北京人。有人疑惑地问道，“你不是从陕西考来的吗？”

“是啊，但我生在北京长在北京。”

同学们意味深长地一笑。洪婉霞不明白他们笑什么，回到宿舍后还挺纳闷。室友点拨了一下，洪婉霞还是不明白。“北京”、“陕西”不就是个地名嘛，她并没有觉得说北京就抬举了自己，何况她本来就是在北京长大的。

再碰到类似问题时，洪婉霞颇费踌躇，怎么表述呢？她只好答非所问，祖籍浙江，尽管她根本没踏上那片土地；或者详细地解释道，出生于北京，求学于上海，考学于陕西。好在这样的问题很快就消失了，人人都忙着学习、听讲座、锻炼身体，不再关心你是何方人士。

这是一个万象更新的时代。荒芜多年的大学校园终于有了生机，有了期盼。同学们恨不能多生一双手，像扛麻袋包一样把知识举起来，然后扔进大脑。但是洪婉霞没有这样的雄心，也不具备这样的实力，她对自己的要求很低，只要能按部就班地上课、完成作业就行，对于专业以外的书籍基本上不碰，课外活动基本不参加。即便这样，她也并不轻松。与高中不同，大学没有固定的教室，一两节课下来，大家火急火燎地赶往另一幢教学楼，她一个人落在后面——不是故意拖拉，她实在走不快。

长时间地坐在教室对她也是个坎，越不过去。坐久了，她不仅身体往下出溜，思想也走神，头两节课好一些，十点过后便不行了，老师讲授的内容听不进去。有时她实在坐不住，就逃回宿舍，躺在床上看教材，晚上再看小不点的课堂笔记。因此，在某些同学眼里，洪婉霞不仅“来历不明”，而且很“娇气”。

在人才济济的北大，洪婉霞的学习成绩很一般。但是，她毫无地区“状元”们特有的失落感，不焦躁也不抑郁，因为她知道自己的斤两，从来没拿自己当“状元”。如果不是小不点的点拨，她甚至不明白自己在语言方面有很大的优势。古代汉语和英语，同学们都发懵，而她却如鱼得水。古文，老师没开讲她就懂了，躺在床上看一遍就会背。

上英语课时，洪婉霞更是风光无限——不是她想出风头，而是老师经常请她朗读课文，或者回答问题。同学们很奇怪，一个黄土高原出来的女孩，洋文竟然比大都市的学生高出一大截。小不点问她：“你的发音这么标准，在哪儿学的？”

“医院”洪婉霞简洁地回答道。

“医院？”小不点以为她走神了。

洪婉霞补充道，“是在住院时跟着广播自学的。”

“自学的？”小不点难以置信。她跟着老师对照口型，还是发不出那些奇怪的声音，恨不能把手伸进口腔帮舌头一把。她很羡慕洪婉霞的语言天赋。

“天赋？”考上大学后，洪婉霞多次听人说自己有天赋，令她非常疑惑。她这样的凡夫俗子怎么能和“天赋”沾上边呢？不过，既蒙人家抬举，洪婉霞便把自己的心得和盘托出。学英语要多听多讲，最好能直接与老外对话。

“听你的口气，你与他们交谈过？”

洪婉霞点点头，接着讲述了她接待美国代表团的光荣历史。有人恍惚记得，大概就是这个美国代表团拍了一部反华影片，专门揭露中国的阴暗面，连人们擤鼻涕、吐痰等都给拍了下来，多么无聊！当寒流从四面八方滚滚袭来之时，《人民日报》对他们进行了大张旗鼓的挞伐。这位同学随口背诵出那篇著名的社论：《一颗黑心，两只贼眼》。当年他听到这篇广播时，义愤填膺，恨不能抽了美国佬的筋，剥了他们的皮。

洪婉霞听了，倒吸了一口冷气。她想起艾伦和善的面容，想起他真诚地邀请她到美国治病。她怎么也不能把这部影片和他的团队连在一起。不过，艾伦旁边的一个大胡子确实扛着摄影机。当时，她全部心思都集中在英语对话上，竖着耳朵听，张口结舌地吭哧，没留心他们到底拍摄了什么内容。

他们聊着聊着，已经走到了三角地，参加讨论的人更多了。洪婉霞发现自己被熟悉的和陌生的同学围在中间，一连串的问题向她抛过来。

“美国佬是不是都长得一脸奸相？”

“你当时有没有什么不雅的动作被他们拍下来了？”

“他们问过你什么问题吗？你怎样回答的？”

洪婉霞非常窘迫，红着脸说不出话来。

这时，一位哲学系的男生插话道，“那部影片不是美国人拍的，而是意大利人拍的。”无论如何，同学们因此对洪婉霞另眼相看，没想到这个病恹恹的女孩居然是重大历史事件的见证者。

洪婉霞的经验值得推广，可是，到哪里找老外练口语呢？大家不约而同地想到了颐和园。它不仅是游览胜地，而且是学外语的绝佳场所，对莘莘学子的吸引力更大了。不过，他们常在门外徘徊，进园内需要下一点点决心，需要洪婉霞在场。几毛钱的门票对他们来说，是一笔开销，要物有所值。有洪婉霞在，就值了，肯定值。有她在，他们就敢和老外搭话。她不在时，大家畏畏缩缩，谁也不愿意走上前去，对深目隆鼻的老外说：“Hello, are you from America? ”如果不练英语，花几毛钱进去看一眼昆明湖，未免太奢侈了。

洪婉霞本来不善交际，更不愿意和陌生人说话。可是，她被同学们推上了“联络官”的位置——他们真的是连推带搡的，催促她去和老外搭讪，“去呀，怕什么？我要是有你的口语水平，早冲上去了。”没办法，她只好勉为其难。“不”字如同脏字，很少从她嘴里冒出来。久而久之，洪婉霞胆子大了起来，见到外国游客不再扭扭捏捏。同学们夸奖道，“毕业后，你可以从事外交工作。”

“别折杀我也！”洪婉霞说，“我只不过被你们逼成厚脸皮罢了。”

仲秋的一个傍晚，他们从颐和园出来后，仍在忘乎所以地高谈阔论。突然，从路边平房里窜出一只黄狗，汪汪乱叫。同学们吓得狼奔豕突，只恨爹娘少给他们生了一条腿。只有洪婉霞无事一样。还保持原来的速度，款款而行。那条狗见她如此镇静，愣住了。它在路边停了下来，然后怏怏地折回去。

洪婉霞又一次让同学们刮目相看。“对付狗的办法就是别理它，当它不存在。”她说，“狗只咬惊慌失措的人。”

回到学校后，洪婉霞不顾疲惫，拎着四个热水瓶去打开水。学校和医院差不多，吃饭有食堂，洗澡有澡堂，唯一不同的是开水房离宿舍太远。打开水成了一项必不可少而又令人厌烦的工作。开水喝不了多少，主要用于洗脸洗脚。男生们无所顾忌，夏天洗冷水，冬天放暖气里的热水，不管它卫生不卫生。但女生不能这么洒脱。

从茂陵开始，洪婉霞就与热水瓶结下了不解之缘，并不觉得它是个负担。开始时，她仅拎着自己的热水瓶。天长日久，她感觉自己的体力还有富裕，既然去了，顺便多拎一个热水瓶也无妨。于是，她开始帮室友拎开水，逐渐由两瓶增加到三瓶、四瓶。当她拎着四个满满的热水瓶行走在北大校园时，非常自豪。“我居然能拎四个热水瓶！四个热水瓶！”她想大声叫唤一通，把父母、唐医生等亲友都召集过来，看看她拎着四个热水瓶的英姿。如果穿上军装，就更美了。当然这是一厢情愿，他们不可能来，不可能看到她拎着四个热水瓶的样子。在他们眼里，洪婉霞总是斜靠在床上，要不就是慢慢地在医院楼道上踯躅。

当天夜里，洪婉霞不到十点就躺在床上，想听会儿英语。可是她的脑袋一沾枕头，便睡着了。这一夜，她拎着四个热水瓶，腾云驾雾，从长征医院的水房飞到立新医院的住院部，见了两个医院的病友。“哎呀，五床，三床，一床，你们都在呀，太巧了！”洪婉霞大声嚷道，“我能拎四个热水瓶啦。怎么样，很精神吧。如果穿上军装，就更带劲啦。”说着，她晃晃手中的热水瓶。这一晃，最左边的热水瓶碰到墙上，哗啦一声碎了，开水流了一地，亮晶晶水银一般。

“快把热水瓶放下，没烫着吧？”五床走过来，关切地问，“看你，还那么冒失！”

洪婉霞脸红了，怎么在她面前总要出点错。

一床则捧着洪婉霞的脸仔细端详，“嗯，面色红润，身体好多了吧？”

“好多了，不发烧，但有时心跳过速。”

“那你要注意些，别太累了。干吗拎这么多水瓶？”

“不累，我拎四个热水瓶一点也不累，再多了可能吃不消。我们宿舍里总共有六个热水瓶呢。”

名不副实的“三好”

入学后，洪婉霞赶上了跳交谊舞的热潮。

在共产党的领导下，中国经历了三次交谊舞的高潮。第一次是在延安时期。在严酷的环境下，为了保持高昂的革命斗志和乐观向上的革命精神，共产党的领袖们都学会了跳舞，迷上了跳舞。每逢周末，宝塔山下的窑洞里便传出悠扬的舞曲，营造了一个温馨宁静的环境。从这个意义上讲，新中国不仅是从血与火中诞生的，也是从温柔的舞曲中诞生的。

第二次是五十年代，与苏联老大哥热乎的时候，中国拿出扫文盲的劲头大扫舞盲。接着是多年的沉寂。跳舞作为资产阶级腐朽的生活方式遭到摈弃。这种做法颇叫人疑惑，让人忍不住以小人之心度君子之腹。是不是延安时代的领袖们都老了，失去了与年轻女性翩翩起舞的爱好与冲动，所以干脆叫停，免得出乱。他们深深知道，并非八亿人都是柳下惠啊。

第三次是改革开放之后，跳舞之风首先在大学刮起。周末的晚上，食堂摇身一变，成为舞场。而在平时，几乎每天都有学生在自己的教室里举办舞会。非正式的舞会，把桌椅堆在一边，空出一个场地，讲台上放一个小三洋的录音机，就妥了。那时的录音机很小，长方形的，像块砖头一样。洪婉霞有这样一个录音机。那是她父亲出国时省吃俭用，“从嘴巴里抠出来的。”同学们要跳舞时，往往不说跳舞，而是说，“今晚用用你的砖头”。“今天别把砖头借给别人啊。”大家边跳边教，边切磋，教学相长，能者为师。大学刚恢复招考的时候，很多学生超过二十五岁，与他们的老师年龄相仿。年轻的老师都是工农兵学员，表现突出而留校任教。学生和老师，没大没小，互相递烟、互相搂抱，其乐融融，真正达到了伟大领袖所期望的那种境界——团结、紧张、严肃、活泼。

洪婉霞学了几次交谊舞，却怎么也踩不上点，两条腿像木棍一样僵硬，自己都觉得别扭。她跳舞时，三床的影子总在面前晃动，她的腿和三床的腿交叠在一起，不听使唤。

老大哥悟性特好，三下五除二便学会了。他善于总结归纳，把自己的经验体会言传身教，一场舞下来就教会一个舞迷。他的名言是：“没有笨拙的女伴，只有笨拙的男士。”犹言没有不好的学生，只有不好的老师。听说洪婉霞没学会，他自告奋勇要教她，并保证二个小时解决问题。他信心十足。“只要跟着我走就行了，听不懂节拍没关系。首先要树立信心。这一点非常重要。注意我手掌的暗示和引导，它要你往哪边转，你就往哪边转。须知这种动作是连续的，不能有停顿。”

洪婉霞听懂了，可是行动跟不上，时而上半身转过来了，下半身还在原地；时而身体往一个方向动，而腿却迈往另一个方向，弄得两人都大汗淋漓。

首战失利。老大哥有些心虚了，话语少了许多。他肯定在暗暗企盼舞会早点结束。休息时，洪婉霞提出一个合理化建议，使他重新兴奋起来。“能否先做做分解动作，练熟了，再跟上音乐。”老大哥心花怒放。好聪明的弟子。教学相长。弟子不必不如师，师不必贤于弟子。按照洪婉霞的分解操练法，果然见效。他们在舞池旁边慢慢练习，屡试不爽，胜利在望。说两小时就是两小时！

老大哥重整信心，深入舞池中央。可是，洪婉霞到了舞池中央就把什么都忘了，一跳快就不行，连接不上，和一个多小时以前毫无二致，有时更糟糕。

洪婉霞憋屈极了。她多么想告诉老大哥，告诉舞场上所有的同学，“我曾是舞蹈天才，舞台上的核心。”

老大哥放弃了他的名言。一般情况下，他的名言越滚越多。但这一回他遇到了减法。从此，洪婉霞不再进舞场。即使被同学硬拉进去，也绝不进舞池，仅在一旁观望。她知道自己学不会，连走路的姿势都成问题，说不出的不对劲，遑论跳舞。为此，洪婉霞深感内疚，似乎做了什么对不住大家的事。作为补偿，每次她都热心地贡献出自己的砖头，常常主动提议，“今晚你们用砖头吗？”或者，“明天你们用砖头吗？”如果别人回答说“谢谢，不用，”洪婉霞会非常沮丧，脸都有些挂不住，好像干坏事被当场抓住，又好像提出非分的要求遭到义正词严的拒绝。如果对方欣喜地叫道，“哎呀，太好了，我们正在发愁呢。谢谢你！”那么，她一定会心花怒放，比刚出门就拣了一个鼓鼓囊囊的钱包还高兴。

洪婉霞虽然很坦率随和，但夜晚的她不受欢迎。熄灯之后，洪婉霞不肯坦露自己的恋情。尽管她多次解释，不是故意隐瞒，确实无可奉告，但大家都不相信。她们哪晓得洪婉霞自幼培养出来的坦白的嗜好，哪能想象得出她已经被疾病改造成通体透明的腔肠动物，根本不知道保护女人的小秘密。有天晚上，她被逼无奈，想讲一个医院的故事。大家一听就反对，“打住，打住。”住院又不是什么光宗耀祖的经历，怎么老挂在嘴边。

洪婉霞故意逗她们，“这回可是一个男孩的故事，不听算了。”

她们一听是男孩，便嚷嚷起来，非要她讲不可。洪婉霞翻了个身，脸朝外，讲述了“小米加”的故事。

小不点听完后，感叹上海人太无知，真是五谷不分。洪婉霞认为她打击面过大，并非所有上海人都如此。小不点嫌她自作多情，“你又不是上海人……”

所有误解或小小的不快都随着朝阳的升起而消失得无影无踪。白天的洪婉霞格外惹人喜爱。每天清晨醒来，她并不急着起床，而是打开收音机，边听音乐边抬起双脚打拍子，如同小时候坐在岸边，光着脚丫轻轻拍打湖水一样。一层层的波纹从她的脚尖朝外荡漾。如今在床上，虽然没有湖水，但被面也会随着双脚的起伏而波浪似地翻滚。这成了她们寝室里一道独特的风景，每人起床后都要到她的床前认真地看一眼，欣赏一回。久而久之，其他宿舍的人也会过来观赏。洪婉霞的愉悦感染了整个三楼。

今生今世能躺在大学宿舍里，确实令人兴奋。室友们不知道，用脚打拍子不光表明她高兴，也证明了她并非在做梦。别人担心自己是否在做梦，往往用力掐自己，而洪婉霞采取了一种更加赏心悦目的方法。收音机则起到了闹钟的作用，使室友们都能从容地“醒”一会儿，然后起床、洗漱、梳妆，去食堂买早点。

第一学期结束前，选举校三好生的工作开始了，每个班级只有一个名额。当洪婉霞看到自己进入候选人名单后，以为是恶作剧。她觉得，别说“三好”，自己连一个好都找不出来。“德”并不突出，“智”差强人意，“体”则可以说一塌糊涂，遇到体能消耗较大的运动如篮球，洪婉霞得申请免修，代之以韵律操。可是，随着唱票员连续不断地喊出“洪婉霞”，越来越多的“正”字排列在她的名下。点票的结果是，她和老大哥并列第一。按规定应该再次投票。这时，洪婉霞站起来，结结巴巴地说，老大哥各方面都比自己强，就让他当吧。她的话音未落，小不点便咕哝起来，“没你这样谦虚的。”

“是啊，”另外一个同学也嚷道，“你这么一礼让，不是把大家的权力给剥夺了吗？”

洪婉霞没料到后果如此严重，低着头，再也不敢吭声了。结果，洪婉霞以一票的优势胜出。

“都是那块砖头，都是那块砖头！”洪婉霞反复对小不点说，如果不是录音机的缘故，她根本不可能得到这一荣誉。

“别瞎扯，”小不点说，“什么砖头砖头的，你心眼好，所以人缘好。老大哥没选上，就是因为他得罪了不少人。”

洪婉霞不解地问，“他为大家操心，怎么会得罪人呢？”

“唉，一言难尽。谁当班干部都会得罪人。”

洪婉霞更加疑惑地看着小不点。

“嫉妒心理，”小不点说，“还不懂吗？嫉妒。不可能什么好事都让他一个人摊上，又是班长，又是三好生。”

洪婉霞头一回听说这种逻辑，大为感叹，“大学还这么复杂！”

“大学生也不是圣人。”

小不点说，大家越了解洪婉霞，越觉得她单纯而质朴。用洪婉霞自己的话说，是“没心没肺。”医院生活简单划一：白天黑夜的轮回，吃喝拉撒睡的反复。因此，洪婉霞的一切也都随之简化了，包括面部表情。她失却了女性所特有的丰富而复杂的表情：嗔、娇、怨等。男同学们谁也没见她发过嗲、撒过娇。洪婉霞的另一个优点是乐于助人。她的帮助微不足道，没有救人于水火的崇高和壮烈。打动大家的是她的真诚。

洪婉霞开始听得津津有味了，似乎小不点讲述的是另外一个人。“那次爬山，你表现得就特别好！”

特别好？洪婉霞以为小不点在挖苦她。

期中考试过后，老大哥组织全班同学爬香山，一则活跃班级气氛，二则加深大家的友谊。同学们从五湖四海走到一起，平时埋头于紧张的学习，彼此连名字都叫不顺溜。

听说要爬山，洪婉霞向老大哥请假，说身体不好，上不了山。开始老大哥以为她感冒了，或者来了例假，特意叫小不点私下仔细询问。洪婉霞说都不是。她解释说，并非这一次不能爬山，以后类似的活动她都不能参加，因为身体吃不消。大家看洪婉霞面色红润，挺健康的样子，怎么连爬山都不行，不就是走路嘛。一些同学认定洪婉霞过于娇气，而且非常坦率地当面指出来。尽管感到非常委屈，但洪婉霞没有过多地解释。她相信日子久了，同学们自然会知道。

洪婉霞何尝不想出去玩呢，但她没有那样的本钱。妈妈亲自把她送到北大的宿舍，临走时拉着她的手，千叮咛万嘱咐，劝她别太用功，不然旧病复发，还得回家养病，丧失好不容易争取到的读书机会。因此，从入学的第一天开始，洪婉霞便时常担忧，能否熬到毕业的那一天。对她来讲，四年时间不住院、不受病痛的折磨，几乎是不可能的事。

洪婉霞对自己到底是否痊愈了还不敢下结论。以她的观点来看，热病还存在于体内，只不过潜伏着，没有“泛”出来。“泛”是洪婉霞杜撰出来的词。她稍微多走了点路，参加了什么运动过后，会感到疲乏从躯干的深处慢慢弥散出来，并且持续好长时间。身躯好比是静静的池塘，受到外力搅动后，池塘底部沉睡了多年的东西会慢慢翻上来，这就是“泛”。多年来，洪婉霞动作轻柔，言语缓慢，对热病恭敬有加，所以它不好意思“泛”出来，给她找麻烦。身患慢性病的朋友容易理解洪婉霞的观点。你得了胃病关节炎什么的，好是指望不上了，只要不复发就阿弥陀佛了。不犯病，你外表看起来与正常人没什么两样，但仅仅是外表。

“全班同学都去，你一个人不去恐怕不合适吧。”经过老大哥反复做工作，洪婉霞勉强答应了。尽力而为，她决心像老大哥说得那样，哪怕感到一丁点累，便停下来。出发的前一天，同学们有的采购食品，有的清理运动服装，宿舍里弥漫着喜气洋洋的节日气氛。而洪婉霞则一言不发、忧心忡忡，似乎秋游的目的地不是果木飘香的风景区，而是堆积着药品、纱布和针头的医院。

为了照顾洪婉霞，老大哥说服大家从香山公园东宫门进去，选择一条较平缓的登山路线。尽管这样，洪婉霞走到璎珞岩时，已经气喘吁吁了。老大哥怕她掉队，一直紧跟着她。看到洪婉霞同学吃力的样子，他不禁暗暗叹气，“怎么搞的，才走了几百米就累成这样？”不过，表面上他还得给洪婉霞鼓劲，“再坚持几分钟，走到双清别墅可以好好休息一下。”

在香山寺遗址下面，山路呈倒卧的U字形向上盘升。在倾斜的路面上，洪婉霞觉得站不直，每走一步都有即将摔倒的错觉。为了不让老大哥扫兴，她坚持着，跟在大家后面，歪歪扭扭地走到了一排石阶前。石阶的顶端有一扇洞开的大门，门顶的雕花大理石上镌刻着“双清别墅”四个大字。

洪婉霞筋疲力尽地踏进别墅，在陈列室中央的墙壁上，悬挂着一幅毛主席读报的照片，报纸上特大号的字迹清晰可见“南京解放”。洪婉霞走近这张照片时，突然打了一个很响的喷嚏。她十分窘迫，赶紧捂住自己的嘴巴。刚才衣服汗湿了，现在站在阴凉通风的地方，又冷又湿的衣服贴背，容易引起感冒发烧。洪婉霞不禁有些惊慌，如果热毒从体内“泛”出来就麻烦了。刹那间，疲惫感骤然消失，取而代之的是焦虑和惶恐。她告诫自己，无论如何，不能再登山了。可是，怎么跟班长开口呢？难道流汗就不能走路了？

经过连续两天的阴雨后，这天晴空万里，气温比大家预想得高。走出双清别墅后，洪婉霞发现同学们都脱掉了外套和毛背心，或搭在肩上，或拿在手里。“有了！”她毛遂自荐，留下来看衣服，这样大家可以轻装前进。老大哥疑惑地说，“这样……合适吗？”洪婉霞耐心地说服他，“大家拎着一大堆东西，怎么爬香炉峰啊？”她说得很诚恳，得到急于一显身手的男同学的热烈响应，于是乎，绿军装、蓝色中山装、白色的线衣、军用挎包、尼龙袋等各种物品在双清别墅下面的岔道口边堆成了一座小山。

当同学们的身影消失在弯弯曲曲的石栏后面时，洪婉霞安安静静地坐在岔道口边，打开录音机，邓丽君软绵而伤感的歌曲飘荡在毛泽东旧居的上空。

半小时过去了，一个小时过去了，同学们还未返回。洪婉霞抬头远望，虬枝和绿叶遮蔽了大半个天空，一只黑颈灰背的鸟从林海深处飞过来，歇在岔道口的护栏上。洪婉霞掰碎一块饼干，朝它扔过去。灰鸟离她太远，既没发现食物的诱惑，也没感到迫近的威胁。它从护栏上飞到地下，在草根石缝里啄食一番，然后悠闲地展开翅膀飞回树丛，在山谷中留下一阵清亮的鸣叫。这声音使四野更加安静，也使洪婉霞睡意更浓。

备用的电池也用完了，邓丽君不甘地沉寂下来。

洪婉霞担心丢失衣物，一件一件地把它们挪到巨石的后面，自己坐在粗壮的侧柏下，脑袋搁在石壁上。无意间，她注意到路边引水渠闪着亮光，不由走了过去，把手指头伸进水槽，泉水冲击着手指，发出更加欢快的叮咚声。她急忙用手掌捂着额头，传递山泉的幽凉和惬意。这一招很管用，睡意消失了。不过，新的麻烦接踵而至。她感到内急，虽然厕所近在咫尺，但她不敢离开半步。

憋尿比熬瞌睡更难受。她背对着水渠，甚至用双手捂住耳朵，可是它那清新幽凉的声音还是轻轻击打着她的耳膜。

小不点说，同学们下山后，看到她弯着腰、一步一步朝厕所挪动的样子，知道她憋得够呛。大家深受感动。“你没看出来吗？”小不点问，“我们看你的眼神都不一样了。”洪婉霞摇摇头。那时她羞愧难当，一直低着头，似乎做了对不起大家的事。

神奇的来苏水

当了三好生后，洪婉霞更加视打开水为己任。寒假前两天的傍晚，她照例拎着四个热水瓶出去。小不点提醒她，明天宿舍里就剩下她俩了，不用打那么多。“是吗？”洪婉霞说，“不过，多就多一点吧。”寝室之间时常有“借水”的事，开水总有人用掉，不会浪费。

锅炉房外的墙上，伸出一长溜水龙头。它们像充满青春活力的愣头小伙，在凛冽的寒风中热汗淋漓，一缕缕白色的蒸汽缭绕在头顶。当开水咚咚地注入瓶胆的时候，洪婉霞往往产生时光倒流的幻觉，隐隐闻到茂陵特有的干草和粪便混合的气味，听到狗吠和鸡鸣。这天，还多了一丝来苏水的气味。她有些愕然，不由得四下张望，不由得大叫一声：“五床！”——五床竟然站在几米远的地方，专注地看着热水瓶。听到洪婉霞的声音，她惊喜地抬起头，“哎呀，六床，是你啊！”

洪婉霞的声音如此之大，旁边的一个女生吓了一跳，手一松，开水瓶“砰”地砸在地上，开水溅到她身上。“对不起，对不起！”洪婉霞赶紧蹲下来，抚摸着她湿透的裤腿，“没烫着吧？”

那个女生气鼓鼓地瞪着她，不说话。

“没烫着就好！热水瓶我赔你。”说着，洪婉霞把灌满开水的铁壳热水瓶递过去。女生犹豫了几秒钟，然后接过热水瓶，扭头走了。

此时五床走过来，抓住洪婉霞的胳膊，上下打量她，“真不敢相信，我们成了北大校友。”

“嗯，”洪婉霞使劲地点头，一时有些哽咽，说不出话来。

两人一起来到洪婉霞的寝室。进门后，洪婉霞问道，“76年以后你怎么就没有音信了？”

“一言难尽。”五床缓缓地说，发亮的眸子朝向天空。那儿，有如钩的残月，有凝重的云朵。

五床出院后，到北京出了一趟差。那时，北京人民悼念周总理的活动达到高潮。天安门成了花的海洋、泪的海洋。人们的心情和天上的云朵一样灰暗，一样凝重。政府对悼念活动的阻挠，激起了民众的愤慨。他们以诗歌为引信，以花圈为武器，在天安门广场、在沉闷的中国大地引爆了一枚重磅炸弹，振聋发聩，气壮山河：

欲悲闹鬼叫
我哭豺狼笑
洒泪祭雄杰
扬眉剑出鞘
……

“人民已不是过去的人民；秦始皇的封建时代已经一去不复返了……”

五床听了，热血沸腾，她退掉回程的火车票，义无反顾地投身到抗争的人群中。他们很可怜，手中哪里有什么剑，除了笔纸，只有无数朵小白花，在料峭的风中颤抖的白花，寄托着他们哀思的白花。

清明节那天，一批早醒的年轻人，将自己的鲜血和生命置放在历史的祭坛上。

第二天，伤口还在渗血的五床被关进了监狱。她不仅失去了荣誉和地位，还失去了工作与自由，但她一点也不后悔。进监狱的当天，她要求看守人员把马恩著作借给她看。看守人员没理她。他心想，一个反革命，还看什么马恩的著作？看守的态度激怒了五床，她愤怒地质问道，“这里到底是国民党的监狱还是共产党的监狱，为什么连马恩的著作都不让看？”看守请示领导后，给她拿了一本马恩选集。

五床说，她很感谢监狱里的那段日子。它使自己变得更加成熟，也更加坚强了。

洪婉霞听完后，觉得五床的形象顿时高大起来，像江姐，像柯湘。可她们是国民党牢房里的囚徒，而五床被关在新中国的牢房里。关押她的是自己人！

她们一直聊到宿舍熄灯。分手时，五床问洪婉霞买的是哪天的车票，能不能一起走。洪婉霞说这次她要坐飞机去上海。

“坐飞机？”五床惊讶地说，“你家成万元户啦？”

“什么呀，我家哪有多少钱。机票是我表哥买的。”

四表哥很早就向洪婉霞发出邀请，上大学后的第一个寒假去上海过，他负责买机票。天哪，飞机！洪婉霞买张火车卧铺票都觉得奢侈，更别说飞机了。学校可以统一订火车票，她本来与几个同学约好，一起坐硬座回家。洪工知道后，苦口婆心地劝她改买卧铺。女儿赴京后，他时刻都在为她的健康操心，生怕哪天接到她生病的电报。好不容易熬过了第一学期，女儿无病无灾，千万不要因为旅途劳顿而生病。何况，家里经济情况逐渐好转。洪婉霞无奈地接受了父亲的建议。不能和同学们一起坐在硬座车厢，她感到很窘迫。“娇气”，大家肯定会这样评价她。行程的改变，使她免却了一次尴尬。

四表哥请洪婉霞去上海，可不是为了让她“衣锦还乡”，而是向她讨教学习经验。洪婉霞在病榻上躺了六年，出院后一年多就考上了北大。四表哥认为一定有什么诀窍。可是，洪婉霞向来不会为人师表，也不会总结经验。在北大熏陶了半年，她更加觉得自己平平常常，没有什么值得大惊小怪的。多少七七级的大哥大姐，利用病假突击二三十天，不也考上了？她好歹还准备了一年多。

周围人的恭维也好，怀疑也罢，都不能改变洪婉霞的心态。对于自己为什么能考上北大，她也百思不得其解。

不知当年大批判稿的写作是否有所帮助。可以说，洪婉霞全部的文史知识都是从批判稿的写作中积淀起来的。掰着指头算算，她正儿八经上学的时间不超过五年，却能够轻松自如地在高考中夺魁，从陵墓星罗棋布的黄土地跨入北京大学。此事声震八百里秦川，被人叹为观止。或曰，真是龙生龙，凤生凤，你看人家父母都是知识分子；反驳者则说，瞎说啥哩，东方红设计院哪家不是知识分子，为啥偏偏她考上了北大？

但四表哥花了这么大的本钱，也不能让他失望。在上海阴冷潮湿的冬天，洪婉霞第一次静下心来，认真地总结自己的经验。想了一天一夜，她不仅没归纳出任何经验，反而对自己进入北大产生了疑虑。我配当北大的学生吗？我怎么进去的？一切都那么不可思议！面对四表哥充满期待的眼光，洪婉霞只好郑重其事地推荐一套上海教育出版社编辑的自学丛书，正是这套丛书帮她铺垫了通往北大之路。四表哥连说了几声谢谢，声调平平的，没一点起伏。他的嘴唇停止蠕动后，两只眼睛专注地看着表妹。洪婉霞明白他的意思：书籍仅是复习资料，算不上学习方法。到底什么是学习方法呢？她搜索枯肠，一无所获。

晚上，洪婉霞没精打采地靠在床上。这是她多年来养成的习惯。身体状况允许时，她会打开床头灯，在一团桔黄的光晕中阅读、书写，高考时也这样，几乎所有的复习和准备工作都是在床上完成的。这算得上是学习方法吗？也许仅仅是一种学习的姿势吧。为了交差，洪婉霞红着脸，吞吞吐吐地把这个“诀窍”告诉了四表哥。说完后，她低下头，满脸羞愧，好像做了对不起他的事。

不用说，四表哥非常失望。

除了批判稿的写作，来苏水的气味，也帮了大忙。多年的吸入，使洪婉霞对它产生了依赖症。1976 年出院后，她感到有些不自在，似乎身体中少了什么。那段时间，洪婉霞先在家、后来在学校插班复习功课，准备考大学。开始时，学习效果很差，有时看了第二页记不住头一页的内容，有时看着熟悉的文字却不知道什么意思，似乎通往大脑的神经网络被切断。洪婉霞非常苦恼，不禁怀念起医院的悠闲岁月，恨不能重新躺在洁白的病床上，无所事事。

一天，顾瑾回家后闻到一股怪味。洪工吸吸鼻子，也觉得不对劲。他们搜遍房间的每个角落，翻箱倒柜的，终于在墙角里发现了一只死老鼠。顾瑾把屋子彻底打扫了一遍，还不放心，第二天洒了大量的来苏水。闻着它那熟悉的气味，洪婉霞感到非常亲切，身体的不适马上消失，当天的学习效率也大大提高。从此，她悄悄藏着一瓶来苏水，每次学习效率不高时就拿出来闻闻。

不知这算不算学习的诀窍。当年四表哥向洪婉霞请教自学经验时，她没把这个细节告诉他。不是有意留一手，她怕四表哥会当作笑料到处抖落。

那年的冬天很冷，挂在洗手间的湿毛巾冻得硬邦邦的。四表哥感冒了，不得不学着表妹的样子躺在床上，眼睛半睁半闭，人在半梦半醒之间，一行一行地背书。离考试还有半个月，不抓紧哪行。孰料这样晕晕乎乎的复习方法效果极佳，以前记不住的定义、概念和事件等，几天下来便背得滚瓜烂熟。四表哥极度兴奋，他不仅帮表妹查出考上北大的秘密，而且探索出一条通向大学文凭的捷径。他总结道，文科都是些死记硬背的东西，只要背熟指定的几本书，别说北大，月球都能考进去。

在四表哥的资本运作史中，这是他回报最高的一次投资。几十元人民币的机票款奠定了他日后飞黄腾达的坚实基础。

振兴中华的体温计

疾病来时，如山崩地裂，迅猛异常；而疾病走时，如抽丝，如余音袅袅，你不知道它止于何时，止于何处。

进北大后，洪婉霞担心热病随时卷土重来，所以带着体温计，每天入睡前都要把它放在腋窝下，十分钟后取出来。查看体温计有点技巧，需要对着光源。有些同学不懂，头疼脑热时跑到她宿舍借体温计，量完后又跑回来，请她帮忙读数。他们拿着体温计转了半天，也看不出水银柱到底在哪里。

第一学年，洪婉霞公开在宿舍里量体温，并没掖着藏着。大概数百天不断重复的动作，把同寝室的人弄烦了。小不点说她有强迫症，劝她不要量了。如果生病，自然会感到不舒服，用得着量吗？如果感觉良好，就说明没毛病。这个道理谁都懂，可洪婉霞就是不放心。不过，为了照顾大家的情绪，她改为偷偷在被子里量体温，为此还买了一个手电筒，量完后打开手电筒查看，鬼鬼祟祟的，像做什么见不得人的勾当。

大二上学期，学校爆发病毒性流感，校医院里人满为患。洪婉霞认定这一回在劫难逃，因为她已经逍遥了近两年，病魔不会再这么放任她了。陆陆续续的，同班同学开始发烧咳嗽，同寝室的同学开始发烧咳嗽，而洪婉霞还好好的。这太不正常了。她暗暗告诉自己，差不多了，该轮到她了。洪婉霞做好了发烧的思想准备，回家病休的思想准备。她甚至开始想象离开学校的那天，谁会来送行，谁帮她拿行李，自己会不会当着大家的面痛哭流涕。

在静谧的夜晚，在嘈杂的食堂，在同学一阵紧一阵的咳嗽声中，洪婉霞脑海中反复出现别离的情景，具体而又生动。她穿着蓝色的罩衫，在南门外和同学们一一握手告别。小不点和几个女生轮流拥抱她，拍着她的后背，劝她安心养病，养好后再回来。她们都说她一定会回来的。平时能言善辩的老大哥背着她的被褥，默默地站在一边。另一个男生拎着旅行袋。他们把洪婉霞送上了火车。一路上，大家都没说话。

洪婉霞像剧作家一样，反复构思这幅场景；她像憧憬什么美好前程似的，憧憬着这一天。

然而，她的体温一直那样平缓，喉咙不痒也没红肿。上述构想的情景始终没有发生。洪婉霞焦急起来，开始怀疑自己的身体。不发烧的身体还是洪婉霞的身体吗？它是否被另一个身体替换了？这样的念头不停地在她脑海中闪现，弄得她神思恍惚，好几次走错了宿舍。室友们暗暗高兴。她们以为洪婉霞在“怀春”，以为她有了可以熄灯后坦白的内容。但结果令她们大失所望，也让她们大惑不解。还有为不发烧焦虑到这种程度的吗？真是个怪人。好在北大才子多，怪人也多。大家见怪不怪。如果在其他院校，洪婉霞可能会被认为得了神经病。

如果不是身体出了问题，那就是体温计出了问题。洪婉霞想，也许她已经开始发烧了，但体温计欺骗了她。于是，她到中关村大街又买了一只。每天晚上，洪婉霞轮流用两只体温计在被窝里面量体温，结果每次都在37度以内。她烦躁起来，老天爷啊，到底什么地方出了问题？

1981年初春，冬日的寒意还未散尽，风谈不上刺骨，但依然很硬。玉兰树上，一个个雪白的花骨朵怕冷似的紧缩着。3月20日这天，全体中国人的心却异常热乎。使他们热血澎湃的，是一场排球赛。

晚上八点，随着一声哨响，中国男排与南朝鲜争夺世界杯亚洲区预选赛冠军的比赛开始了。为了观看这场决定中国男排命运的比赛，好多同学七点钟就去电视室占位置。等洪婉霞八点多钟到达时，只能在室外的走廊上听电视，连门口都靠不上。尽管这样，她还是听得津津有味，随着一声声叫喊和叹息而心潮起伏。

她第一回这么痴迷一个电视节目，而且是个体育节目。在走廊站了没多长时间，洪婉霞就觉得腰腿酸胀，但她坚持着。男排队员的拼搏精神鼓舞了她。他们不停地起跳扣球，大汗淋漓。前四局双方战成平局。第五局开始没多久，室内突然“喔喔”地叫开了。原来，卫星租赁时间已到，转播被迫中断。

少数人陆续离开电视室，但大部分同学们仍聚在那里，一起收听广播。洪婉霞回到了宿舍，躺在床上听收音机。此时，寝室里只剩下她一个人。

十几分钟后，广播里传来激动人心的好消息：中国男排经过艰苦的奋战，最终以三比二战胜了南朝鲜队。霎那间，校园里一片欢腾。她来到窗前，看到几乎所有的窗口都伸出黑乎乎的脑袋。有人摇着红旗，有人摇着燃烧的扫帚，还有人把被单点着了，往下扔。更有甚者，有人把热水瓶往楼下砸，发出砰砰的声音。

宿舍楼之间的空地上挤满了人。他们在夜色里尽情地欢叫，口号声此起彼伏。不知哪个系的同学找来一面大鼓，两个人才抬得动的大鼓。鼓声把更多的同学聚集在楼下。

门口传来咚咚的敲击声。洪婉霞开门一看，原来是小不点。“全班同学都出去了，就缺你，班长叫我来喊你。”

洪婉霞斜倚在床头的柱子上，“算了吧，这样待在房间也能看到。”小不点无功而返。老大哥摇摇头，“唉，洪婉霞同学可能是冷血动物。”

他旁边一个哲学系的同学反驳道：“此言差矣！也许人家的血比我们更热，因此燃点比我们普通人高。”

真是振聋发聩之言！老大哥一下子看到了图书馆系与哲学系的差距。这成了他系统地研修哲学的动因。但他不愿意让自己的同学这样“沉沦”，想亲自去说项。小不点拦住他，“你去也没用，如果你真想把她拉出来，最好找她的老乡。”她解释了洪婉霞与五床的关系。老大哥听罢，立即发动大家分头去找，最终在游行队伍里找到了五床。

咚咚的敲门声再次响起，洪婉霞知道又有人来动员她，有些不情愿地打开房门。“噫，怎么是你？”

五床笑盈盈地站在门口，对洪婉霞说，“走吧，咱们也下去热闹热闹。”

洪婉霞心里痒痒的，但害怕累着。“算了吧，你自己去，我就趴在窗口看看，也挺好的。”

“观望和参与可不一样。大学四年，这样的机会难得碰到一次。”

洪婉霞动心了，请她等一会儿，想先量体温再出门。不然，回来累极了，倒头便睡，哪有心思量体温。

她打开写字桌的抽屉，没料到她的手还没伸进去，五床却抢先拿起体温计和手电筒，双手摩挲着，看了好一会儿，然后抬起头，盯着她：“把它们扔了！”

她知道洪婉霞的习惯，曾警告说早晚要把这些破玩意儿扔掉。洪婉霞以为这回她又是开玩笑，“扔就扔呗，省得我每天麻烦。”

五床走到窗口。从侧面，洪婉霞看到她的身体起伏着，显然被窗外的气氛感染了。她回过头，坚定地看了洪婉霞一眼，随即跟着楼下的人群喊了起来。“中国队，万岁！中国队万岁！”她一边喊，一边高高扬起右臂，把体温计和手电筒扔到楼下。

真的扔了！洪婉霞不敢相信自己的眼睛，愣了好半天，才结结巴巴地说，“我，我每天都要用呢。”

她快步走到窗前，在夜色中搜寻它们的踪影，想象着手电筒的光柱在空中翻滚着，一会儿飘过枯枝横斜的树林，一会儿钻入自行车棚，瞬间将一根根辐条擦得雪亮。

洪婉霞和五床面面相觑。

“从今天起，你再也不用量体温了！”五床的声音越过她的头顶。她似乎不是在跟洪婉霞对话，而是向窗外无边的大地高声发布她的宣言！

莫名的忧伤突然袭上洪婉霞的心头，她哽咽道：“不能不量体温，我离不开它们。”

“我求求你，别再折腾自己啦！你已经康复了，和我一样。你看我，不是好好的吗？”五床说着，走过去紧紧拉住她的双手。

洪婉霞低下头，一时说不出话来。她嗫嚅着，“不，我跟你不一样。你在医院待了几个月，我待了多少年？根本不一样！”

“相信自己，也相信你的体温计。你已经二年没有发烧了，你已经彻底好了！”

“是吗？”洪婉霞对这个简单的事实都不敢确信。“真的已经两年没发烧了吗？我彻底好了吗？”

“我好了吗？”洪婉霞涕泗连涟，看着五床，看着窗外火热的春夜。

黑暗中，人群更加庞杂，更加激昂。他们开始往南门行进，边走边喊道“中国队，加油！”“中国，万岁！”看到这情形，五床更坐不住了。她不由分说，死劲拉着洪婉霞往楼下跑，边跑边说，“这是一个历史性的时刻，不要错过！”

观望和参与果真不同。在游行队伍中，洪婉霞真正体会到什么叫热血沸腾，什么叫健步如飞。她觉得自己的身体一下子轻了许多，随时都会腾空而起。

她们随着游行的队伍走出南大门后，喊出了“团结起来，振兴中华”的口号。

“团结起来，振兴中华”，人群一遍又一遍地呼喊着，洪婉霞一遍又一遍地呼喊着。五床拉着她的手，不时扭过头，兴奋地看着她。口号声如同烈焰，洪婉霞整个身体都被点燃了。在耀眼的光焰中，她看到手电筒和体温计紧跟着游行队伍的步伐，它们似乎被置入了动力装置，一会儿在尘土飞扬的路面疾行，一会儿飞到火炬和旗帜的顶端。晶莹的玻璃和水银，映照出一双双年轻闪亮的眸子，一根根曲轴一样机械运动的关节和关节串联起来的骨架。

在白茫茫一望无际的犬牙交错的骨骼中，洪婉霞忽然看见了那个在楼梯上蹦跳的老鼠，看到了一堆散乱的扑克牌。手握大猫的小玉使劲憋住得意的笑容。在白色的光焰中，她的笑容很快消失，代之以忧戚而愠怒的眼神……

随着市民的加入，游行的队伍越来越庞杂，行进的速度明显降下来。但口号声却越来越高亢雄厚。五床没错，这真是一个历史性的时刻。“团结起来，振兴中华”，洪婉霞使劲喊着，泪流满面。她自己何尝不需要振兴呢？她能振兴吗？

谁能告诉她？

大学生活既单调又丰富，就好比三原色，只要你会调配，肯定能万紫千红的，否则就是干巴巴的三种色块。洪婉霞不像班长那样精力充沛、兴趣广泛，除了偶尔听听讲座，最大的消遣是到颐和园练外语，到未名湖散步。经过那一个激动人心的夜晚，洪婉霞迷上了排球，几乎每天晚饭前都到操场去，和几个同学围成一个圆圈，练习托球和垫球。这样的难度和运动量最适合她。如果正式到排球场打比赛，她只能望而却步。排球是她多年疾病之后所从事的唯一的一项体育活动，它进一步改变了同学们对洪婉霞的印象。原来，她没那么娇气，挺容易相处的。洪婉霞累了，就站在一边，帮他们拣球。练球的时候，最扫兴的事就是轮不了一圈，球就会飞出老远，捡球的人累，等候的人无聊。如果有专人帮他们拣球，那功德简直和如来佛的一样大。

因此，运动的时候，谁都愿意把她叫上。尽管知道他们的“动机不纯”，洪婉霞有求必应。经过 3 月 20 日的不眠之夜后，第二天她照样去操场。小不点昨天跟着一小队人马敲锣打鼓地去了人民大学，一直折腾到天亮才回来。她本来打算下午的课上完后补一觉。可是，当她看到洪婉霞换球鞋时，一骨碌爬了起来。

“你不要命了？”洪婉霞劝她老老实实睡一觉。

“一天不睡有什么关系？俺不像你，没那么娇嫩。”

“你看，人家关心你，倒被你挖苦一通。”

两人说说笑笑地朝操场走去。到了场地后，洪婉霞突然觉得身体发软，站着都觉得吃力。于是她席地而坐，等排球滚到一边时，才站起来，把它扔给同学。而小不点像安上了发动机似的，不停地蹦跳，不时发出“啊——呵”的欢呼声。

回到宿舍后，小不点就倒在床上，宣布不吃晚饭了。洪婉霞说，“那怎么行？昨天没睡觉，今天不吃饭，这不是和自己过不去吗？你要是实在走不动了，我给你买回来。”她觉得有规律的生活对学生来讲尤其重要。她每天早晨七点起床，晚上十点半钟入睡；三顿饭一次也不少，偶尔晚上用电热杯给自己煮鸡蛋西红柿面，加强营养。对于同学们来讲，电热杯既是奢侈物，也是她娇气的证明。

洪婉霞如此周到，小不点有些不好意思，“这多不好。”

“别虚伪了，想吃什么吧？”

“带肉的。”小不点说着，打了一个哈欠。

北大人多食堂少，到了开饭时间，每个窗口前都排着一字长蛇阵。为了节约时间，同学们一般结伴去食堂，你帮我买面条，我帮你买菜。这天小不点没来，洪婉霞排了两次队，买了小不点喜欢吃的粉条炖肉和她本人喜欢的西红柿炒鸡蛋。她一手端着一个搪瓷碗，转身离开售卖窗口。刚走出几步，洪婉霞忽然腿软，趔趄了两步，本来可以止住，不巧左脚踩到一块滑腻腻的东西上，直挺挺地扑倒在地。摔倒后，洪婉霞自己碗里的饭菜撒了一地，而小不点的饭菜完好无损，因为她始终用右手托举着小不点的饭碗。

洪婉霞的左胳膊肘摔伤，渗出鲜血，衣服和裤子上满是污渍。她狼狈不堪，捡起地上的空饭碗就开溜。回到宿舍后，她看见小不点已经睡着了，赶紧换了身衣服，收拾停当后才叫醒小不点。看到小不点狼吞虎咽的样子，洪婉霞不停地偷偷咽口水。

第二天，小不点知道实情后，埋怨洪婉霞怎么不告诉她，两人合吃一份饭也行啊。洪婉霞回答说，看她吃得那么香，不忍心。

小不点摇摇头，“唉，你怎么修炼得这么好？我要是有你一半的功夫就好啦。”她知道这位室友对饥饿的敏感度，从来一餐不落。

激素把洪婉霞的饭量推到一个其他女性难以企及的高度，即便与激素阔别多年，她的饭量也惊人。食堂窗口的师傅都记得这个鼻翼旁长红痣、手指又细又长的女生。

遇到卖包子时，她右手接过找回的饭票，左手往嘴里塞包子。等她转身离开窗口时，半个包子已经被消灭了。吃相如此凶猛，大叔大婶们皆自叹弗如。

洪婉霞认真地告诉小不点，生病就是一种修炼，在医院住久了，自然会从容大度。小不点笑骂道，“说你胖你就喘，刚表扬你一句，你就咒我进医院啊。”

洪婉霞依然认真地辩解道，不是诅咒，是传经送宝。小不点一头倒在床上，双脚把床板擂得咚咚响，“你太可爱了，太可爱啦。我要是男生，一定追你。”

第二天，全班同学、甚至一些外系的同学都知道了洪婉霞“舍己救碗”的事迹。想想看，一个秀气的女生在熙熙攘攘的食堂里摔了个大马趴，身子全着地了，但她的右手高擎着一只搪瓷碗。这个场景既滑稽又感人。因为在那一刻，她首先考虑的不是自己，而是同学的饭碗、同学的嘱托。

寻寻觅觅

大学岁月好比江南园林内蜿蜒的长廊，而寒暑假则是翼然其间、引人瞩目的亭子。三年级上学期结束时，洪婉霞说服父母，主要是父亲，同意她留校过春节。为此，她搬出小不点当援兵，洪工碍于外人的面子，勉强同意了。

大年三十，洪婉霞和同学们在教室里玩到半夜两点。这天，她不仅推出保留节目——鸡蛋西红柿面条，而且做了蔬菜沙拉，沙拉酱是洪婉霞亲自做的。九成以上的同学第一次吃这道洋餐，赞不绝口。洪婉霞能吃已经颠覆了大家的成见，她会做更是出乎人们的意料之外。用小不点的话说，她真是没白长那双纤巧的手，不一样就是不一样。听了这话，洪婉霞伸出自己的双手，没看出啥特点。“还说一样，”小不点点拨道，“你那手再细一点，就可以借给聊斋的主人翁了。”

多年来，洪婉霞没有这样熬夜，也没有这么辛苦过，回到宿舍后，倒头便睡，一直睡到第二天上午十一点半才醒来。起床后，她赶紧到校外的电话亭给家里打电话。本来和父母约好，初一上午九点给他们打电话的。洪工迟迟得不到女儿的音信，急得如热锅上的蚂蚁。他甚至考虑如果下午还接不到电话，就飞到北京去找人。就在他即将启动第二方案时，洪婉霞拨通了电话。气急败坏的父亲没等她开口，就追问为什么现在才来电话，家里人都急死了她知不知道！洪婉霞想象得出父母焦急的样子：爸爸唉声叹气，不停地在家里踱步；妈妈坐在床沿，不时取下眼镜擦拭。

听说女儿熬夜了，洪工火气更大，洪婉霞手中的电话听筒嗡嗡发颤。本来，洪工就不同意女儿在学校过年，这下他更坚决了，命令洪婉霞乘当天晚上的火车回家。大年初一，火车票好买。

尽管一百个不愿意，洪婉霞还是不想违拗父亲的意愿。她不得不向老大哥请假。初一晚上，老大哥组织同学们看电影，票都买好了。他埋怨洪婉霞太死板，随便编个理由不就得了，干吗非要告诉父母那么多细节。

洪婉霞回答道，任何事她都会照实说，对父母更不会例外。

铁梅得知后，马上表示小霞回家的事交给她操办，不用洪工操心。前年，洪婉霞回上海的飞机票是四表哥买的。铁梅一直在寻找机会，如此这般地赞助一把。两张机票，有什么了不起！

洪工知道铁梅很能耐，但是她的触角能伸到北京吗？他疑惑地问铁梅是否方便，钱的事暂且不说，机票在哪里买，怎么送给小霞。

“哎呀，阿拉在北京朋友多来兮，一句话！”

果然，铁梅的朋友下午五点钟便赶到了北大，他以为时间很充裕，还准备在赴机场前请洪婉霞吃顿丰盛的晚餐。谁知洪婉霞已经去火车站了。走之前，老大哥还劝她别走那么早，如其在候车室坐着，还不如在寝室多躺一会儿。可洪婉霞已经待不住了，在哪儿都是等，还是先走吧。

铁梅的朋友直跺脚，可惜，晚了一步，晚了一步，怎么办？机票都买好了。老大哥主动提出陪他一起去火车站，截住洪婉霞。

初一的北京站格外冷清。他们和进站口的工作人员说明情况，径直来到二楼候车室。前往西安的旅客不多，老大哥扫了一眼，没看见那个熟悉的身影。他朝前走了几步，又看了一遍，咦，还是没有。怎么回事？于是，老大哥逐个椅子、逐张面孔地搜寻。

铁梅的朋友不时看看表，不安地说，离起飞时间不到两小时了。老大哥安慰他，再等几分钟，也许上厕所了。

三分钟过去了，洪婉霞依然没出现。见鬼，她躲到哪里去了呢？老大哥嘀咕道，她不会没来吧？不可能！老大哥决定将整个候车室搜查一遍。就在他转身的时候，发现洪婉霞远远地坐在一个僻静的角落，聚精会神地看书。他急忙跑了过去，“哎呀，你怎么躲在这个犄角旮旯，害得我一通好找。”

洪婉霞收起萨特的书，奇怪地看着老大哥，“你怎么来啦？有什么急事吗？”

老大哥说明缘由。洪婉霞听罢，疑惑地看看他，又看看铁梅的朋友，是铁梅的主意吗？

那人拿出“大哥大”，拨通了铁梅的电话。听到铁梅的声音，洪婉霞打消了疑虑，但她觉得火车票都买好了，没必要破费。铁梅极力劝她，火车到底没有飞机舒服。“坐飞机回去，侬今天夜里就可以在家里困大觉。侬爸爸也好安心。”

和以往一样，洪婉霞顺从了她的意思，跟着手持“大哥大”的人赶往机场。路上，洪婉霞给家里挂了电话，要父亲到飞机场接她。设计院刚从茂陵迁至西安，新家在哪里她都不知道。

女儿平安抵达西安，洪工程师异常兴奋，潇洒地叫了一辆出租车。到家时，已经夜里十一点多钟了，但全家人都无睡意。妈妈给洪婉霞准备了虾、黄鱼、排骨等一大桌好吃的东西。洪婉霞告诉妈妈，她已经在飞机上吃饱喝足了。

洪工以为女儿困了，催她早睡，可洪婉霞兴头很足，在新家四处转悠，看到了新的大衣柜、拐角沙发和饭桌，也看到了茂陵的小靠椅和那只五斗柜。它摔断了的把手犹如当年那段难忘的岁月，消逝了却分明依然悬挂在那里。洪婉霞抚摩着残缺的把手，仿佛置身梦中。

妈妈问她新家怎么样。她啧啧称赞，真宽敞，要是小时候有这么多卧室就好了，她和弟弟可以每人一间。

洪工也感叹,住房紧张的时候,儿女都挤在一起;如今房子大了,他们却不在身边。

洪婉霞不顾父亲的劝阻，坐在床头和妈妈聊了起来。顾瑾正在与省博物馆联系，想从事自己的老本行。博物馆领导已经同意，但具体调动还有一些障碍。顾瑾说，不着急，等着吧，已经耽误了十多年，也不在乎早一天晚一天了。

她们也谈到了铁梅。她的变化太大了。如果说四表哥的发达在情理之中，铁梅的暴富则有些匪夷所思。

谁也没想到，金饭碗最终落入铁梅的手中！一般来讲，骗子行骗成功，依赖于人的贪婪本性。世界上受骗上当的大抵都是聪明人，智商起码中等偏上，如以成分来类比，则相当于富裕中农或小资产阶级。对于无欲无求的人，骗子基本上束手无策，与巧妇为无米之炊差不多。因此，如果谁能把一个傻子给骗了，那么他的水平绝对盖世无双。到现在为止，亲友们仍然不知道铁梅是如何受骗上当、如何把家中的钱偷出来的，只知道她在家门口遇到了“托”，买了一个所谓的汉代金饭碗。它虽然锈迹斑斑的，但行家一看便知是赝品。铁梅不相信。看到亲友们顿足捶胸的样子，她感到可笑之极。憨吧啦，她逢人便说。人家不知道她说什么，也不晓得她说的是谁，应付着点头，或笑笑，或赶紧走人。

铁梅非常郁闷。她重走江阴路。这回她手里空着，没有红灯可拎。她边走边四处张望，还是狭窄的深不可测的弄堂，还是墨绿的冬青和夹竹桃，可是，没有红灯的铁梅体会不到顺河漂流的感觉，更体会不到地下党员深入虎穴的惊险刺激。她脑海里装的全是金饭碗，是人们痛惜、责备的神色。这帮憨大、傻瓜！她大声叫唤道。路人纷纷侧目，躲避着她。

红灯没了，但它的光辉仍在。那隐隐闪烁的光芒给了她无尽的信心和力量。她感到真理在胸，真品在手。

铁梅往往是对的，虽然是阴差阳错的对。铁饭碗厂的老人断定，它就是那只失踪的金饭碗。碗沿上雕刻的仙桃、天鹅以及“万寿无疆”四个篆体字与原件相符。碗的底部略微凹凸不平，老人断定是“神州铁饭碗厂全体职工敬献”一行字被人打磨掉的缘故。但也有人提出不同的看法，如果碗底被打磨，做假者完全可以磨掉一层，不会让它显得凹凸不平。金饭碗面世仅十几年，做假者不会把它做得那么古旧。

不过，既然不能证伪，它就是真的！金饭碗的价格在争论和怀疑中节节攀升。

如果说铁梅的第一桶金靠的是运气，第二桶金则仰赖于四表哥的点拨。由铁饭碗厂史陈列室改建的金越商城位于上海的黄金地段，交通便利，每天 12 小时的营业时间内，顾客像潮水一样灌进去涌出来，成堆成捆的人民币哗哗地沉淀下来，年营业额达数十亿元人民币。这个项目是四表哥的杰作之一。在他的参谋下，铁梅在金越商城买了一个铺面，建成金饭碗精品店，经营形形色色的金饭碗，既收购，也贩卖。很快，她成为中国最先富裕起来的那批人。

智障人士经营金饭碗发财的消息迅速传遍了祖国的大江南北、长城内外。傻子都能挣钱，可见其利润空间有多大！忽如一夜春风来，千家万户金盏开。一时间，林林总总的金饭碗加工厂（包括仿古、赝品）和金饭碗精品店在全国各地开花，成为推动经济腾飞的一个重要产业。铁梅一不小心成了行业老大，不仅销售额名列前茅，而且商誉好，一诺千金，一言九鼎。国家金饭碗质量鉴定中心和国家金饭碗信息交流中心都设在其公司内。鉴于赝品日益猖獗，严重扰乱我国金饭碗的市场秩序，铁梅正在着手筹划金饭碗顾客投诉中心。

曾有人对铁梅的经营能力持否定的态度，自诩不到两个回合就可以把她骗个精光。这种人大概忘了，铁梅可是傻进不傻出之人，绝对不会吃亏。而且，既然是龙头老大，肯定有一大群顾问和高管人员替她层层把关，那人绝无胜出的机会。

洪婉霞问父母，铁梅大手大脚的，到底有多少钱？起码一两万吧。

洪工说不止，她早就是万元户啦。对洪婉霞来讲，几万元无异于天文数字，恐怕几辈子都花不完。她好奇地问妈妈，她退休以前每月的工资能超过一百元吗？

“应该没问题吧。”看到女儿略带怀疑的目光，顾瑾接着说，“如果我答应去铁梅的企业工作，现在的月薪就能超过两百。”

“真的吗？”洪婉霞非常兴奋，“那你干吗不去？”

“唉，”顾瑾摇摇头，“私营企业，不保险。”

“铁梅不是亲戚吗，有什么不保险的？”

“亲戚也是个体户，不如国营单位可靠。”尽管铁梅再三发出邀请，顾瑾还是婉拒了。铁梅退而求其次，请舅妈给她的金饭碗做个鉴定。顾瑾依然没答应。

弟弟不在家。这些年他满世界乱窜，不知道搞些什么名堂，父母深为不满。洪婉霞担心影响过节的气氛，不便多问。夜里，她久久睡不着，想起了期中考试后见到弟弟的情景。

那天中饭后，洪婉霞刚躺在床上，就听见门卫在楼下喊她，说有人找。她有种预感，可能是弟弟。到楼下一看，果然是他！弟弟瘦得不成样子，但那双眼睛却又黑又亮，自信而坚毅。洪婉霞差点认不出来了。他见到洪婉霞后说的第一句话是，“姐，快，我饿死了。”

食堂还开着，但肯定没什么菜了。洪婉霞急忙带他到校南门对面的长征餐厅，点了一个木须肉，一个京酱肉丝，两碗米饭。菜还没上，弟弟就把一碗米饭吃得干干净净。看样子他饿了好几顿。洪婉霞非常心疼。“你都干什么去了，饿成这样？”

弟弟想说什么，可是嘴被堵住了。他摇摇头，猛喝了一口可乐。

饭后，洪婉霞请老大哥带弟弟到澡堂洗了个澡。他是你弟弟吗？他是你弟弟吗？事后，老大哥一连问了她两遍。他并非怀疑洪婉霞撒谎，而是觉得姐弟俩的差距太大了。洪婉霞再怎么朴素，一看便知是知识分子家庭出来的。而弟弟则完全是盲流的模样。

弟弟一辈子都处在寻求之中，早年寻找妈妈藏匿的食品，青年时寻找自己的饭碗。对他来讲，饭碗开始时是一份国营企业体面的工作，后来则是那只失踪的金饭碗。铁梅多次告诉他，如果找到那只金饭碗，这一辈子就够了。

弟弟下放后，洪婉霞偶尔说道，他可以办理病退。弟弟闻之，异常兴奋，头上的疮疤闪闪发光。顾瑾把女儿骂了一通，怎么能蒙骗政府呢？亏她想得出来！

洪工支持儿女的想法。他认为，弟弟病退，既不危害他人，也不损害国家的利益，何乐而不为？

怎么不损害国家利益呢？顾瑾说，城里多一个人，国家就多一份负担。

洪工认为，儿子三天两头往家里跑，和病退回家有什么两样？回来后还可以为国家节省交通费。

顾瑾知道丈夫在狡辩，可她颠来倒去地只会说“不能欺骗组织欺骗国家”之类的话，至于到底给国家利益造成了什么样的危害，如何造成了危害，她语焉不详。

少数服从多数，主意一定，剩下的事就好办了。洪婉霞在医院住了那么多年，弄张假证明易如反掌。

洪婉霞万万没想到的是，弟弟竟然和铁梅绑到一起。为找到金饭碗，他拿出了当年寻找零食的疯狂劲头。不过，这回难度大得多。他不是在二三十平方米的家中，而是在数百万平方公里的国土内“淘”。家里人从未把弟弟翻找零食的故事告诉外人，可是这个经历瞒不了铁梅。她了解弟弟在搜寻方面超常的天赋，天天在他耳边聒噪，终于说服了弟弟。

眼看着国营企业就要来招工了，可弟弟也不等等，抬屁股就走，又引发了一场家庭地震。洪工气得夜不能寐，顾瑾急得涕泪涟涟。她认为，即使在街道工厂，也比当个体户强上百倍。但弟弟觉得，如其一辈子在街道工厂和一帮女流厮混，不如干个体。他软硬不吃，坚决地登上了铁梅的贼船。

据传，金饭碗在被盗的第二年辗转流入西北的文物大省，在改革开放的大潮中曾回流到上海。在寻找金饭碗的岁月里，弟弟风餐露宿，四处漂泊，过年也不回家。他曾深入偏远的山区，遭遇野狗，险些成为它们的一顿美餐。

弟弟不厌其烦地往来于大江南北。当年追查金饭碗下落的公安人员去过的地方他一个没漏，人家没去的地方，他也光顾了。找文物不能走马观花，得住下来，深入访谈，寻找一切蛛丝马迹。

在最困难的时候，他曾躺在山坡上，望着满天星空幻想，如果能得到仙人的指点该多好！退而求其次，在他最狼狈最疲惫的时候，如果能赢得一个村姑的青睐，那么所有的苦难都将得到补偿。然而，神仙都入了人家的梦境；村姑倒是遇到了不少。可她们似乎商量好了似的，对他非常冷淡，连碗水也不愿意端。他能熬过来真不容易！

在寻找金饭碗的同时，弟弟受铁梅之托，顺便寻找金饭碗的制作者、铁饭碗厂创始人的下落。打倒“四人帮”之后，卫厂长的家属要求为她平反昭雪。这一愿望最终得到组织的批准。她恢复了名誉，可人却回不来。谁也不知道她在哪里，是死是活。当年，卫妈妈并没有被正式审判。人们翻遍法院的卷宗，找不到有关她的任何文字记录。参与揪斗和关押她的机构和人员太杂，她像一摞档案一样被转来转去，几经易手，最终像档案一样弄丢了，成了永远的秘密。

有人说她早已去世，不然肯定会回来；也有人说不一定，也许她患了失忆症，将过去的一切忘得干干净净，正在某个山清水秀的地方过着安宁幸福的生活。

不是运动胜似运动

四年的大学生活，一眨眼就过去了。1000多个日日夜夜，洪婉霞严格遵守着寝室、教室和食堂的三点一线，似乎其他地方遍布着热病的陷阱。而在同学们看来，她像一本厚实的书，初看时似乎平淡无奇，然而韵味悠长，越看越精彩。

大学期间，洪婉霞一直没写入团申请书。同学们问起原因时，她说自己还达不到团员的标准。开始，大家以为这是她的托词。临毕业前，全班同学都入团了，老大哥等三位同学还入了党，就剩下洪婉霞这一个白区。不行，老大哥决定发动大家“群起攻之”，怎么着也要她递交一份入团申请书。

洪婉霞还是说自己不够格，态度非常诚恳。同学们相信她说得并非托词。“什么，你不够格？”小不点说，“你入党都有富裕的。”

老大哥说是啊，如果她不够格，那其他人就更达不到团员的标准了。他举出洪婉霞在食堂摔跤的例子，在一刹那间她根本来不及考虑先保护自己还是先保护同学的饭碗，本能使她做出了那样的举动。这说明什么？说明自私的本能已经被利他的本能所取代。除了洪婉霞，谁能做到这一点？

老大哥分析得太精辟了，大家不禁鼓起掌来。团支部宣传委员俯身对小不点说，还是老大哥有水平。小不点透露，这是他那位哲学系哥们的论点。老大哥最大的优点是博闻强记，但不是死记硬背、生搬硬套，而是将别人的观点有机地揉在一起，用自己的语言表述出来。

掌声结束后，老大哥对洪婉霞说，“所有的支委都在这儿，大家已经同意了，就差你补一份入团申请书。”

洪婉霞知道，如果再谦虚就要犯众怒了。她答应第二天递交入团申请书。小不点不解地说，这事还需要拖到第二天吗？洪婉霞说她没写过入团申请书，总要琢磨琢磨吧。小不点说不用那么费劲，把她的申请书拿来抄一遍、签上洪婉霞的大名就行了。

洪婉霞疑惑地看着组织委员，这样合适吗？组织委员闪烁其词地说，只要真实地表达自己的愿望就行，不在乎什么形式。接着，组织委员建议索性再耽搁大家几分钟时间，把鉴定会开了。为郑重起见，支委们从女生宿舍门口移师到图书馆前的草坪上，席地而坐。洪婉霞的优点很好概括，但她的缺点怎么写，大家有些犯难，最后采纳了小不点的建议，“今后，希望洪婉霞同学树立更远大的革命理想，以饱满的热情和昂扬的斗志投身于四个现代化建设的热潮中。”

就这样，洪婉霞一“跤”摔进了共青团。老大哥喜出望外，最后一个堡垒终于攻破了。

而洪婉霞则愁绪满怀。在她看来，团员好比是红花，一般群众则是绿叶，红花也要绿叶扶，全班同学都是团员反而不好，有“亢龙”的嫌疑。这就是其杜撰的“小草理论”。当一丛小草，也许比红花更充实更丰满。“知否，知否，应是绿肥红瘦。”李清照的词，可以视为小草理论的宣言。小草就小草吧，可她偏偏还要留下文字，留下把柄。毕业前夕，洪婉霞在每个同学的纪念册上都涂抹了一丛绿草，并且写上了小草辅佐和陪衬的志向，弄得向往参天大树的老大哥痛心疾首，为她扼腕叹息。洪婉霞知道闯了祸，走出校门后极少跟人提起自己是北大毕业的，唯恐辱没了“北大”这两个字。

在振兴中华的热潮中，洪婉霞走上了工作岗位——某部委图书馆。她随身携带的还是那个裹着蓝布的箱子，另外还有一纸箱书籍。与同学们比，她的书太少了，而且里面主要是课本和笔记本，而其他人的行囊里，都是世界名著及有关行为科学和存在主义等最时髦的书籍。

刚报到不久，连办公室的门朝哪边开都没弄清楚，洪婉霞就被派到街道参加“严打”。

馆里分来了两个大学生，一男一女。本来，馆长准备派男生去。可是他死活不同意。馆长只好找洪婉霞谈话。“洪婉霞同学，我代表馆领导和全体馆员，欢迎你到我们馆工作。我们馆有三十多年的历史，馆藏丰富，非常需要像你这样的专业人员来管理。你愿意在这里工作吗？”

洪婉霞第一次独自面对领导，紧张得要命，头一直低着，心口咚咚直跳。听到馆长的最后一句话时，她稍稍松弛了一些。“愿意”她回答道，声音像蚊子一样轻。

“这就好，这就好！”馆长十指交叉，两只胳膊平放在桌上。“是这样，洪婉霞同学，我们是中央单位，经常要和地方政府交流，支援地方建设。现在，全国各地在开展‘严打’，你知道吧。”

洪婉霞点点头。她觉得奇怪，馆长跟她谈这些干什么？馆长似乎看出了她的心思，马上转入正题，“中央规定，每个部门都要选派人员深入街道参加‘严打’。如果派你去，有什么困难吗？”

“我……行吗？”洪婉霞坦言道，“我身体不好，跑不快。”

看到洪婉霞为难的样子，馆长哈哈大笑起来，几天来他头一回这样开怀地大笑。“身体不好、跑不快都没关系，不是要你去抓坏人，那些事警察会办。你的任务主要是到街道居委会，帮助做些组织宣传工作。”

“如果是这样，那没问题！”

“你愿意去？”馆长没想到她这么痛快。

“愿意，这有什么不愿意的！不就是去居委会工作一段时间吗？以后还会回来。”

“对，对，工作半年后就回来，换别的同志去接替你。”

只要能发挥自己的作用，洪婉霞觉得到哪儿都一样，她没觉得居委会有什么不好。这时，家里已经装电话了。当天晚上，她就把这个情况告诉了爸爸。洪工为女儿担心，说她应该告诉领导自己身体不好。

“领导说了，又不用我去抓坏人，和身体好坏没关系。”

“怎么没有关系呢？”洪工一一分析道，“你身体不好，成天在胡同里转，不累呀。还有，中午饭问题怎么解决？如果在单位，中午可以在食堂吃饭，吃完了还可以休息一下。而在外面，就不一定有条件了。”他知道女儿老实，表示要亲自与图书馆领导沟通一下。

洪婉霞劝父亲别插手，说好的事，她不愿意变更，哪怕她会因此而吃苦受累。再说啦，累了可以在居委会休息呗。

小不点知道了洪婉霞的去向后，不停地叹气，唉，她完全辜负了支委们的希望，不仅没有树立更高的革命理想，反而降低到大家无法想象的程度。八十年代初期，所有单位都处于青黄不接的状态，都需要新人。她想发动全班同学帮她重新找工作。洪婉霞说没必要，到街道工作是临时性的。小不点认为，关键不在于多少天，而是领导用人的态度。他太不拿北大的毕业生当回事了。

北京市每个居委会都进驻了中央部委“严打”领导小组，每个小组三五人不等。若干小组组成一个大组。第二天，洪婉霞一大早就朝热炕胡同走去，参加全体组员碰头会。

七弯八绕，洪婉霞进去时，会议已经开始了，椅子上坐满了人，她靠门边站着。一个四十多岁的男子阐述了“严打”的重要意义后，接着宣布各小组的名单、工作内容和工作方法。这是她参加过的最简短的会，比入团鉴定会短，比评三好生更短。十分钟后，大家都分散到自己所在的胡同。

洪婉霞原地不动，分配在热炕胡同工作组。组员有三人，其中一人来自某医院，大家叫他朱胖子。朱胖子与洪婉霞年龄相仿，中专毕业，在医院工作了两年，交往广泛，说起话来一套一套的，加上他肚皮微微突起，恰到好处地显示出他的派头。洪婉霞本能地怵他。而他却像真正的领导一样，见到洪婉霞就问了个底朝天。像刚进北大时那样，洪婉霞首先不可避免地要告知自己是“何方人士”。为准确起见，她将早年的行踪一一如实交代。

“唉哟，侬还在上海蹲过，是阿拉老乡啦，”朱胖子说。“侬在上海啥地方？

咸阳北路 38 号。唉哟哟，阿拉就在隔壁弄堂。”

洪婉霞凝视着他，恍惚在哪儿见过，可是又想不起来。朱胖子误解了她的表情，“真的，这种事体骗侬做啥？”

在洪婉霞的思绪中，朱胖子的声音开始变调、伸展、延长，撞击在北京四合院的墙上、回响在上海里弄的上空，“Chairman Mao – i–s o–u–r great leader.”会是他吗？那个“一帮一”、“一对红”的男孩。洪婉霞问朱胖子的大名。“朱建国，”他快速而有些含混地吐出这三个字，让人觉得他的大名不如绰号来得堂皇。

是他！洪婉霞报出了自己的姓名，并提到“一对红”的往事。朱胖子一头雾水，本来就圆鼓鼓的眼睛更凸了。他不记得什么“一对红”，也想不起当年的英语游戏。

洪婉霞颇为沮丧。令她魂牵梦绕、挥之不去的往事往往在别人心里找不到栖息之地。她再次感慨自己没出息，尽记些没用的东西。如果能像老大哥那样，将名人名言背得滚瓜烂熟多好；或者，能脱口说出米开朗琪罗和贝多芬的主要作品也行。这样，别人高谈阔论时她不至于插不上嘴。可是，那些内容她听了多少遍，都是左耳朵进，右耳朵出。

看到洪婉霞蔫蔫的，朱胖子一时也找不到话题。恰好此时居委会主任来了，他们开始讨论今后的工作安排。

谁能无辜

小组的工作很轻松，一点也没有警匪搏斗的凶险。开头几天，片警小谭向组员介绍辖区的总体情况，重点介绍有前科的居民，如小偷、劳改释放人员、打架斗殴者等。洪婉霞听到后，受到震动，胡同里竟然藏着这么多的牛鬼蛇神！同时，她也感到一种莫名的兴奋，有如阅读惊险小说那样的刺激。小谭每次介绍完后，都要带他们去那些人家里，当面加以警戒或训斥。

他们本想去一个小偷家，没想到路上碰到了一个瘦高个子。他的脸非常小，只有常人的一半宽，另一半似乎被刀削了，所以绰号叫刀脸。刀脸看到片警带着一帮人走过来，扭头想退回家。可是已经晚了，小谭喝道：“站住！”

刀脸马上站着不动，谦卑地陪着笑脸，“哎，谭公安，您早！”

小谭用手指在空中画了一个圈，指着身边的几个人，满脸严肃地说：“他们是中央派来的‘严打’领导小组成员。你今后要服从他们的管教！”

“哎，是，是！”刀脸的身体也弯成了薄薄的一把刀。洪婉霞看到他猥琐的样子，心里一阵发凉。

“知道为什么找你吗？”

“知道知道，我有罪，我有罪。各位领导，谭公安，我当时小，确实不懂事。您们放心，我再也不会犯了。”

朱胖子说：“如果再犯，你就别想再出来了。”听他的口气，似乎对刀脸的前科了如指掌。洪婉霞不由得看了朱胖子一眼。

“是，是。”刀脸原地站着，不敢动，“我当时太年轻，太不懂事了。您知道，我现在早改了。”

小谭厌恶地朝他摆摆手，“走吧，走吧。”

“谢谢。”刀脸转身就不见了。

朱胖子问小谭：“他犯过什么罪？”

小谭说，“唉，整个一个大流氓，总是当着大姑娘的面脱裤子。而且大都是冲着他家隔壁的小玉。不过，她也不是什么……迟早会犯事。”

小玉？洪婉霞心里咯噔一下，会是她吗？不会吧，叫小玉的人多啦。这时，她听见朱胖子问道：“你怎么只说了一半，她不是什么？”

小谭“唉”了一声，不知道该怎样表述。朱胖子穷追不舍地问他为什么认为小玉迟早会犯事呢？

感觉，感觉！小谭说没这两下子当不了警察。

朱胖子点点头，建议到小玉家去一次，敲打敲打。小谭说没必要，如果不放心，可以找她爷爷吹吹风。他简单地介绍了小玉家的情况。

“父亲自杀”、“她和母亲被扫地出门！”洪婉霞倒吸了一口冷气，莫非真的是小玉？名字相同，家庭情况也相同，很可能是她。久违了的负疚感重新笼罩在洪婉霞的心头。她想立即见小玉，却又害怕看到她。

在刀脸之后，小谭带着小组成员去见“老油条”。此人非常有钱，可小谭一直没弄清楚他的钱是怎么来的。还有，这个胡同里所有的“问题青年”见了片警都点头哈腰的，唯有这个“老油条”例外。洪婉霞说，也许他确实守法，所以不怕公安。

朱胖子拉下脸教训她道，“你呀，太单纯，别看你是大学生，什么都不懂。他这种人，一看就有问题，只不过没被抓着，所以才这么翘尾巴。”

洪婉霞低头不语。“别看你是大学生……”几天来，这句话成了朱胖子的口头禅，总挂在嘴边。他还埋怨洪婉霞矜持、拐派头，问她一句就答一句。在朱胖子面前，洪婉霞像个怯生生的小学生，只有听吆喝的份。他说，他就是外语差点，不然也能考上北大。其实，外语成绩仅按10%的比例计入总分，基本上是参考分。不过，洪婉霞没有点破。与朱胖子相比，她确实显得什么都不懂、不会。她在医院积累的经验和见识一点也派不上用场。

一周下来，该谈话的人几乎都谈了。小组成员撤回居委会。在活动室里，大家实在没什么事干，大部分时间和老头老太太们聊天。居委会主任是个五十多岁的大娘，鼻子翘翘的，像个冲天炮。她嗓门大，办事利落，也很自负。“我能干着啦，什么都知道，什么都能干。如果我文化水平高些，或者我生长在陕北农村，早几十年参加革命，现在当个市长、部长保准没问题。”

“知足吧您啦。”每逢此时，王大爷都要给主任泼冷水。他解放前当过店员，肚子里有点墨水，现在在居委会做宣传委员的工作，但没这个名分。

“人不能知足，知足就会停下来，不知足才能进步，对不对，朱组长？”尽管主任知道朱胖子不是组长，却总是这么称呼他。

朱胖子恭维了她一番，主任露出得意的表情。“男爷们尤其不能满足，要不断进步！小谭就是一个反面教材。他穿上了警服，就人五人六的，也不考考警校，再往上走走。结果怎么样？连你们家小玉都看不上他，给崩了回去。是不是呀，老王？”

王大爷满脸疑惑，她这是哪儿来的消息呀？他压根都不知道孙女和小谭有这个过节。

“你那脑袋，只装着算盘珠子，孙女的事一点也不关心。告诉你啊，我的消息绝对可靠，小谭的妈妈亲口告诉我的，她还托我当媒婆呢。我哪能把他们俩捏在一起啊。”

小玉的名字天天往洪婉霞耳朵里钻，天天在她的梦中回响。她决定登门拜访，哪怕被小玉臭骂一顿也要去，否则她一辈子不得安宁。可是，真到了小玉家门口，洪婉霞又停下来，她无法解释自己的行为，无颜面对小玉愤怒的目光。

她不得不退回居委会，把事情的原委告诉朱胖子，请他做伴，一起去。朱胖子愉快地答应了，“这有什么难为情的？你年纪那么小，谁知道有什么后果？又不是故意害他。”他走在前面，咚咚咚地敲开了小玉家的门。

“你是谁？”小玉开了一道门缝。

“我们是中央‘严打’小组的，旁边这位是我们组的洪婉霞同志。她是你小学的同学，想来看看你。”

小玉定睛看了看洪婉霞，她手里拎着自己小时候喜欢吃的萨其马。小玉心里掠过一丝暖意。不过，她迅即把它驱走，眉毛微微扬起，狠狠地挖了洪婉霞一眼，“我不认识这个人，你们走吧！”

洪婉霞脸色绯红，低着头拉拉朱胖子的衣角，示意他离开。可是，朱胖子毫无收兵的意思，“不认识她没关系，跟我们说说话总可以吧。我说过，我们是中央‘严打’小组的。”

“我又不是犯人，谁怕你‘严打’。”

“不是犯人？等你当了犯人就晚啦。”

洪婉霞又拉了拉朱胖子的衣服，轻声说，“咱们走吧。”

“多管闲事！”说着，小玉把萨其马丢出来，“砰”地一声把门合上。

朱胖子冲着门喊道，“来看你是给你面子，不识好歹！”说着，他拣起萨其马，

“她不吃我们吃！”

因小玉的事，洪婉霞情绪低落，别人高谈阔论时，她总是捧读《光荣与梦想》，读不进去也硬撑着。她觉得自己以前看的书太少，正好利用这段时间补一补。看累了，她就帮王大爷写“严打”的墙报。

朱胖子每星期要到其他居委会了解情况、交流经验。他虽然总是数落洪婉霞，但也喜欢跟她在一起，所以每次都带着她。洪婉霞也乐得，希望借此从阴影中走出来。

这天下午，朱胖子和洪婉霞刚回到热炕胡同，小谭就找上门来，“小玉出事了！”

洪婉霞的预感得到验证，她非常着急：“出什么事啦？”

“她昨天一夜没回家，王大爷急死了，一大早就来报警。”

洪婉霞松了口气。她爷爷着急可以理解，可警察有必要这么大惊小怪吗？她轻轻地说出自己的想法：“也许人家跟朋友出去玩，太晚了就没回来。”

“问题就在这儿。她总跟一些不三不四、奇装异服的人来往，能有好事吗？”

洪婉霞不再言语，怕朱胖子又数落她。最近朱胖子角色转换很快，已经具有了警察的第六感觉，“说不定小玉已经被带到哪个派出所了。”

朱胖子太神了，只差没说出派出所的名称和地点。过了两个小时，螳螂街派出所打来电话，问热炕胡同是否有个叫王小玉的姑娘。接电话的是王大爷，他一听忙不迭地说，“有哇有哇。”

“你是什么人？”对方警觉起来。

“我……是热炕胡同居委会的老王。”

“叫你们片警过来认人！”对方说完，砰地挂上了电话。王大爷跌跌撞撞地冲出居委会办公室，逢人就问，“看到小谭了吗？小谭在哪里？”

听完王大爷的叙述后，小谭请朱胖子和他一起去领人。朱胖子得意地看了看洪婉霞，那意思很明白，“怎么样，我说得没错吧。”洪婉霞心乱如麻。她怎么也想不出小玉到底干了什么坏事。在“严打”期间被抓，后果严重。

朱胖子问她要不要跟他们一起去？洪婉霞摇摇头，她觉得身体发软，走不动。

傍晚时，小玉被领了回来。她在朋友家跳贴面舞被抓。因为她不是主犯，而且小谭替她说了些好话，对方才放人。路上，他一个劲地数落小玉，“‘严打’期间收敛点，你爷爷没告诉你？如果谁家黑黢黢的，飘出音乐声，警察一定会敲门查看。难道你不知道？看你今后怎么做人！”

“我今后怎么做人不用你操心！”小玉刚才蔫蔫的，现在活了过来，对小谭一点也不客气。

朱胖子不干了。“哎哎，你怎么说话的你！不是小谭帮你好说歹说，你出得来吗？至少不关个六七年？这么没良心。放老实点，别以为出来了就万事大吉。我们照样可以把你关进去。”

小玉乖乖地在家待着，一连数十天不出门，连倒尿盆的活都由爷爷代劳。洪婉霞每次走到她家门口心脏都扑扑乱跳，浑身软绵绵的，没有力气跨进去。她觉得，小玉现在的一切，她都逃不了干系。

我们都从那个年代过来，我们并非无辜，正是我们共同构成了那个年代，创造了那个年代。

“不行，”洪婉霞告诉自己，“不能这样躲避，一定要和她谈谈。”一天，乘小玉出来上厕所的机会，洪婉霞尾随其后走进她家。屋里光线很暗，低矮的屋檐下浮动着一股尘土和什物混合的霉味。

小玉似乎知道她跟了进来，刚进门便转过身来吼道，“你来做什么，炫耀自己混得多么好？滚你妈的蛋，我不愿看到你！”

洪婉霞看着小玉扭曲的脸，没吱声。小玉提高了声调，“滚你妈的蛋，听到了吗？”

“我是来向你赔罪的，我确实错了！”洪婉霞小声然而一字一顿地说。

“错了，你现在知道错了？当初你为什么要告诉老师？你把我毁了，知道吗？”多年的怨恨，包括最近的屈辱，都喷发出来。

父亲自杀后，小玉和母亲被扫地出门，在农村待了几年。后来母亲改嫁，小玉回到北京，住在爷爷家。王大爷的老伴早走了，身边没有其他亲人，非常疼爱这个孙女。可如今小玉性情大变，像陌生人一样，整天和爷爷说不上一句话。

洪婉霞呼吸急促，几乎喘不过气来。她几次张口，却什么声音也发不出。她的沉默使小玉更加愤怒，“我恨不能宰了你。”这时，她的目光落在桌上的一把剪刀上。早晨，她缝扣子时用过它，非常顺手。现在，这把剪刀似乎盯着她，在发出不可抗拒的无声的召唤。

就在一瞬间，剪刀飞到小玉的右手上。她握着它，一步一步逼向这位不速之客。洪婉霞镇静自若，一动不动地看着越来越近的寒光。

小玉感到意外，脚步慢了下来，“你不怕？你以为我不敢？”

“我不怕。如果你觉得这样做好受些，你就动手吧。”洪婉霞不相信小玉会起杀机，她再怎么变，也不会变成一个杀人犯。

小玉迟疑着走到洪婉霞身边，缓缓举起右手。剪刀在她头顶停留了一会儿，突然咣当一声滑落下来。小玉蹲在地上，声嘶力竭地喊道，“我他妈的被你毁了，毁了！”

洪婉霞不知所措，跟着蹲了下来。

小玉拾起剪刀，抽泣着说，“你他妈的把我毁了。”她边说边拿剪刀戳自己，鲜血即刻从她的臂膀浸出来，滴在地上。

洪婉霞惊呆了，没料到小玉会自残。几秒钟之后，她才用力抱住小玉的胳膊。小玉扭动着身躯站起来。挣扎中，洪婉霞的脖子上被划了一刀，火辣辣的痛。鲜血似乎唤醒了小玉复仇的欲望，她开始疯狂地挥舞双臂，胡砍乱戳。洪婉霞的外衣被捅破了好几处。

她扫了一眼，屋子很窄，没有躲避的余地，必须贴近小玉。当小玉的右手上下舞动，落到腰部时，洪婉霞猛冲过去抱住她，死死地顶住她的右胳膊，让她的右手举不起来。

两人僵持着，脸贴脸，呼哧呼哧地喘息……小玉喷出的怒火灼烧着洪婉霞，使她的脸发烫。真难以置信，仇恨竟然会转化出这么大的能量。因为用力过度，小玉的伤口又涌出一股股鲜血。

室内安静极了，只有两个女性的鲜血在地上悄悄地流淌、融合。

疼痛从身体的各个部位向洪婉霞袭来，似乎身上的皮肤被撕开了。她双腿发软，神情有些恍惚。不行，如果这样硬拼下去，她肯定不是小玉的对手，虽然她比小玉高半个脑袋。

想到这里，洪婉霞松开双手，躲到桌子后面。桌子很小，当中露出一条缝。当小玉持刀冲过来时，她抬起桌子撞击对方的腹部，小玉痛苦地哼了一声，脸上一阵痉挛。

喘息了一阵后，小玉朝后退了一步，然后举着剪刀再次冲过来。洪婉霞不知哪来的力量，举起桌腿应战。剪刀穿过桌面，卡在当中。洪婉霞乘机跑了出去。

逃到离小玉家五六米远的地方，洪婉霞看身后没有动静，才停下来，惊魂甫定。胡同内一个人也没有，安静极了，几只鸽子歇在灰色的屋脊，发出梦幻般的咕噜声。它们的背后有几根电线，穿过白云、穿过明澈的蓝天。

洪婉霞靠在墙边，发现身上好几个部位湿乎乎的，衣服贴在那里，钻心的疼，必须立刻去医院包扎。她刚迈步，可是想到小玉还在屋里，便放弃了这个念头。不行，不能丢下小玉不管。她失血过多，万一晕过去了怎么办?

洪婉霞回到小玉家门外，轻轻推开一道门缝，朝里窥视，只见桌子四脚朝天，小玉躺在桌边，双目紧闭，似乎正在享受一次难得的睡眠。

“小玉，小玉！”洪婉霞跌跌撞撞地跑过去，托起小玉的头。小玉看了看她，目光柔和了许多，“你再给我一刀吧……”说完，她又闭上了眼睛。

“小玉，小玉！”洪婉霞发出一连串撕心裂肺的叫喊。她瘫软在地，两眼一黑，失去了知觉。

朱胖子在居委会办公室迟迟不见洪婉霞的踪影，感到很奇怪。他猜想她可能找小玉去了。可是，就小玉的脾气，能和她谈一个多小时吗？朱胖子感到不对劲，赶紧朝小玉家走去。走到她家门口时，朱胖子叫了一声“洪婉霞”，没有回应。透过虚掩的门他看见翻倒的一条桌腿，尘土在它上面的一道斜光中飞舞。他似乎意识到什么，猛地推门而入。

半小时后，洪婉霞和小玉躺在了人民医院。洪婉霞身上共缝了六针，没大碍，她本来不想住院，可是朱胖子反复动员她住进去，以防万一。其实，他有自己的算盘，为本组出一个‘严打’先进人物做铺垫。受伤程度和先进程度成正比，洪婉霞一住院，先进分子的名额基本上锁定了，说不定他们小组可以成为先进集体呢。

朱胖子逢人就表白自己的功劳，“如果不是我及时发现，会出人命的……”

在洁白的病房，一瓶又一瓶药液在消炎杀菌的同时，也消弭了多年的仇恨。两个老同学和好如初，毛主席没发话，她们也和好了。

小玉问洪婉霞恨不恨她，洪婉霞说，“不恨，真的不恨，只要你能原谅我，再挨几刀也值。”她再次跟小玉解释，如果说她不会撒谎，谁也不相信。她只能说当时被老师唬住了。她恨自己怎么连撒谎都不会。说到这里，洪婉霞泪水涟涟。

小玉后悔莫及，恨不能再拿把剪刀捅自己。洪婉霞发现，她手腕上有一圈刀痕，一看就是割腕留下的伤疤。这伤疤比她这次的自残更令人震惊、更令人心疼。哀莫大于心死。而她在如花似玉的年龄就已经心死了。

第二天，小谭到医院探望她俩，并做了案情笔录。洪婉霞照实说了，但要求小谭不要将小玉行凶之事曝光。小谭合上笔记本，“你这不是叫我为难吗？”说完，他扫了小玉一眼。洪婉霞发现他的目光特别复杂。洪婉霞知道有戏了，使劲哀求，小谭被她的坦诚和气度所打动，终于点了点头，“尽量吧。”

因为没伤着要害，她们恢复得很快。没事时，两人久久地伫立在窗边，透过隐隐的雾霾和高楼间的缝隙，凝神眺望着当年住宅顶上的红色瓦片，眺望着在时空中飞舞的羊拐子和沙包。小玉翘翘辫上系着的红头绳，是那么的鲜艳……

旧貌换新颜

春节前，北京下起了入冬以来的第一场雪，开始是稀疏的几乎看不见的微粒，灰蒙蒙的像雾、像阴霾，把街景变得模糊不清；后来，雪越下越大，大朵大朵的雪花在空中旋转而下，轻灵而冷艳。洪婉霞放下书本，走到胡同口，欣赏着久违的雪景。

这时，老大哥兴冲冲地跑过来。他看到洪婉霞站在路边，调侃道，“咦，你专程到此迎接我呀。”

“是啊，”洪婉霞接过话头，声称她有第六感官，知道有贵客来访。

老大哥哈哈一笑，洪婉霞参加工作以后进步很快，会说话了。“那么，”他问道，“能猜出我来做什么吗？”

洪婉霞想不出老大哥下雪天跑来有什么要紧事。老大哥告诉洪婉霞，二里沟某国营外贸公司有空缺，问她愿不愿意去。那个单位福利好，肥得流油。如果不是提拔在望，他自己都想调过去。说完，老大哥拍打着肩上的雪花。

尽管老大哥说得天花乱坠，洪婉霞一点也不动心。她对自己的状况很满意：宿舍离办公室只有几步路，省去了上下班的车马劳顿。“严打”是临时性的工作，而且几乎整天没事，不着急不上火的，多好啊；一日三餐有食堂，馋了可以自己烧几个菜。还求什么呢？如果调到一个新单位，一切都要从头来。而且，那个单位虽好，自己能否胜任还是个大问题。

老大哥听了直着急，洪婉霞怎么还是老样子，对自己那么没信心？在他看来，北大毕业的，到哪里都抢手，根本不存在这个问题。老大哥再三劝她，机会难得，好好考虑考虑。如果想去，本周五下午去二里沟面试。

洪婉霞说，那更不行，她后天就去上海过年，票都买好了。

老大哥摇摇头，唉，探亲重要还是一辈子的前途重要？真拿她没办法！他失望地垂头匆匆离去。他走过的地方，雪花飘转得更凌乱了，形成更浓的一团雪雾，一条雾的通道。

工作后的第一个春节回上海探亲，这是洪婉霞老早的计划。但直到动身的头一天，她才把这个决定告诉姑父，并要求他保密，谁也别告诉。如果四表哥和铁梅知道了，又会引起一大堆麻烦事。

抵达上海后，洪婉霞发现上海人的外表发生了很大的变化，女人开始烫头，男人打起了领带，但城市本身还是老样子。她刚踏进客堂间，就听见外面传来铁梅的声音，“小霞来啦！”

铁梅人未进门，一股馨香便飘过来，这是那种浓烈但招人喜欢的香型。铁梅走近后，洪婉霞盯着她连声说，“阿拉呆掉了，呆掉了！”边说边拉着铁梅的手，仔细地观察她。铁梅面颊上抹了日本进口的润肤霜，脸色微微放光。乌亮的头发卷曲着，披散在肩上，越发衬出她皮肤的细嫩光泽。她穿着藏青色的薄棉袄，领口处露出一截鹅黄的丝巾，入时而不俗气。

洪婉霞摇着铁梅的胳膊喊道，如果她走在街上绝对认不出来，简直成了大美女啦。

铁梅抿嘴一笑。她觉得她一直蛮漂亮，只不过人家没发现。

铁梅的样子使洪婉霞惊讶不已。看来，精神状态不仅能改变人的内心，而且能改变其外表。由此她更加相信，女人最好的化妆品是自信和愉悦的心境，那些贵得要命的霜呀露的倒在其次。铁梅几乎完全变了个人，一点也看不出傻的痕迹，唯一没变的是她两眼间的距离，依然比常人宽了许多。

两人刚坐下，铁梅便提议去吃早茶。洪婉霞说不饿，在火车上已经吃了面包，以后再出去吃吧，先陪长辈说说话。铁梅说那好，她叫人送几份早点过来，“你喜欢吃的糯米油条和酒酿。”说着，她从包里掏出“大哥大”。

洪婉霞感慨道，她现在派头够足的。铁梅笑了笑。

晚上，她和铁梅一起睡在亭子间。熄灯后，铁梅接到一个电话，邀请她到和平饭店吃夜宵。洪婉霞看看挂钟，已经晚上十点半了，“你够忙的，现在还有约会。”

铁梅说她经常这样，像个夜猫子，不过这样蛮好，她还动员洪婉霞一起去见识见识上海的夜生活。以前，和平饭店只招待外宾，洪婉霞从来没进去过，如果不是困了，她真会随铁梅去开开荤。

从第二天开始，洪婉霞身不由己地被铁梅带着到处跑，早出晚归，比上班还累，比在街道居委会见到的人还多。天晓得铁梅怎么会有那么多朋友，他们轮番请客，锦江饭店、新亚饭店、红房子和杏花楼等上海的高档饭店吃了个遍。每次，铁梅都会对主人说，“侬看看，好好看看，我妹妹，北大的高才生。阿拉以前帮侬讲，侬不相信，说我吹牛皮。这有啥好吹牛皮的。”而他们几乎异口同声地说，梅总老是真真假假的，他们被她搞怕了，所以……

“罚酒，罚酒！”铁梅一点也不客气，主人起码要喝三杯茅台或芝华仕，才能过关。喝完罚酒，主人照例要敬洪婉霞。洪婉霞端着茶杯，表示不会饮酒。大家劝她饮一口，意思意思。她红着脸，说一口也不行。这时，铁梅过来解围，“阿拉妹妹确实不能吃老酒，伊生过毛病的啦，以茶代酒算了，她的酒我来吃。”说完，一饮而尽。

谈笑间，铁梅并不忌讳提及自己的婚事。她说追自己的一大群人都没安好心，想她的钱，“没门！”她学了一句北京腔，带着不自然的卷舌音，引来哄堂大笑。

铁梅说，对每个追求者她都要问一个简单的问题：“侬欢喜不欢喜盐精枣？”盐精枣？好多人根本不知道是哪几个字，更不晓得是一种食品。但他们不敢表露出来，随便答道，不喜欢。不欢喜哪还有戏！也有人违心地说喜欢。听到这个回答后，铁梅会追问一句，盐精枣多少钱一粒？还未等别人回答，她就得意地说，“答不出来吧，骗人！”

在杏花楼的餐桌上，铁梅突发奇想，说她想设立一个奖学金。好哇，洪婉霞马上表示支持。好多农村出来的大学生每顿饭都是馒头咸菜，异常窘迫，是该有人来关心关心他们了。但说到奖学金的名称时，洪婉霞坚决不同意。什么？婉霞奖学金？不行，不行，难听死了。再说了，她觉得自己并不突出。“我算什么呀？”日后，这句话成了洪婉霞的口头禅。

“侬就是了不起！”铁梅使劲做洪婉霞的思想工作。“侬想想，大家想想，”她指指周围的朋友，“阿拉妹妹在医院待了那么多年，凭自学就考上了北大，全世界能有几个？”

是了不起，了不起！大家纷纷附和着。洪婉霞低头喝了一口鱼翅汤，呛了一下，不停地咳嗽，脖子根都红了。任凭铁梅怎么说，洪婉霞就是不同意。铁梅说得越多，她越警惕，想起当年被铁梅拉着看乌龟脚病友和学黄帅时的情景，可别再丢人现眼了。

铁梅见说服不了她，便问那奖学金叫啥名字呢？要不就叫发烧奖学金，也是对她生病的纪念。

别扯了，世界上哪有这种名字的奖学金？

怎么不行？铁梅说，发烧是最常见的毛病，只要是从娘胎里掉下来的，谁没发过烧？但这个最普通的病，医生不一定能治好。她介绍了表妹的病史，然后问大家：“你们说该不该起这个名字？”

朋友们听了，感叹不已，难怪铁梅老是把表妹挂在嘴边，确实了不起！神！不过，用“发烧”作奖学金的名称，大家还是不敢恭维。

铁梅是从善如流的人，从来不固执己见。既然所有人都不喜欢，那叫“洪钟奖学金”也行。听到自己的“笔名”，洪婉霞闹了个大红脸。铁梅把表妹当年写墙报的事迹告诉大家。酒桌上的气氛更热烈，杯盘碰得叮当响。

既然洪婉霞什么都不同意，铁梅索性自己拍板，最后定名为“金饭碗奖学金”。名字确定了，接下来就是具体操作的问题。铁梅的顾问团队最终没能与北大达成一致意见。她一气之下把奖学金转到民办的新燕京大学。

信命的人说，老天有眼，或者说第一任厂长在冥冥之中保佑着她的女儿。老天确实有眼。对铁梅来讲，当初翻出家中的存折，从银行取钱、数钱，拿到交易地点等等无一不是巨大的挑战。挑战也就是机遇。老天爷非常公平，并没有因为铁梅是智障人士便取消了这个机遇。

在女儿的事业突飞猛进的时候，袁老头头上的右派帽子被摘掉，重新获得了行医权。可他既不感恩也不买账，依然要求当他的清洁工。他声称自己得了消毒灵和清洁剂依赖症，一天不冲不洗就难受。而且，他认为环境卫生工作就是治病的一个组成部分，甚至是更重要的部分，相当于外治，而汤剂等是内治。两者可以殊途同归，或者相得益彰。

铁梅不干了，她这样全国知名的企业家，怎么能让自己的阿爹扫厕所呢？全国人民不戳断她的脊梁骨？可任凭女儿怎么劝说，袁老头都不改初衷，每天坚持去医院做卫生。铁梅只好妥协，组建了一个保洁公司，为中医院提供超五星级的保洁服务。

保洁公司刚开进医院时，铁梅死活不收费，说此举是为了帮助自己的亲爹，哪能收费。天长日久的，不知后来怎么又收上了，而且还不低。院方觉得亏了，而铁梅则说保洁公司是她旗下唯一亏损的公司，亏就亏吧，这不是为了阿爹嘛。

有了保洁公司，袁老头不用成天低头干活，动动嘴巴就行了。当然，每天下班前，他都情不自禁地拿起抹布，在随便哪个窗台上擦那么一两下，否则一晚上都不踏实。

兄弟阋于墙

在上海待了一周，洪婉霞便觉察出四表哥与铁梅之间的矛盾。当着亲友的面，他们还过得去，私底下他们连话都不说。38号的气氛愈来愈沉闷。姑父感慨不已，都是金钱惹的祸。还是穷一点好，几碗泡饭，一根油条，大家分着吃，亲亲热热。这钱一多，肚皮里头就烧得慌，头脑发热，不知自己姓啥，兄妹反目，只差不认祖宗了。

随着事业的发展，铁梅与四表哥的冲突日益尖锐，藏也藏不住了。金饭碗是卓越集团的前身——就是好铁饭碗厂的首创，四表哥认为卓越集团理所当然地拥有冠名权和商标权。铁梅的理由更简单，就是好铁饭碗厂是她妈妈一手创办的，她当然享有继承权。卓越集团的常年法律顾问反驳道，卫妈妈虽然是就是好铁饭碗厂最重要的创始人之一，但不是唯一的创始人；是金饭碗的制造者之一，但不是唯一的制造者。况且，铁饭碗厂是集体企业，在工作时间的发明创造属于职务发明，单位享有相应的权利。

洪婉霞终于明白，铁梅把她的时间安排得那么满，是为了不让她与四表哥见面。不过，她到了上海，怎么可能不见四表哥呢。四表哥怕她为难，让她随便编个理由，比如见沪籍的北大同学呀、到舅舅家拜年呀等。洪婉霞没同意，见自己的表哥还用费那么多心机吗？她直截了当地告诉了铁梅。

四表哥和洪婉霞约定，初七上午派车接她到工厂转转。洪婉霞说不用麻烦司机，她自己去，不就是两三站路吗。四表哥告诉她，工厂早搬迁了，原来那块巴掌大的地哪够用？

数年前从洪婉霞那儿取到真经后，四表哥白天上班，晚上“恶补”，弄了个电大文凭，挤入“四化”人才之列。他被区领导相中，精心培养成为铁饭碗厂第四代领导人。上任后，四表哥大胆改革、锐意进取。为跟上时代前进的步伐，他屡次更改厂名，先将“就是好铁饭碗厂”改为“优越铁饭碗加工厂”，使社会主义的优越性具有了实实在在的载体，看得见摸得着。随着产品链的不断扩展延伸，“优越铁饭碗加工厂”顺理成章地变成了“卓越金属制品厂”，意在追求卓越，敢于在国际市场上与鬼子拼一拼。这一回，不仅厂名前半部的修饰语从“优越”改为“卓越”，而且名字本身也发生了突变和超越，从“铁饭碗”变为“金属制品”，最大限度地拓展了产品的概念和领域。

在四表哥的领导下，卓越金属制品厂饮誉世界五大洲。他经常出国参展、谈判，洪婉霞难得见他一面。不过，他频频在各种媒体上曝光，洪婉霞还是能看到他。表面上，四表哥风光无限，但仔细观察，你会发现他非常憔悴，眼睛周围有一圈淡淡的黑影。不过，只有洪婉霞这样长期在医院生活过的人才具备这种眼力，其他人看不出来。亲友们眼里的四表哥喜气洋洋、风光无限。

在红地毯上，在耀眼的镁光灯面前，四表哥曾多次想起洪婉霞，对她传授的学习秘笈心存感念。

初七上午，风和日丽，天蓝云白，洪婉霞乘坐的丰田车驶入宝山县境，只见路东砖红色的围墙绵延数里，蔚为壮观。围墙中间，开了一扇三十八米宽的大门，门的拱顶上是一溜钢制的厂名，每个字都漆成古铜色，由工字钢支撑着，与拱顶牢牢地焊接成一体，厚重而坚实。身着西服的四表哥站在门外，满面笑容。他的身后是一排又一排高大整洁的厂房。在阳光的照射下，车间白色的外墙格外耀眼，隐隐波动着，仿佛云雾在蒸腾，火焰在跳荡——那携带着历史基因和时代印记的白色的火焰。洪婉霞想到了她住过的病房，想到了四表哥回敬给美国佬的礼物。

四表哥钻进汽车，带洪婉霞到车间参观，如果徒步，几个小时都走不完。洪婉霞说她完全呆掉了，这么大的厂区都是他们厂的吗？四表哥说当然。

洪婉霞啧啧称奇。她做梦都没想到，铁饭碗厂能做得这么大。

四表哥说，这仅仅是一个厂区，在其他城市还有好多分厂。这些年，虽然公司的产品从“铁饭碗”扩展为金属制品，四表哥仍嫌不够酣畅淋漓，不足以舒展他无限的精力和豪情。在企业改制的潮流中，他率先在全国倡导企业多元化战略，并购了相关和毫不相关的诸多企业，使卓越金属制品厂一跃成为集食品加工、饮料、金属制品、卫生洁具、饭店旅游等为一体的大型企业集团，独步海内，声震寰宇。集团食品事业部的主打产品是黑米制品，名之曰“黑五类”系列，具有提高人体免疫力、延年益寿、滋阴壮阳等功效，一时风行全国，成为居家旅行、馈赠亲友的抢手货。过年时节家家户户的厨房里都洋溢着黑米的芬芳。卫生洁具产品则囊括了古今中外各色各样的抽水马桶。卓越人高瞻远瞩，看到了马桶发展的无限空间，大胆地研制出具有自主知识产权的自动喷水、自动烘干、具有保健按摩功效的马桶，使先富起来的一部分中国人进入了出恭的最高境界。他们的另一种主打产品“保通马桶”是专门为便秘者研制的，缓解了便秘者的痛苦。

在西部厂区，洪婉霞看到房顶上矗立着两个巨幅广告，一个是“至尊至贵的典范，欲死欲仙的享受”；另一个是“一旦拥有，何复所求？”这就是保通马桶的广告词。全国各大电视台在每天晚上的黄金时段争相播放，以至三四岁的小孩都会吟诵。

黄口小儿之所以能记住这些并不那么顺口的广告词，全仰仗几位影视明星深厚的表演功底和朗诵功底。几秒钟的工夫，便深入十亿灵魂（扣除一两亿没有电视或不看电视之人），多么不容易啊！明星就是明星。所有人，包括以前嫉妒他们的人，在这两句广告问世之后，都成为他们的铁杆影迷或歌迷。

一位著名的经济学家在国家核心期刊上撰文指出，虽然卓越集团的投资领域广泛，但始终围绕着生命的循环而展开，说白了，就是围绕着吃喝拉撒展开。它的规模巨大，但大而不散。这是卓越集团成功的秘诀之一。而其他龙头企业本来在国内独领风骚，可一旦采取了多元化的发展战略，就变得臃肿不堪，举步维艰。

开始的时候，四表哥一直兴致勃勃地介绍自己的工厂，可是从保通马桶车间出来之后，话题就变了，他喋喋不休地谈论他与铁梅的矛盾，好像表妹是专程来调查是非曲直的。四表哥多次强调，铁梅能有今天，多亏了他无私的帮助。“侬想想看，她怎么可能有生意脑袋！她的每一个步骤都是我指点的。”四表哥掰着指头数起来，最初买铺面、开金饭碗精品店，后来成立金饭碗质量鉴定中心和金饭碗信息交流中心，在全国各个旅游点销售金饭碗等，有哪一个主意是她铁梅想出来的？帮帮她无所谓，大家都是亲戚嘛，可是四表哥最讨厌忘恩负义之人，无法容忍恩将仇报的行为。

就财力和营销能力而言，金饭碗集团尚无法与卓越集团抗衡，但铁梅名声好，好多老革命都知道她支持某某儿子上大学的事迹，深受感动。原来，中国还有这样良心未泯的私营企业家，不容易，要支持！因此，铁梅的活动能量超乎四表哥的想象。他百思不解，同样是托人办事，往往四表哥托的人地位更高、权力更大，可每回铁梅都能起死回生，再往上捅，事情就发生逆转。四表哥不知道老革命家在其中起了制衡作用。

洪婉霞回京后，“严打”小组就该轮换了。也就是说，她可以回机关上班了。可谁都不愿接替她。看到馆长为难的样子，洪婉霞主动提出再干一任。

馆长喜出望外，“真的！到底是北大出来的，素质就是不一样。”

其实，洪婉霞并没有多么高的觉悟，她愿意干的理由很简单——好玩、自在！和住院时一样，在居委会，她每天都可以耳闻目睹一些新鲜的人或事。同学们见面时，她把这个想法告诉大家，一时传为美谈。同学们再也不敢小觑她了。有人说，北大出了两个奇人：辜鸿鸣老师和洪婉霞同学。因为某项工作引起住院的回忆而喜欢这项工作，绝！！！微斯人，谁能有此襟怀？只有老大哥等个别人为她惋惜。

“严打”结束时，洪婉霞被评为先进。评选时，她再三谦让，推荐朱胖子，因为朱胖子也是连干了两任。但大家都嫌朱胖子嘴太碎，时刻不忘自我吹嘘。更重要的是，他没有洪婉霞转变失足女青年的感人事迹。从小组、大组到西城区再到北京市，绿灯次第开启，洪婉霞顺利当选。这使她非常苦恼，因为除了自始至终的坚持，她实在想不起自己在“严打”期间有什么突出的表现。她曾怯生生地低着头，要求领导换人。领导和蔼地劝说道，“小同志，这是大家对你的信任和鼓励，别推脱了，过分的谦虚就是骄傲，也要不得！”

洪婉霞愕然。当年她谦让“三好生”时，也听到类似的说法。

两周后，她和一百多名来自全国各地的先进分子在人民大会堂受到中央领导的接见。经过人民大会堂门口又高又粗的柱子时，洪婉霞的心灵受到强烈的震撼。她猛然体会到了什么叫神圣，什么叫宏伟，同时也更加觉得自己的渺小。她不由自主地朝柱子顶端望去。一根根圆柱由粗到细，倾斜着伸向天空。天空，满是云霞满是岩浆满是山火满是伤口满是猎猎抖动的旗帜。她猛然听到了“团结起来，振兴中华”的口号声。那声音带着一股灼人的力量撞击在她身上，发出萧萧之声。

这声音悠长深远，仿佛从千年万年之前传来，从千里万里之外传来。

一百多人在会见大厅排成五行，等待中央领导的出现。门口静悄悄的，没有动静。大家开始猜测，今天来的是什么级别的领导。“起码副总理以上。”“那还用说！兴许小平同志和总书记亲自来。”“那样就太棒了，我这辈子没见着毛主席，怎么着也要见见现在的总书记。”

在潮水般的掌声中，一个熟悉的身影健步走向话筒，面对着大家。洪婉霞站在第三排，看得很清楚，不过她还是眨眨眼睛，不错，是院长，真的是他！院长复出后，她偶尔在电视上见过，面容和身姿都异常熟悉，但总觉得隔了一层，是那种书本的画面的熟悉，犹如影迷对未曾谋面的巨星的熟悉。这次近距离的相对，洪婉霞才相信他就是那位曾经朝夕相处的病友。院长越活越年轻。如果不是亲眼所见，她怎么也不敢相信，几年前这个人曾挣扎在死亡线上。

院长讲了十分钟，他扫视人群时，突然看到一张熟悉的面孔。他停顿了一下，如果不是实况转播，他肯定会叫出声来。散场后，他扬起手臂指着洪婉霞大声喊道，“你个小丫头，害得我好找。别人是逃婚，你是逃‘干爹’吧，哈哈哈哈。”

一瞬间，大家的目光都转向洪婉霞，有的惊奇，更多的是羡慕。谁呀，和首长这么熟。而洪婉霞则像被领导批评了似的，满脸通红，好半天才走到院长跟前。“我逃什么，高攀还来不及呢。你自己高高在上，把我忘了吧。”说完，洪婉霞对自己的表现感到奇怪，刚才的紧张、拘束到哪里去了？怎么如此放肆，人家现在可是党和国家领导人呢。

院长夸她有水平。照她这么一说，反倒成了他的不是。洪婉霞说当然啦，如果他真想找自己的干女儿，还能找不到？

院长把洪婉霞带到会场旁边的一个会客厅。服务员端来绿茶，一股淡淡的清香弥散开来。

洪婉霞说，“您现在的气色真好，看起来比我还健康。”

“是嘛，那要感谢你哟。如果不是你使劲劝阻，我早就去见马克思了。你现在怎么样，病早好了吧？”院长很好奇，她怎么会被评为“严打”先进分子呢？

洪婉霞把自己的情况向院长做了汇报。院长把她的联系方式记下来，表示哪天得空要请她吃饭，正式收她为干女儿，“不然你要骂我，当了大官，就把老朋友忘了。”

“你现在有那么多国家大事要操心，把我忘了也正常。我骂你做什么。”

“你看你看，这不就是骂我吗？国家大事是国家大事，亲情是亲情。我们共产党人难道是铁石心肠，六亲不认？”

“八一”节的前一天，中央办公厅的车直接把洪婉霞拉到人民大会堂。在高大宽阔的厅堂内，她转了一个弯，又转了一个弯，来到宴会厅。院长在大厅东北角的一个餐桌旁等她。天啦，这么大的宴会厅，就他们俩？洪婉霞的心怦怦直跳。

院长说，滴水之恩，当涌泉相报。为报答洪婉霞当年的鸡蛋西红柿面，他曾暗下决心，有朝一日要在最好的餐厅请她。仿膳、鸿宾楼、全聚德等，院长都考虑过，最后觉得人民大会堂最合适，最能表达他对人民的感恩之心。他强调，餐费由他自掏腰包。宴会厅很安静，两个服务员默默站在一旁，每上一道菜，她们都轻轻地报出菜名。主食是鸡蛋西红柿面。院长后来也喜欢上了这道主食，既开胃，又有营养。

餐勺和碗碟发出清脆的声音，在大厅内一层层扩散、消失。洪婉霞平时吃饭很快，这回有意识慢慢嚼着，不时看看洁白的桌布、辉煌的灯火。她告诉院长，设计院已经搬到西安，条件好多了，希望他有时间回去看看。院长连连点头，会的，有时间一定去，尤其要看看她父母。他们都是非常好非常好的同志。

洪婉霞点点头，确实如此！

席间，院长几次停止咀嚼，凝视着洪婉霞，欲言又止的样子。洪婉霞好生奇怪，难道他有什么难言之隐吗？这一顿饭，吃了二个钟头。直到最后，院长才告诉洪婉霞，他女儿死了。

什么，马护士死了！洪婉霞吃惊得张大嘴巴，尚未嚼碎的饭菜掉在桌上。“她那么年轻，怎么死的？”

“自杀。”院长低下头，轻轻咕哝了一句，似乎不愿意提这两个字。

兄弟依然阋于墙

婚后，马护士被树为与工农结合的标兵，《人民日报》用了整个版面加以报道。可事实上，她的生活苦不堪言。白天，她在田间地头拼命地劳作，晚上还要忍受班长的折磨。

班长拼命的最后一搏，并没有给他带来任何荣誉。复员前，他既没立功受奖又没提干，四年的苦白吃了。如今，儿时的伙伴都过上了老婆孩子热炕头的生活，他连普通农民都不如！班长把一肚子怨气全撒在老婆身上。

太阳落山后，地狱就升起来。每当夜色降临，马护士便浑身发冷。在炕上，她一声不吭，任丈夫蹂躏。她身上青一块、紫一块的，几乎没睡过一个好觉。

“你这条毒蛇，比地主婆还狠毒，竟敢拿手术刀敲老子的命根。”这是班长最常说的枕边话。他边说边抡开拳头，“敲呀，你怎么不敲了？”

炕上的虐待代替了炕上的满足，进而，虐待的过程变成了满足的过程。有时，班长真的体验到久违的兴奋，下身有了动静。他的动作轻了下来，变成一个温存的丈夫，抚摸着妻子光滑的身躯。可是当他拉开架势时，勃起瞬间消失了。

他趴在妻子身上，号啕大哭。

两年过去了，传宗接代的事毫无进展。班长面临的压力越来越大。他想到了“借种”，并把这个想法告诉妻子。马护士听到后，气炸了肺，“你还是人吗？”

班长低下脑袋。但是，他并不想改变主意，除此之外，没有其他办法。他开始琢磨找谁借。作为农民，班长深知种子的重要性。首先，他想到了村里最有文化的人，会计。可是会计年龄偏大，而且他老婆太厉害，知道后真敢把丈夫的命根剁下来喂狗。掂量来掂量去，他想到了王二柱。两人先后在同一个部队服役，也算是战友。

二柱话不多，但颇有心计，在部队提干，转业后担任乡长，据说即将调到县委工作。跟他做交易，可以为自己将来的升迁铺平道路，一举两得。至于王二柱的态度，班长心里有数，从他看自己老婆的眼神就能猜出八九分。

此后，班长对妻子的态度大为好转，不仅不打她，还帮她做家务。马护士知道他的把戏，睡觉时格外留神。半个月过去了，什么也没发生。马护士绷紧的弦松了下来。不过，她还是睡在炕沿，让丈夫睡在里面。

一个闷热的夏夜，马护士刚睡着，便被一阵吱嘎的声音吵醒。她睁眼一看，丈夫已经下了炕。“干什么？”她警觉地问。

“拉屎。”睡觉前，班长就说他闹肚子。马护士挺纳闷，晚餐没吃什么荤腥呀。由于一连几天没睡好，马护士极端疲乏，在狗吠声中很快又进入梦乡。在梦里，她进入手术室，命令班长把裤子脱掉。没料到班长早已脱得精光，粗壮的男根像炮塔一样立起来，散发出一股特殊的气味。

“流氓！”，马护士话音未落，班长便将她压在身下，胡子拉碴的嘴巴凑了上来。奇怪，刚才她还站着，什么时候躺下来的呢？而且，班长的手张得大大的，使劲按在她的胸部。她窘迫不堪，忍受着他粗重而略带酸腐味的喘息。正当马护士想推开班长时，一个硬邦邦的东西进入她体内，某个部位似乎被撕裂，疼痛中夹杂着麻酥酥的电击般的感觉，她的身体随即变得轻飘飘的，像水雾在空气中弥散，像微风在山峦里消失。

粗重的喘息越来越响，变成了呻吟。马护士猛地醒来，看见身上竟然趴着一个陌生人。她想推他打他，可是身体软塌塌的，没有一丝力气。“禽兽，你们都是禽兽！”说完，她闭上眼睛，泪水顺着眼角流了出来。过了一会儿，她想起来，陌生人是乡长。他曾陪同记者采访过她。当时，乡长贪婪的眼神令她非常不自在。

听到马护士的咒骂，王二柱犹如被人抽了一鞭子，身体一哆嗦，从她身上滚下来，把炕上弄得湿乎乎的。

第二天，马护士发高烧，一连三天躺在炕上，不吃不喝。班长给她煮的面条一直放在炕桌上，面条里有两个荷包蛋。天黑以后，马护士曾挣扎着爬起来，想以头撞墙，可是浑身没力气；想喝敌敌畏，但找遍了犄角旮旯也没看见。班长早把它藏了起来。

班长三番五次跪在她面前，痛哭流涕地求她。马护士再次妥协了。而且，她以为有了孩子，丈夫对自己会好些。

可是，几个月下来，她的肚子还是平平的。班长失去耐心，又开始折磨她，一面骂她婊子，一面照样叫乡长钻到自家的炕上。

马护士万念俱灰。一天，她利用劳动的间隙，来到塬上，想找个断崖结束自己的生命。可是黄土塬平缓广袤，她走得满头大汗也没找到合适的地方。透过眼帘上的汗珠，她觉得天地白茫茫一片，犹如白色的火焰在燃烧。一个小时后，当她终于来到断崖边时，几乎虚脱。她没有力气纵身一跳，只能一步一步往前挪。就在她挪到断崖边时，一首旋律悲怆、音调高亢的信天游突然像滔滔河水奔涌而来：

山坡坡开了一朵无根花，
留不住妹妹你真走呀！

天上下雪地上白，
你走了多会才回来？

叫一声妹妹你不要哭，
腊月河冻我回来呀。

你走那天刮了一阵风，
响雷打闪我不放心。

风吹日晒大雨淋，
世上苦不过受苦人。

马护士听出来，这是柳根唱的。

柳根早已结束流浪生活，回到村里。正午或者傍晚，马护士常常听到他那极具穿透力的歌声。每当此时，她都会停下手中的活计，静静地欣赏。信天游如同一束阳光，照亮了她灰暗的生活。

马护士转身，看到柳根一瘸一瘸地走过来。他说，他怕她寻短见，所以一直跟着她。马护士看着他，泪光莹莹。沉默了一阵后，她跟着柳根回家。

骄阳似火，天高地阔，黄土塬上慢慢移动着两个黑点，移动着苍鹰的翅膀。他们疲惫不堪，在一个背阴的地方坐下来休息。柳根一边下意识地拔草，一边给马护士讲自己的家世。

1948年春，柳根的父亲得了一场大病，不能下地，不得已，家里请了帮工，农活误不得啊。谁料到，解放后，这竟然成了他父亲被评为地主的根据。雇了帮工，就算剥削阶级。

父亲于1961年春天去世。柳根坚持认为是去世而不是“失踪”，如大队书记用的那个词。少算一个死人对书记很重要。那年，和全中国其他地方一样，王一村经历了前所未有的饥荒。无论白天还是夜晚，村里死一样的安静，人饿得无力动弹，狗饿得没有力气叫唤。柳根家稀粥只能隔天喝一碗。父亲饿得奄奄一息，在床上连续躺了十几天。阴历三月三这天，他决定绝食。“我反正是快入土的人啦，吃了也浪费。”

柳根坐在父亲旁边，根据他嘴型的变化猜出了他的意思。“不行，”柳根坚定地说，“我们死也要一块儿死。”

老人既难过又欣慰，到底是自己的根苗，倔得要命。当晚，谁也没吃饭。两碗粥摆在炉灶旁，清清亮亮的，月光在里面微微荡漾。

第二天，柳根起床较晚，饿肚子时要少动，这样可以节省力气，也等于节省了饭食。他一直睡到中午，醒来后发现父亲不在炕上，他那根光滑的竹拐杖也不见了。柳根一下子明白过来，拼命冲出房屋。

他走了一天也没有找到父亲的踪迹。

他俩坐的斜坡下面是长满荒草的山沟，而它的南面则是黛色的秦岭山脉，绵延万里。蜿蜒曲折的路，在天地间细小如麻线，而千百年来在这些路上出没的人，则更加渺小。

柳根的达观和他对苦难的诠释，平复了马护士埋藏心底多年的创伤，鼓起她生活下去的勇气。

院长恢复工作后，班长重新对马护士的态度来了个 180 度的大转弯。不知他是如何探听到的。马护士知道他的意图。果然，没过几天，班长便催她去探望父亲，给自己谋个好工作。他的目标是，起码要弄个县武装部长当当。马护士解释道，自己早就和父亲断绝了关系，现在去找他太唐突，不会有结果的。班长见软磨不行，就来硬的，往死里打，锅铲、笤帚或扁担，什么东西顺手就拿什么抽打。马护士数次昏死过去。

本来，马护士有些动心，一方面她对自己以前的幼稚举动非常后悔，出嫁后常常梦见父亲，另一方面也想借此改善夫妻关系，安度余生。可是丈夫的歹毒使她万念俱灰。就在“严打”期间，马护士喝农药自尽。那时，她已有两个月的身孕，而且陕西省委已经知道了她的身份，准备把她全家迁往西安。

班长闻之，顿足捶胸，不仅扇了自己两个耳光，还想找王二柱拼命。

讲到女儿的惨死，院长泣不成声。洪婉霞闻之，心如刀绞。秘书知道，这事对首长的伤害有多大。他再次提出把这个畜生抓起来宰了。院长说不行，如果那样，人家会说他滥用职权。而且，人都死了，抓他也没用。

秘书坚持己见，不能便宜了那个杂种。这事与首长无关，他来办，出了什么事他兜着。院长还是摇头，“你兜着和我兜着有什么区别？乱弹琴！说好了啊，你别插手，如果乱来，我撤你的职。”

“撤职也不能饶了那个畜生！”秘书牙齿咬得咯咯响。

洪婉霞泪流满面，半天说不出话来。她怎么也没想到，班长竟然是这种人，不，这种野兽！她也求院长，不能放过这种人，不然他又会去害别人。

这句话打动了院长。他沉吟了一会儿，还是摇头。统帅过千军万马、消灭了万马千军的大将居然没能保护自己的女儿！院长再次老泪纵横。

洪婉霞拿餐巾给他擦了擦，动情地说：“从今天起，您就拿我当亲生女儿吧。”不过，她还是不好意思叫他爸爸。

参加完表彰先进大会后，洪婉霞的生活一如既往，白天到街道做些收尾工作，晚上在图书馆看书。馆长给她配了一张办公桌。在食堂吃完饭后，她便在书的海洋里畅游。这样的日子太惬意、太充实了。

一天晚上，洪婉霞在办公室编目时，门卫突然打来电话，说大门口有人找。奇怪，谁会这么晚来呢？她合上书本，急忙跑到门口。原来是四表哥。洪婉霞请他到宿舍坐坐。

四表哥说他刚和别人应酬完，还要赶回宾馆，就在路边简单说几句吧。可是，他盯着洪婉霞，迟迟不开口。这可不像四表哥的做派。难道出什么事了？洪婉霞有一种不祥的预感。

四表哥用上海话告诉她，“侬阿弟被捕了。”

洪婉霞像被什么东西猛击了一般，脑袋嗡嗡响，身体直摇晃。怎么可能呢？怎么回事呢？弟弟虽然不是什么……可也不可能是罪犯啊。

“他什么时候进去的？”

“一个多礼拜之前。”

“我父母知道吗？”

“暂时别告诉他们，别把他们吓出病来。”

“你是怎么知道的？”

四表哥说一言难尽。这事牵涉到他和铁梅的矛盾，而且，是铁梅使坏把弟弟送进去的。

铁梅使的坏？洪婉霞更加不可理解。你们之间有什么深仇大恨，偏要往死里整。而且，她怎么会有这么大的能量，随随便便就把一个人送进监狱？

四表哥叹口气，“请你相信我，慢慢你就会明白的。她为什么拿你弟弟开刀？因为她一时还动不了我，所以先动我身边的人。我就是为这事来北京，找人帮忙，看能不能先把你弟弟捞出来。”

参加“严打”后，洪婉霞才知道“捞”这个词的确切含义。不过，她还是有些糊涂，弟弟什么时候成了四表哥的人？她表示要直接找铁梅问问此事。四表哥认为现在不妥。铁梅再傻，也不会承认。这样一闹开，反而会坏事。

洪婉霞觉得，事情已经到了这一步，还能坏到哪儿去，问问她到底怎么回事，如果有误会，也许能消除。

四表哥说，“我和她已经到了你死我活的地步，下辈子也解不开。不过，我现在也没有什么好办法，你不妨试试，也许她会买你的面子。”

四表哥走后，洪婉霞马上到办公室，拨通了铁梅的大哥大。嘟嘟几声之后，听筒里一片嘈杂，大概铁梅又在哪里吃夜宵。听到她“请讲”的声音后，洪婉霞把反复掂量的话全忘了，突然哭出声来，“你为什么这么狠心，我弟弟怎么惹你啦？”

“啥人啥人，哦，是小霞吧，侬乱七八糟地讲的什么呀？你弟弟怎么啦？”

“你不知道？”

“我刚出国考察回来，自己家的门还有跨进去，哪能晓得你们家的事体？”

洪婉霞说明了情况。铁梅发誓她真的不知道，但会马上托人去打听消息。她要洪婉霞放心，即使弟弟一时出不来，也要让他在监狱里过得舒舒服服的。这点本事她还是有的。

洪婉霞稍稍感到一丝宽慰，“你要把他捞出来，监狱再好，也是监狱啊，哪有什么好日子。”

铁梅说笃定笃定。她劝洪婉霞不要听四表哥的一面之词。他善于挑拨离间，把脏水都往她身上泼。天地良心，尽管她跟四表哥有矛盾，但对洪家掏心掏肝都来不及，怎么会使坏呢？说完，铁梅挂断了电话。

洪婉霞拿着听筒站了许久，嘟嘟的声音在办公室内回荡着，撞击着墙壁。她回忆着刚才的每一句对话，得出结论，铁梅知道弟弟被捕的事。四表哥没有冤枉她。

第一次在报纸上看到“严打”这个词时，洪婉霞觉得它仅仅是个铅字，印在纸上的铅字，和自己毫无关系，没料到她的第一份工作就与它紧密相连；更没想到的是，她的亲弟弟竟成了“严打”的对象。这是他命中注定的一劫。

只要是世界上存在的东西，弟弟都能找到（只有金饭碗是个例外）。有一段时间，他担任金饭碗集团的人事总管，网罗了三教九流各种人才，包括洪婉霞当年的病友及其亲戚。弟弟辞职后，这些人也陆续离开金饭碗集团。离开也没关系，可是他们偏偏都投到四表哥的麾下。铁梅将这一切都归罪于弟弟，耿耿于怀。另外，顾瑾对金饭碗事业的冷漠，也使铁梅异常恼火。本来，以她的专业背景和声望，给金饭碗做个鉴定易如反掌。可是任凭铁梅怎么求她、收买她，顾瑾都不为所动。她反复强调，她不是这方面的专家，无法确认金饭碗的真伪。铁梅生气地摔下电话，“什么狗屁的真伪？你说真的不就是真的了？”

在和部属多次协商后，铁梅决定拔掉四表哥周围的“土围子”和“碉堡”，使他孤立无援，完全暴露在炮火之下。这是“擒贼先擒王”的灵活运用，可以名之曰“擒王先擒保镖”。她手下人办事利落，很快就将目标锁定。他们写好检举信，叫几个弟弟以前的女朋友签名，弟弟就进去了，非常简单。

进去容易出来难。一个多月了，弟弟还待在铁窗之内。远在西安的父母终于知道了儿子的事。顾瑾当时就晕了过去，醒来后连连问道，“怎么办怎么办，怎么才能叫他免刑？”可是到了第二天，顾瑾却整天嘀嘀咕咕地数落儿子的恶行，“活该，他这是罪有应得！”

洪工不耐烦了，“你不了解情况，怎么能说这种话？什么叫流氓罪？即使谈的女朋友多，和她们有性关系，也是道德问题而非刑事犯罪的问题。”

顾瑾嚷道，“你怎么知道就没有刑事问题呢？我早就提醒过他，要树立正确的恋爱观，对女孩子要真诚，不要今年谈一个，明年又谈一个，不能这么没良心啊。”

妻子说的都是事实，洪工无言以对。

弟弟喜欢纯朴的姑娘，纯朴往往也意味着落伍、古板。这样的女朋友又不适合他的生活圈。于是，弟弟免不了花重金，提高女朋友的品位和档次。档次提高后，女朋友便逐渐失去了纯朴的天性，开始讲排场、赶时髦， 花钱如流水。这样的女人对弟弟毫无吸引力。于是乎，他便陷入了寻找——抛弃——再寻找——再抛弃的怪圈。当然，对于公安人员而言，这正是他资产阶级腐朽人生观的证明，也是他犯罪的证明。警察了解到，他不仅玩女人，还迷上了赌博，借着出国考察的机会到拉斯维加斯，一次输了数千元。

从此，洪婉霞晚上平静的读书生活被打乱，洪工隔三岔五地打来电话，探听儿子的情况。他知道女儿消息灵通。一天，洪工问女儿看了当晚的新闻联播没有，洪婉霞说没有，她宿舍里没有电视。洪工说，“老院长今天又出现在电视里。”

洪婉霞“嗯”了一声，她知道父亲要说什么。果然，洪工吭哧道，“你……能不能找他说说情。”

洪婉霞觉得父亲要么被弟弟的事搞晕了头，要么真的老糊涂了。人家可是党和国家领导人，天下大事多着呢，哪有工夫管她家的闲事。

“他不是你干爹吗？”

“也就那样说说，哪能当真。”

“我了解老院长，他不是那种人。”

“即使他愿意，我也不好开口啊。谁知弟弟是不是真的一点问题都没有？”

“唉……”洪工叹口气，把电话挂了。

坦白的后遗症

秘书不顾一切，把班长送进了监狱；而院长也真的撤了他的职，要重新物色秘书。他问洪婉霞能否推荐一个北大的同学，要求是党员、知识面广、富于责任感。洪婉霞很惊讶，“您真的为此事把秘书给撤了？”

“是撤了，”院长点点头。他看洪婉霞嗔怪的神色，解释道，“早就该放他走，他不能给我当一辈子秘书。”

洪婉霞这才舒了一口气，“我以为您真的把他撸到底了呢。”

“你是不是以为我的身体内根本就没有心脏？”院长说，“本来，我想调你来，可我们这种关系不行，违反组织原则，所以请你推荐一个同学。不过，你也可以来中办，不直接跟我就行了。”

他以为洪婉霞会非常兴奋，没料到她简简单单地回答道，“我不去。”

“为什么？”院长很奇怪。

“我干不了。”

“干不了可以学啊。你这么年轻。”院长说，“到这里来，可以接触很多事物，提高各种能力，以后挑重担。”

洪婉霞说不行，“我挑不了重担，天生不是那块料。”

院长劝她，谁也不是一生下来就当干部，都是在工作中学习，在实践中提高。“你也不要太清高，走上重要岗位可以更多地为人民服务啊，也不完全是为自己。”

“我身体不好，服务几个读者还行，当公仆可吃不消。”

“你看你，就这点出息，身体怎么不好？怎么也比我这个老头子好吧。我看你是在医院住懒散了，丧失了斗志。好吧，那你就继续干你的图书馆吧，多看几本书，等我老眼昏花了，给我念书、讲历史、讲宇宙间的奇闻趣事。”

“好哇，这是我最愿意干的事。”

院长兴致很高，和她聊了起来。“记得你还有个弟弟？”

“是。”提起弟弟，洪婉霞的眼圈红了。这天的报纸刊登了非常可怕的消息，不少人因为流氓罪被枪毙。弟弟的情节与他们相仿。如果这样，弟弟不仅是坐牢的问题，而是能否保住性命的问题。

院长发现了她的异常。“怎么回事，你弟弟有什么不好吗？”

洪婉霞把弟弟的事告诉了院长。“我怀疑他成了别人斗争的牺牲品。”

“我相信你，”院长说，他看到一些内参，知道在严打期间发生了不少偏差，中央正在考虑起草一个文件，予以纠正。全党都在着手处理“文革”期间遗留的冤假错案，再也不能制造新的冤假错案了。院长表示他会过问弟弟的事情。

洪婉霞感激不尽，连声称谢！

“谢什么，有错必纠，是共产党人的优良传统。我们党能从小到大、从弱到强，就是因为我们敢于纠正自己的错误。何况，你我是患难之交，就算为你破一次例，也应该！”

从院长家出来后，洪婉霞立马把这个情况告诉父母。顾瑾听到后，喜出望外，“这下有救了，这下有救了！”

和父母通话后，洪婉霞兴致高涨，一个电话把老大哥招来。老大哥只犯嘀咕，这么晚了有什么急事吗？她洪婉霞还能有什么大不了的事吗？当洪婉霞把当秘书的事告诉他时，老大哥不敢相信，“是中央的某某某吗？”

“是啊。”

“你认识他多久啦？”老大哥满腹疑惑，难道参加一次“严打”，就跟国家领导人攀上了？她没这个能耐啊。

“你甭管那么多，告诉我愿不愿意吧。”

“哪有不愿意的！就怕你办不成，让我白欢喜一场。”

“你这人，我什么时候吹过牛？”

“我也知道你不是那样的人。可这事太突然太奇怪了，如果是其他同学介绍，我还能相信，可偏偏是你！我好像在做梦似的。”老大哥连拍自己的脑袋，以证明他没做梦。

老大哥分析道，不同历史阶段有不同的当官捷径：北洋军阀时代当马弁、民国时当副官，进入新中国以后，就要当秘书。部长秘书担任司局级领导的概率超过95%，如果能当副总理以上官员的秘书，以后最低也能混个副部长。“你想，如果你真能让我当上他的秘书，那不等于送我一个部长的美好未来？这不是天上掉馅饼吗？”

“你怎么越来越像个官迷？”洪婉霞数落道。

老大哥听了，感到挺委屈。“怎么你也这样看我？当官只是手段，不是目的。我们处在历史的转折点，是跨世纪的人才，不应该有所作为吗？”

两周后，老大哥开始在中南海上班。

除了父母和老大哥，洪婉霞没有对任何其他人提及她和院长的关系。攀上这么大的官，她非常难为情。

“严打”收尾工作结束后，洪婉霞回到部机关，从事借阅工作。在图书馆，编目需要较强的专业知识，而借阅可以说是最没有技术含量的活。但洪婉霞想都没想就接受了。她对工作的向往，犹如病人吃了激素后对食物的渴求，什么都那么香甜可口，白菜萝卜和海参鲍鱼已经没有区别。对她来讲，只要对读者有帮助，那份工作就有趣味、有价值。

去图书馆的并非全是读者，也有朱胖子这样的熟人或朋友。“救命之恩”成了朱胖子接近以致追求洪婉霞的资本。“严打”结束后，他每周都要到图书馆来转一圈，俨然是洪婉霞的男朋友。

有一天，老大哥在洪婉霞的宿舍看到了朱胖子。这么个其貌不扬的家伙，连本科生都不是，还想追求北大的毕业生？事后，老大哥郑重地提醒老同学，“你也别太拿自己不当回事了。怎么着也要找个旗鼓相当的吧。”

他见洪婉霞低头不语，便直截了当地问她，“是否看上了那个家伙？”

洪婉霞嗫嚅道，和他在一起毫无感觉，但人家有恩于己，所以没有勇气拒绝他。不过，除了学历差些，洪婉霞没觉得他哪方面不如自己，“兴许……人家还没看上我呢，就是来玩玩。”

老大哥瞪了瞪眼，“看得上看不上都没他的份！”他擅自做主，略施小计便彻底瓦解了朱胖子的进攻。接着，老大哥发动全班人马给洪婉霞介绍对象。小不点闻之，第一个找上门来。

小不点考上了研究生，毕业后继续留在北大校园。最近，她觅得如意郎君，可谓双喜临门，春风得意。她一进门，洪婉霞就看出来了。小不点烫了头，穿着挺括的浅咖套服，满脸喜色盈盈。而且，她似乎长个了，身姿娇小柔美，活脱脱一个江南美女。最近，她交了个男朋友，中科院生物所的硕士生，不仅聪明，而且帅气逼人。当年读本科时，小不点曾向大家宣布，她要找王心刚那样英俊的男人。同学们听罢，都不吱声。他们的意思很明显，可能吗？白日梦，也不瞧瞧自己！只有洪婉霞劝小不点实际点。她不好说小不点太矮，只说别要求太高，毕竟世界上像王心刚那样的男人不多。小不点说，不多并不等于没有。中国能上北大的人也不多呀，她不是进来了吗！如今，小不点果然如愿以偿。

洪婉霞表示祝贺，并问她是怎样把人家俘获的。小不点认真地说，首先要收拾收拾自己。女人就要有女人味。这大约是她毕业后最大的收获。她建议洪婉霞烫头，而且说干就干。洪婉霞没有思想准备，推脱道，下周吧。小不点说下周她要陪男朋友逛街，没空。当天，她硬把洪婉霞拖到甘家口理发店。

除了小不点，老大哥和同事也给洪婉霞介绍过对象。每当事情稍有进展，也就是说，见过两次之后，洪婉霞便要向对方坦白自己的病史。她说得那么详细、那么全面，听者全都被吓跑了——谁愿意和一个有六年住院史的女子谈婚论嫁呢？只有一个人不相信，“看你红光满面的，非常健康，不可能病了那么久。”他认定洪婉霞在考验自己。

洪婉霞怎么解释都不管用。没办法，她露出了自己手臂上的妊娠纹，“这就是证明。”说完，她还解释妊娠纹是怎样产生的。此后，那人再也不跟她联系了。

小不点知道后哭笑不得，“我的姑奶奶！那都是猴年马月的事，你不跟他们说不行吗？”

洪婉霞觉得应该坦白。俩人要一起生活，谁有能耐瞒他一辈子？

后来，老大哥给洪婉霞介绍了他的一个同事，并且事先把洪婉霞的病史告诉他，省得她自己乱说。那人说不介意，愿意与洪婉霞交往。几次约会后，洪婉霞觉得他对院长的关注超过对自己的关注，每次见面都要询问院长的近况，讲了些什么。洪婉霞还发现，他和老大哥同样是官迷，所不同的是他没有老大哥那样的抱负，津津乐道于官场的荣耀和享受。他念念不忘一次到某省出差，副省长亲自到省界去接他，然后警车开道进入该省的地盘。说到此，他心花怒放，嘴咧得老大，这使洪婉霞想起在颐和园学到了一句英文：He smiles from ear to ear。

洪婉霞一点也不理解为什么警车开道能带来那么大的乐趣。从此，一想到和他见面，洪婉霞便兴趣索然，继而疲惫不堪，还没有出发就累了。他们的关系仅仅维持了半个月。老大哥深感惋惜。他埋怨洪婉霞，“唉，你也真是的，男人有点虚荣也不是什么不可原谅的缺点。”院长也说那人是个前途无量的小伙子，不应该这么轻率地就吹了。

洪婉霞听了，心里也酸酸的，但她改变不了，也不愿意改变自己的好恶。她对院长说，如果找不到对象，一个人过也挺好。院长说，他可不能让自己的女儿当老姑娘。如果她真的嫁不出去，那说明中国男人通通瞎了眼。

难以分割的遗产

时间在车轮底下、在人们的指缝中飞快地流逝。一切如院长预言的那样，洪婉霞不仅结婚生子，还升任副馆长，获得了无数荣誉称号：杰出青年、三八红旗手等，但这些荣誉仅限于“省部级”，因为她的事迹太平凡了，与“国家级”还有相当的距离。曾有一位记者替她打抱不平，雷锋的事迹不是也很平常吗？知情者说，雷锋的事迹确实很平凡，但他写了大量的日记，字字珠玑。而洪婉霞只有一大摞散发着来苏水味的病历，冷峻的文字和化验单富于医学研究价值，但缺乏感动中国的功效。

她担任副馆长一年之后，选拔出国留学人员的工作又开始了。部里提出的基本要求是年龄35岁以上、工龄十年以上，英语成绩优秀。这两个条件对洪婉霞非常有利，因为符合第一项条件的人往往英语不好，而英语水平够格的往往工龄短。最后洪婉霞轻松胜出，到英国学习信息管理，为期一年。

小不点为洪婉霞送行时，说她时来运转了。是吗？洪婉霞毫无感觉。小不点说，这不明摆着的嘛，又升官，又出国，大家眼红的事都叫她赶上了。

洪婉霞想了想，点头承认。也许这些都归功于儿子。

为什么？小不点没有品出其中的幽默，更弄不懂这位老同学的逻辑。

洪婉霞解释说，有些病弱的女人生完孩子后，身体格外健康。她大约属于这类女人。身体好了，工作中才有激情，领导才会赏识你。

初抵英国时，因思念丈夫和孩子，洪婉霞总觉得时间过得太慢。半年以后，她又觉得时间太快了，可惜分身无术，不能同时听两门课。为充分利用宝贵的时间，她只能减少睡眠。

一天半夜，她在阅读参考书时，突然接到老大哥的电话。院长病危，临终前想见见她。

洪婉霞听罢，马上表示提前回国。老大哥沉吟了一番，劝她考虑考虑。再坚持一个半月，她就可以修满研究生课程，参加论文答辩。如果拿不到文凭，等于浪费了这次留学机会。洪婉霞认为，重要的是学本领，能否拿到文凭她并不在意。

三天后，她便收拾停当，登上了回国的飞机。抵达首都机场后，她随老大哥直接去医院。路上，老大哥告诉她，院长的儿女对她回国很反感，要她有所准备。洪婉霞不明白为什么。他们的态度有悖人之常情。

老大哥说，这还用点破吗？他们觉得又多了一个分遗产的人。

洪婉霞苦笑一声，怎么会呢？但是猜疑总有自己的逻辑！怎么办，首先声明放弃遗产？这样未免有些自作多情。她本来就没有财产继承权。可是，如果她不做任何表示，院长的儿女们怎么可能没有敌意。

洪婉霞忐忑不安地走进解放军总医院。院长的病房是个套间，本来很宽敞，可是此时人满为患，院长三任妻子生的六个子女拖家带口的都来了。他们听说洪婉霞从英国赶来，唯恐分遗产时被“闪”了，严阵以待。这些子女中，洪婉霞与马桶盖最熟悉。如今他已经是蜚声海内外的计划单列市市长。

市长是全国最年轻的副部级干部之一，高大英武，不仅有领袖像，也有领袖那种超人的精力，擅长夜以继日地工作。在记者笔下，市长思维敏捷、学识丰富、政绩斐然，近乎完人。洪婉霞了解他的底细，所以虽然钦佩他，但远没到崇拜的地步。在洪婉霞面前，市长从来不提陕西的往事，而且在接受任何媒体采访时，对那段经历一带而过，仅说当年他跟随父亲在陕西生活过几年。市长说，他小时候很调皮。“调皮”在中文里含义丰富，成年人用这个词概括自己的童年时，如其说是自我批评，不如说是自我赞赏。记者很好奇，“您是怎样从一个顽童成长为冉冉升起的政治明星的？”

“下放，”市长简洁地回答道，“知青生活改变了我的人生。”

洪婉霞一走进病房，便被沉闷、悲伤和不安的气氛所笼罩，呼吸立刻紊乱起来。市长面容冷峻，见到她一句话也没说。洪婉霞朝他点点头，跟着他和老大哥走到院长的病床前。

老人颇肖 20 多年前垂死的模样，双目紧闭，面色蜡黄，身后布满了插座、线缆和监护仪。护士们进进出出，脚步放得很轻。

老大哥俯身对院长说，“首长，洪婉霞看您来啦。”

院长没有反应。他鼻子上插着的软管微微颤动，头顶的吊瓶里鼓出无数亮晶晶的气泡。洪婉霞一阵心酸，眼泪吧嗒吧嗒地掉在院长的手背上。她拿出餐巾纸，轻轻擦拭着。院长依然没有知觉。

老大哥走近洪婉霞，朝她使眼色。洪婉霞明白他的意思，蹲在院长的床边轻声说，“我是小霞。”

院长还是没有反应。洪婉霞继续呼喊，一遍，两遍，三遍……院长终于睁开了眼睛，“卫红？”

“我是小霞。”

“卫红？真……的是——你？”

洪婉霞不再纠正处于弥留状态的老人，“是我！”

“卫红……叫爸爸！”

洪婉霞犹豫了片刻，市长的在场使她更加窘迫，但她还是叫了声“爸爸”，刚启齿便满脸绯红。

院长闭目喘息了一会儿，接着嘴唇嚅动起来，“老——大。”市长把大哥叫了进来。院长吃力地抬了抬手，指指床头柜。

市长把抽屉打开，拿出一张信纸。院长看到后，欣慰地朝洪婉霞笑了笑。这是他事先写好的遗嘱。他死后，财产由七个子女均分，包括死去的卫红。卫红的那份遗产归洪婉霞享有。

大哥走出去，把遗嘱念给弟妹们听。洪婉霞的心揪紧了，想象着大伙儿义愤填膺、咬牙切齿的样子。她想推辞，可是院长又闭上了眼睛。她没有勇气走出去，面对他的儿女们。

洪婉霞求援似地望着老大哥。这位一向果决的同学此时也没了主意。拒绝吧，这可是老人最后的心愿；接受吧，他的子女岂能善罢甘休。沉吟了片刻，老大哥说，“这样吧，我和市长商量商量。”

“别商量了，”洪婉霞态度异常坚决，“我不能要这笔遗产，否则我提前回国的目的就不纯了。”

恰巧市长从外屋进来，听到这句话颇感意外。他阅历丰富，见过世界上不要脸的人，还真没见过不要钱的人。洪婉霞离开病房时，市长和颜悦色地和她道别。

当晚，院长与世长辞。

分遗产容易，但要真正做到平均、各方都不觉得吃亏，恐怕连世界顶级的数学家都会头疼。院长逝世后，六个儿女怎么也找不到均分遗产的途径。吵嚷之中，有人愤然提出，干脆卫红也算一份，这样就扯平了。不患寡而患不均。此方案得到众人的拥护。

多出来的一份名义上是卫红的，但到底给谁，又引起纷争。最后老大提议，干脆不折不扣地执行老头子的遗愿，分给洪婉霞。尽管有人嘟嘟囔囔，但谁也拿不出更好的方案，只能如此。

市长把大家的决定告诉洪婉霞。洪婉霞好生奇怪，“不是说好了你们六人分吗，怎么又转回来了？”

市长摊摊手，“唉，你不知道，这遗产又不是一堆钞票，怎么均摊？你不能把字画撕成几瓣，把房子锯开吧。”

洪婉霞怎么也想不通，怎么分成六份不行、分成七份就平均了呢？市长苦笑道，“哎呀，你就别较真了，就当帮我一个忙。我代表父亲谢谢你。”说完，他鞠了一个躬。

洪婉霞赶忙拉着他，别这样别这样！什么忙她都愿意帮，但绝对不能接受遗产。

市长问她如何是好。洪婉霞说，如果他们真的不想要，何不捐出去呢？修建一个以卫红名字命名的卫生站。

市长听罢眼睛一亮。他的兄弟姐妹也一致赞同，并委托洪婉霞全权办理。洪婉霞说这事她可办不了。市长安慰她道，具体事情县政府会操办，她只要听听汇报，掌握情况就行。

既然如此，洪婉霞便答应了。

从此，市长对她刮目相看。他脑海里有两位洪婉霞，一个是清秀然而病怏怏的少女，一个是率真、勤奋的女馆长，他找不到两者之间的联系，或者说，他看不见洪婉霞成长的轨迹。

弟弟和四表哥知道筹建卫生站的事后，执意要赞助一把，而且不附带任何条件，只不过卫生站升格为卫生院。经多方协商，院址选在同学们学农的那块水田上。水田早已干涸，无比坚硬，谁也无法相信这里曾经泉水荡漾，曾经映照着无边的天光云影。

两个月后，马卫红卫生院奠基仪式在茂陵举行。在那里，洪婉霞遇到了唐医生和柳根。唐医生已经退休，柳根则乌鸦变凤凰，成了大腕明星。他红而不紫，每年都要在电视屏幕里刮一阵令人眩晕的西北风，害得在都市里生长的明星们焦躁不安，暗地里赌咒发誓，下辈子投胎一定要冲着穷山恶水的地方一猛子扎下去。

柳根从唐医生那里得知奠基仪式的确切日期后，立刻推掉了一场大型商业演出，赶赴茂陵。当洪婉霞向他走来时，柳根慢慢挥动左手，唱了起来，“蓝格英英的天啊红火火的朝天椒，齐刷刷的灶台啊白生生的面。”洪婉霞会心地笑了。柳根很聪明，他用这种方式消解了光阴的阻隔，似乎他们仍是病友，仍住在同一个病区。

洪婉霞注意到，柳根已经扔掉了拐杖，容光焕发，只是走路一瘸一瘸的，挺费劲。她把柳根介绍给部长和四表哥等一批重量级人物。四表哥和柳根一见如故，当即指定他为卓越集团“黑五类”系列产品的形象代言人。

弟弟也参加了奠基仪式。他四十多岁了，可依然身姿挺拔，面色光润，可惜头上的疤痕有些扎眼。经过多年的漂泊和磨难，弟弟练就了坚强的个性以及善于寻找和捕捉商机的能力，终于成为改革开放后首先富起来的一批人。发迹后，弟弟在上海买了一套300多平方米的外销房，上下三层共十一个房间，其中一间被他设计成食品屋，屋里放着一排排食品架，架上摆满了坛坛罐罐、琳琅满目的各种零食。那时，奶奶的第四代孙子孙女以及外孙外孙女们陆续出世并茁壮成长。每逢节假日，弟弟都要亲自开一辆面包车，在上海的大街小巷四处转悠，把革命后代接到自己家，任他们狼吞虎咽。而他自己颗粒不沾，静静地站在一旁欣赏，从中获得了巨大的满足。每逢此时，他额上的伤疤便熠熠闪光。胆小的女孩见状，不敢靠近他，只有个别男孩情不自禁地伸手抚摸着光滑明亮的伤口，“光溜溜的，老好白相的。”弟弟听罢，露出一丝苦笑，开始缓缓讲述伤疤的来历。

小朋友们都说，他是世界上最好的舅舅（或叔叔）。由于他对小孩不加约束，而孩子们又不知道节制，天长日久，一个个吃得胖乎乎的，大冬天肚子都能凸现出来。家长们急坏了，赶紧给孩子加报周末补习班，英语数学美术小提琴等等等等，一周两个休息日安排得满满的。孩子们再也没有机会去舅舅（或叔叔）家饕餮了。

弟弟接小朋友的车从面包车变为商务车，又由商务车变为小轿车，食品屋的人丁日益稀少。弟弟非常失落。没有了天真活泼的下一代，他一天到晚守着豪宅不知道干什么。弟弟非常渴望有一个新的东西、新的目标，使他能像当年寻找金饭碗一样亢奋，不顾一切地去追寻。然而，这个目标始终没出现。

当大家忙着讲话、鼓掌时，洪婉霞拉着弟弟悄悄溜出去，她想到以前生活过的地方转转。火车站早已废弃。沿着站前一条马路南行，他们来到茂陵小学。小学大门的左边有四个破损的水泥乒乓球台，西边两栋二层的教学楼现在只剩下一栋，整幢楼没有一扇完好无损的玻璃窗。显然，很长时间没人在这里上学了。

洪婉霞心情有些沉重，慢慢地从小学出来，朝西院走去。西院的四栋房子还在，但外墙已经剥落，露出里面的黄泥和稻草。一楼的窗户几乎全被拆毁，留下一个个蛛网横斜的大豁口。二楼稍好，可能还有住户。但这种地方还能住人吗？离楼梯口一两米的地方不仅垃圾成堆，而且还横着一条臭水沟。

东院外面，沿着院墙搭建了很多小商铺，卖服装、杂货、手机配件、食品甚至美容品，应有尽有。马路对面则是自由市场，墙上刷着卖活鸡活鸭的广告。姐弟俩一路都没说话，如同参观陵园般肃穆。从东院出来后，弟弟建议洪婉霞去看望葛兰萍。洪婉霞说她早就计划好了。她问弟弟要不要一起去，弟弟说他一个老爷们，不掺和了。

于是，洪婉霞独自朝公共汽车站走去。

上大学后，洪婉霞曾给葛兰萍写信，解释了不辞而别的原因。葛兰萍虽然理解，但始终不能释怀。尽管多次接到洪婉霞的邀请，她一直没去北京。这回，得知老同学要专程到咸阳看她，葛兰萍喜出望外，看来洪婉霞没忘本，还是原来的她。

八十年代初，葛兰萍进入咸阳显像管厂，当了一名工人。因为洪婉霞的影响，葛兰萍宣布要找个大学毕业生。工友们劝她丢掉幻想，找个门当户对的工人。哪里有那么多的大学生？好不容易分来几个，早被女技术人员盯上了。葛兰萍不信邪。一年之后，车间来了一个大学生。对送上门的猎物，葛兰萍岂能放过？她无师自通地展开温柔攻势，十个月之后便挽着如意郎君，步入婚姻殿堂。

从茂陵到咸阳的交通很方便，乘坐公共汽车只需要四十分钟。下午四点半，洪婉霞便来到工厂传达室。

葛兰萍听说有人找，知道是老同学来了。她穿着蓝色的工作服急忙跑出来，远远地看到一个熟悉的身影。相隔数十米，她就喊了起来，“哎呀，北京的领导来了，稀客稀客！”

葛兰萍走到跟前时，洪婉霞翻翻白眼。“什么领导不领导的，小心眼！请你那么多次也不给面子，非要我到你这里来。去，先到银行把钱都取出来，今天我要罚你请客。”说完，她仔细看了看久违的老同学。葛兰萍烫了头，面色比以前黑，眼角布满鱼尾纹，乍一看，眼睛比以前大了不少。

听了洪婉霞的埋怨后，葛兰萍满口应承，好，好，应该请。

两人来到咸阳市中心的广东海鲜馆。葛兰萍看了看菜单，狠狠心，要点鱼翅捞饭。洪婉霞拦住她，“还当真啦，我们谁跟谁呀，摆什么阔？点一个海鲜炖豆腐，一个青菜就够了。”

葛兰萍嘿嘿一笑，这样一来，那就不是惩罚她，而是奖励她了。

她们以茶代酒。开餐前，洪婉霞把自己当年不辞而别的原因又郑重地解释了一通。当时，她觉得自己不可能读完大学，肯定会病退回家，所以走前不敢张扬。葛兰萍说她知道了，这种念头只有从她洪婉霞脑袋里才会冒出来。

葛兰萍虽然很生气，但一直惦念着老同学。每当茂陵的熟人从北京回来，葛兰萍都要去打听一番。洪婉霞何时结婚、何时怀孕，她了如指掌。她曾与人打赌，洪婉霞肯定会生个女娃。

为什么呢？洪婉霞大惑不解。

葛兰萍咯咯地笑起来，“说出来你别生气。”

“不生气！”

“那我说了？”

“说吧，怎么这么啰嗦！”

“其实，哈——哈——哈——哈……”葛兰萍还未开讲就笑岔了气。

“真讨厌！”洪婉霞愈发好奇了。

“哈——哈——哈——哈……我——不是说——你生不出男娃，是——说你家那位文绉绉的，恐怕不行……哈——哈——哈——哈！”

洪婉霞捏起拳头捶了她一下，“为了这话，下次到北京也要你请客，最好的餐厅！请完了你喝一个月的稀粥，我也不同情你。”

“哈——哈——哈——哈，好吧，一个月的稀粥怕什么。”

洪婉霞问道，“你没见过他，怎么知道他文绉绉的？”

葛兰萍说在赖老师家里看到了他的照片。赖老师有一本影集，里面全是茂陵人在北京与洪婉霞的合影。每逢家里来了客人，赖老师都会拿出影集给他看，说洪婉霞是他的学生，现在是中央领导。在他看来，在首都北京当干部，就是中央领导。

洪婉霞听了，异常惭愧。她坦言小时候不懂事，冒犯老师，太不应该了。

咳，葛兰萍劝她别在意，就连赖老师的女儿都说他像个猴子，要他别上讲台，给工人阶级丢脸。

她俩慢慢咀嚼着，倾听碗勺的碰撞和茶水流泻的声音。

饭后，洪婉霞随葛兰萍乘1路双层汽车回家，顺便看看市容。汽车在人民路上行驶着。这条路很宽，两边建筑物上的霓虹灯不停地闪烁着，像大城市一样气派。如今，每个城市都有这么一条“露脸街”。

把葛兰萍送回家后，洪婉霞乘出租车返回茂陵。茂陵招待所很便宜，带卫生间的房间才二十元。奔波了一天，洪婉霞非常疲乏，真想直接倒在床上。不过，休息了几分钟后，她还是把卫生间的电热水器打开，冲了一个热水澡。

茂陵的夜异常安静，从窗户看出去，繁星密集地堆在青黑色的天空。在时断时续的狗吠和蛙鸣声中，洪婉霞久久难以入眠。她想起了童年的时光，想起了那场改变她命运的热病。她辗转数省市的游历，应验了唐朝冯延巳《如梦令》中的词句："多病，多病，自是行云无定。"

第六章

普天之下，莫非王土，莫非黄土。

透过显微镜，人们可以看见疏松的黄土里面有无数细小的孔洞。当黄土层厚达几十米几百米时，这些孔洞在重力的作用下几乎消失了，黄土层上下之间的结构非常紧密。由于这一特性，黄土壁能够直立不坠。

君君臣臣父父子子——中国的社会也呈现类似的结构，上下勾连，密不透风，千年不坠。黄土颗粒是靠碳酸钙粘合起来的，而碳酸钙容易溶解于水。所以，当黄土受到水的侵蚀后，将出现塌陷，这就是工程上所谓的“湿陷性”。中国封建制度的土崩瓦解，便是湿陷性作用的结果。唯一不同的是，侵蚀它的不是雨水，而是血水。

不过，坍塌归坍塌，黄土既没有消失，也不会改变其特性。

普天之下，莫非王土，莫非黄土。

偷窥症患者：智慧和苦恼

从陕西回京不久，茂陵的客人便接踵而至。洪婉霞除了准备晚饭，还要把房间腾给他们，一家人到办公室过夜。忙乎了半天，她有些疲倦，早早地躺在办公桌拼成的床上。迷迷糊糊之中，洪婉霞感到一种似有似无的嗡嗡声直往耳朵里钻。讨厌的蚊子！她用手在耳边扇了扇，想把蚊子赶走。可嗡嗡声不但没消失，反而愈来愈闷，愈来愈粗哑，带着明显的回音，不像是蚊子。

“当然不是蚊子！”嗡嗡声似乎潜藏于洪婉霞的脏腑，对她的心理活动了解得一清二楚。这是一种奇异的声音，没有音调的起伏，没有停顿，却在洪婉霞心里生成明晰的概念和意义。她脑海里突然浮现出一个名字，“猪八戒！”

“你真聪明！”猪八戒夸奖道，“不过，你不应该叫我猪八戒。”

“你不叫猪八戒还能叫什么？”洪婉霞想不起他还能有什么好听的名字。

“天蓬元帅。”随即，窗外隐约显现出一头猪的影像。他说，“当年你是不是要变成一头猪，献给毛主席？”

洪婉霞不好意思地点点头，这事怎么让他知道了？

“是我救了你一命。如果不是我略施小技，厨师真的会把你做成红烧肉！”

洪婉霞那场自我牺牲的历险，惊扰了天蓬元帅。一个患病的女孩试图把自己变成一头猪，在中南海闹出了很大的动静，天蓬元帅不能不管。在他看来，中南海这个地方是不应该有哭声的，而一个青春年少的病人更不应为了某人的几顿饭而牺牲自己，无论这个人拥有多么辉煌的头衔。牺牲，必须有更远大的目标。更重要的是，天蓬元帅非常痛恨人们对猪的轻贱。“你们自己寻死觅活的也就罢了，为什么非要连累猪呢？”

“如果……”洪婉霞小心翼翼地选择字眼，“如果我变成一头羊，或者一条狗，你就不会干预了吧？”

“那当然。”他脱口而出，但声音很小。

台灯熄灭后，室内更加黢黑黏稠。一阵简短的沉默后，天蓬元帅叽里咕噜地打开了话匣子。洪婉霞看见一串又一串的气泡在空中明灭，一朵又一朵的白云在上下舒卷。她的双臂变成了彩色的翅膀，身体轻飘飘的，浮在气泡和云朵中……

公元156年，茂陵生茂陵长的王美人迎来人生的又一个转折点——这一年，她丈夫汉景帝登基，成为大汉的第四任皇帝。

国事如汪洋大海，汉景帝日夜沉潜其中，兢兢业业。这天晚饭后，他觉得眼皮发涩，疲乏像莫名的水藻缠绕周身，怎么也甩不掉。汉景帝只好早早就寝。

睡梦中，他看见一头肥硕的赤彘从天而降，携云带雾，钻入崇芳阁。汉景帝一下子惊醒过来。崇芳阁可是后妃的卧室，岂容外人相扰，何况是一头猪。他悄悄起床，沿着回廊来到崇芳阁。月光似浅浅的湖水，荡漾在鹅卵石铺地上，铺地的中央有梅花鹿的图案。抬头望去，几团祥云在屋脊上缭绕，而在更高远的天空，依稀能看到时隐时现的赤彘。

这一异象使汉景帝彻夜难眠。第二天凌晨，他便召方士询问。方士认为，刘家如想江山永固，应当另筑椒房，再生龙种。大兴土木一则劳民伤财，二则旷日持久，汉景帝等不及。第二天，他便让王美人迁入崇芳阁，并将此阁改名为绮兰殿。在这里，汉景帝不舍昼夜，辛勤耕耘。

过了几日，汉景帝梦见神女双手捧日翩翩而来，长长的裙裾与云霞连成一体。王美人赤身裸体，从绮兰殿的石榴脊饰上腾空而起，迎接女神的到来。当她伸展纤纤玉手，准备捧日入怀时，女神轻轻吹了一口气，红日径自滚入王美人的口中。刹那间，她周身晶莹剔透，光芒四射。

汉景帝连夜将此景告诉爱姬。王美人说，可巧了，她刚才也做了同样的梦，日刚入腹，尚觉通体微胀微热。“陛下你摸摸。”说着，她把天子的手放在自己的肚子上。汉景帝觉得不仅王美人热乎乎的，他自己的身体也瞬间沸腾起来。

汉景帝梦见的可不是一般的赤彘，而是天宫的天蓬元帅。那天，天蓬元帅在宫殿内偶尔听到一项绝密消息：玉皇大帝为保卫大汉王朝，拟从天将中挑选一人到刘家投胎，而且这个人选很可能是他。得知这一消息后，天蓬元帅心潮澎湃，当即按下云头到凡界探查，想给自己选个漂亮妈妈。因为形象欠佳，天蓬元帅一直不受重用，这回要一劳永逸地扭转被动局面。他不辞辛劳地窥遍了未央宫和崇芳阁的女宾。最后，天蓬元帅看中了王美人，她不仅具有嫔妃的优雅，还保留着村姑的健壮，能确保分娩顺利。不然，天堂的元帅很可能变成地上的一具僵尸。

在地下游荡了不到三个时辰，天蓬元帅便美滋滋地回到天宫，为下凡投胎做最后的准备。为不辱使命，他特意把兵书背诵下来。一旦他成为大汉天子，首要的任务便是与匈奴开战。但是，当那个日思夜想的日子终于到来时，天蓬元帅得到一个不幸的消息，玉皇大帝决定让另一位元帅替他转世。

这个位置和荣耀本来是天蓬元帅的，玉皇大帝这样安排太不公平了！多少年来，天蓬元帅无一日不惦记着彪炳千秋的事业，为此哪怕下凡到人间当武将也心甘情愿。岂知进入天堂难，离开天堂也不容易。尽管他如此决绝，很有些悲壮的意思，可玉皇大帝硬是不恩准。

天蓬元帅烦闷异常，耿耿不能释怀。怎么办？怎么办？他怒吼着，喊出了这个千古诘问。绝望之余，天蓬元帅琢磨着反败为胜的计谋。他绞尽脑汁，也没想出任何良策，唯一的办法是把那个幸运儿从娘胎里拱出来，这样他就有机会取而代之，虽然仅仅是机会，是可能性，但总比绝望强。

他像猎人一样等待着。机会终于来了。

王美人怀孕后，不仅不像以前那么兴奋，相反很郁闷很焦躁，汉景帝的宠爱也不能使她释然。为了让爱姬开心，汉景帝决定带她到上林苑转转，中郎将郅都护驾。

恰巧，百无聊赖的天蓬元帅这天也萌发了到凡界溜达的念头。透过云层，他看见上林苑山清水秀，百兽奔逐，心想一定是个好地方，落地一看，果不其然，论禽兽有马、鹿、虎、犀牛、熊猫、麋鹿；论果木有原产于呼伦湖的瀚海梨、昆仑山的王母枣、西域的胡桃和羌李、南方的蛮李等，与天堂相比，毫不逊色。上林苑没有野猪，天蓬元帅用自己的身躯填补了这个空白。

地上的山川景物甚至空气都与天宫迥异，天蓬元帅暂时忘却了烦恼，撒开四蹄在丛林里奔跑。突然，脚底下一阵发飘，随着稀里哗啦的声响，他重重地摔进了一个大坑。这个坑深达两米，上面铺着伪装的杂草，底下尽是淤泥，还插着竹扦。尽管天蓬元帅的皮很厚，但还是被扎得嗷嗷大叫。这帮下人，只会搞娘们的小把戏！他咕哝着，摸摸火辣辣的屁股，那儿黏糊糊的，不知是稀泥还是血液。

天蓬元帅喘了口气，然后轻轻跃出泥坑，在草地上打个滚，把自己收拾干净点。还好，臀部没有受伤，但黑亮的毛发上残留了不少泥巴，影响了他的形象。

就在跃出泥坑的一刹那，天蓬元帅看到了令他热血沸腾的一幕。一个绝代佳人向林边低矮的茅房走去。而且，这位佳人就是王美人，他来世的妈妈。

如果找方士算一算，这天肯定不宜出行，阳光如火焰般炽烈，一丝风也没有，暑热不堪。但是，汉景帝的心情特好。行前，他还和王美人宴饮了一番，进入上林苑没多久，玉浆佳酿在美人肚子里变质，她感到一阵内急，急忙跑进附近的茅房。

茅房在一条弯曲的林间小道旁，离楼台宫阙很远，想必是上林苑的总设计师高瞻远瞩，早就为这一天做好了准备。考虑到平常很少有人光顾，建设者们没有太费工夫，挖个大坑架上木板，周围用树枝和稻草围起来。王美人慌忙进去时，恰巧被天蓬元帅看见。高耸的鬟髻，叮当响的簪钗，飘逸的裙裾，使这头猪心潮澎湃。

非礼勿视，郅都站在皇上身边，背朝着茅房，不知道那里有情况。汉景帝猛地拽他，指指茅房，他才看见一头野猪大摇大摆不慌不忙地闯了进去。“这头流氓猪，”郅都暗暗叫苦。“它进去偷窥一下不要紧，非礼一下也无关大局。可它如果要了皇帝心上人的性命如何了得？”

景帝不敢大声说话，怕受惊的野猪会做出比猪还蠢的傻事。他只能给郅都使眼色，意思是叫他快去救人。郅都没有动弹。不是他胆小，也不是他敢抗拒圣旨。他的职责是保护皇上，其他的事可以不管。汉景帝指挥不动他，又听到爱姬失神的尖叫，顿起英雄救美人的壮志豪情，拔出剑就要往茅房冲。郅都见状，赶忙跪下来死死地抱住皇上的腿，劝阻道："少了一姬还会再进一姬，普天之下难道会缺姬吗？就算陛下不顾惜自己，难道就这样丢掉江山社稷不管了吗？"

汉景帝觉得他言之有理，迈出一步后又退了回来。而天蓬元帅进去后看见了王美人白花花的臀部，不知如何在不伤害她的前提下把胎儿弄出来，一筹莫展。听到王美人惊慌的喊叫后，他退出了茅房，哗啦啦地钻入野草丛中。

拐了个弯后，天蓬元帅哼哼唧唧地自言自语起来。他知道，他的丑行将传遍天庭。谁知道他的真实目的，谁会听他的解释呢？天蓬元帅即便浑身是嘴，也无法为自己开脱。哼，偷窥，有什么值得偷窥的呢？美女的臀部和猪屁股相差无几，或者说，女人脱裤子后不如穿戴整齐时妩媚。

王美人连一根毫毛也未伤着，但她吓得不轻，脸色煞白，衣服也被弄得凌乱不堪。好在茅房虽然简陋，但只有尘土和乱草没有屎尿，不至于弄得臭烘烘的。当然，即使王美人满身粪臭，汉景帝也会不顾一切地扑上去，用自己宽大的胸怀温暖她受惊后冰凉的心。

不久，大地上传来哇哇的哭声。王美人产下一男孩。汉景帝想起当初那个梦，给男孩取名为"彘"。后来，他觉得这名字有损帝王之家的威严，所以给小孩改名为"彻"。他便是日后声震寰宇、雄才大略的汉武帝。也许只有天蓬元帅明白，汉武帝的好战嗜杀其实是虚弱和自卑的表现，而这些毛病的根源是因为在娘胎里受到了惊吓。

尽管天宫富丽堂皇，美女如云，但天蓬元帅依然对茅房邂逅不能忘怀，以至逐渐堕落成为偷窥症患者。他明明知道白花花的屁股没什么好看的，却抑制不住内心的冲动。为此，他殚精竭虑，铤而走险，宫女的工坊、王母娘娘的内室，无不出现他鬼鬼祟祟的身影。为治疗他的偷窥癖，玉皇大帝特意赐给他五位天仙。面对投怀送抱的美女，天蓬元帅无所作为。他发现只有偷窥时才有那种高潮体验。

玉皇大帝没有办法，只好罚他到果园参加劳动，以期用劳动的汗水来洗刷他肮脏的灵魂。这项处罚体现了玉皇大帝对他的关怀和爱护，可他却带着强烈的抵触情绪在果园混日子，葡萄的支架被他弄得歪歪扭扭，石榴树的根须外露，半死不活的，只开花不结果。他迟到早退，到果园后就躺在草地上发牢骚，明明自己最适合到崇芳阁投胎，玉皇大帝偏偏另有选择。论才学论武功，那人哪一点比得上他？即便论品貌，他天蓬元帅也略胜一筹。

死抱着这种自以为是的心态，他怎么能正确对待进退荣辱呢。所以，天蓬元帅后来一犯再犯，不仅继续偷窥，而且伙同一名狂妄的弼马温偷盗王母娘娘的蟠桃。据考证，弼马温正是受了他的教唆才起了偷蟠桃的念头。所以严格说来，他是主谋，而弼马温是从犯。

即使在这种情况下，天庭对他依然宽大为怀，给了他一个立功赎罪的机会——保护大唐高僧到西天取经。开始，他老大的不愿意。“以前我要下凡，你们不让，现在又非叫我去不可。干吗，把我当球呀，踢来踢去的。”

没办法，玉皇大帝只得亲自出马，做他的思想工作。两人在天宫盘腿而坐，当中隔着一条熠熠闪光的云母石几案。玉皇大帝首先回忆了两人多年的情谊，责怪天蓬元帅不仅疏于觐见疏于信札，而且牢骚满腹，动辄骂娘。

在巍峨的宫殿里，在玉皇大帝温润平和的诱导中，天蓬元帅的气被压了下去。多年来，他第一次近距离地与玉皇大帝促膝交谈，发现眼前的玉帝面部光滑柔和，像个妇人。在他看来，如其像个娘们，不如长得丑陋些。天蓬元帅终于找回了自信。

他们一口气谈了三个多时辰。末了，玉皇大帝单独宴请他，劝他下凡保护唐僧，以实现生命的价值。此时，天蓬元帅在凡间成就功名的愿望早已淡薄下来。但他在天宫里实在找不到合适的位置，只好应允。“大丈夫能屈能伸，反正老子肚子里有的是脂肪，经得起折腾，不至于倒毙在半道。”

在西天取经的路上，天蓬元帅碰到无数美女和化妆成美女的妖怪，勾起他美好的回忆。茅房邂逅成为他生命中永远的记忆，永远的痛。对自己的无所作为，天蓬元帅悔恨不已。他曾反复追溯自己当时的心态，怎么会那么快就离开呢？有一点可以肯定——他当时身上裹着淤泥，不想让来世的母亲看到自己的那副尊容。

他后来遇见的所有女性，无论人或妖精，都不如王美人漂亮，也不如她善良。她们总是变着法地折磨他、戏弄他，把自己的幸福建立在他的痛苦和尴尬之上。如果不是唐僧不断的开导和鼓励，他早就变成孤魂野鬼啦。

功德圆满后的天蓬元帅留在了大地上。他勤于思考，逐渐成为稀世的智者。在小学常识课本上，有一节课文专门介绍猪。对人而言，猪浑身是宝：肉可以吃，骨头可以熬汤、做化工原料，皮可以做鞋，毛可以做刷子，屎可以做肥料。天蓬元帅看了，非常失落，人类太功利了，这样下去要遭天谴的。

一提到猪，人们往往联想到各种脏兮兮的场景：挂满猪食的尖脸、黑乎乎的四蹄、臭不可闻的猪圈等。天蓬元帅郑重地向世界宣告，“这其实是饲养者的形象。猪本身赤条条的，无所谓干净或肮脏。人有多脏，猪才有多脏。”

从天蓬元帅那里，洪婉霞知道了人类的好多缺点。在所有动物中，人的胆子最小，只有人会被吓得屁滚尿流，其他哺乳动物似乎没有这种毛病；人比动物还狠毒，俗话说虎不食子，但人做不到这一点；人最没有教养，骂同类时总要把其他动物捎上，什么“猪脑袋！”“蛇蝎心肠”等。由此可见，人不仅胆子小，气量也狭小。

天蓬元帅真是超凡脱俗。他的话句句深入人心。实际上，天蓬元帅的话不是“说”出来的，而是以某种神奇的方式直接传递到洪婉霞的心中。

洪婉霞很想知道天堂和凡界的最大区别是什么。天蓬元帅告诉她，“在天堂，真的看起来像是假的，而尘世间，假的却像是真的。”

天蓬元帅的话使她越听越糊涂。“什么真的假的，绕口令啊。”

天蓬元帅给她举了一个例子加以说明，“天堂里的奇花异草你即使触摸着它们，也觉得很虚幻，像是假的。”至于尘世间以假乱真的例子，他没有细说，要洪婉霞自己总结。

自掘坟墓的特权

天蓬元帅激起了洪婉霞对汉代史的兴趣。晚上到办公室后，她彻夜在书库翻阅有关汉武帝时代的书籍。在中区 6 架 1 层，洪婉霞意外地发现了《汉武洞冥记续编》。这是一本专门讲述汉武帝轶事的书籍，蓝布封皮，竖版繁体，插在封底的借书卡上没有一个签名。

说老实话，洪婉霞对竖版繁体书籍有些怵。不过，看着看着，她很快便进入了书中的世界。

中国人都是哲人，认为生死是一个硬币的两面，可能死的那一面更为精彩，所以他们事死一点不比事生含糊，帝王尤其如此。汉武帝即位后第二年就开始为自己营建陵墓。他志存高远，连陵寝也要区别于先皇。这天早朝后，汉武帝坐在大殿里，认真审阅茂陵营建方案。

群臣都退了，雄伟的殿堂显得特别空落。几个宫女站在汉武帝身后，大气不敢出。每隔一阵子，她们走过去，给皇上添茶水。汉武帝阅读的时候，喜欢喝野菊花和连枝草茶。

当汉武帝看到自己的陵寝和祖宗的规模相等时，非常生气，右胳膊使劲地在案上一扫，把竹简全都扒拉到地上。他本想宣近臣进殿，但随即改变了主意，亲自拿起毛笔，在案上展开一长块白帛，认真地描画茂陵的草图和尺寸：陵寝占地面积为一顷，方一百四十步，高十四丈，比其他陵寝高二丈。画完后，年轻的皇帝抬起头，大声宣布："茂陵一定要成为天下最坚固、最雄伟的陵墓。"

"最雄伟的陵墓，最雄伟的陵墓，最雄伟的陵墓……"高大宽敞的殿堂里回荡着天子洪亮的声音，一幅幅巨大的帐幔随之抖动着。

陵墓开工不久的一天，汉武帝决定微服视察陵寝建造工地。当他抵达茂陵时，夜幕已降临。终释重负的马，打着响鼻，舔食潮湿的地表草。受到惊扰的金斑虎甲腾空而起，在昏暗的夜色中扇动它们漂亮的翅膀。

随行的十几个侍从悄悄地立在离他三四尺远的地方。他们的身后是一片黑黢黢的丹青树林。丹青树树干笔直，树叶一青一赤，斑驳如锦绣。由于枝叶茂密，远看如张开的巨伞，故也称为华盖树。十几匹马拴在树干上，不断地打着响鼻，大概它们也闻到了烟尘味，只是感觉不出其中的伟大，无法消受。只有汉武帝的坐骑例外，它和主人一样，挺喜欢这种烟火味，惬意地甩着尾巴，发出拏拏的声音。

年轻的天子突然豪情万丈，准备口占一首。他刚把嘴巴张开，不料自己的坐骑被穿林而过的冷风激灵了一下，抢先一步，排出一股长长的浊尿。风华正茂的马，浑身有使不完的蛮力，连它的尿都具有特别的冲击力。又粗又长的马尿，硬是在塬上砸出一个坑。蹊跷的是，马刚尿完，坑里突然冒出一股泉水，喷涌直上，不歪不斜，正好打在马的“私处”，引起它快乐的嘶鸣，边叫边把前蹄竖起，足有一人多高。汉武帝吓得赶紧躲到树后，他的侍从以为有刺客，马上仗剑围在皇上周围，紧张地四处查看。待他们看到黑暗中晶莹闪亮的泉水时，才释然，纷纷收回兵器，跪在地上齐声向皇上表示祝贺。

琤琤的泉水声把汉武帝拨弄得心花怒放，他根本听不清臣僚们到底说了些什么。这里果然是龙吟凤翔之地。泉水汩汩流淌，万世不竭。生前享不尽的福，可以悉数带到地宫里。

从此，这个地方被称为马尿泉。但“马尿”这个名称不雅，且有大不敬的嫌疑，于是乎变成了马刨泉。

在一个土岗上，汉武帝看到了一幅终身难忘的劳动场面。在辽阔的天空下，成千上万的人赶着牛车马车，或推着木轮车，从四面八方涌向茂乡，辚辚的车轮下腾起浓雾般的黄尘。众多人马汇集在一起，宛如一条条初生的蛟龙，升腾盘旋。在晚间，这种热火朝天的劳动场面达到高潮。头顶，月明星朗，寥廓深邃；脚下，火舌的噼啪声和劳动的号子此起彼伏。征夫们光着膀子，翻炒着直径数尺的大铁锅。泥土的醇香和呛人的烟味纠缠在一起。亮晶晶的汗珠子不时砸在炉膛边，发出吱吱的声音。

一匹匹狼和一条条狗受到这种亢奋情绪的感染，也兴奋地大声号叫。

汉武帝一辈子最英明的决定，就是亲自参加了陵寝的建设，把淋漓的汗水撒在了自己的坟墓里，日后怎么躺着怎么踏实。如果有人问汉武帝，他在位时哪天最开心最不枉为一世君王，他一定会毫不犹豫地告诉你这个夜晚。运筹帷幄不如它壮阔，铁马金戈不如它豪迈，洞房花烛不如它刺激。

汉武帝指着远处熊熊燃烧的炉火对侍从说，“朕今夜才感到了做皇帝的滋味。”

火光闪烁的土路上，有头牛突然倒下。它驮着的两筐土随之滚落在地上。赶牛的伙计怎么喊叫、怎么抽打都不管用。一辆辆牛车从他身边缓缓走过，一辆辆马车从他身边萧萧而过。牛侧卧在地上，如一块巨大的黑石矗在黑暗中。赶车人蹲在旁边，抚摩着它，一筹莫展。这时虽然已是黑夜，但原野上到处都是火把和燃烧的炉膛，汉武帝在远处看见后，立刻扬鞭策马而去。他和赶牛的伙计一起，把散落的黄土装进筐里，压在自己的马背上。侍从们以皇上为榜样，把其他车上的土筐搬到自己的马背上，挥鞭跃马向工地奔去。

茂陵陵寝的地址选在汉武帝母亲王美人原籍——槐里县茂乡。茂乡能出王美人，风水自然不差，木秀水清，远胜于江南。但那里人烟稀少，街市酒铺全无，千古帝王如果真的长眠于彼，未免太寂寞太凄凉了，不仅皇帝老爷不满，就是旁人也看不过去。于是在大臣的督导下，郡国财产在三百万以上的富豪全部迁往茂陵，让热烘烘的人气上冲云霄下达地宫。前后共有二十七八万人迁往茂乡，把一个荒僻之地改造成最繁华的城镇，车马喧腾，人畜兴旺。

司马迁家就是那时搬过来的。来自五湖四海的富豪子弟聚在一起，也没有别的娱乐项目，成天斗鸡走马，落得个“五陵公子”的名号。五陵公子乃后世“八旗子弟”的精神祖先。八旗子弟革故鼎新，锐意进取，将鸡马换成了蛐蛐和古玩，极大地丰富了中华民族的精神文明遗产。

司马迁！洪婉霞这代人，谁不知道。他是孩子们知道的为数不多的古人之一。属于好人之列的古人似乎不多，数不出几个。好不容易读到一个少正卯，偏偏叫孔老二给杀了，你说可气不可气！老三篇里关于司马迁的这段话人人会背：“中国古时候，有个文学家叫做司马迁的说过，人固有一死，或重于泰山，或轻于鸿毛。为人民的利益而死，就比泰山还重。”

就这样，司马迁永远和泰山连在一起，和共产主义战士张思德连在一起。当然，他们不知道司马迁受过宫刑，也就是说，他的命根子被汉武帝割掉了；而张思德是因为烧窑被砸死。如果不是侥幸被毛主席知道，被他老人家写进了老三篇，张思德怎么也不可能得到那么大的哀荣。重于泰山，容易，也不容易。关键不在于你本身重不重，而在于你离重量级人物的远近。

迁，这个名字显然是对那次大迁徙的纪念。如果司马先生晚生两千年，父母肯定会给他取名“建设”或者“卫红”什么的。

后来有人笑话汉武帝，说他自掘坟墓。其实我们都在自掘坟墓，或主动，或被动；或明了，或糊涂，也就是说，明明在自掘坟墓，还暗自得意，以为在挖别人的墙角。自掘坟墓并不丢人，关键看是何种坟墓。如果是一抔黄土，当然会贻笑大方。但如果是茂陵那样宏伟壮丽的地下宫殿，则艳羡惭愧都来不及，哪里会取笑呢？

如今，谁还能自掘坟墓？

汉武帝处庙堂之高，却很有些侠义心肠。他不仅为自己的坟墓忙活，还顺手替一帮小兄弟搭建了未来世界。茂陵的陪葬墓在其东面，有卫青、霍去病、霍光、金日蝉、阳信长公主等人的墓，以霍去病墓最有特色。墓冢似祁连山，周围立石人石兽，以彰显他生前的赫赫武功。

在茂陵西 500 米处，是倾城倾国的李夫人墓。坟丘的高度约为茂陵的一半，其中腰处向内平收形成二层台。这种形式的覆斗状坟丘称为“莫陵”，专供女性享用。李夫人运气不错，死得其所。仅此一项，便足以让两千年后的美眉艳羡不已。她们可以隆胸，可以比基尼，可以有女性化的皮具、汽车，甚至香烟；一言以蔽之，可以性感四射。然而一旦玉陨香消，就和男爷们没有两样，变成一撮骨灰，一块石碑，平平地立在地上，哪里还有一丝一毫的女性的妩媚？

皇冠综合征

汉武帝有位宠臣，名叫公孙贺。他娶了皇后的姐姐，与汉武帝成了连襟，从此官运更加亨通。可是，当丞相的桂冠落到公孙贺头上时，他痛哭流涕，再三推辞。旁边的大臣们鄙夷地撇撇嘴，以为他在演戏。他们跪着，越过一个个高高翘起来的屁股，交换着心领神会的眼神。其实，他们哪里知道公孙贺的心思。他看到的不是耀眼的绶带和权柄，而是随之而来的灾难。在汉武帝的丞相中，只有公孙弘等极少数人得以善终，大部分都死于非命。

宫廷内杀机四伏，只有回到家中，公孙贺才感受到生活的温馨宁静。他特别疼爱活泼可爱的孙女。孙女六岁那年，公孙贺带她去皇宫，参加汉武帝的御宴。公孙姑娘虽然年幼，却懂得礼尚往来的道理。皇上赐给她炖豹胎等佳肴，她也要有所回赠。可是，送什么给皇上呢？

这年夏天，西域的将军给公孙贺进献了一只双头鸡，公孙姑娘缠着爷爷要了过来。公孙丞相以为孙女自己想玩，谁知她竟异想天开地要献给皇上。“不行，不行，这种东西皇上哪会稀罕？”公孙丞相最了解汉武帝，给他献礼可要三思而行。否则，不仅讨不到好，反而会招来横祸。

公孙姑娘固执己见，她趁爷爷外出的时机，把双头鸡带到了未央宫。她满以为汉武帝会很高兴。可是，汉武帝眉头微皱，心不在焉地扫了一眼。公孙姑娘忠心可嘉，但双头鸡的模样实在不中看。

公孙姑娘不气馁，“陛下，它们在笼子里是不好玩，等会儿你看到它们争食的样子，肯定会喜欢的。”说完，她不由分说，硬把皇上拉到庭院。

双头鸡四足一尾，鸡冠通红，羽毛犹如涂了牛油似的发亮。饮食时，它们两个喙都向前探；鸣叫时，两个头都要昂起。但这并不是它们团结一致的表现，而是勾心斗角的证明。汉武帝皱着的眉头舒展开了，但他的注意力还是不集中。

公孙姑娘又生一计。她找来一只小青虫，扔在双头鸡面前。它们是两个脑袋，一个身子。虽然吃来吃去，都进了同一个肚子，但它们还是要你争我抢，左脑袋想俯身啄食，右脑袋拼命往上抬；右脑袋想低下去，左脑袋不配合。所以它们折腾了半天，还是一无所获，小青虫依然在地上蠕动。公孙姑娘见此情景，咯咯笑得直不起腰。

银铃似的笑声感染了汉武帝。他弯下腰，饶有兴致地看两颗脑袋为了同一个身子争食。等它们争夺得筋疲力尽，公孙姑娘用小棍子把虫挑到它们的嘴边，左右轮换，这样它们就不用争抢了。吃饱后，鸡的两头都会满意地看着她，然后一起扬起脑袋，喔喔猛叫，也不管是什么时辰。

汉武帝终于露出开心的笑容。从这天起，他改变了对双头鸡的成见。

双头鸡使汉武帝从繁重的国事中摆脱出来，舒展紧绷的神经，换换脑袋，然后再以更加饱满的精力批阅奏折，发布诏令。遗憾的是，当人们赞颂汉武帝的丰功伟绩时，从来不提双头鸡和公孙姑娘所起的作用。

久而久之，汉武帝对双头鸡的兴趣比小姑娘还大。他喂食时，常常陷入深思之中，拿着青虫的手四处乱晃，把双头鸡急得呱呱直叫。有天，他突然问公孙姑娘，“你从这只鸡身上得到什么启示没有？”

她处于懵懂未开的年龄，哪里会从一只鸡身上看出什么道理？

汉武帝不等她回答，即喃喃自语道，“看来一国不能有两个脑袋，两种思想，否则会陷入混乱。”接着，他讲了一段往事。登基十个月后，他下诏各地举荐贤良方正之士。广川人董仲舒应诏，上书阐述了自己的治国之道。由于百家学说旨趣不同，君主无法实现统一；而法令制度变化多端，臣下无所适从。董仲舒的千言万语归结为一句话，那就是“罢黜百家，独尊儒术”。此举彻底埋葬了邪恶不正之说，使政令统一，法度严明，大汉从此走上了康庄大道。

汉武帝确信，董仲舒提出那条光耀千古的对策之前，一定看到过双头鸡，起码听说过。

就这样，在茂陵，在汉武帝临幸的所有宫殿园囿，都曾撒满一个姑娘银铃般的笑声。她面容清秀，鼻翼旁有一颗红痣。

由于汉武帝总是身穿蟒袍头戴冕旒，既显不出身材胖瘦，也辨不清年龄大小。你在远处很难看出他年龄的变化。十几岁他就老了，真正老迈之时却依然天真烂漫，要长生不老，要吃仙丹见仙女。

公孙姑娘不喜欢汉武帝上朝的打扮。看到那些又长又宽、啰里啰嗦的玩意，她就不自在，似乎自己的身体也被什么东西裹挟着。别的不讲，光是皇冠上的冕旒就够讨厌的。皇帝的冕旒取材于白玉，共十二排，前面四寸，后面垂三寸。那么长的东西，整天垂在眼前，晃来晃去，多烦呀。公孙姑娘的另一个发现是：那些晃晃悠悠的玩意会转移他的注意力，大家一眼就看到的东西，陛下却视而不见。

在五柞宫的餐桌上，公孙姑娘问皇上，眼前晃悠的珠子会不会使他头晕。大概从来没人问过这个问题，但这个问题确实问到他心坎上了。汉武帝停箸，扭过身体，仔细地打量着这个不到十岁的小姑娘。满朝文武，满宫奴仆，对龙体关怀备至，却无人具有这个小姑娘的细心和眼光。

汉武帝问公孙姑娘，“你怎么想到这个问题呢？你爷爷跟你提过吗？”

“没有哇，”公孙姑娘答到，“我觉得你戴着它一定很不舒坦。”

“是啊，是啊！”汉武帝坦言，他觉得一下子遇到了知音。

登基那天，汉武帝头顶皇冠，足蹬赤舄，觉得整个身体失去了重量，轻飘飘的。在震耳欲聋的鼓乐声中，他害怕自己真的会腾空而起，所以每走一步都把脚板使劲往下踩；入座后，则双手紧紧捏着座椅扶手，屁股往下压。这样折腾了大半天，弄得下半身又酸又麻。

入夜，汉武帝依然亢奋不已，朕果然是真龙天子！不过，龙腾虎跃，如果入睡后飞离尘世，丢下广袤的刘家江山，多可惜啊！所以，就寝时汉武帝令太监用丝带系住双脚，绑在床栏上，以免他飞上天。

几天之后，飞升的担忧算是消失了，但新的烦恼接踵而来。有天上朝前，汉武帝在太皇太后那边受了点气，坐龙椅时动作幅度大了点，觉得屁股在龙椅上蹾了一下，冕旒上的玉珠随之晃起来，铮铮作响。以前，汉武帝对冕旒没在意，甚至感觉不到它的存在。这天的响动使他开始正视它，而正视的结果是头晕。奇怪的是，越晕他越忍不住要瞟它几眼，并形成了习惯。从此，汉武帝开始了终身与冕旒搏斗的历程。

照理说，四寸长的玉旒，从冠顶垂下来，应当在眉毛上面，不至于直接影响视线。但对汉武帝而言，令人烦恼的正是它的若即若离，总在余光中不断地逼近。这好比师长的竹鞭，呼呼飞来时更叫人揪心，肌肉阵阵发紧，一旦真的落在手掌或屁股上，也就那么回事。

一串串白玉珠子犹如一颗颗扫帚星，不断地朝他的眼睛飞来，快到眼珠子时突然消失，接着又飞来一大串，令他心烦意乱、头晕眼花。汉武帝坐在龙椅上，常觉得大殿里有好几排柱子，好几层地面。它们在早晨的雾气中隐隐浮动，仿佛飘在看不见的河流上。除了柱子和石板，河中间还隐现着几十位大臣。每位大臣的脑袋上叠着一圈圈脑袋，一个比一个小，如吹出的气泡一样往空中飞腾。这时，汉武帝需要屏住呼吸，一动不动地僵坐在龙椅上，才能驱散虚幻重叠的景象。退朝后，他走路都有点摇晃，如同美人醉酒的样子。

公孙贺颇觉奇怪，悄悄地问道，“陛下龙体有何不适吗？”

汉武帝把自己的烦恼告诉公孙贺，并问计于他。当皇帝虽然可以为所欲为，但祖宗的规矩不可废，只要坐在龙庭，就不能不戴冕旒。公孙贺思忖道，既然躲避不掉，只好多戴多晃，习惯后就好了。他把自己的方法类比为“以毒攻毒”，具体做法是：每天只要睁开眼，就把冕旒戴上，并且故意让它们在眼前摇晃，此时双眼不可回避，要逼视它们。这叫“自晃”。另外，公孙贺还有一种强化训练的方法，即“他晃”：即使在汉武帝坐下来休息时，也让苏文的伯父帮着晃动珠玉。苏伯伯是德高望重的太监。苏文就是伯父退休后，顶替他的位置进宫的。此事得到了皇帝陛下的亲自恩准。苏文青出于蓝而胜于蓝，亲自参与发动了一场轰轰烈烈的（巫蛊）运动，所以大家现在只知道他的名字，而将其伯父的名字忘得一干二净。两千年后知青顶职回城的政策，很可能滥觞于此时。苏伯伯虽然没有子嗣，但功德无量，福荫惠及数百万知青。

“他晃”的训练强度大，效果更佳。起初，汉武帝被晃得天旋地转，像少妇害喜一样呕吐不止，把庄严神圣的金銮宝殿弄得臭气熏天。上至公卿，下至奴婢，都有幸分享了真龙天子的余唾。汉武帝害喜时，控制不住自己（或许是不想控制自己），张口就吐。大臣们不敢躲避，所以每人的衣服鞋帽上都斑斑点点。

公孙姑娘出生得太早。如果她生活在公元 21 世纪，肯定会想出比她爷爷更好的方法来诊治皇上的怪癖。而且，她还会给这种毛病命名为：冕旒综合征，俗称皇冠综合征。

近水楼台先得月，公孙贺比别人先得到了大量的余唾。公孙姑娘对爷爷的最深刻的记忆，就是来自这股酸臭混杂在一起的味道。爷爷俯身亲吻她时，味道特别重，满屋弥散开来。她以为，所有公卿大臣都散发着这种臭气。

在“他晃”的训练过程中，汉武帝受尽磨难，他聚集起所有的意志和力量，与自己搏斗。

“他晃”收效不错。十四天之后，呕吐止住了，但眩晕和太阳穴发胀的症状没有消除。四十九天之后，任凭珠玉如何摇晃，汉武帝都能屏住呼吸，把眼光直接投射到珠子后面的殿堂和臣僚。不过，他必须跟自己较劲才能做到这一点。也就是说，从身体器官的反应来讲，汉武帝战胜了乱晃的珠玉；但从心理上来分析，他仍然被冕旒所刺激所骚扰。

此后，困扰他的不是晕旋，而是不可抑制的亢奋，是破坏、征服和占有的强迫症。汉武帝戴上冕旒，就有某种轰轰烈烈的冲动。这种冲动有时是封禅祭祖的远游，有时是狂呼疾行的狩猎，有时是彻夜笙歌的抒怀，但更多的时候是金戈铁马的征战。战线不仅绵长深远，而且模糊不清，不分前方后方，甚至难辨敌我，常常大批大批地屠戮。杀少了，不够雄才大略；光杀他人，算不上波澜壮阔，必须连子女妻妾也不放过。反正后宫三千，美女如云，招之即来，来者能妻；挥之即去，去者黄泉路上无消息。

民以食为天。和黎民百姓一样，汉武帝和公孙姑娘的友谊肇始于冕旒，加深于吃喝。和皇上接触多了，公孙姑娘又有一个发现。汉武帝即使没有戴冠时，也下意识地摇头晃脑，让人搞不清他是太习惯了还是太不习惯他的冕旒。公孙姑娘随口问了一句。汉武帝闪烁其词，颇有些不好意思。多年的毛病，又是被这个小姑娘给指出来了。也许其他人早发现了，但不敢言语?

公孙姑娘见皇上不好意思，安慰他道：“不过，晃脑袋很可爱的。我家的小弟弟说话时就喜欢歪着头，还两边晃。他心情不好时脖子才挺得直直的。”

虽说治大国如烹小鲜，但到底不是真的品尝佳肴，劳心而费神。汉武帝累了，喜欢带上公孙姑娘这个小不点，在奇花异树之间穿行，听她天真烂漫的话语。他甚至学着她，手持一束怀风，追赶野鸭天鹅，发出快活的喊叫。

怀风，在茂陵亦称连枝草，生长于田间地头，“风在其间常萧萧然，日照其花有光彩”。花瓣呈紫色，微小如蝇头。当它们漫山遍野盛开时，渭河两岸的天地间紫气蒸腾，蔚为壮观。公孙姑娘郊游时，常要宫女给她编一个连枝草环，戴在头上。她觉得自己的连枝草环比汉武帝的冕旒神气多了。

紫色主富贵，主长久。公孙姑娘小小年纪，竟然喜欢紫色！汉武帝对她的品味非常欣赏。扩建上林苑时，他下令在苑内遍植连枝。春天一到，整个上林苑就成了紫色的世界，福祚的世界。

巫蛊时代

运筹——奋斗，汉武帝很快就老了。晚年，他热病缠身，一会儿如进炉膛，一会儿又掉进了冰窟窿。体温升高时，他眼前常常出现一些凶险的幻觉，并因此对儿子刘据——自己亲手挑选的接班人也不放心。他们父子俩在性格和治国方略上的差异，给人以兴风作浪的良机。

此人便是江充。他身材高大，但人们很容易忽略他的存在，因为他平时连走路都不显山不露水，总走小道，或沿着墙根走，然后出其不意地突然在一个地方幽灵一样出现。他在政治上的敏感度，远大于苍蝇对损壳鸡蛋的敏感度。在缝隙裂开之前他就知道这个缝会在哪里。有这样的禀赋，他受到汉武帝的特殊宠信便不足为怪。

汉武帝一见便被他蒙住了，赞叹道“燕赵真的出奇才。”

这话太文绉绉的了。但汉武帝是真心赞美，毫无讥讽的意思。“狗屁！男扮女装，像什么呀？”侍臣们怀疑汉武帝有同性恋的癖好。对于同性恋者来讲，江充倒真是个非常可心的对象。他长得很像两千年后的李玉和。如果从时间序列来讲，应该说李玉和长得酷似江充。大凡20世纪中叶的中国人都知道，李玉和长得确实一表人才，你从他的外表看不出任何缺点。难怪不仅女人看了喜欢，男人看了也喜欢。

汉武帝实际上是被一种突如其来的自卑感搞晕了头，才夸奖一个陌生人。大概古今中外闹腾得最轰轰烈烈的人，也就是最自卑的人。他们闹腾的目的是为了治疗自卑，就像几千年后的人们泡酒吧、蹦迪是为了治疗孤独一样。

公孙姑娘看到了这一幕，没想到蒙皇帝如此容易。他喜欢什么你就胡诌什么，而且尽量夸大。比如，他说神的脚有三尺长，你就说有六尺长，千万别舍不得。反正说瞎话不花钱，花钱也不用你掏荷包。他如果说喜欢吃猪肉，你就赶紧说你连猪放的屁都喜欢吃。这样保准能得到他的好感。实践是检验真理的唯一标准。这个真理已经被检验了几千年，参加实验的人多达几十亿。目前尚未有一例失败的记录。

表白只能赢得初步的好感。要想获得更进一步的信任，还要拿出点真东西。不一定太多，一点就行。问题是要找准这个“点”。这就是江充第一定律。江充和汉武帝谈了一次话，就把这个“点”找到了。其实，他找到了两个点，匈奴和神仙。不过他决定暂时将目标定在前一个。后面的那个太危险，很容易露馅。

觐见皇上的第四天，江充就写血书，向汉武帝效忠，表示愿意出使匈奴。血书不算太长，但如果全部用自己的血，虽说不至于断气，起码会弄得肤色苍白，面容憔悴，叫人产生不好的联想。不用自己的血，又怕落个欺君之罪，那是要杀头的。江充的解决办法是，“誓死捍卫”、“万岁万岁万万岁”之类的句子用自己的血，其他都用鸡血代替。自己的血是纯的，鸡血则不好保证。他在一大碗鸡血中滴了一滴自己的血。真中有假，假中有真；真即是假，假即是真。这是江充第二定律。

江充出使西域获得了巨大的成功。长安人民张灯结彩，在城门举行了隆重的欢迎仪式。在欢迎的人群中，不仅有斗鸡走马血统纯正的官宦子弟，还有鱼龙混杂居心叵测的外国来宾。他们的眼睛发蓝，和天空的色彩一个样。至于江充是否在城门发表了热情洋溢的讲话，正史与《汉武洞冥记续编》均无记载。

鉴于江充的出色表现，他被提拔为直指秀衣使者，相当于中央监察部的领导。这类官员身穿绣花衣服，手持节杖、虎符和各色兵器，故被称为绣衣使者。

汉武帝多次东巡，不仅无缘见到仙人，反而把自己弄得神思恍惚。白天打盹时，他梦见无数木人从四面八方包抄过来，举着木棍要打他。汉武帝吓出一身冷汗，猛然惊醒。恰巧江充此时进来问安。汉武帝将梦境告诉他。江充听罢，两道剑眉紧锁在一起，对汉武帝说道，“肯定是巫蛊作祟。”他接着分析了长安城里疫情与巫蛊的关系。老百姓早就盼望皇上采取果断措施，铲除祸患。

汉武帝半闭着双眼斜倚在桌旁。江充说完后，他抬了抬搁在几案上的手臂，有气无力地说道，“这件事就由你查处吧。”

从此，中国进入了江充时代!

江充得到了皇帝的尚方宝剑，立刻开始行动。他得罪过太子刘据，担心他登基后报复，所以这回拼命想把太子搞垮。一个好汉三个帮。江充从事着彪炳史册的伟大事业，肯定会有几个能干的帮手，比如黄门郎苏文和胡巫檀何。他们事先将插满铁针的木人埋在人家家里，一旦掘出，便将主仆人等悉数打入大牢，强令招供。受害人如不招，他们便把铁钎烧红，在犯人的手足腰背四出烫烙，皮肉被烫得吱吱作响，长安城上空日夜飘浮着烤人肉的香味，经久不散。用同样的手段，他们在太子宫的正殿和卧室里发现了几十枚巫蛊用的木偶。

太子闻之，觉得自己的心一下子被什么撕裂了。此时，云霞将西天烧得一片通红，大雁似乎被灼伤，拖着凄厉的叫声在翻滚的红云中飞过。怎么办？汉武帝正在甘泉宫养病，他无法见到父皇并澄清这一切。

天黑以后，突然雷声滚滚，顷刻间瓢泼暴雨从天而降。公孙姑娘可以证明，这不是文学描写的手法，当天确实下了暴雨。这是征和元年，也就是公元前 92 年，一个酷暑天。风雨之后，树叶很安静，没有沙沙作响；乌鸦飞过之后，大地寂静无声。这个世界已经不需要任何声音，任何音乐。

太子咬咬牙，决心起兵自卫。这位太子真的是性情柔顺，他根本没有像电影或舞台上常用的手法那样摔碎一个酒杯，也没有哗啦一声拔出长剑。细心的部将只看到他的咀嚼肌鼓了几下，其他迹象看不出来。他毫无当初的慌乱紧张，显得异常镇静。

江充万万没有想到，窝窝囊囊的刘据居然敢在汉武帝健在的时候铤而走险。他毫无防备，在辛勤工作的时候和檀何一起被抓获。那苏文平时练就了一身在人缝里钻来钻去的本领，此时大派用场。他身无寸功，居然从林立的士兵和剑戟中溜了出去。

部队出发后，太子在东宫里等待消息，度“秒”如年。不到一顿饭的工夫，武士们将江充和檀何押解到东宫。太子见了江充，气得浑身冒火，指着他大骂道：“你这个奴才，祸害赵国还不够，还要乱我父子吗？”说完，便喝令处斩江充。在拒捕时，江充受了点轻伤，额头和绣衣上挂着斑斑血迹。这不但丝毫没有损害他高大伟岸的形象，反而使他显得更加英气勃发。在生命的最后一刻，他昂首挺胸，把脚下的铁镣拖曳得哗啦乱响。他一步步往前走，刽子手逐步往后退。在亮晃晃的屠刀砍向他的脖子时，江充发出了气壮山河的笑声。

而那檀何则被太子兵带到上林苑，用火烧死。他全身心地投入追查巫蛊的伟大事业，结果身上也沾满了蛊气。士兵们怕他刀枪不入，只好用火攻。

汉武帝得知太子起兵的事，问道，“丞相有何举动？”

长史答道，“因事涉太子，丞相不敢擅自做主。”

汉武帝大怒，“都到了什么时候了，还按兵不动？”他当即写了圣旨，交由长史带给丞相。

刘屈牦丞相闻知东宫事变后，乱了方寸。他仓皇出走时，竟将丞相的印绶遗失。没了这玩意，他可是名不正，言不顺，谁也指挥不动。长史带来的圣旨，给迷茫中的他指明了方向：“捕斩反者，自有赏罚。当用牛车为橹，毋接短兵，多杀伤士众！禁闭城门，毋令反者得出，至要至嘱！”短短几句话，便可看出汉武帝确实是中国历史上伟大的经济学家、政治家和军事家。他一开始就按经济规律办事，晓以利害。这一过程也是做思想政治工作的过程。接着他具体地拟定了作战计划和方法，言简意赅，不仅具有指导意义，还有很强的可操作性。

紧接着，汉武帝又传圣旨，所有三辅近县将士，皆归丞相节制。刘屈氂大权在握，马上调集兵马，围捕太子。而太子这边，也作了战争动员，他声称皇上病危，不能亲政，奸臣作乱，人人得而诛之。他的兵马不够，于是打开牢房，放出囚犯，让他们戴罪立功。

一场混战在长安城内外展开。只听得喊杀声响成一片。杀了三天三夜，不仅没有分出胜负，百官和黎民也搞不清楚到底谁是叛军。一边是太子，未来的皇上；一边是丞相，皇上的大总管。照理说他们不应该互相开战。可他们杀得血肉横飞的，显然不是军事操练。

“谁是我们的敌人，谁是我们的朋友”这个问题几千年前就存在，而且几千年来一直没有解决好。

这回，汉武帝过足了战争的瘾。这是他亲自指挥的最出色的战役。以往抗击匈奴的战争由卫青和霍去病指挥，汉武帝待在长安，仅做了些运筹帷幄的工作。

过足瘾的人终究会后悔，雄才大略的汉武帝也不例外。当年和儿子拼杀时，他亢奋得不行，是热病的典型症状。可惜的是，汉武帝不知道自己病了，还以为自己廉颇不老，不仅能饭，而且能战。

是你的终归属于你

一个人长期从事某种职业，便会滋生出相应的“气”。比如学者携带着书生气，富豪闪耀着珠光宝气，官僚散发着霸气。出身豪门的小姐气多一些，往往骄娇二气并存。上述诸气，只要稍稍有点阅历的凡夫俗子，都能体察出来。至于辨识帝王之气的本领，我们即使活几千年，天天修炼，恐怕也不能具备。不过，古人有这本领。

巫蛊事件后，长安城瘟疫流行，天天都在死人，成群结队地死，好像那边开了集市，好像一场精彩的演出正在另一个世界进行，不由得你不去。即便在皇恩浩荡的宫内服役的人，也没能抵御这种诱惑。年轻力壮的士兵头一天还在宫殿门前站岗放哨，第二天就没影了。

作为一国之主，汉武帝比常人多了一个关注点。人多一个少一个无关宏旨，问题是要确保祖宗打下的江山永不变“姓”，这副担子可不轻啊。他已经老了，身子骨一天不如一天，不得不离开未央宫，到上林苑养病。说是养病，国家大事不可能丢下不管。可汉武帝手头没有电话发报机之类的玩意，快马跑一个来回，也要数个时辰。所以，他身边带了一位望气的专家。专家每天登上附近的小山包，朝长安城里各个地点瞭望，根据云团的颜色形状走向等来判断政情民意。

这天，公鸡刚刚打鸣的时候，专家就已经气喘吁吁地爬上了山包。望气须心定神凝，所以他先找了块石头坐下。这时，东方红霞满天，太阳快要出来了。他站起来，闭着眼睛调整自己的呼吸，然后慢慢地转身，面向长安城，开始了一天的工作。皇宫和后宫上空清澈无云，与其他地方无色差，平安无事。再看看兵营，虽然兵营上空气色萧森，暗暗浮动着肃杀之气，但那是营房里冷兵器云集所至，也属正常现象。当他的目光移到监狱上空时，心中猛地一颤。只见监狱的上空彩云缭绕，久久不散。如果仔细观察，可以看出彩云中有一条龙。龙头就在监狱的正上方，它冲着皇宫的方向盘旋起舞，满身的鳞甲金光闪闪。

大音稀声，大象无形。这幅图景不是任何阿猫阿狗都能看得到的，只有专家能“望”出来。专家大惊失色。他张着大口，呆立了半天，才急忙往回跑。

汉武帝还没起床。他醒了，但仍然闭着眼睛躺在龙榻上。专家也顾不得礼节，推开太监，一头闯进汉武帝的卧室，向他报告了监狱上空的异象，断定长安城监狱里有天子气。汉武帝最担忧的事出现了。他听后，也不细想，躺在床上便颁布圣旨，长安城各个监狱里的囚犯无论长幼一律处死。

那位望气的专家真有水平，监狱里确实有一个日后成为皇帝的人物。他便是太子刘据的孙子、汉武帝的曾孙病已。巫蛊之祸后，襁褓之中的病已体弱多病，免却刀斧之灾，被投入大牢。掌管监狱的廷尉监丙吉，对这个嗷嗷待哺的婴儿格外照顾。他在女犯人中给他挑选了两位乳娘。在她俩的精心照看下，病已逐渐康复。谁知天有不测风云，他还没茁壮成长，汉武帝就下了这道诏令。

真命天子的特征之一是能逢凶化吉、大难不死。这天，虽然乌云密布，寒风凛冽，但老天爷安排丙吉在监狱里当班，没有让他抱着发烧的女儿去看郎中，也没有让一般有闲也有钱的哥们拉他去买烧鸡喝米酒。丙吉坐在熊熊燃烧的炭火旁，毫无倦意，似乎专门等待这一历史性时刻的到来。

子夜时分，皇帝的使臣来传达圣旨，丙吉回答道："天子以好生为大德，一般老百姓都不能随便杀死，何况曾皇孙呢？"

汉武帝听了使臣的报告，幡然醒悟。太子、公主、皇叔、堂兄弟，自己的亲骨肉还杀得少吗？丙吉真乃忠臣也！难道这是列祖列宗借丙吉之口在警示他？汉武帝不敢耽误，连夜下诏，监狱里所有死囚犯均获赦免。

从上林苑到长安城的驰道上，快马来回奔驰，一晚上没消停。三公九卿人人自危，时刻担心大祸临头。他们的心跳随着马蹄声的远近而起伏。

这最后一道诏令，尽管无比英明，却似乎耗尽了汉武帝的精血，从此他病入膏肓，日夜在冷热两极的世界挣扎。御医说这就是弛张热，很难对付。汉武帝没怪罪御医，病魔学会了一张一弛的统驭术，有什么办法呢？

汉武帝虽然名字叫猪，却极其喜欢马，隔段时间看不到他的宝马，便若有所失。这天，他叫人抬着，去了一趟马厩。

马的特性，使它注定要与伟人与雄心或野心联系在一起。大约世界级的首脑人物都喜欢马，鲜有例外。如果小心求证，除汉武帝外，元首希特勒也是超级马迷。希特勒在人类历史上留下的最大的手笔不是闪电战，不是击溃马奇诺防线，而是奥斯维辛集中营。

奥斯维辛众所周知，可谁知道它曾是波兰军队的一个养马场？按照最简单的逻辑，希特勒喜欢马，肯定会将其改造为世界上最大的养马场，培育出比汉武帝的天马更优良的品种。但希特勒以前所未有的伟大气魄和创新思维，建成了集中营，考验和培育人类承受苦难的能力。在奥斯维辛的围墙上，有一个既温情脉脉、又富有哲理的标语：劳动让你自由。

这一手笔足足让全世界震惊了数十年，痛心了数十年。种种迹象表明，全世界还将世世代代震惊下去、痛心下去。

奥斯维辛的安全保卫工作堪称世界一流。在它运转的那几年内，蚊子苍蝇都飞不出去。不过，它的保密工作出现了一点漏洞，某些先进技术被人盗用。比如，奥斯维辛集中营最著名的创意“吊刑”后来被人偷梁换柱，变为威震中华的“喷气式飞机”。顾名思义，吊刑就是把犯人的双手捆住吊起来，两腿离地。被吊的人因为痛苦而缩成一团，双腿弯曲。吊刑需要支架、柱子等器械，使用起来很不方便。在开批斗会时，你把那些反革命吊在哪儿呀。批斗会场没有固定的地方，哪儿有反革命，哪儿就是会场，不可能事先搭建支架。而且，批斗会如救火，一刻也耽误不得。于是，一帮东方的革命小将将技术引进和技术革新相结合，因地制宜，创造了“喷气式飞机”。不受时间地点限制的“喷气式飞机”，迅速在大江南北长城内外传播开来。从外形上看，坐“喷气式飞机”的人身体弯成几道弯，颇得吊刑的真谛。

后元二年，即公元前 87 年，汉武帝看马的时候，老天爷格外赏脸，露出了久违的太阳。万物都在蓬勃生长，然而汉武帝却意识到，这将是他最后一次巡幸马厩，他辉煌的一生即将走到尽头。

汉武帝的预感极其精准。离开马厩不久，他便处于弥留状态。“九逸”，也就是浮云、赤电等九匹骏马驮着他，朝天宫奔驰。马鞍是白光琉璃做的，在无边的黑暗中光芒万丈，贯穿了一条温暖的通道。不过，因为马匹太多，不能步调一致，所以武帝觉得颠得慌，周身有撕裂般的疼痛感。猛然间，他发现鲜血从马的肩部开始滴落，后来九匹马浑身都在滴血，在喷涌，天地间一片血红。最后，武帝自己身上的血也开始渗出来，一滴一滴地不可收拾。

他的躯体逐渐冷却。

揭发始祖本纪

《汉武洞冥记续编》主要记载汉武帝的故事，也包含他身边的其他历史人物，比如杨可。洪婉霞一辈子都为揭发小玉而受到良心的谴责。她哪里知道，揭发乃中华民族悠久的传统之一。早在汉武帝时代，揭发就如火如荼地开展起来了。不过那时人们还文绉绉的，不叫揭发而叫“告缗”。缗是穿铜钱用的绳子，一贯或一串钱，数目是一千。商人的财产以有多少缗钱计算。

公元前114年仲夏，骄阳似火，天空亮晃晃的，一片白云也看不见；大地暑气蒸腾，树叶被烤得微微卷曲，往日波光粼粼的河面如同镜子般平滑。太学生杨可身着白色深衣、头戴帻巾，像往常一样来到槐市。槐市紧临渭河桥，每逢朔望之日开市，只见数百行槐树下人头攒动，热闹非凡。因离太学不远，这里平时则成为太学生们读书、交流心得的场所，也是各种消息、传闻的发源地。

由于天气炎热，槐市失去了往日热烈的氛围，冷冷清清的，只有七八个人，散坐在槐树林的绿荫中。温习了一个小时的功课后，他们收起竹简，围坐在一起，开始了漫谈。头一个开讲的，自然是姓苏的太学生。“你们知道吗，皇上昨日颁布了《告缗令》的补充内容，又有好戏啦。”

告缗令的补充？大家都没听说，只知道两年前天子颁布的《算缗令》，扩大了对商人的课税范围，提高了税率。这对财力日益膨胀的商人是个沉重的打击。他们当然不会坐以待毙，先后开始施行偷税漏税、隐匿资产的勾当。

以圣上的英明，他不会不知道。于是《告缗令》出台了。但这个法令执行起来困难重重。原因很简单，你想想，富人有多少财产交多少税与百姓有什么关系，谁愿意去告发他们呀。很快，汉武帝也明白了这层关系，所以近日再下诏令，“令民告缗者以其半与之”。这下，它就与老百姓的切身利益挂钩了。从此，告缗事业在中国得到了蓬勃发展，直至两千年以后在中华大地上掀起另一个高潮。此潮流之大，不仅颠覆了中国，连世界都摇撼了。这是后话。当时，汉武帝对此毫无所知，不然，他会更加自负，用“雄才大略”这个词来评价他，都是某种轻辱！

苏姓太学生又瘦又小，但他说话的分量很重，因为他的一个本家叔叔是当朝的太监，宫里的事什么不知晓？

杨可探起身，往苏姓太学生身边凑了凑，“真的？”他两眼放光，热血沸腾。期盼了多年的机遇终于降临了！

多年来，杨可一直生活在压抑和束缚之中，也生活在看不见的远景之中。作为一个太学生，以后混个食禄数百石的官吏，应该不成问题。但是，杨可的目标更高远。梦，做起来容易，实现起来难。杨可家族不仅没有在朝里当官的，连个当差的都没有。因此，他终日生活在憧憬和失望之中。只有今天，他才感到，憧憬很快就可以变成现实了。

当天，他就开始思索、谋划，看谁可以成为他的第一个靶子。

他很自然地想到了袁广汉。袁广汉是汉武帝时最富裕的臣民。他的生活，比王侯更有滋有味。但他很谦逊地说自己“与王者同乐”。袁广汉长得特富态，比王侯还富态，比将相还威武。在国库穿钱的绳子烂掉之前，他家的缗已经烂掉无数根了。有头有脸的人既爱跟他交往，又怕跟他交往。爱交往是因为有油水，怕交往是一到他面前就显得特别委琐，立刻没头没脸了。袁广汉赚钱的方法很简单，养马和出租铺面。皇帝和匈奴打来杀去的，马匹总是供不应求。养马不愁卖不出去。长安八大街的铺面，几乎一大半是他的。光是这项收入就可日进斗金。国家的钱他赚了，老百姓的钱他也赚了。你说他能不富吗？

根据历史的规律，老子太有钱，必定会养一两个不肖之子。不肖，是相对于老子讲的，对别人倒不见得如此。有这个不肖之子，也怪袁本人。按几千年后的说法，是计划外生育。

一天午后，袁广汉借着酒劲与新来的侍女行好事，没想到歪打正着，十个月后，侍女给他生了个儿子。自从大儿子夭折后，他们家就没添过男丁，三个夫人接连给他生了七个千金。他那么多家产，以后留给谁呀？袁广汉盼儿子都盼疯了。这下好了，天不灭袁，庞大的家产有了继承人。不幸的是，儿子小时候身体不好，长大后品行也成问题，喜欢结交贩夫走卒，医巫倡伶，对财富和功名毫无兴趣，把老子的胡须都气断了好几根。谁知，儿子久病成良医，对医学研习日深，在老子撒手人寰之后成了远近闻名的郎中。

杨可家住在号称长安八大街之首的华阳街，这里热闹非凡，有“酤一岁千酿”的酿酒商、“醯酱千甀”的酱油商、“屠牛羊彘千皮”的屠宰商、“薪藁千车”的薪炭商以及粮商、杂货商、鱼商、蔬菜水果商等；更重要的是，这里常常推出惊心动魄的杀人场景。在人多的集市杀人，才能起到教化臣民的作用，“弃市”就是这么来的吧。杨可从小受这种环境的熏陶，心理比一般人健全，起码承受能力强得多。对他来讲，有两种东西铭心刻骨永世不忘：一种是气味，街上经久不散的食品和米酒诱人的香味；一种是乌黑的画面，集市上攒动的人头和地上滚落的脑袋。

杨可发现，长安人很文明、很讲究卫生，弃市的尸体总有人收拾，即便冒着自己也会被“弃”的危险。第二天，血肉模糊的地方又干干净净的，什么也没发生一样。市场照样繁荣兴旺，香气扑鼻。这就是中国文明的自净能力，和大自然一样，能将陈尸腐肉消解净化，仿佛从来没有尸体、从来没有血腥。这样也好，如果不是这样，长安岂不成了陈尸场，每一寸土地上都堆着尸体，每一片水域上都飘着尸体，爬行动物的、哺乳动物的，没有杨家人待的地方，更没有人买他家的东西，那还了得?

杨可家在华阳街开了一家酒店，里面不仅出售玉壶清酒，还卖金盘脍鲤鱼等佳肴。每隔三五天，杨可就要穿戴整齐，给袁宅送酒食。除了自家做的清酒嘉肴，杨可还主动推荐卞氏小铺做的环饼，带一些给袁家人尝尝。卞家的环饼以蜂蜜和米面，搓揉成细条，组成一束一束的，扭作环形，下锅油炸。货物备齐后，杨可一路小跑到袁家，让他们趁热吃。

袁广汉被感动了，这个孩子既聪明又诚实，于是便要他做小儿子的伴读。这样，杨可没花家里一文钱，就进了私塾，直到太学。

学习之余，杨可经常到袁宅吃饭、游玩，知道袁广汉的家底，也知道他不会老老实实地“报缗”。从槐市归来后，杨可更加有意识地和袁宅管家接触，回家后将谈话内容和重要的数据记录在册；同时，他叮嘱苏姓太学生打听袁家上报的家产，并许诺事后分享告缗的成果。

随着帝国第一富豪被告，告缗运动在神州大地上轰轰烈烈地展开了。汉家的财富像潮水一样猛涨，国库充盈，穿钱的绳子都烂掉了。财大才能气粗，有了钱，汉武帝才敢下决心与匈奴决一雌雄。匈奴等夷蛮，其实是被铜钱压垮、被缗绞杀的。

汉武帝深谙其中的道理，所以在告缗运动取得决定性胜利的时刻，在未央宫召见了杨可。他很好奇，想看看这位告缗运动的猛将究竟长得什么模样。杨可进殿后刚刚跪下，汉武帝就叫他免礼，让他走到案前，仔细打量着他。汉武帝发现，杨可是典型的中国人的形象，那么典型，稍加修改，就能换成任何一个中国人的面孔：鼻梁不高，嘴唇不厚不薄，黄皮肤黑头发。他身材匀称，不高不矮，不胖不瘦，这种长相很容易使对手松懈，失去警惕。汉武帝觉得，这个人就是为告缗而诞生的。

杨可在殿堂里神色庄严，问一句答一句，决不多言。汉武帝没看见他笑的笑容。杨可笑的时候，会露出两颗犬牙，又尖又长，还有些发黄、发黑。当然，平时你看不出来。平时，他难得一笑。古代那位美女，非要用狼烟才能博得她露齿一笑。而我们的杨可，非要探明了别人的“缗”后才会露齿一笑。他这一笑不要紧，别人就要遭殃了，宫廷的府库就要充盈了。从相貌上，你看不出杨可的特点，或者说，他的特点就是没有特点。

功成名就的杨可也想瞻仰当朝天子的仪容。在汉武帝审视自己的同时，他壮着胆子迎着皇上的目光。他瞳孔中的汉武帝面色白皙，温文尔雅，不像一个叱咤风云、铁石心肠的帝王。

汉武帝知道他在观察自己，会心地一笑，把这几天萦绕在心底的设想告诉了杨可。“朕想为你造一座雕像：身着土黄色的深衣，头戴白色帻巾，昂首挺胸，目光炯炯有神，一大群富豪在你脚下瑟瑟发抖。”

“谢陛下！”杨可急忙磕头谢恩。

因汉武帝日理万机，雕像之事最终没落实，但宫廷画师按照天子的意思把草图画了出来。这幅草图后来流入民间。帻巾在汉代的流行，与杨可的英雄形象大有干系。

深衣的寿命很长，后来式样虽有些变化，但万变不离其宗。而且，这种服饰还被一些番国学去了，成为他们的宝贝。不过在国内，深衣的寿命比不过“告缗”。中国人将“告缗”发扬光大的同时，把深衣忘得一干二净。

人们对杨可的行为毁誉参半。因为他属狗，有人说他的良心被狗吃了。说这种话的人大都嫉妒心较强。比较理智的人则说，轰轰烈烈的告缗运动之所以能兴起，袁广汉们也脱不了干系。他们太富有了，不劳而获，不把你们告垮行吗？人民不答应，历史也不会答应！

以前非常有主见的杨可，成了英雄后反而困惑不安，从天而降的财产和如日中天的荣誉一样，叫他消受不了。那些财产他不知怎么花的，后来也不知怎么消失的，仿佛是沙漠中的水，它涌出的时刻，也就是被蒸发的时刻。

一位方士曾预言，杨可伤天害理，他的后代将因为贫穷和饥饿而死，而且死无葬身之地。看到这段话时，洪婉霞想起了杨师傅。如果没有新中国，方士的诅咒很可能应验。多亏了社会主义，杨师傅才免成饿殍。

白色的火焰

据《汉武洞冥记续编》记载，公孙姑娘的鼻翼下有个红痣，而且，她生病的那年也是十二岁。读到这一章节时，洪婉霞惊愕不已。她抚摸着鼻翼旁的痣，想起梦中那位发髻高耸、披金挂玉的少妇，想起借她的口舌发表反动言论的丫头，脸色一阵苍白。

灭族之灾。公孙姑娘不明白，为什么就她一个人活了下来。她记得12岁生日的那个夜晚，家里燃起冲天的大火。母亲把她交给家臣后，转身冲进火海。公孙姑娘懵懵懂懂的，尚未完全清醒，仿佛在噩梦中。喊杀声，兵器的碰撞声和火焰的噼啪声把她惊醒。远远地，她看见母亲被大火吞噬，飘舞的裙裾变成火苗，在夜空中猎猎抖动。公孙姑娘心肝俱裂，一下子晕了过去。家臣抱着她，扬鞭策马而去。

火，越烧越旺。那火焰在她眼里燃烧成白色，正午的太阳般耀眼的光焰，在历史的天空盘亘，在她稚嫩的体内翻腾。她曾经有很多亲戚，很多兄弟姐妹。一转眼他们都消失了，这个世界上只剩下她一个人。一个病人。

公孙姑娘烧了三天三夜，昏迷了三天三夜，颗粒未进。家臣担心，她不病死也会饿死。家臣四处求医，最终，一位姓袁的先生把她从鬼门关拽了回来。

如果有人告诉她，那场焚毁了她家的府第、吞噬了她亲族的大火最终蔓延到她的体内，公孙姑娘一点也不会觉得诧异。她坦然地接受了绵延无尽的热病，与它相伴，不烦躁，也不苦闷，似乎热病本来就是生命的体征之一。

她终于活过来了，作为一个病人活了下来，活在她死而复生的那段岁月。疾病，既是她长不大的原因，也是她长不大的结果。想当年，她愚昧至极，看鸡是鸡，只知道把青虫切成两段，分别喂两个鸡头。几十年过去之后，她并未长进多少。

伟人和常人的区别是：伟人能以小见大，从平凡的事物中总结出深刻的道理，如同孔夫子所说的，下学而上达；而常人则就事论事，“上学而下达”，以小见更小。

病已也是袁先生的病人。据传，病已有异相，遍体生毛，如果晚生两千年，他将是一个备受美眉追捧的猛男。两千年后的猛男们，多有美体的嫌疑，尤其是他们胸前浓密的黑毛，规格型号整齐划一。但是，公孙姑娘可以负责任地说，病已胸前的毛绝对是真的。他们曾是病友。从外表看，公孙姑娘怎么也想象不出他曾经病怏怏的，风不刮都要倒。

袁先生把公孙姑娘介绍给他说：“这位是公孙丞相的孙女。”

也就是一句寒暄呗，谁知他还挺认真，“我朝有两位公孙丞相，不知令祖父是哪一位？”

“公孙贺。”

“喔。”他若有所思地点点头，没再说话。大概他有些尴尬。按通俗的说法，他们是世仇。

病已小时侯把一辈子的病全得光了，长大后，没什么好得的，仅臀部长了一个疥疮。而公孙姑娘经过那次灭族惨祸后，虽然侥幸活命，但饱受热病的折磨，有回春之手的袁先生也无法治愈。

有关病已的传说都玄妙得很。但在公孙姑娘眼里，他毫无神秘感，他的龙袍其实是拣来的。汉昭帝二十一岁那年，天空中突然出现月亮大的一颗彗星，拖着无数的长尾巴向西飞去，生生就把这个汉昭帝带走了。公孙姑娘第一次看到那样灿烂的彗星，她甚至闻到了空气中烧焦的味道。

彗星之后，秦川大地遭到强震的袭击。在一片混乱一片废墟中，主政的霍光冥思苦想，最终决定扶汉武帝的孙子、昌邑王刘贺继位。

那刘贺五岁封王，独霸一方十多年，纵情声色，不务正业。喜得佳音后，他带着两百多个随从，浩浩荡荡向长安进发。第二天路过济阳时，刘贺特意嘱人买了几只当地的长鸣鸡。他一路上不仅大吃大喝，而且还抢夺民间美女伺寝。在外省这样折腾也就罢了，偏偏进了长安后，他照样与近臣饮酒作乐，与美姬颠鸾倒凤。须知这是在国丧期间啊。

霍光以全体大臣的名义，给太后上书，历数昌邑王的罪过："身服斩衰，独无悲哀之心，在道不闻素食。""及入都进谒，立为皇太子，常私买鸡豚以食。""失帝王礼，乱汉制度，日以益甚，恐危社稷，天下不安。宗庙重于君，陛下不可以承天序，奉祖宗庙，子万姓，当废。"

上官皇太后听完，轻轻说了一个"可"字后，昌邑王的皇位便化为乌有。

刘贺被废后，汉朝群龙无首。在另立嗣君的问题上，霍光举棋不定，生怕再有闪失。光禄大夫丙吉推荐汉武帝的曾孙病已，称赞他年约十八岁，通经术，具美材，可以奉承刘氏宗庙。霍光被接班人的问题弄得心力交瘁，懒得再去寻寻觅觅，略加考察后，就同意了丙吉的意见。这样，病已不争不抢，轻而易举就得到了帝位。

从上述故事中，人们总结出"病已定律"：是你的终归属于你，不是你的掉进怀里都抱不住，煮熟的鸡都会飞走。

失去绶玺、被迫走出金马门后，刘贺朝着皇宫跪拜道，"愚憨不能任事。"洪婉霞不理解这句话是骂霍光呢还是自责？照理说，刘贺不可能觉悟得这么快，挨骂的应该是霍光。事实证明，在人类历史上，只有共产党人才敢于严厉地剖析自己。那时，连马克思都还没有出生呢，所以刘贺不能反躬自省并不奇怪，牢骚满腹也不奇怪。他到底干了多少坏事，自己也搞不清楚。有人给他记了一本黑账，说他在被指定为君的二十七天内，干了近三千件坏事。平均每天过百，估计连咳嗽吐痰放屁皱眉头都算上了。想想他那阵子够辛苦的。再想想，那位记账先生把皱眉头都算上了还嫌不够，可能采取了移花接木的手法，把别人的眉头也一并记在刘贺的账上。这一革命性的计算方法后来在中华大地得以发扬光大。有了这一计算法，一亩地可以轻而易举地产粮十万斤；为了抬举一个人，可以把所有的高帽子都奉送给他，层层叠叠的，直逼喜马拉雅山；当然，日后如果要打倒他，也可以如法炮制，把所有的罪名加在他的头上。

这一计算法可名之曰刘贺计算法，或者叫刘贺效应，昌邑效应。人家多少受了点冤屈。这种命名也算是对他的一种补偿，使他名垂青史。

几千年来，公孙姑娘一直活在十二岁。几千年来，她最大的遗憾是，当年没有让宫女多种些苹果树。如果她领着汉武帝到苹果树林里散步，说不定物理学界就有了刘彻定律而非牛顿定律。中国帝王里有军事家、哲学家、文学家、诗人，以至地痞流氓，还真没出过科学家。这种显而易见的缺憾，不知历史学家们为何没有发出和她一样的感慨。他们穷经皓首，总也弄不明白为什么资本主义不能首先在中国萌芽。原因很简单！都怪公孙姑娘呀。即使皇宫和上林苑里没有苹果树，她也应该拉着刘彻往梨树林或者柿子林里多跑几趟，肯定会有一个饱满的果实砸在他睿智的大脑袋上，使他大彻大悟。有了科学家皇帝，还愁资本主义不在神州大地遍地开花结果吗？果真如此，那么到了 1840 年，就不是大清王朝割地赔款，而是英国佬向中央帝国开放利物浦和浦利茅斯港了。

病，然后登堂入室

看完《汉武洞冥记续编》，洪婉霞犹如出了趟远门，极度疲乏，每到下午两三点钟时，眼睛都睁不开。不过，她收获颇丰。中国不仅有辉煌灿烂的文明史，也有狂躁荒谬的热病史。两千年的时空中，燃烧着失控的烈焰，弥漫着绵延的热病。一切的一切，均被火焰和热浪所灼伤、所笼罩。“中国热病”，她突然想到这么个词汇，突然对自己的身体自己的国家有了更深的了解。

窗外，人声鼎沸，红尘滚滚，似乎要印证她的念头。

茂陵故人离开北京后，洪婉霞终于恢复了正常的生活。一周以后，她担任了图书馆馆长，不久主持政策研究室的工作，成为司局级领导干部。一个觊觎此职位多年的同事愤愤然，说洪婉霞的能力不怎么样，就会造句，把几段文字颠来倒去换个位置。洪婉霞闻之，不仅不生气，还夸奖他概况得很传神。后来，市长因政绩卓著，升任部长，成为她的顶头上司。

接到任命书的当天，洪婉霞反复阅览，和当年拿到北大录取通知书一样，难以置信。如果大学同学知道她谋了个一官半职，肯定会认为这是滑天下之大稽。作为文革后恢复高考的“新三届”毕业生，当上局级领导并不稀奇，奇怪的是这位“小草理论”的实践者居然也跻身其中。老大哥他们可是日夜兼程、历经严寒酷暑才得到的呀。有人断言，她肯定沾了院长的光。对此洪婉霞并未驳斥。老大哥闻之，严肃地告诫她，再遇到别人这样嚼舌头，要立刻澄清。这种事别人躲还来不及，她可好，任它往自己身上贴。老大哥拍着胸脯激动地说，他可以作证，首长生前从来没为干女儿提拔之事给任何人打招呼。洪婉霞听了，不好意思地低下头，似乎她就是那个嚼舌头之人。

作为政研室主任，洪婉霞最重要的工作是修改手下起草的文件和报告，常常为一个措辞、一个标题而绞尽脑汁，也常常因为词语的精当、标题的新颖深受领导的赏识。洪婉霞戏称自己成了文字工作者，情不自禁地想到当年纵横捭阖的批判稿和“大便系列”杂文，想起那个响当当的笔名。后来，遇到报刊索稿、而洪婉霞不便公开自己的身份时，便把它搬出来。洪钟再次奏响，它不再拘囿于医院的围墙里，而回荡在祖国辽阔的大地上，经久不息。

除了老大哥和小不点等少数密友，其他同学都不知道洪婉霞的“进步”。如果要她亲自告诉同学们她现在的职务，就如同要求她坦白曾溜进他们家偷盗一样，实在难以启齿。

职位变动后，洪婉霞经常坐在各种会议的主席台上，亲友和同事们羡慕得不得了，而她却如坐针毡。在台上干坐着尚可，如果要发言她更加难受。第一次登台讲话时，洪婉霞舌头僵硬，声音发颤。过了一段时间，她的“台风”大为好转，表面看起来很自如，语速平缓，声音张弛有度。只有她本人清楚，焦虑依然潜伏在内心深处。

不知不觉的，洪婉霞熬成了资深的局级干部。这年秋天，部长拟召开一个环太平洋论坛，邀请有关国家政府首脑和部长参加。会议主旨宏大、头绪万千，准备工作至关重要。第一次筹备会将在九鼎度假村举行。九鼎度假村和全国其他单位一样，几年来奋力拼搏、与时俱进，发生了很大的变化，从当初的富人俱乐部到现在的国际会议服务中心。一年 365 天，天天都有会议，监察工作会、党建工作会、投资方向变更审核会、战略规划会等。

起初，筹备会安排在四表哥的国际研发服务中心，该中心在硬件设施和软件服务两方面与九鼎度假村不分伯仲。因部长日程安排紧张，会议地点改到北京。不过，部长答应第二次筹备会移师上海。

洪婉霞是筹备组成员。这次，她不能带着儿子开会，即使能带，闹闹也不会跟她去。独自在家，多难得的机会呀。他可以天天出去吃饭，想吃什么就买什么。没有人干涉他，说这个过于油腻那个嘌呤太高。从外形上看，闹闹已经是大男人了，肩宽腿粗，肌肉像铁疙瘩般坚硬。这样的身体怎么会有病呢，怎么折腾都没事！闹闹有意识地忘记了自己体内的隐患。其实，肌酸激酶等不正常的指标，犹如埋藏在他体内的炸弹，随时都可能引爆。

洪婉霞万万没想到，在筹备会上竟然会碰到四表哥。他的公关能力超乎洪婉霞的想象力。通过捐建小小的农村卫生院，四表哥便成了部长的座上宾。这次参会，使他有机会深入了解九鼎度假村。多年来，它一直是国际研发服务中心的竞争对手。

九鼎度假村位于黄龙湖南岸，距市中心约90多公里。黄龙湖是闻名遐迩的“温泉之乡”，自古便是王公贵族的游乐胜地，到这里微服消遣的帝王前后不下十人，留下了数不尽的风流佳话。改革开放后，它成为中国第一批富起来的精英休闲度假胜地。

度假村占地数百亩，拥有古今中外风格各异的客房3000间，9个风味独特的餐厅，9个不同规格的会议室和会议厅，可以满足万人大会的需求。度假村内依地形地势，巧妙地分布着露天温泉主题公园、高尔夫球场、儿童游乐场、运动场、室内温泉宫、温泉游泳馆、游艺室、保龄球馆、室内网球场、羽毛球场、各种棋牌室、健身房、夜总会、KTV包房、镭射影院等建筑，向客人提供餐饮、娱乐和休闲等各种服务。人们在这里日日宴饮，夜夜笙歌，体验着帝王般的享受。

接待大厅对面的墙上有一篇金漆书写的《温泉赋》，每个字有砖头那么大，总面积达数百平方米。赋的作者是如日中天的某国学大师。客人一走进接待大厅，便觉得金光四射，不同凡响。度假村改名后，改扩建工程一直没停止。村主下决心打造一个全国乃至全世界最具艺术氛围和文化传统的度假村，各方面均要盖住上海的国际研发服务中心。

在大厅的山水雕塑园内，有一个元朝丽姬洗浴的雕像。泉水从假山山顶倾泻而下，顺着丽姬的肩膀流进水池。她侧着身子站在池中央，丰满的乳房刚刚露出水面。在她的右后方，有一块醒目的石碑。在客人办理登记手续时，服务员不失时机地背诵石碑上的解说词，使客人们刚进门便听到了一个浪漫的爱情传奇。度假村的服务员以空姐的标准招收，当她们穿着古代的袍服时，个个体态婀娜、貌若天仙。

度假村各幢楼房正面的墙上镶有九九八十一块画像砖，生动地描绘着临幸到此的帝王将相的逸事。各幢楼分别以这些历史人物的名字命名。在楼道和室内的墙上，挂满了一幅幅抽象派绘画，色彩鲜艳夺目，客人的目光稍微在画面上停留一会儿，便会眼晕。

四表哥虽然见多识广，但他走进九鼎度假村的客房后，还是大吃一惊。它的标准间和其他宾馆套间的面积差不多。进门的左边，有一个吧台，一排排倒吊着的水晶酒杯熠熠闪光；门右边的墙上，有一幅抽象画，不同的笔触不同的红色在那里堆积、拼抢、争斗，像蒸腾的云霞，也似熊熊燃烧的炉膛。四表哥扫了一眼，感到空气和画面一起在微微颤抖。这幅画不招人喜爱，但却那么逼真，那么富于掠夺性，一下子就抓住了他的注意力；落地窗前，有一圈暗绿色的沙发，雕花玻璃茶几上放着葡萄、山竹和火龙果。房屋的中间支着两张床，每张床都像双人床那么宽。床的支架上有个按钮，可以控制床头的高低。

筹备会一连开了三天三夜。会议结束后，洪婉霞才有机会和四表哥畅谈。两人在大厅的一角坐下来后，四表哥就兴致勃勃地说起头天夜里他与部长的谈话内容。

和任何有远见的企业家一样，四表哥深知研发对企业生存发展的重要性。可是集团包罗万象，以什么作为研发的突破口呢？这个问题日夜困扰着四表哥，令他寝食不安。部长的一席话，使他茅塞顿开。“到底是部长，水平就是不一样！”

洪婉霞笑道，“部长给你出了什么金点子，看把你激动的。”

“这可是顶级机密，”四表哥欲言又止。

洪婉霞不想为难他，既然那么神秘，就别说了。可是四表哥又憋不住，“说出来你可千万别传出去呀。”

“这你放心，我是什么人你还不了解？”

“是，我相信你不会乱说。”

部长建议四表哥集中所有的财力投入到主人翁精的研制上。顾名思义，主人翁精和蜂王精、乌鸡精一样，是一种萃取物，既可制成含片、粉末，也可制成饮料。和其他营养品不同的是，主人翁精不仅帮你消除百病百灾，而且能在人体中滋生出主人翁精神，使食用（饮用）者兢兢业业，任劳任怨，只讲奉献，不思索取。随着改革开放的深化，市场经济的进一步完善，“一切朝钱看”的不良倾向已经在中国蔓延。因此，主人翁精的开发、研制和生产到了刻不容缓的地步，关系到中华民族传统美德的全面复兴、社会主义精神文明的建设和国家的长治久安。部长特别指出，在整个借贷过程中，无需采取任何非常手段。这个项目肯定会得到各大银行的鼎力支持，融资数百亿不成问题。

当年，铁饭碗厂曾考虑研制主人翁鞋，由于种种原因耽搁下来。这回，四表哥表示要抓住这千载难逢的机遇，绝不半途而废。他躺在沙发上，绘声绘色地描述企业美好的未来。他将拿出三分之一的贷款，在国际研发服务中心后面的空地上建造国际一流的研发城。从天上看过去，它颇像一个展翅翱翔的雄鹰。搞研发肯定要和国际接轨，引进世界顶级的人才。研发城能提供世界一流的科研、中试及生活服务设施。四表哥断言，研发城还未竣工，世界各地五颜六色的人才便蜂拥而至。他们辛勤劳动，疯狂享受，乐不思蜀。整个上海乃至全中国的楼市股市都将被带动起来，进入起飞阶段。他预言，两年后自己笃定是全国“五一”劳动奖章获得者。

说到这里，四表哥得意地问道，“怎么样？”他以为表妹会发出由衷的赞叹。可是洪婉霞却不冷不热地说了句，“我对企业管理是外行。”

四表哥有点扫兴。他喝了口茶，环视着宽敞辉煌的接待大厅。离他几米远的墙边，摆放着一排发财树、龟背竹和绿萝，茶几上则是兰花，色彩沉稳、身姿修美。休息区只有他们两人，异常安静。

“不错，你干得真不错，”四表哥转移了话题。“小时候我就发现你很聪明，肯定能干大事。那年，不知是哪个傻瓜说你是造粪的机器，害得你伤心了好几天。”

是吗？洪婉霞记得小时候除了喜欢蹦蹦跳跳，没什么特别之处，不知是什么让四表哥觉得她很聪明。

牌桌上！四表哥说，看她出牌干净利索，就知道她头脑活络，其他人都不是对手。

“原来我在你眼里就会玩牌呀，”洪婉霞笑了笑。

四表哥正色道，别小看打牌，它既能反映也能磨炼一个人的性格，耐性、机敏和胆略这些素质，打牌时需要，人生道路上更不能缺少。

四表哥的话富于哲理。洪婉霞想了想，机敏和胆略不敢说，耐性自己还是有的。她一口气在图书馆干了近二十年。在一个常人看来异常寂寞的地方，她不是调动所谓的意志力去忍耐寂寞，而是在享受寂寞。有人说，洪婉霞是天生的图书馆员。他们下这个结论时，根本不知道她一日三登主席台的光荣历史，不知道她曾是一条高高飞腾的亢龙。古人曰，亢龙有悔，盈不可久也。当上亢龙之后她便一蹶不振，不仅恢复不到龙的状态，连一般的虫都不如。正因为这个挫折，磨炼了她的心性。

两人聊了半个小时。分手时，洪婉霞邀请四表哥晚上到她家吃饭。回城的路上，她还在咀嚼刚才的谈话。她以为四表哥过于理想主义，按以前的说法“野心太大”。岂知两年之后，除了主人翁精尚在研制中，其他目标都实现了，尤其是他巨额的融资计划，不仅时间提前，而且数额翻了两番。随着部长大踏步进入政治局，四表哥的前景更加灿烂辉煌。

关于性格和命运，关于人生，谁也无法事先告诉你，只有你自己慢慢领悟。你长大的过程，也就是领悟的过程。

古人云，圣人者，常人而肯安心者也。常人者，圣人而不肯安心者也。洪婉霞觉得，她之所以有今天，完完全全归功于“安心”二字。就像当年人们把什么都归功于战无不胜的毛泽东思想，归功于党、人民、领导、同事，总之除自己以外的一切人物和事物。而洪婉霞，简单得多，只归功于两个字，“安心”或曰“死心”。人自从直立行走之后，心就朝上长，不可能做到“安心”，除非出现两种情况：愚昧或者疾病。因为洪婉霞见多识广，大家都夸她聪明，她不好意思硬说自己愚昧，所以能做到安心的唯一原因是疾病。绵延的疾病使她对未来不敢抱有任何奢望，常常连痊愈的念头都没有，只要活着就行，只要别高烧就行。她胸无大志，更无野心。所谓的雄心壮志在它们尚未生长之前就死掉了。文革后恢复高考的头三届大学生，尤其是北大同学，哪个不是天之骄子，哪个不是以天下为己任，“修身，齐家，治国，平天下！”可能只有一个人例外，那就是洪婉霞。她不仅杜撰了一个“小草”理论，而且身体力行。在同学们高谈阔论的时候，她或傻乎乎地瞪着一双近视眼旁听，或默默地拎着四个热水瓶在宿舍楼进进出出。

能正常地生活，洪婉霞就颇有成就感；而其他人非要出类拔萃才有成就感。这就是洪婉霞和其他人的区别，也是她日后有所成就的秘诀。

她非常珍惜走出病房的日子，尽管她的“正常”依然有些不正常。如果你仔细观察，会发现她走路有点不对劲，说不上瘸，但右腿的力量明显不足，身体不正、不挺拔。

洪婉霞不喜欢到处颠簸，对串门、旅游总是敬而远之，蹦迪更不用说，连想都不敢想。她还是像住院时那样，喜欢躺在床上，看书看电视，甚至聊天，总之所有活动都在床上进行。“舒服不如躺着，好吃不如饺子。”这句谚语似乎是专门为她编出来的。当然，这是自觉自愿的躺，不受任何约束，随时可以抬腿就走，想干啥就干啥。

“人贵有自知之明。”洪婉霞没有刻意学习毛主席的这句话，但它早已深深地根植于她的心中。后来，尽管体温正常了，她依然认为自己还是个病人。就像一部分农村人，天天面朝黄土背朝天地劳作，却仍然是地主、是剥削阶级；或者天天在城里挤公共汽车，在城里娶妻生子，还是乡巴佬。对她而言，仅仅是体温计上那根细细的水银柱回到了正常水平，她仍不敢以健康人自居。

虽然她自己只想当普通百姓，但洪婉霞不反对四表哥那样追求卓越的人。她知道这种人和病人一样，不可能从世界上消失，因此从心底接受了他们，逐渐培养出兼收并蓄、海纳百川的胸襟。人们对词语的理解存在很多误区，“海纳百川”便是一例。大家都用这个词来形容伟人的胸怀如何宽广。其实，哪个伟人不是专注于某一项事业、某一种理想？他们一辈子往往只专注于一两件事，使出浑身解数与对立的势力或思潮作斗争。这样的人，怎么可能海纳百川呢？相反，常人没有特定需要献身的事业，没有非实现不可的理想或目标。他们的胸怀才可能向所有的山川所有的星辰敞开，才可能海纳百川。

抱其残而守其雌，从不与人争雄，甘当配角，甘心为别人服务，从最简单的工作中获得最大的满足。一箪食，一瓢饮，足矣；一卧榻，一书桌，足矣。不过，你千万别以为洪婉霞钻研了孙子兵法，老庄之道，不战而屈人之兵。不战，是对的，她连站立都成问题，哪里还敢奢望与人争斗；屈人之兵没想过。为何要屈人之兵呢？用不着。他有良田千顷，很好；我有茅屋孤舟，同样精彩！

回想起来，洪婉霞觉得有一段时间自己在倒着活、反着长，起码从体型上来看确实如此。她先从妇人时代活起，十几岁时，她已经是妇人的模样了；到了三四十岁时，她返回到了青春少女时代，皮肤细腻，身材苗条。用一位同事的话来概括，洪婉霞拥有“南方人的面容，北方人的身材。”

两个青春。这是老天爷对她的恩赐，是一般人无法享有的特殊待遇。

也是疾病的回馈！疾病夺去了她那么多，也会有不好意思的时候，需要回馈点什么。老梁的母亲曾说过，疾病是世界上最没良心的东西，你拿多少钱多少药供着它都不灵。洪婉霞的经历证明她的论断是错误的。

疾病夺去了很多，也回馈了很多，关键在于你是否能体会到。

洪婉霞常说的一句话是，她没心没肺，任何事不往心里去，What will be will be。一般来讲，圣人参透了宇宙的玄机，才能如此大彻大悟。而她，仅仅穿过了几间白晃晃的病房，便能登堂入室，与大圣们殊途同归，实在是幸运！

洪婉霞被疾病彻底改造了，正如劳动改造了成千上万个知识分子。如果没患病，她将是什么样的角色呢？文工团员？如邻居预测的那样；或者像妈妈所希望的那样，当个播音员？“小霞的条件很好，可以当播音员，”顾瑾曾说过。那时他们刚到陕西不久。北京来的孩子，当然条件好，口音纯正，容貌清秀。几年后，陕西人民广播电台真的来招播音员。顾瑾还记得她曾随口提及的话。“唉，小霞要是不生病，也可以去考。”说完，她黯然神伤，泪光闪闪。而洪婉霞并没有那种切肤的感受。那时，她还未考虑职业，未考虑今后的出路。但父母早就对此忧心忡忡了。女儿一生病，他们首先想到的就是这些，使他们肝肠寸断的也正是这些，疾病本身反而退居其次。

不，不是播音员，不是歌手、舞蹈家。谢天谢地，或许比这些更好。按照大家的说法，洪婉霞也算是成功女士，凤毛麟角。但这种成功，不是源于好多专家学者所强调的自信和自我奋斗，完全不是的；恰恰相反，是自卑使然。洪婉霞的一些备受称道的品行，并非因为她多么高尚、多么无私，或者多么老谋深算、多么有涵养，而是源于一场莫名其妙的疾病，是疾病的后遗症。

时至今日，洪婉霞本人不知道，医生也不明了她到底得的是什么病。在医学科学异常发达的时代，这不能不说是一件怪事。

一个引人入胜的诘问。

一个意味深长的征兆。